『中国故事』原创长篇丛书

青果青

QINGGUO QING

古筝 / 著

漓江出版社

谨以此书献给为梦想而奋斗的青少年学子。

目 录

接地气的青春故事

石一宁

古筝的《青果青》最初是以网络小说的形态问世，曾在互联网上部分登载，且有颇高的人气。如今漓江出版社决定在线下出版，说明这部小说的价值也获得了传统出版渠道的认可。

《青果青》在题材上可被归类为青春校园小说。青春是每个人都曾经、正在或将要体验的人生阶段；青春时期的校园，也是大多数现代人的曾有、正有或将有的经历。同类作品不知凡几，《青果青》的亮眼之处在哪里呢？作为一个告别了青年时代和校园而成为学生家长的读者，我被该作品鲜明的现实性所打动，古筝在作品中所叙述的，是接地气的青春故事。

小说以北京青果中学一群“95后”高中生的学习生活为主要内容，反映了当下高中生的精神样貌。高中阶段是迈向成人的过渡期，是青春岁月的关键期，对于高中生来说，未来朦胧而美好，人生正展开广阔的画卷。这是一个人身心朝气蓬勃、意气风发的时期，从精神层面来说，他对世界的真善美怀有无限的憧憬和期待。这又是一个生理发育逐渐成熟的时期，对异性的向往、对爱的梦想也在这个时期潜滋暗长。而挫折，总是尾随着求索不期而至。因此，青春使人欢乐，也使人开始品尝人生的苦恼和忧伤。知识的扩展，能力的增进，同学之间的玩闹、恶作剧，给某些老师取外号，早恋与暗恋的甜蜜与挫伤，有着这样那样问题的家庭带来的心理影响，课程学习的沉重压力……高中生群体的这些方方面面，在《青果青》里自然而然地得到呈现。然而这些方面和现象可谓一种共性，在现代教育体制实行以来的无论何时何地，都会毫无例外地发生。《青果青》的精彩之处，不只是描写了这些方面和现象，更是赋予其现实的亦即时代的内涵，是来自当下生活的活生生的青春萌动。

当下中学生的生活，是被应试教育与素质教育既冲突又融合的国情所规定的。从教育的本质是人格的培养、人性的完善与人的全面发展来说，素质教育应当是学校教育的唯一追求。然而，优质教育资源的稀缺所产生的教育公平问题，却又呼唤应试教育。分数定终身或许会造成许多遗憾，但以国情而论，并无比考试、比分数更公平的教育平等办法。因此，在《青果青》里，王朴生、梅晓白、赵小晚、程苗苗、郝帅、罗亚军、马骁、张天一、吴晶晶们的喜怒哀乐乃至命运发展，很大程度上是被分数所左右的。他们是普通班的学生，而所谓实验班和普通班的划分标准就是分数。实验班与普通班，意味着生源质量的不同（尽管分数是变动的，两种班的身份也是流动的）。从生活的戏剧性而言，普通班学生比实验班更有“戏”。普通班生没有实验班生的“身份自豪感”，而有着实验班生所没有的“身份压抑”，在这种压抑下，有的学生即使家境较好亦不免破罐破摔，就此沉沦，如早恋的张天一和吴晶晶；有的因为缺少父母之爱而更加孤独迷惘，乃至转而寻求同性恋情，如程苗苗。但这种压抑也可以成为一种上进的动力，可以激昂斗志，催人奋发，如王朴生、梅晓白、赵小晚们。

包括青春校园小说在内的大多数教育小说都蕴含着成长主题。《青果青》虽然所涵括的只是人物短短三年的高中时光，但它仍然出色地演绎了人物的成长。当下中学生大都为独生子女，生活在物质相对富足、社会相对开放的时代，他们思想活跃，敢于叛逆。但人的成长实质上就是人对世界的感受更加丰富和成熟，人的情感与理性日趋取得平衡。所以，单相思着政治老师的梅晓白，最终克制了情感；被复杂的家庭折磨又被周围同学误会为小偷的赵小晚，一度轻生未遂，最后带着对再次离异的母亲的责任感投入学习；曾离家出走，并对同学梅晓白萌生同性情感的程苗苗，重新步入生活的正途。王朴生、郝帅、罗亚军、马骁等不是作者重点描写的人物，也在三年的时光中各自获得历练。赵小晚高三即将毕业写下的日记，既是心灵的独白，也是她和伙伴们的共同感悟："不经历大风大浪，生于安乐，那不叫人生。宽容才会让自己活得更快乐，风雨后的彩虹才会愈美丽。上天告诉人们：你能承受越大的打击，你才越能欣然接受之后的财富；你宽容的人越多，你世界里的朋友越多……"然而，青春的成长不可能是自我完成的，离不开家庭、学校、社会的淬火与锻造。单亲领养，离异重组，濒临分裂；搞传销，做企业，征地拆迁一夜暴富……这是《青果青》为读者所展现的影响着人物成长的形形色色的家庭背景与社会图像。但小说更侧重描写的是学校的因素。学校的作用是通过教师来体现的。小说浓墨重彩地塑造了班主任姜春雷的形象。年轻的姜春雷与他的教师同事们，在素质教育与应试教育相互博弈的环境氛围里，一边承受繁重的教学任务和待遇欠佳的压力，一边肩扛知识传授者与人生引路者的重责。作为班主任，姜春雷既要解决学生的学习问题，也要处理他们的情感困扰，而他自己也处于恋爱失败的惶惑状态。对张天一与吴晶晶的早恋，他缺少应对的经验与办法，使得他们最终被学校淘汰。生活中的角色要求他扮演学生的导师，而他自己的生活又何尝不需要指点与安慰？他在工作中探索方法，在带班中砥砺爱心，终于以自己对教育事业的热忱与执着精神，感动了学生，也感动了家长，在高三2班的学生迎来毕业、奔向理想前程之际，姜春雷也收获了梅晓白养母梅白的爱情。《青果青》的成长主题，寓含时代的痛点与激越，它由师生一起完成，师生共同成长。

《青果青》也通过人物的言行，表达了作者对当下教育问题的思考，其中不无犀利与独到的见解。尤其值得一提的是，小说还塑造了才仁东周、闹桑错等来自青海的藏族学生的形象。从西藏、新疆、青海等西北省区选拔一部分藏族和维吾尔族学生到内地城市中学就读，是近年来国家一项重要的民族政策。作为蒙古族作家的古筝对此独具敏感。在小说中，才仁东周、闹桑错等聪慧、纯朴和刻苦的藏族学生与青果中学的汉族学生亲密相处，在学习上互相促进，在生活上互相帮助，表现了中华民族大家庭的团结与友爱，也体现了民族团结从学校抓起的自觉意识。

《青果青》是古筝出版的第二部长篇小说。期待她随着创作经验的不断累积，在思想的深化、手法的圆熟等方面出现新的飞跃。

是为序。

第一章　寻找花心大少

1

那两个顶花带刺的小傻瓜又没影儿了。

教室里，一通神聊，各派鹊起，百家争鸣。有人聊昨天热播的《快乐大本营》如何如何好，聊“唐家三少”“天蚕土豆”和“猫腻”等几个网络大神中谁能长居排行榜榜首，聊周杰伦新专辑女主角是谁，聊毛里塔尼亚总统今天来华访问了。不聊的学生拿出作业互相交换抄袭，抄得不亦乐乎。整个教室已变身为农贸市场，喧嚣，热闹。

罗亚军抄完数学抄历史，持续作战导致他手腕子又麻又酸。他甩甩手，摔了几下作业本叫嚷道：“他大爷的，一点儿时间不给我们玩儿，睁眼闭眼就是作业，抄都抄不完。嘁，要我说，什么校长啊、主任啊、老师啊，统统都变态！这儿简直就是高考加工厂！一群歹毒之人把我们带入教育歧途！”

罗亚军同桌何涛嘿嘿一笑，说道：“不入歧途，焉能高考？”

罗亚军说：“嘿，北京买车摇号，你说咱们以后上大学能改一下不？我倒希望哪天高考也能摇号录取。嘻嘻，摇号录取是唯一选择。”

何涛说：“嗯，此话有理。你小子有种，就去当着歹毒之人的面说。”

“别搁那儿装孙子，快抄你的数学，抄完我好还人家。嘿，你激将法是不？以为我不敢啊？我明儿个……”罗亚军冲他同桌嚷嚷。

何涛使劲用胳膊肘捅咕一下罗亚军，罗亚军下面的话没说完就缩头闭嘴了——班主任姜春雷走进教室。

姜春雷的突然到来，让学生有些措手不及。

班长王朴生见罗亚军闭嘴了，何涛还给他使眼色，就觉察出有些不对劲儿，慌忙回过身，停止与后桌的探讨。王朴生一看，老师真来了，便与其他同学一道翻书握笔，努力制造勤奋学习的假象。

要命了！要命了！素有“小画家”之称的郝帅突然想起来：在黑板上画的漫画还没擦！那漫画画的不是别的，是戴眼镜的老师用题山题海压得下面一群小孩龇牙咧嘴地哭。进来的姜春雷正好戴眼镜。郝帅像一只兔子似的往黑板那儿狂奔，呼哧带喘地跑上去拿黑板擦毁灭“罪证”。

幸好，在青果中学的所有老师中，顶属姜春雷“傻”，趁他还没反应过来的时候，“罪证”就被手疾眼快的郝帅擦掉，擦得比舔还干净。

“嘻嘻，快看，郝帅背上背着小乌龟呢!”

外号叫“芝麻饼”的女生——孙佳卉说了一句，别的同学就笑开了。

孙佳卉中等个儿，腿肚子很鼓，但她脸较平，脸面积大，且皮肤有些黑，还散布些许雀斑，同学们明里暗里都叫她“黑芝麻饼”，另一个称号为“斑花”。

郝帅顾前不顾后，有人趁他不注意的时候，在背后给他使坏，贴了一张纸，纸上画了只栩栩如生的小乌龟。

姜春雷看了看往座位跑的郝帅，正瞅见他的背影。郝帅背上贴着一张粘贴，随着郝帅的跑动，画着小乌龟的那张粘贴一飘一动。姜春雷话到嘴边又咽了回去，装作没看见一样。姜春雷的目光和王朴生的目光相对在一起。尽管王朴生没言语，但姜春雷已猜到几分，这一定又是罗亚军搞的鬼。

姜春雷心想，眼下小乌龟事件不追究为好，重点是那俩长腿的傻瓜去哪儿了，干吗去了。

见姜春雷没说什么，罗亚军看了看站在那儿有点呆萌帅，恰如菜鸟的姜春雷，罗亚军忍不住了，坐在那儿缩着脖子笑。为自己的杰作而笑，为这只“菜鸟”，更为至今还蒙在鼓里甘愿继续背小王八的郝帅而笑。

姜春雷突然说：“张天一和吴晶晶怎么没来上晚自习？谁看见他俩了?”

班长王朴生看着姜春雷摇摇头。

“好像刚才还在呢。”团书记梅晓白无辜地说。

其他同学的眼睛迅速向那两张空空的椅子扫描。

爱接茬儿的罗亚军说道：“他俩啊，嘿，人家保不齐找个没人的地方‘做练习’去了……”

班里同学听罗亚军这么一点拨，顿时会心一笑。

之前，姜春雷也从别的老师那儿得到反馈，高一2班最乱，乱得离谱，其中叫罗亚军的男生尤甚，上课专门接老师的话茬儿，经常冒出一两句逆天之语。

姜春雷看了罗亚军一眼，站在那儿没说话。此刻，姜春雷的内心一阵迷茫。

有一些关于教育的美好描述，如坐春风、春风化雨等，还有孔子那几千年后依然令后人艳羡不已的描绘：“暮春者，春服既成，冠者五六人，童子六七人，浴乎沂，风乎舞雩，咏而归。”这样和谐美好的教育场景，是不是已经成了绝唱了？自己是谁？真的有能力教好这个班？姜春雷简直不敢想下去，一想就缺底气。

姜春雷站到讲台上，一言不发，教室也陷入沉寂，同学们惴惴不安，他们猜想卷子判出来了，分数高低已成定局。

姜春雷沉着脸说道：“看看你们这次期中考试，我不想追问分数，我只想看看你们到底掌握了多少知识。想不到，起码的常识都没学明白，一张地理卷，晕倒几十人！天气预报的风向就是一箭穿心？跟丘比特之箭似的？班主任教你们地理教成这样，我都不好意思承认那个人是我！你们可好，还有闲心笑？缺知识可怕，缺良知更恐怖，作弊者不是一个两个。听着，明天我们就开家长会，都琢磨琢磨，今后该怎么面对生你们养你们这些年的父母。”

“啊？！开家长会！明天？！ Finish the egg！”大家共同发出惊叹。

一听到如此坏的消息，刚才还活蹦乱跳的起哄者，脑袋如晒蔫儿的向日葵，耷拉下去了。

这段时间以来，姜春雷严重上火，急得他起了一嘴燎泡。其实，急也没用。

他知道，眼下最要紧的是去某个隐秘的角落，把张天一和吴晶晶找出来，并且，要趁着曹维康没发现就把他们提溜回来，否则，他之前的工作就彻底泡汤。

姜春雷属于临时带班，高一2班的原班主任身体出了问题，请假休养一段时间。可偏偏在这个裉节儿上，班上旧乱子还没解决好，新乱子却紧随其后，这足以让姜春雷有一种“新手上路，腾云驾雾”的感觉。

2

班主任姜春雷刚出班门，全班马上又炸开锅。仿佛城管走了，自由市场依旧还是那个热闹的自由市场，大家又活跃起来。

初中时，罗亚军还算个好学生，进了高中，理科全线崩溃。除了数学还能比上不足比下有余，其余的几门课就成了苟延残喘的癞皮狗——只有出气，没有进气。尤其化学，他简直是擀面杖吹火——一窍不通。没辙，罗亚军变身“龙抄手”，只想把“抄字诀”当成座右铭，不断地重复，重复，再重复。

被获知真相的郝帅骂一通之后，罗亚军觉得很无聊，就用圆珠笔戳前桌赵小晚后背。

罗亚军叫道：“哎，哎，你的错题改完没？把你化学给我抄一下，这倒霉的化学作业。‘化肥’就知道难为我们，出这么深的题。”

“化肥”本是同学们送给教化学那个老师的绰号，因为他长得胖，又教化学课而得此外号。

赵小晚回头瞪了他一眼，说道：“滚粗（出去）！再借你我就是白痴。笨死了，谁叫你抄完我化学作业把咱两本放一起的？你不知道分开放啊？去，滚粗（出去）！”

王朴生坐在第一桌，在学生中显得沉稳，或许他那胖乎乎的身型也加重了沉稳二字的分量。王朴生愿意帮助人，从不端班长的架子压人。凭这，班里男生女生没有孤立他这个有时候“站错位置”的一班之长。大班长学习还算努力，成绩比“良”高一丁丁点儿，达不到像梅晓白那样优秀，而且他外语最差，差到拖班级英语总成绩后腿儿的地步。

王朴生看了看英语阅读的试题，自言自语说：“My God，一个字：难！两个字：很难！三个字：非常难！看来，单词、语法不记死，考试就考死。唉！”

郝帅正美滋滋地往地理习题卷上画画，从临摹角度欣赏，画得非常像，像班团书记梅晓白。

同桌王朴生提醒地推了推郝帅。

“嘿，你是地理课代表，自习课不快改错题，还在上面画美女玩？你说，我作为班长，是管你呢，还是不管你呢？姜春雷可来过一次了。”

郝帅浮皮潦草地说：“你还是管管罗亚军那厮。我可没捣乱，也没影响别人。”

王朴生说道：“嘿，你影响你自己还不够啊？你都画一下午了。哎，你古诗《蜀道难》会背了没？我咋干背记不住呢。我去！啥时候把鸡腿裤儿换上了？中午看你不是这条裤子呢，你又去修改裤腿子啦？”

郝帅说：“《蜀道难》磕磕巴巴能背点儿。唉，我现在都有点憎恶李白，他显摆自己文采飞扬，却让我们这些八竿子打不着的现代人受苦受累。嘿，你看出来了？上晚自习前刚换的裤子，改完裤腿好看了吧？估计曹维康抓不到，他还能不回家呀？嘻嘻。”

王朴生说：“你真够可以的。”

郝帅又挤眉弄眼地和班长炫耀道：“画画可是细活，哎，瞧瞧，我画得怎么样？没办法，就是有创意，有天赋。”郝帅边说边往画纸上吹口气，又压低声音说：“嘿，真的，她可能是我今生见过的最清纯的女孩，是真正的清纯，绝对不是装的。”

“完了，你这家伙算彻底中毒，无药可救了。”王朴生拽了拽郝帅后脑勺的几根头发说道。

郝帅哎哟哎哟几声，用手扒拉开王朴生的手，然后又回头忍不住朝梅晓白座位的方向偷看。

不得不惊叹郝帅的画画功底，王朴生也看直眼了。好嘛，这家伙把班花梅晓白画绝了：雪白的上衣，瓜子脸上会说话的眼睛含情脉脉，左手拿着一枝待放的红玫瑰，花朵正好处在樱桃那么大的嘴儿下方，即尖尖的小下巴颏那里。一根麻花辫子从右侧绕到肩膀下面，黑亮的发梢打着玫瑰花一样红的蝴蝶结。假如把这幅画儿装裱一下，真是一件艺术品呢！

王朴生看郝帅那如醉如痴的样子，说了几句劝他学习的话之后，就没再管这件事。王朴生觉得，毕竟，自己不是神，没资格过度插手郝帅的画画生活。况且，小道消息，自己的英语刚刚考了四十二分。

赵小晚永远是睡神附体一样，死活睡不醒。罗亚军看赵小晚又睡过去了，就调皮地在粘贴纸上画了只小猪，悄悄贴在赵小晚后背上。那只小猪画得很另类的，厚厚的嘴唇上还淌着哈喇子，活脱脱一头贪睡的小懒猪。

罗亚军同桌何涛见他画的技术太差，没法和郝帅比，就小声说道："你画的是猫是猪，还是狼啊？人家郝帅能照猫画虎，你照猫咋还画出狼来了？谁家猪耳朵像狼那么长？"何涛边说边捂嘴笑。

"你管我呢！赶紧的，少废话，快点抄！你抄完郝帅的地理作业本就给我，我还等着用呢。"

班级有一很滑稽的特色，那就是总有几个伪学霸做作业快如闪电，错误率异常高，但仍作为范本，被罗亚军、何涛之流广泛抄袭。

"等会儿，还差一道题没抄完。"何涛说。

罗亚军看看赵小晚后背，自己忍不住哧哧笑。然后，他又一次招惹赵小晚，用圆珠笔戳她后背嚷嚷：

"二师兄，二师兄，觉主！觉主！别睡嘞，把你语文作业给我看看也行，选择题都这么难！疯了！人生啊！！！咋都这么无聊！！！觉主！还不理我是不？怎么，语文好就无视我？！你以为川妹子（学生给语文老师李玉起的昵称）喜欢你，你就能考上北大，还能当作家咋地，噘！"

罗亚军抽风了似的，嘚啵一大堆。

赵小晚被吵醒，罗亚军居然叫她外号（因赵小晚上课总爱睡觉，所以罗亚军给她送外号“觉主”），一听这个，赵小晚满肚子气就不打一处来。

赵小晚睡眼蒙眬地回过身，从桌子底下踢了罗亚军一脚骂道：“不狠点骂你不管用是不？有完没完？这回一个字：滚！谁是你二师兄？考不考北大你管得着吗？我烦着呢！别打扰我成不成？长得跟屎壳郎一样黑，滚！再打扰我睡觉，非踢死你不可！”

何涛在草纸上默默写道：“风在吼，马在叫，赵小晚同学在发飙。”

这下，班级同学把注意力都转向赵小晚，这个女生发起飙来真叫吓人，大眼珠子瞪得像老牛眼珠子那么大，冒着无名火，略带一点点仇恨，弄得罗亚军不知所措，一个劲儿往边上躲。罗亚军心里说，人长得倒不赖，像朵花儿似的，可惜，就是刺儿太多。

王朴生站出来劝解道：“好了，赵小晚你别发脾气，别睡了，学习。罗亚军你不对啊，干吗呢，自己做。”

罗亚军看班长有意偏向赵小晚，梗了梗黑了吧唧的脖子，但一想“好男不和女斗”那句话也就认了。

见赵小晚回身消停下来，罗亚军继续油嘴滑舌地嚷嚷道：“你们都别给我扣帽子，什么叫抄作业？跟你们说，我还真不是抄，知不知道，语文上叫借鉴，数学上叫按题意，英语上叫copy，地理上叫漂移，生物上叫转录，物理上叫参考系，化学上叫同分异构体，政治上叫求同存异，历史上是文化大统一。所以，我，从没抄过作业。”

罗亚军像说单口相声一样，摇头晃脑地表演着，有同学一旁看热闹，龇牙笑。

班长王朴生刚想整顿纪律，制止罗亚军的言行，殊不知，曹维康走进来了。

曹维康是工会主席，兼德育处主任。曹维康五十多岁，身体健朗，总是红光满面，唯一不足的就是他那张脸上长满疙瘩。当然，他脸上长的和学生们脸上长的青春痘是两码子事。同学们暗地叫他“米曹”，也叫他“糟老头子”。

全校学生都怕他，也躲这个“糟老头子”。他就像五迷三道的福尔摩斯，每天不在学校里破上一案心里就痒痒。例如，谁的校服裤子改成“鸡腿裤”、谁和谁早恋，哪个男老师和女生单独在一起，谁在办公室闲着上网，诸如此类，都是他的管辖范围。

曹维康像康熙皇帝一样，事必躬亲，是个“勤政”的主儿，除了三天两头去操场和犄角旮旯巡视外，还要隔三岔五地站岗值夜班，以防一些精力充沛不知读书的一对对男女同学在树林子里、半腰高的草地里亲密。他没少向柳篮校长提议砍掉校园里的树，拔光树旁的草。曹维康今天值班，正在瞪圆双眼监视全校情况。

进门之后，曹维康瞪了罗亚军一眼，罗亚军刚想低头认罪，却发现曹维康没理他，而是直奔郝帅的座位。郝帅一看事情不妙，赶紧脱裤子。郝帅三下五除二地脱掉身穿的、刚刚被改过的校服裤子，从桌膛里翻出正规裤子。

梅晓白也从书桌里拿出改过只穿一天就被曹维康抓到的裤子，满脸通红地主动上交。她不敢抬头看曹维康那张长满疙瘩的脸，低头小声说：“曹主席，我，我刚想送到您办公室去，您，您就来了。”

曹维康把“鸡腿裤”都收缴了，气得曹维康半死。

“你想屡教不改怎么着？抓你两次了。咱们学校校服有那么难看吗？就你懂得臭美，非要改成小瘦腿儿，故意和学校挑衅是不？”曹维康用手指着郝帅教训道。

“不是，我哪敢和学校挑衅，下次不改了。”郝帅战战兢兢地说。

郝帅看了看曹维康，心想，您都到了栽花种草哄孙子的年龄了，为啥还不退休呢？精神头比我爹还足，这么整天修理我们有意思吗？！

曹维康下令道：“今后，我看你们谁还敢弄成鸡腿裤儿，我，我就开除他！”

全班大气不敢喘，赵小晚也被曹维康震耳欲聋的声音惊醒，然后乱翻手边的书。

曹维康缓和了口气说道："不是我管得严，你们是学生，就应该把精力全用在学习上，而不是浪费在穿戴上。你们要好好珍惜啊，你们以后会怀念高中生活的，也会怀念校服的。"

郝帅一边换上肥裆大腿的另一条正版校服裤子，一边心想："我有病吗？回忆这痛苦的生活！"郝帅赌咒发誓绝不怀念。郝帅甚至想，等毕业了揍曹维康一顿，以报当众脱裤之仇。郝帅特别希望心中的女神——梅晓白不要看到他难堪的这一幕，但希望不等于结果。

其实，郝帅是看梅晓白改了鸡腿裤才改的，他这么做就是为了证明给梅晓白看，自己永远支持她，与她的步伐一致。

曹维康感慨地说："我小时候想穿都没有，那时候穷。你们说，这颜色、款式，多漂亮的校服啊，有那么难看吗？"曹维康滑稽地举着郝帅的校服裤子说。

底下不少同学偷偷讥笑。

曹维康拎着收缴上来的鸡腿裤儿往外走，他脸上的疙瘩愈加膨胀，粒粒饱满，烧红煮透一般，有种抖搂就掉的危险。曹维康带着脾气去找姜春雷了。

3

王朴生刚示意郝帅等同学坐那儿学习，失踪了半节自习课的张天一和吴晶晶回来了。

张天一是个大大咧咧很狂妄的男生。张天一在学校属于好交往的男生，在哥们身上，他从不吝惜钱，这就引得好多男生对他前簇后拥。用眼下流行的话形容他，他就是一个赤裸裸的"坑爹花少"。

张天一父亲是驻荷兰大使馆官员，母亲是国内一家知名酒业集团董事长，家境比班里其他同学都好。可他就是学习不好，成绩总是在及格与不及格中间跳跃。张天一是计算机课代表，对电脑相当精通，能玩出各种花样来。他爱出风头，腿很勤，喜欢给老师帮忙拿一些教具。在这个班级里，好像除了议论明星、电影和音乐外，张天一和吴晶晶的点名率最高了。

来青果高中报到的第一天，也是张天一和三中初三那个初恋女友分手的日子。张天一带着爸爸不远万里的嘱咐和妈妈的美好幻想步入校园。说实话，他并没有过多留意青果校园的建设，也没留意老师都什么样，他没那心思，而是将更多精力用来观察像鲜花一样盛开在校园的女生。当时，张天一脑子里只有一个念头，就是重新找个女朋友。否则，对他来讲，这三年的高中将无法度过，他宁愿退学回家。

对于张天一的与众不同，有的人感受不到，有的人却独有心得。就在阳光无比灿烂的夏末的一天，爱弄头发、爱吃零食的同班同学吴晶晶入了张天一的视线。吴晶晶在班级里属于甜美型的女生，喜欢追求时尚，尤其爱在男生面前摆出萌的一面。在张天一心里，吴晶晶简直就像一条活泼美丽的小金鱼，在他眼前游来游去，让他浮想联翩。

吴晶晶刚上高中那会儿，许多方面都不适应，原初中同学没一个考上青果高中，当然成绩好的都去市重点了。陌生感、孤独感、学习难、学校管理严，这重重压迫压得每个同学都苟延残喘。吴晶晶在这种环境下倍感压抑。尽管有了一个好朋友孙佳卉，但吴晶晶始终觉得，异性比同性更容易接触和沟通。这就是物理学上讲的“异性相吸”。吴晶晶一旦有了被关心呵护的需求，那恰好张天一一直在寻找自己新一届红颜知己，慢慢地，张天一把吴晶晶喜欢吃的小食品码放在她的桌膛里。吴晶晶越吃越上瘾，张天一越看她越对眼儿。

由此可见，张天一和吴晶晶偷偷相恋，动机多少显得不太纯洁，好在吴晶晶没想太多，她并不认为自己吃了多大的亏。某天晚上，他们就抱了头，只听吴晶晶喊了一声：“妈呀，我的初吻没了！”

张天一就这么一个人，他的爱像钱塘江的大潮，涨得快，落得也快。那阵子，对原来初三女生提出分手的那一刻不能接受，大多是不认输的成分多一些。事后，他惆怅了几天，抽了几包烟，然后便将一切抛在脑后，找几个同学到北城区体育馆游泳去了。

自从黏上吴晶晶，张天一明白了，原来，那些因失恋而痛苦是完全没有必要的，都怪自己初中时年纪小。

这会儿，张天一和吴晶晶私自翻墙去校外吃哈根达斯，回来还拎着一个袋子，里面装的是肯德基薯条和可乐。张天一喝了最后一口可乐，把空壳杯子潇洒地往教室后面的垃圾袋子里一抛，却抛在了罗亚军的脊梁骨上，又反弹到地上。

身为班级生活委员的罗亚军常常受张天一挤对，在这个官商二代面前，他这个农二代自觉矮人家半截，弄得他只好盘着，要么就卧着，从来不得显露手脚。

罗亚军捡起张天一抛弃的可乐杯子放到垃圾桶里，小声嘟囔："我实在无语了，全班人制造垃圾的能力太强了，中午刚扫了，下午就一地的三无袋子和没盖儿杯子。"罗亚军边说边拿墩布去擦从杯子里蹦出来的可乐汁儿。

这下炸了锅。张天一耳朵灵敏，全听到了，他叫嚷道："你嘚啵个屁呀！给谁念秧儿?"

罗亚军嘟囔一句："没工夫搭理你！"

同桌何涛看罗亚军又㞞了，小声说道："你怎么那么胆小？怕他干吗呀？你越怕，他越欺负你。"

罗亚军说："我不是怕他，关键是他有一帮混混儿。"

何涛掺和着说："那你家里没有比你大点的哥？表哥也行，找来揍他一顿就消停了。"

罗亚军低头说："没有，有的话，我早就收拾他了。"

张天一凑过来说："你收拾谁呀！叫板是不？站起来！熊样，你不就是搞卫生干苦大力出身吗？给我服务是看得起你！"

在吴晶晶面前，张天一来劲似的瞪着农村来的罗亚军。刚才受了赵小晚的气，罗亚军正郁闷呢，现在，又遭到张天一的辱骂，终于忍不住了，也瞪着他。同学们从未见过罗亚军如此反抗过，大家都不敢说话。

罗亚军叫喊道："少他妈这么看我啊！别以为自己多牛 ×！欺负人还想怎么欺负啊？我出身怎么了？我爸我妈就是农民，但我们不偷不抢凭自己劳动！"

"找抽是不？！给你脸蹬鼻子上天？"张天一冲过来，骂道。张天一上来就是一脚，正好踢到罗亚军左腿上。

罗亚军也相当激动，把墩布一扔，反击道："你要干吗啊？我现在不想理你。不是，你总是挤对我，你踩咕我干吗啊？上瘾怎么着？"

"我就挤对你了，怎么地？抽你信不信？！"

"你不要欺人太甚！"

面对张天一的嚣张气焰，罗亚军有点胆小，但他还是拽着张天一的校服领子质问，两人撕扯在一处。班长带头和其他同学过来拉架。

4

正在僵持中，姜春雷又走了进来。

他大喝了一声："都给我住手！都把手松开！张天一，走，你先到办公室，把所有事情给我说清楚！其他同学继续自习！程苗苗和王朴生，别忘了自己学习委员和班长的身份！"

姜春雷语气急促，好像他从来没这样发过火，学习委员程苗苗被他的一顿吼惊呆了。其实，姜春雷还不知情，程苗苗哪有心思管理班级呀，眼下，她爸她妈正在闹分居呢，她的心神早已不在课堂上了。

看姜春雷把张天一给带办公室去了，郝帅冲王朴生做个鬼脸，嘟囔道："哇，那小子（姜春雷）看起来挺帅、挺老实，原来那小子也有发脾气的时候呢。真危险，刚被曹维康那个糟老头子批过，差点又被班主任抓个现行，幸好上帝可怜我。看来，那小子要拿他俩开刀，以达到以儆效尤的效果。"

"可不嘛，姜老师也会发火呢。你让我省点心吧，别让我再挨剋。"王朴生半祈求的口吻说道。

郝帅把那张画儿埋在书包的最底层。当他回头时，又习惯性地把脸侧向梅晓白的方向。梅晓白正低头写字。郝帅看一眼梅晓白，就又心不由己了。

下自习铃声刚响，门外又拥来别的班级男生，推推搡搡，一个个在门口绕来绕去。有个男生不知从哪学来的还哼唱起：“给我一个吻，可以不可以，吻在我的脸上，留个爱标记……”

表面上，这些男生是找姜春雷班上的男生搭讪，其实质，都是来看班花和校花梅晓白、赵小晚、吴晶晶、程苗苗的。教室外边，正处于青春发育期的男生带着侵略性的目光将高一2班美女都看了个够。的确如此，高一2班成绩在全校并不出名，真正名声在外的是纪律差，美女多。

外班男生常来2班门口转悠，心里别扭的有那么几个人。但别扭归别扭，事到如今，却也没人想出什么好招法来驱赶下课就围过来的别班男生。当然，心里最别扭的顶数郝帅。为此，他没少劝告自己班男生：少理别的班级男生；他更没少在画画的时候暗骂他们：这帮重色轻友的家伙！一天来八遍！真讨厌！

梅晓白是班花，也是校花，做梦都想成为富翁的罗亚军，正瞅准了这个“商机”。罗亚军偷偷地把梅晓白用坏了的尺子、笔啊、做练习的纸片、画过的简笔画之类的收集起来。因为这些都成了别的班级男生的抢手货。他们拿梅晓白当作明星、女神一样追捧，自然，梅晓白用过的东西也被当宝贝一样，从罗亚军手里不惜花高价买走珍藏。

这会儿，有一个外班出手最大方的男生打手势，叫刚刚被张天一踹一脚而憋屈的罗亚军出去。罗亚军想换换心情就出去了。外班男生把罗亚军扯到一边，咬着罗亚军耳朵说了一番话，然后，罗亚军看了看托腮在那儿看语文书的梅晓白手腕，梅晓白手腕上戴着一块新手表，表带是粉色的，和表盘浑然一体，显得高端大气上档次。罗亚军回绝了那个男生，套用《甄嬛传》里的台词说，那块表，臣妾办不到啊……

第二章　爱情现裂缝

1

男朋友被班主任叫走了，吴晶晶再也没心思咀嚼那剩下的半袋薯条。

吴晶晶的死党外加闺蜜孙佳卉走过来，斜靠在吴晶晶身上，伸手抽出桌膛里面的几根薯条放进嘴里，咔吧咔吧吃起来。吃完，她舔舔手指，把嘴巴贴近吴晶晶的耳朵边，神秘地说道："晶晶，刚才，老师来调查了，罗亚军貌似告你俩单独出去了，还说风凉话，这家伙就是个欠抽的玩意儿。嘿，你进门的时候，赵小晚好像还瞪了你一眼呢，被我逮到了。这小畜生我咋看都不顺眼，你说，我们怎么收拾她？"

"先别想收拾别人，还是帮我想想，一会儿老师收拾我，我该怎么办吧。唉，万一找家长，露馅就糟了，我爸我妈非骂死我不可。"

"你别承认不就成了？告诉他们，你俩没一块儿出去，路上碰到的。怎么了？谁说男女生不可以说话、走路？他们又没证据。你呀，没什么好担心的。"孙佳卉忙开导说。

吴晶晶看看好友孙佳卉，听她这么一说，心里好像平静了许多。她捏了一下孙佳卉的脸，说："真行，够哥们义气！可爱的芝麻饼！"孙佳卉瞅了她一眼，显然有些不高兴。

其实，孙佳卉没什么立场，哪边风强往哪边倒。她学习一般，比较懒惰，就数学成绩是优。孙佳卉家庭条件还算富裕，但皮肤不好，买什么衣服穿也显不出好看来。孙佳卉攀比心重，有些势利眼，属于典型嫉妒心强的女生，尤其对赵小晚的语文天赋和天生丽质更是妒忌得不得了。在宿舍，她故意找碴儿，常常为琐碎小事计较。为此，宿管老师郭如水也没少操心。

办公室里，姜春雷端起一杯水，仰脖吃了两片去火药。姜春雷站立着不说话，但盯着张天一，逼视着他。张天一的嘴周围钻出来的黑茸茸的一片和凸起的喉结，仿佛警告着姜春雷，他再不是熊孩子，而是男子汉。张天一的眼神故意回避姜春雷，很是游离，随即强装出一副无所谓的架势。一师一生仿佛在暗中较量。

两分钟过后，张天一先绷不住，服软了。

“姜老师，您，您，别老盯着我一个人成吗？别人您怎么不管？罗亚军和我梗脖子、拿话噎我您怎么看不到？我不过以眼还眼以牙还牙而已。”

“你还为自己狡辩！”

姜春雷坐下来，他用力把水杯往桌上一蹾。张天一的这种态度，叫他没办法不生气。

“我，我说的是心里话。”

“张天一，你以为我没听到你说的话吗？和罗亚军有矛盾你挖苦人家出身干吗？你不觉得你思想有问题？罗亚军是生活委员，难道是给你使唤的用人吗？别忘了，大家是义务为班级服务的！”

“我……我什么……也没说……没说他父母……”

“你再这个态度，看不起别人的劳动，我就让你自己扫一星期地，你信不信？！”

张天一断断续续地回答，更让姜春雷确定他是在说谎。姜春雷心想，这次考试这么差劲，就够让人窝火了，还不承认自己的言行，非让你长长记性。姜春雷压不住的火气想在办公室爆发，但冷静一想，自己刚接手这个班，突然又刹住了。

张天一一听这话就闭嘴了，低着头，看自己脚上的那双名牌鞋子，不敢正视姜春雷的眼睛。

“说吧，晚自习干吗去了？就你一个人？最近是什么情况？”姜春雷压制着自己的情绪，站起来，走了一圈又坐下，然后开口道。

“老师，我跟吴晶晶啥事也没有，我肚子疼，晚饭没吃，刚才饿得不行，就买点吃的，碰到吴晶晶，我们一起回来的。你们也不能冤枉好人啊，再说同学之间就不能来往吗？咱班来往的好几对呢，又不是我一个人。”张天一编出一箩筐理由，为自己开脱。

“我也没说你跟吴晶晶有事呀？你这不是不打自招吗？”姜春雷反问道。

张天一无奈地扭了一下脖子，冲着墙角翻了个白眼。

“没有说不让你们互相来往，把心思都放在学习上，一起交流学习，这没问题，但谁允许你们上自习去买东西？”

“行，老师，我知道了知道了，以后上自习不出去了。好，我改，以后绝不再犯。”

张天一一副信誓旦旦的样子。

姜春雷心里明白，自己还拿不出什么证据，证明张天一和吴晶晶超出了同学关系。毕竟，只发现他俩一起失踪，也只能警告。

2

正这会儿，语文老师李玉托着手机进来了，她刚给其他班同学讲完这次期中考试作文出现的问题。

李玉老家在四川阆中，由于教学方式独特，被青果高中从丰台区一所高中给聘请过来了。李玉个子不高，短发，戴着镶边眼镜，穿着比较讲究。人到中年的她就是有点儿发胖，每次上完课，她就像刚跑完步一样，全身出汗。

张天一见语文老师来了，心里窃喜。他也喜欢语文老师，不单他，全班都知道，李玉讲课一说话，大伙就笑，不是嘲笑，只是她一口带着四川腔的普通话着实让同学们觉得很新奇。

更有笑点的是李玉讲课，讲着讲着就“跑题”，跑着跑着一声“回来！都给我回来”，就又把学生们喊回来。同学们就这样一次次乐此不疲跟随她学语文。好学生就不用说了，就连罗亚军这样的都爱跟着李玉老师一起跑题儿。

李玉还有个爱好，就是喜欢早早来学校悠然自得地煮她的健康早餐——养生粥，偶尔也给赶上的学生吃。当然有条件，必须是语文有进步，或者没来得及吃早点的学生，班里张天一这样调皮捣蛋的鬼玩意也喝过她的粥呢。张天一觉得这个语文老师的课堂也像她煮的粥一样，五谷杂粮，各式各样。

李玉边推门边说：“姜春雷，怎么搞的，你手机关机，座机你也不接撒，那个叫郑小乔的女娃儿把电话打到我的手机上找你。你快回个电话撒，她好像不高兴咯。”李玉习惯性地操着四川普通话说道。

“李老师好。”张天一见李玉进门，马上站直打招呼。

听见李老师进来说这些话，张天一心里这个乐呀，对对，姜老师该处理自己的事了，嘿嘿，挨批将到此结束。

“哦，张天一，又犯什么错了？语文是你比较好的科目，这次才考71分，马上高二分文理班，怎么弄？一天到晚都琢磨什么呢？怎么不好好学习呀？”

李玉拍着张天一的肩膀。

“他上晚自习私自出去买东西吃，还和罗亚军打架。这不，刚批评教育呢。张天一，这次我警告你，不许有下回，再有下回我就把你送郭主任那去，听见没？”姜春雷加重语气。

“别呀老师，我下回肯定不敢了，我可不想去郭主任那儿挨批。”张天一赶忙跟姜春雷求情。

“好，我就相信你这一次。以后得把精力放在学习上。行了，你先回去写个500字检查，明天开班会给罗亚军道个歉，以后不许再这么嚣张了！”

“啊？还开班会道歉啊？老师我都知道错了，能不能给我留点面子啊？”

“这会儿你知道要面子了，刚才打架那么多同学看着呢，你怎么不觉得丢人？就得让你记住这次教训！赶紧回班写去！对，顺便让罗亚军到办公室，自习课结束要他来找我。”姜春雷斩钉截铁地说。

张天一虽然不愿意写这检查，更一百个不愿意在全班同学面前向罗亚军道歉，但是他又害怕姜春雷找吴晶晶再追究他俩的事，权衡了一下，也只好先乖乖地回去写检讨了。

3

看着张天一走了，李玉忙催促姜春雷赶紧给女朋友郑小乔回电话。可姜春雷仿佛没听见，愁眉不展地整理桌上教案。李玉坐下，她很想和姜春雷聊聊。

李玉说：“姜老师，你也别着急。学生之间磕磕碰碰在所难免，尤其像他们现在，个个独生子女，在家里被惯得不知怎么去包容别人，都很个性。其实，这样也没什么不好，关键是，得让他们知道什么是个性。”

“他们太有个性了。唉，我没跟他们计较，他们却蹬鼻子上脸。上自习简直就是疯玩，怎么看他们都不像高中生的样儿。真不知道我能不能继续代理班主任，太让我着急上火。”姜春雷摸了摸破了皮的嘴角说。

李玉说：“刚从初中转入高中，哪儿那么快就进入高中生状态？再说了，半大孩子自我调节紧张的高中生活气氛也不是没道理。你要适当允许这帮孩子嬉闹。慢慢来吧，班主任不好当，当好班主任更难。”

姜春雷说：“压力也太大了。万一，我，我真怕当不好。要不，还是给高一2班换个班主任吧，我，我太没经验了。”

“什么？你这时候可不能打退堂鼓啊！眼下没合适的人选，你必须克服自身困难。班主任都是一点一点成长起来的，怕压力哪成？我可是在郭主任面前给你打过保票的。”

“谢谢您，如果没有您向郭主任举荐，我也不会有当班主任的机会。我是有点不自信，我再努努力吧，争取不让您担心。”姜春雷心怀感激。

“甭客气，还是好好工作。郭主任也是看到你有这份能力，她也相信你会带好这个普通班。”

“其实，我特别害怕他们跟我对立。唉，那一个个比我都壮，口才比我都好，正处在叛逆期。真要顶撞起来，我都不是他们对手。好在，我不把他们当对手。”

“怕学生?”

“嗯。说不怕，那是假话，我还真怕他们，也不是那种怕。”姜春雷点点头，又摇摇头。

“什么意思?说说你的想法。”李玉问。

“这几天，我仔细考虑过了，我是新人，又年轻，也没啥威信可言。我如果用校规校矩来严格管束他们，怕他们一无是处。本来我们班就是普通班，在实验班面前都没自信呢，我再严管，怕他们自己都否定自己呢。”

“好！姜春雷，我没看错你，你适合做班主任!”

“今天班上又有调皮捣蛋的出新花样了，居然在学生后背画小乌龟，还在黑板上画漫画，公开抗议老师给他们的负担重呢。我忍了忍装没看见。”

“这就对了，你比他们大不了多少，不能和他们发生正面冲突，否则不好收场。利用你们之间代沟小的优势，去做一个特色班主任。”经验丰富的李玉鼓励姜春雷。

“嗯，我也这么觉着。只要他们不越底线，尽量让他们自我调节，适当给他们放松的空间。”

“嘿，姜春雷，我有点奇怪了，这几天上课，我发现你们班大脸盘的那个程苗苗好像瘦了，注意力不集中，我昨天讲课时，她好像哭了。你这几天多留意一下。”

“没错，我也感觉不太对劲儿。她现在学习不认真，管自习也不负责任，这次考试明显退步。我真害怕，该不会全班都……都早恋了吧?难怪张天一说，班级那么些人怎么偏管他一个呢。”

“没那么严重吧?”

“不过，还没什么迹象，我今天只发现吴晶晶和张天一他俩没上晚自习。”

“班主任要沉住气，同学之间有好感也正常，只要别出大乱子就行，多引导他们。我就怕程苗苗家里出了什么事，她父母关系一直比较紧张。你找时间了解一下，这孩子一直学习好，是班级前几名，千万别让她掉队。”李玉很慎重地说。

“嗯，周六开家长会，我问问她家长再说。”

姜春雷洗了洗手，脑袋里还想着班级的事儿。

差五分钟就下晚自习了，李玉的爱人打来电话说公司临时有事要他去解决，今晚不回家，正开车去石家庄的路上。李玉和姜春雷又聊了几句，便走了。

4

晚自习结束后，有的学生回宿舍，有的回家。姜春雷办公室的灯还亮着，他还没走。

姜春雷批评教育了罗亚军一顿之后，让他回去了。这时候，姜春雷突然想起来，还没给女朋友打电话呢，他猴儿急猴儿急地拿起手机，一看，没电了，怪不得郑小乔把电话打到了李老师那里。姜春雷赶紧把充电器拿出来接上电源，拨通了女朋友的电话。“您拨叫的用户忙，请稍后再拨……”那边不接听，故意挂掉好几次。姜春雷猜测，自己刚才没接电话，也许郑小乔又生气了，才故意不接他电话。

无奈，姜春雷给她发短信：别生气了，都是我不好，刚才手机没电，不知道你打电话。班级晚自习有俩男生打架，我忙得焦头烂额，真的是没有时间接电话，况且也真不知道是你打的。原谅我，接我电话好吗？

等了15分钟，郑小乔也没回短信。姜春雷拔下充电器，准备回家去充，便锁上办公室门。他一边下楼一边还继续用充进去一点点电的手机给女朋友打电话。

谢天谢地，郑小乔总算接听了。

“小乔，你听我解释，我……”姜春雷刚说一声。

“我警告你多少次了，不许不接我电话，你总是说话不算数。拿我当什么？空气吗？你以为你是谁呀！”郑小乔特别生气。

“小乔，你听我说，真的有特殊情况，班级出点问题，学生这边太忙，没顾上你，所以……”

“你知道我的感受吗？明明答应我今晚在大剧院看芭蕾舞，我傻等你两小时，电话也打不通，你是不是成心闹别扭？告诉你，我们到此结束，以后再也不用约会，你就忙着你的班级和学生吧！”

郑小乔觉得电话没有必要再继续下去，气汹汹地挂断手机。

姜春雷急了，又打过去，可还没拨通，就自动关机了。姜春雷想打车去见郑小乔，跟她解释清楚，向她道歉求得原谅，但他焦虑地看了看表，22点33分，怎么办？自己住北城，郑小乔家住海淀，路途太远不说，也许小乔父母都睡觉了，打扰也不好。可小乔真生气了，会不会真的与自己一刀两断呢？那岂不是要了自己这条小命……

姜春雷坐在路边的空椅子上犯愁。该怎么熬过这一晚，他自己也不知道。

第三章　生活乱如麻

1

母亲一辈子的事业是疼爱儿子，这是姜春雷从小就懂得的。他刚进门，母亲就把晾好的绿豆粥给儿子端出来。知儿莫过母，姜母看姜春雷回来这么晚，肯定是有心事。

“儿子，怎么了？是不是和小乔闹别扭了？”姜母关切地问。

“没事，我俩挺好。”

“两人闹别扭也正常，你呀比她大，是男孩，让着她点就没事了。小乔从小家境好，是爸妈掌上明珠，人家看上你，你就偷着乐吧，你呀。”

母亲嘴上责怪儿子，却坐下来一边给儿子扇着蒲扇，一边看儿子吃她熬的绿豆粥。

母亲猜到了儿子心事，但她并不知道，上个月郑小乔提出来，结婚要姜春雷去和她爸妈住在一起，不想下嫁到北城。原因之一，姜春雷家里仅仅七十平方米的房子，除了上了年纪的母亲，还有一个更年迈的外婆。可自己有什么好办法呢？现在北京的房价这么高，别说在城区，就是在郊区买一处房子，恐怕也要三四百万。就算自己能同时当八个班级的班主任，攒一百年也怕办不到。姜春雷想到此处，不禁心酸，酸到眼圈红了。

“妈，您别为我操心了，我自己的事自己能处理。姥姥睡觉了？感冒好点没？”姜春雷故意转换话题。

“睡了，好多了，今天吃完药就躺下睡觉，还打呼噜呢。唉，你姥姥开始犯糊涂了，问我好几次，一口咬定说你上学没带书包，非叫我给你送去。她呀，还拿你当小学生呢。也难怪，毕竟八十八岁了。”

母亲说着叹口气。姜春雷把手搭在妈妈肩膀上，以示安慰。

“儿子，别担心家里，你好好教学，别误了人家孩子，遇事往宽处想。”

“嗯，我知道，别嘱咐了，我又不是小孩。”

“不提醒你你就不着急，那个事怎么样啦？”

“什么事？”

“还有什么事儿，你和小乔的事呗，妈得提醒提醒你，你也老大不小三十出头了，该结婚了。妈也想早点抱孙子，帮你们带带孩子。十一之前和小乔商量商量，早点把婚事办了吧，看看人家有啥条件要求，咱们尽量按北京的老规矩去办，不能委屈人家。”

母亲说着，走进了里屋。

姜春雷喝了多半碗粥，就再也咽不下去了。

2

几分钟过后，姜母拿来一张银行存折。

“儿子，妈这辈子让你跟我受苦了，我也没本事挣钱，就有这些，这是我积攒下来，留着给你结婚用的八万块钱。”

“这？妈，你……”

姜春雷看到八万块钱存折，眼泪就止不住掉下来了。只有他自己知道，这八万块钱的分量究竟有多重。

母亲在三十三岁的时候就和父亲分开了，父亲离开北京和一个福建女人做生意，从此再没回来。当年母亲带着六七岁的他艰难地生活。父亲离婚后唯一留下的是这处房产，也算是恩情，没有让母子俩露宿街头，或许，这房子里也包含了父亲的抚养费吧。

姜春雷很少提父亲，因为一提这俩字母亲就会生气，唠唠叨叨，没完没了。好像父亲欠她前世今生，来世都还不起一样。姜春雷懂得母亲的不容易，母亲怕儿子受气，就没再找男人，靠着自己微薄的工资供他读完小学、高中、大学。现在母亲退休了，还要一个人赡养外婆。

这八万块钱绝对是母亲省吃俭用，从牙口缝挤出来的。想到这儿，姜春雷的喉结又上下滚动了几下。

沉了一会儿，姜春雷说："妈，这钱你留着你和我姥姥花吧，我们结婚有钱，小乔不要钱，我俩没那么多讲究，婚礼就是走个过程，没什么用。"

"傻孩子，人家不要，你也得给，娶媳妇不能一毛不拔。这是礼儿，可别让你岳父家笑话咱这孤儿寡母穷。"姜母赶忙说。

姜春雷知道，自己母亲一辈子要强，一辈子又自卑。母亲之所以很少与邻居往来，就是怕人家知道他们的情况，最担心邻居看出他们是孤儿寡母。

"妈，看您说的，您一个人供我上完大学，谁有资格笑话您？别忘了，您有儿子我，就不算穷。这存折，您先收起来，以后再说。您休息吧，我明天得早起上班。"

姜母听儿子这么一说，又收拾起存折，小心翼翼地放回原处。

3

深更半夜，姜春雷还是睡不着。入夏了，屋里很热，姜春雷半小时冲了两遍澡，可他还是冲刷不净光棍儿内心的狂躁。姜春雷一个人躺在那儿，瞪着眼、闭着眼，怎么着想的也全都是女朋友郑小乔，他的大脑一点也控制不住自己的思想。

时间过得好快，一晃自己和小乔相恋快八年了。小乔是他在大学期间认识的，他们并不在同一所大学读书，可一切，都缘起于一次大学生演出。姜春雷那时表演朗诵，小乔表演舞蹈。至今，姜春雷还清楚地记得小乔美丽的容颜和动人的舞姿。那时小乔跳的是一支新疆舞，演出结束领奖照相的时候，他们紧挨着，从那天起，两人就留下联系方式，渐渐相爱了。

姜春雷觉得小乔样样都好，这是在以前。可最近，不知怎么，小乔总爱发公主脾气，平白无故地任性，而且对自己理解得越来越少。尤其一提到结婚，她总是提出让姜春雷意想不到的硬性条件。小乔自从调到市少年宫担任舞蹈教师后，整个人好像变了，变得愈加任性，处处追求完美。这和她的家庭、工作有关系吗？姜春雷常常胡思乱想，却又不得其解。想想过去他俩海誓山盟，最终，姜春雷还是觉得小乔是自己心中可爱的小公主，她生来就是让他娇宠的……

姜春雷一个鲤鱼打挺，下床又把充好电的手机拿过来，执着得要死，继续给郑小乔发短信。怕打扰心爱的女朋友，他按了定时发送信息，准确的发送时间是早晨六点半，正是郑小乔起床的时间。姜春雷希望小乔一睁眼就看到自己对她说的那三个字。他期盼那三个字化解他们之间的一切误会。姜春雷翻了一个身，觉得还不够，又发了第二条：我永远的小公主，明天（也就是今天）晚上，我负荆请罪，请你吃比萨，老地方等你。见不到你，那我就等你到天荒地老！姜春雷表了一番决心后，才安静下来。

4

奇了怪了，等安静下来后，姜春雷仍然睡不着。脑海里突然想起来，明天下午还有一件大事：家长会！没错，这是他接管高一2班以来第一次组织开家长会。

开会通知单已经下发了，并且家长的手机短信也通知了一遍，但姜春雷觉得有些问题的确很蹊跷。这个班级从学生乃至家长各个都很神秘，姜春雷越觉得神秘，就越感到好奇。

中午休息的时候，姜春雷曾经仔细翻看了一下班级的调查问卷，表格上，关于家长信息一栏，同学们填写得五花八门，把他都给弄蒙了。

梅晓白的母亲怎么会叫梅白？并且父亲一栏无字？按理说，梅晓白不会马虎到连父亲的名字也不写呀？而学习委员程苗苗填的表格更新鲜了，父亲一栏写着：程新野，职务：物流公司副总。母亲名字李英，职务：983路乘务员。可为什么留的联系电话是姑姑程新田？开家长会干吗不是父母来给开？而是姑姑来呢？

至于梳着长长马尾辫脾气最拧的女生赵小晚，更让姜春雷费思量。她在母亲一栏写着：赵镜；职务一栏赫然写着：不务正业。父亲一栏写的字数最多：生物学父亲未知，有待日后考察验证。冒号：括弧（有一个滥竽充数的继父）。姜春雷乍一看，就俩字：想笑。嘿，这个班级语文单科状元，的确与别的同学不一样。可再细看一遍，姜春雷当时心就一沉。他那心，有点隐痛。没错，对赵小晚，他竟油然而生了一种同病相怜的感觉。

很显然，这孩子与姜春雷自己一模一样，敢情他们是一类的，都属于没有父爱的孩子。歌儿里唱过说，没妈的孩子像根草。姜春雷至今也没想出来，那没爸的孩子该像什么？像没根的树，漂泊的蒲公英，还是像满胡同里乱串的流浪猫崽子狗崽子？他，不敢深想下去，想下去，就又伤感，一伤感，就会更想得到郑小乔温柔的拥抱，想他俩单独相拥的美好。

姜春雷坐起来，又躺下去。为了不扩散自己的烦恼，他就继续回到赵小晚的问题上来。

可……可是，赵小晚为什么在母亲职业一栏写着“不务正业”四个字呢？而且是用笔勾描了好几遍？难道在学校好发飙的孩子在家也不爱本已含辛茹苦的母亲吗？这，让从小和母亲相依为命的姜春雷想不通。姜春雷捏了捏眉头，他通过专业的教学分析，得出结论是：赵小晚这个孩子填表的时候，暴露出极其复杂的心情和严重不满的情绪。

当然，姜春雷感到神秘的一切，也都仅仅是猜测和分析，要想弄清重重迷雾，也只能等到开完这次家长会。姜春雷打了个哈欠，他看了看手机上的时间，显示凌晨三点二十。他又打了一个哈欠，赶紧定好闹铃，强制自己闭眼，什么都不再想。

第四章　狼爸、虎妈和狗叔

1

一大早起床，赵镜和赵小晚这娘俩就掐起来了。

继父邬民出差去了上海，要下周回来。赵小晚心情不错，她很放松，决心踏踏实实补一觉，然后，下午再和同学梅晓白去图书馆，顺路逛逛商场超市。谁知道赵镜起得比鸡还早，非叫醒赵小晚刷牙，吃早点，然后学习。

小卧室里，赵镜揭开毛巾被，拍打女儿叫她起床。

“起来，快点，我今天还要给你开家长会，我的事多着呢，没时间看着你学习，告诉你自觉啊，不许看电视!”

“你烦不烦啊？没睡醒呢!”赵小晚闭着眼，一把将毛巾被抢过来躺下，接着睡。

“我让你起来没听见啊？赶紧起来！都几点了？!”

“你有事就走，叫我干吗？！我天天睡不够，好不容易睡个懒觉怎么了!”

“你不赶紧起来吃完饭学习，你怎么考大学？！我这辈子就指望你呢！要没你我早不活了!”

“没我，哼，我看你活得更好。天天看贼似的管着我，你累不累啊！一天天，就知道让我考大学，别的啥都不管，不管我死活，一天天没完没了地招烦，我就是能考上大学也让你烦得不想考了。真烦!”

“你翅膀硬了啊，都敢骂我了？！我还管不了你了是咋地!”赵镜的火噌地就蹿起来，“啪”的一声用足了劲儿，扇在女儿的大腿上。

“哎呀！疼！”赵小晚大喊大叫。

“就让你知道疼，谁叫你不听话！小狼崽子还骂我，打不死你！”赵镜这一巴掌下得比哪次都重。

赵小晚啊哇一声，嚷道：“你有病啊？！别管我！起开，听见没有！”

“你起来刷完牙，我就走，不起来，这家长会我也不去了，爱谁去谁去，我就在家看着你学习！”

赵小晚一瞅这架势，真想一把将她妈推出门外去，这女人简直像个疯子不可理喻。赵小晚真的很想知道，眼前这个疯子，不，是母老虎更贴切，到底是不是自己亲妈。该死的上帝从来就没公平过，唉，她怎么就摊上这么个妈啊？！双方怒视着，没有理由的，或者有千万条理由的。

赵小晚一见她妈那张脸，就烦得要死，恨不得让她立马在自己面前消失。也许，消失后，她自己还能为眼前这个女人挤出一滴眼泪，算是看在仅剩的唯一一点儿亲情分上。

在断定了这个女人会磨叽得没完没了之后，赵小晚瞪了赵镜一眼，忽地一下起来，披头散发地向洗手间走去，又啪的一声狠狠地把洗手间门关上。

赵镜骂了一句：“我上辈子欠你的，你这个孽种！”

“还不知道上辈子到底是谁欠谁的！”赵小晚推开门，特别及时地回敬一句。

赵镜眼尖腿快，跟到洗手间门口，看女儿拿着杯子要刷牙，在挤超市到处可见的一种薄荷味的牙膏，就走进来说：“小孽种，我跟你说多少遍了，用我们‘宁力’牙膏，这是我特意给你买回来的，一支牙膏48块钱啊！这可是好产品。不知好歹！”

赵小晚真是忍无可忍了。“你能不能闭嘴！你整天张口闭口‘宁力宁力’！家里到处是你买回来的‘宁力’产品，我不稀罕，那牙膏味难闻死了，跟粪坑里捡回来的似的！要用你自己用！神经！”说完，啪的一声，赵小晚把洗手间门反锁了。

赵镜一屁股坐在客厅离门最近的椅子上，大口大口地喘着粗气，简直要被气死了。她也不明白，自己怎么生出这么一个东西，就知道和自己作对。

尽管被气个半死，赵镜还是把厨房准备了一早上的早点端出来，放在客厅茶几上，冲着洗漱完的女儿说："你看，妈多辛苦哇，给你炒了你爱吃的苦瓜，还有俩茶叶蛋，一碗小米粥，这粥我都给你晾凉了，快过来吃，吃完学习。"

赵小晚瞥了一眼，问："谁说我爱吃苦瓜？你了解我吗？你怎么还不走啊？我都洗完漱了，你走吧，走了我就学习。"赵小晚用小勺在粥里搅和了几下，打个哈欠，不耐烦。

突然，赵镜看了看自家客厅支在墙角的写字板（为传销宁力产品讲课用的），顿时眼睛一亮，问："你们班谁家条件好？有几个女老师教你？你们班主任结婚没？"

赵小晚把小勺往桌上一敲叫嚷说："不知道！你还去不去学校了？问这些跟你有关系吗？你再不走，我走！"

"行行行，我这就走。你吃完赶紧学习，告诉你不许看电视！"

赵镜回自己卧室，拿上一些"宁力"产品资料装包里，这才下楼，去了青果中学。

2

一个人在家，赵小晚觉得既安全又宁静。这样的日子对她来说是少之又少的。吃完早点，她快乐地哼起《棉花糖》，穿着连衣裙的她还忍不住转了几圈儿。无意间，她侧脸看见妈妈的卧室门开着，一眼看见墙上悬挂的赵镜和邬民的结婚照，照片上皮肤较黑的继父正朝自己看，她情绪一下子就不好了。

赵小晚的情绪一般看见皮肤黑的人容易发作。比如昨天，她骂班上较黑的生活委员罗亚军，报仇雪恨一般地骂人家，其实，罗亚军根本没到非骂不可的地步，可她当时就是控制不住，尽管事后没处买后悔药。也许，是她看见黑皮肤的罗亚军就想到了继父邬民的缘故。

赵小晚“嗖”的一下起身，把大卧室的门“砰”的一声关严。赵小晚讨厌看到那张面孔，这种感觉好像来自一种恐惧。这会让她又一次想起九岁那年（小学五年级），妈妈没在家，继父打了自己，打了七个耳光，鼻血流了一地，衣襟也沾满了血迹。到现在，她还走不出那段阴影，对她来讲，那是一种孤独无助的恐惧。至今，赵小晚也想不出被打的真正缘由，或许，只有一个，那就是自己不是他亲生的，继父看着不顺眼，拿自己撒气。

每次想起这事，赵小晚就会有一种委屈，就会对妈妈产生一种怨恨，尽管怨恨过后自己又后悔。不知怎么搞的，尤其在和妈妈两人独处时，她怎么也压制不住自己，像是身心被魔鬼控制住了，瞪着眼睛要同妈妈对抗，直到妈妈败下阵来，“认顶服输”为止。仿佛只有常常顶撞妈妈，“顶”她个无路可走，“撞”她个人仰马翻，自己心里才略微好过一些，才能找回一点点平衡。然后，她站在“敌人”面前偷着乐，再然后，转过身一个人偷着哭……

赵小晚想到这儿，使劲把狗往地上一摔，狠狠踩了几脚，然后来来回回当球踢，直踢到狗从墙上反弹回来。如果是活狗非让赵小晚给摔打死，还好，这是一只“毛绒狗”，用来做沙发靠垫的。赵小晚还不解气，就报复似的把毛绒狗的一只耳朵给生生扯下来。看着独耳毛绒狗一声不吭的样子，赵小晚这才饶了它。弄残了的毛绒狗被她甩在沙发上。赵小晚的眼泪早就出来了，她使劲用手抹了一下流出来的眼泪。

3

好像有敲门声。赵小晚赶紧用纸巾把脸收拾干净，站起来，从门镜朝外看。赵小晚看清了，是六楼的邻居苟叔叔，正在和赵镜一起做“宁力”产品的那个快五十岁的男人。

苟叔叔边敲门边说：“赵镜，在家吗？我拿点宣传资料。”

赵小晚隔着门说：“我妈出去了，你下午找她吧，有事你给她打手机。”门外没动静了。

过了五分钟，苟叔叔又敲门，说：“小晚，给叔叔把门打开，我拿点资料，刚给你妈打电话，他要我自己取，就在你妈房间的写字台上。你递给我也成。”

赵小晚懒得碰妈妈那些东西，也讨厌去她的房间，就把门打开，心想，让那个男人自己取好了。

苟叔叔进门自己去拿了想要的资料，然后笑吟吟地说：“哟，就你自己在家呢？瞧，越长越水灵了，你刚从东北来的时候，小脸蛋被你们东北风吹的哟，跟乡巴佬似的，几年出落成这样了！啧啧，你继父不心疼你，以后我心疼你，给你买衣服，买手机，我们俩联系，好吗？”

这家伙边说边往赵小晚跟前凑。赵小晚有点儿害怕，往后退缩。她感觉这家伙比继父还令她恐惧。

老苟见赵小晚有点慌，就壮大了胆子，伸手想摸赵小晚凸起的地方，还把臭嘴贴过来了，直逼得赵小晚躲在沙发顶角的墙缝那里。

赵小晚一躲，没站稳，坐到地上，手偶然摸到墙角地上的瓶装杀虫剂。赵小晚机灵地抄起瓶子，暴力地按下杀虫剂活塞，直喷老苟的脸。老苟捂着脸本能地叫，开门往外跑。赵小晚拿着拖把追，嘴里狠呆呆地骂道：“你就是老狗！滚得远远的！想欺负我，没那么容易！我生来不是让你们欺负的！你也甭想欺负我妈，这次警告你！给我滚！滚！”

苟叔叔被制裁后，狼狈地逃窜。

赵小晚捡回扔出去打苟叔叔的拖把，迅速把门反锁好，她气得呼呼直喘气，咬牙切齿不停地骂：“老王八蛋，我喷死你！让你尝尝我的厉害！看你还敢不敢害我，想欺负我，哼，门儿都没有！老不死的，让你享受，活受罪吧你！”

赵小晚两眼冒着凶光，一闪一闪的，阎王爷看了都害怕的那种凶光。

正骂得痛快呢，电话响了。赵小晚一接通，听到是同学梅晓白的声音。

“喂，赵小晚，下午我妈带我去见一个海淀区特有名的舞蹈老师，以后给我专门指导。所以我们还是现在就见面吧，你有时间吗？中午一起吃肯德基，商厦旁边那里。”

“有时间，我骑车过去，20分钟以后，肯德基见！”

“嗨，先别挂，我还没说完呢，班长王朴生，还有郝帅他们也去。”

“他俩怎么知道我们的行踪啊？是不是你说的？”赵小晚问。

“他们给我打电话问我历史题了，然后说出去玩，我说和你约好了，这才临时决定一起坐一会，聊聊天。他俩考试没考好，学校开家长会呢，可能紧张吧，所以想出来。一起没事吧？”

“没事，那就一块儿吧。我也正烦呢，好了见面聊吧。”

放下电话，赵小晚拿出日记本，在上面写上四个字：我恨你们。然后，在同一页写上荀 ××，最后用红色笔在上面打上大大的红叉。这是她给第三个男人打的红叉。赵小晚的“不信任簿”上从此又多了一个成年男人的名字。

第五章　真心话大冒险

1

梅晓白家离肯德基店远，她还没有到。赵小晚看了看肯德基里来来去去的人们，无奈地推开门走了进去。她转了又转，终于等到了一处四人桌。

看着进进出出的家长带着自己的熊孩子吃着“全家桶”，赵小晚有些羡慕嫉妒恨。可她的恨毫无意义。旁边的小女孩坐在爸妈中间咬着手里的大汉堡，不时盯着坐在斜对面孤独一人的赵小晚。每当爸爸妈妈疼爱地抚摸小女孩脑瓜，问她“好不好吃呀”的时候，她都冲赵小晚呵呵地笑一下，仿佛是想让这个漂亮的大姐姐也融入自己幸福的时光里。可是，在赵小晚眼里，这个小屁孩分明就是在炫耀自己的幸福。赵小晚木木地盯着小女孩，有那么一刻，赵小晚心里的恨，竟渐渐消失了，留下的只有对自己些许的怜悯。

大约等了20分钟，梅晓白拎着书包急匆匆地跑进来。

“我就知道你最先到，等着急了吧？那两个估计还在路上呢。”梅晓白说。

“我说你能不能改改你这迟到的毛病，每次都这样。”

“怎么啦？以前迟到也没见你这么不高兴啊？今天我请你。”

“请我就任性啊？就来晚啊？”

“行行，我不跟你计较，总那么敏感，爱发脾气。真拿你没办法。想吃什么？随便去点。”梅晓白报以微笑。

“谢谢啊，等以后我有钱好好请你。”

“我俩用不着说这种话。快说，想吃什么？”

“来杯冰镇可乐，再加个香辣鸡腿堡。唉，我兜比脸还干净，除了饭钱，我妈多一分也不给我，就是一只铁公鸡！”

梅晓白看着赵小晚用面目狰狞的表情吐出“铁公鸡”这三个字的时候忍不住地笑，用手轻轻地捏了捏赵小晚的圆脸蛋说：“瞧你那德行，胡说八道什么啊？那是你妈，又不是敌人。行了行了，你坐着看包儿，我去点东西。”

赵小晚没言语，把梅晓白的包儿往自己身边挪了挪。

没一会儿，梅晓白端来了一堆吃喝。两人吃了一半，梅晓白忍不住问：“怎么？还在生你妈的气啊？你能不能改改你的坏脾气？好不容易出来一趟，能不能高兴一点？”

“我可做不到你那样淑女。有这样的妈，整天叨叨，我脾气能好得了？我就觉得天底下再也出不来我这么个妈！你妈也这样对你？”赵小晚说。

“嗯，倒也是，我妈还真不这样，再说我俩也不生气，亲还亲不过来呢。”

赵小晚一听这儿，就更牢骚满腹了，说道：“我妈肯定是更年期提前了，这要她到了四十，那还不得整死我？本来，周末想多睡一会儿，就那么一会儿，她非得把我整醒，逼我学习，就说高二要分班了想让我进尖子班考大学，不学就晚了。哼，本来就晚了！你看她给我取的破名字，一点文化没有！说我是晚上生的，就随便叫我小晚。有她这样的吗？一点都不知道心疼我！她压根就不理解我！多睡一会儿能死啊？！”

“哦？怪不得你这么能睡觉，原来你是晚上生的。”梅晓白笑着说。

“什么呀，不光这个，一大早起来，她就开始数落我，她也不嫌累。真是的，在上一分钟我呼呼睡，梦里还笑得很开心呢，下一分钟就吵醒我。”

“你妈不吵醒你，你能一下子睡到高考结束，我还不知道你？嘻嘻……”

“啊、啊、啊，气死了，关键是跟她吵架千万不能回嘴，要不，就没完没了地更烦，懒得理她。哼、哼、哼，今儿大早上非让我用她推荐的‘宁力’牙膏刷牙，我不喜欢用，她就又数落我，那样子跟一头母老虎似的，真受不了她。”

“这样子啊？那你爸呢，他什么态度？”梅晓白仰头问。

“你问我哪个爸？”赵小晚猛地一口，把一块鸡肉吞下去，反问。

梅晓白错愕地看着她，不知道下一句该说什么了。

“要么我说，天底下不可能再有第二个我这样的妈呢，结婚跟跑接力赛似的，她，都两回了！”

“啊？两？两回？！”梅晓白迷糊至极。

“生物学那个父亲，到现在我都不记得他长什么样，从我三岁的时候他俩离婚起，就再没联系过。现在这个……”赵小晚顿了顿，欲言又止。

没联系？也？也没联系？现在这个？

“嗯，没联系。我上小学的时候，继父，他，他打过我……”

就在梅晓白擦嘴的工夫，在所有人面前一向强势从不示弱的赵小晚眼圈泛红了，她微微仰起头。

梅晓白知道，赵小晚是不想让人看到自己的眼泪。在同学老师面前，看到她发飙容易，但看到她流眼泪，恐怕要比登天还难。

赵小晚接着说：“从那个时候起，不管是高兴的时候还是伤心的时候，我都不愿意跟他们说，只有不停地写日记，只有写日记的时候，我才能看到内心世界的那个我。”

梅晓白恍然大悟，这才知道，在老师、同学眼里的语文状元，竟是这样的生活造就的。也许，这就是，上帝给你关上了一扇门的同时，也为你打开了另一扇窗吧。

赵小晚抿了一下嘴，缓缓地说：“你妈对你那么好，把你当小公主养着，要啥买啥，每星期还给不少零花钱，做什么的？那你爸呢？对你也这么好？真羡慕你。”

“我妈，自己有一个园艺工程公司，可她还没有……没……还没有结婚，没男朋友呢。”梅晓白想了想，终于吞吞吐吐地说。

“啊？私……不会吧……那你怎么来的？”

很尴尬，赵小晚不知道该不该继续往下问，觉得自己刚刚说错了话。

自从上个月梅晓白和赵小晚在宿舍睡了一夜（梅晓白感冒，家里没人，姜春雷准许赵小晚在宿舍照顾她一晚），梅晓白就想把自己的私事告诉这个朋友了，更何况，现在赵小晚告诉了梅晓白一直隐瞒的身世，从以心换心的角度，梅晓白也就只好对赵小晚说出了自己的秘密。

“我不是我妈亲生的……她没结过婚……我是被她收养的。”

赵小晚也不笨，但此时此刻也有点迷糊，歪脑袋问：“什么！什么？收养？你？你怎么知道的？那你究竟是哪来的？你知道你的亲生父母是谁吗？”

梅晓白摇摇头，说：“具体我也不知道。从小，我妈一直瞒着我，说她生的我，只是爸爸在国外工作。而等我再大一点，她又说爸爸在国外去世了。”

“去世了？你也没爸了？”

“但是，从外婆对我的态度上看，我一直怀疑自己和她们的关系。唉，直到前些天，我亲自去了一趟公安局。你猜都猜不到，我是被我妈妈领养的。”

“天哪，这也太离谱了吧，怎么跟电视剧似的。想不到，你是这种情况。”赵小晚好像没心理准备聆听这样的答案。

“嗯，就是这样。”梅晓白点点头。

“但是，你也挺幸运的啊，有这样一个好妈妈，对你那么好，要是你亲生母亲像我妈这样，那你还不如被领养呢。”赵小晚又说。

“别在那儿自怨自艾了，不说她们了，说说我们，将来，嘻嘻。”梅晓白想转移话题。

“哎，梅晓白，有情况吧？你老实交代，是不是在恋爱？！”

“哪敢啊，没有，别乱猜。”梅晓白不好意思了。

“我将来找男朋友，绝不会像我妈那样有眼无珠。起码找一个有责任心，脾气好的。”赵小晚喝了一口饮料，咂咂嘴说。

“你觉得什么样的最合适？”梅晓白问。

赵小晚想了想，说：“成熟的、浪漫的、帅气的、高高的、唱歌好听的。嗯，善良、可爱、单纯的也可以考虑。”

梅晓白瞪大眼睛。“对，对，我也喜欢思想成熟，最好比我大七八岁，并且善良的，要帅一点，要知识面广，嗯，幽默一定要有，最好会打篮球，足球也行。对，还要爱我。”

说着说着，梅晓白脸就腾腾地红。

赵小晚好像发现了什么奇迹，阴阳怪气地说：“哇，你是不是在说咱学校的方向老师？就是学校文艺演出的那个编导？他可是全校女生心中的梦中男神老师啊！如果高二学文科，他正好教政治课，有机会哟。”

“没有的事，别瞎说，你听到没有。”梅晓白用手拍赵小晚的手，压低声音道。

“我逗你玩呢，要有，也一定是你单相思，哈哈……”

赵小晚笑得梅晓白有点幸福，也有点紧张。

两个人说笑时，突然看见班里的张天一和吴晶晶拉着手走进来。她俩不好意思打招呼，不约而同地低头，假装什么也没看见。

张天一和吴晶晶发现有同学在这里，还是女生，张天一就搂着吴晶晶转身出去。为了避免麻烦和不受熟人的拘束，他俩决定改吃麦当劳。

赵小晚再抬头扫了一圈，发现两人没影儿了，就推推梅晓白说：“哎，他们没吃，走了。这叫什么事啊？他俩谈恋爱，弄得我们比人家还不好意思。”

梅晓白笑了，笑得把喝进去的饮料都呛出来了，然后咳嗽了几声。

“完了，吴晶晶这个女生以后有她哭的时候，别看她现在美滋滋。”赵小晚说。

“为什么？”梅晓白问。

“什么为什么呀，她，太狂了，倚仗男朋友，总是和孙佳卉找我毛病，在宿舍没少排挤我。当然，你不清楚，你不住宿。我才不怕呢，经常和她俩吵，我怕过谁呀？！”

“嗯，她就是爱显摆，给自己找个有钱又有势力的男朋友多有面子啊，张天一家境那么好，又跟咱学校高二高三的那帮人熟，老跟他们一块出去打架喝酒。你以后还是躲着点。”梅晓白说。

“看吧，男生脾气暴躁，好打架的，都没长脑子。学校一般只有傻女生才喜欢那种打架猛，没头脑的。真够恶心的，还一边走一边亲，喏，在外边墙角呢。”

赵小晚很不屑，她的刻薄又写在了脸上。

2

郝帅和王朴生推门进来了。

梅晓白站起来招手。赵小晚看见郝帅就止不住笑，把王朴生笑毛愣了。

“你俩真能磨蹭，这时候才到，我们都快吃完了，来晚的请客啊。”梅晓白先开口。

“错了错了，真不是故意的，郝帅非要去弄完头发再来，你们看看，他头发弄得还可以吧?”王朴生说。

郝帅又弄了新发型。郝帅从骨子里觉得，帅、酷、美都是由发型来决定的，尤其男生。哪怕这个发型只保留周六周日两天也值得。

郝帅看无数双眼睛盯着自己，就故意摆个pose，赵小晚还没笑完，连笑带说：“哎呀妈呀，你可快坐那儿吧，一会招来粉丝要你签名，还以为台湾的哪个小天王来了。”

“嘻嘻，我要是小天王就好喽，就离开学校，没人敢管我喽。”

“嘿，干吗这么下本儿打扮？用得着那么臭美吗？是给那老谁家的小谁看，还是给谁谁谁看呢？交代!”

赵小晚觉得最近郝帅有问题，看梅晓白的眼神不正常。

郝帅缩了一下脖儿，说：“噢，鸡腿裤不让穿，我还不能在自己头发上找找感觉啊？我就不信糟老头子专挑我一个人收拾。嗨，我这发型咋样?”

郝帅的确有一副艺术范儿，不用表演，坐在那儿就够了。

王朴生说："周一上学可要注意，别再让曹主席抓到。"

郝帅说："没事，我点儿没那么背。嘿，班长，你说点吉利话好不好？"

王朴生一阵一阵憨笑。梅晓白想想那天郝帅当着全班脱掉鸡腿裤的那一幕，也忍不住偷偷低着头笑。

郝帅从兜里掏出钱说："男生必须请客，给，你俩刚才的花费我给你报销，200够吗？"

梅晓白说："不用，我们付完了。"

郝帅坚持要给，慌里慌张中推二百元钞票的手不小心碰到了梅晓白的手上，梅晓白慢慢地往回挪手指。郝帅的心怦怦乱跳，也不知是兴奋还是紧张，郝帅出了一脑门子汗。

"算了，一会我们去书店看看书，如果有买书的，你就给报销，大家说怎么样？"王朴生打帮腔。

"好，这个主意不错，给你，这钱你先装起来。"赵小晚边说边把钱塞到郝帅兜里。其实，赵小晚心里一直惦记书店里的那本《悲惨世界》。

郝帅也不再推让。初次无意中碰触到梅晓白的手，郝帅的心此时无比活跃……

桌上的东西吃了一多半了，郝帅突然拿出一副扑克，笑着说："咱们好久没在一起单聚了，我们打打扑克玩，怎么样？新扑克。"

赵小晚说："怎么论输赢？我可没一分钱。"

王朴生说："不玩钱的，我们贴纸条！"

梅晓白说："啊？！满脸贴纸？那可不成！大庭广众之下，丑死了。"

郝帅说："那只好玩真心话大冒险了！"

赵小晚拿过扑克洗牌说："好，真心话大冒险！"

郝帅看看对面的梅晓白，心里乐了。

第一轮梅晓白就输了，被问问题。梅晓白输了自然沮丧，没办法只能愿赌服输。

郝帅迫不及待地问："你爱谁？"

梅晓白说："爱我妈。"

郝帅说："我问的不是这个。"

赵小晚说："不行不行，咱们玩的是真心话大冒险！谁也不许说假话，问啥说啥。"

梅晓白说："就是真话呀。"

赵小晚摇头说："不行，郝帅问你爱谁，肯定不是期待你回答你妈。对不对，同学们？"

王朴生和郝帅一起回答："对！对！"

"初中的可以说吗？"梅晓白问。

"可以，谁？详细点啊。"赵小晚强调。

"石磊。"梅晓白有点不好意思地说。

"石磊是谁啊？"郝帅的心都跳到舌头底下了，他火急火燎地追问。

"我初中班主任。"梅晓白说着脸更红了。

"后来呢？"赵小晚好奇地瞪着大眼珠子问。

"没后来，我只是偷偷喜欢。老师不知道。"

郝帅听完，总算把心放回肚子里。

接下来该王朴生追加问题了。

王朴生说："一般我不伤人，只问不难为你的。"

"问啊，说呀？"赵小晚在一边催王朴生。

王朴生想了想问："你最难堪的一件事？"

"给石磊买的东西送了一年都没送出去，现在还在家里。"梅晓白句句说实话。因为她愿赌服输，讲诚信。

几个人听完都笑了。尤其郝帅笑得与众不同，是那种幸灾乐祸的笑。

第二轮是王朴生输了。剩下的三人联手提问题，让班长一个人说真心话，并且决定让班长来一次大冒险。

赵小晚赢了，第一个开问："你几岁知道自己是怎么来到这世界的?"

王朴生挠挠头皮，说："准确地说小学六年级，是从我妈看的医书上知道的。原来我奶奶一直告诉我是她从垃圾堆给我捡回来的，所以那时候我特感谢奶奶，感谢她的救命之恩，我和她的感情超过我父母。"

四个人都大笑，笑得前仰后合。

另一个赢家梅晓白问："你几天洗一次脚?"

"最多七天。是去西北一亲戚家，他们那儿缺水。"

"我一天一洗。"郝帅抢答。

"那不臭死了！"赵小晚捂着鼻子说，好像王朴生把臭脚丫子露出来了似的。

该轮到郝帅问了，郝帅弄弄头发、眨巴眨巴眼睛，咳了一声，说："你和初中女同学哪个还有联系？是手机联系的?"

"我想想，哦，最近联系的一个叫张灿，我初二的同桌。现在她在市里读高中呢。"

郝帅眼里闪着亮光，说："好！现在就来一次大冒险，你给她发短信。就写，如果上天再给我一次机会，我会对你说那三个字。"

赵小晚起哄道："对对，就这个好，这才是大冒险。发！发！短信、微信都成。"

梅晓白在一边笑，看赵小晚催促王朴生，催得脸红脖子粗，就有意阻拦不玩这个游戏了。

郝帅看看赵小晚，又瞅瞅梅晓白，觉得梅晓白就是温柔可爱，不像赵小晚浑身带刺。

王朴生说："我没手机，只有她手机号。她是打我家座机联系我的。"

郝帅不依不饶地说："那哪成啊，实在一点好吧。玩就像个玩的样子，不能耍赖。"

“就是啊，班长不带这样的。对，梅晓白有手机。你拿手机没?”赵小晚问。

“我今天带了，上学校不带。”

“拿来，给班长，发!”郝帅等不及，站起来拿过梅晓白手机递给王朴生。

王朴生只好发短信给初中女同学，按照郝帅拟好的字句。

几个人继续玩真心话大冒险。郝帅怕下一个输的是自己，担心赵小晚和王朴生让自己说真心话，万一要涉及梅晓白就难办了。所以郝帅故意把时间拖延在班长身上，他不时地看手机有没有回信。

等了一分钟，还没见对方回信，郝帅说：“刚才人家以为是骚扰短信，班长没署名。你再发一条，就说，我挺想你的，署名王朴生。发，发吧。”

“真够坏的! 够狠!”赵小晚指指郝帅说。

王朴生又发了一条，他打算过后再和女同学解释，现在在玩真心话大冒险的游戏，也只能遵从游戏规则。

果然这次见效，那女孩发来几个字：那你继续想吧，老同学。

“啥意思呢? 让你继续想，啥意思呢?”郝帅问。

其实，郝帅故意纠缠这一问题，是为了拖延时间，因为他的这把牌不好，他料到自己会输。

王朴生说：“别琢磨了，我们就是同桌，什么也没有。人家是清华北大的料儿，才不会理我的短信。”

郝帅说：“呵呵，原来班长也有自卑的时候呢。”

梅晓白说：“别玩了，旁边人看我们呢，咱们说话声有点大，扰民。我们小点声聊聊天吧。”

“好，不玩了。聊天。”

郝帅正巴不得呢，他边说边把扑克收拾起来。

3

王朴生打了个哈欠，看看表，叹气说："唉，咱们家长会开始了。此时此刻，大人坐在一起正讨论我们呢。"

郝帅说："一开家长会，我就觉得怪怪的。我的心啊，完了，妈呀，拔凉拔凉的（装着电视小品里演员的样儿）。"

王朴生皱着眉头说："唉，你们说，全班多少人要面临回家挨批斗啊？尤其考试考砸的那些。我这次英语都没及格，我妈我爸准质问我。"

"反正我就那样了，爱咋咋地，大不了不念了，早点挣钱自己花更好。"赵小晚说。

"你还是有希望的，语文年级前五，你就是偏科，以后别总是睡觉，免得罗亚军册封你为'教主'（觉主）。"梅晓白善意地说。

"行了吧，你们都比我成绩好，我才怕家长会呢。高二分文理科，你们学文学理？"

郝帅边问边把目光专注地落在梅晓白眼睛里。郝帅的架势好像梅晓白学文，他就学文，梅晓白要学理，他绝对追随着学理。

"我学文科。"说完，梅晓白莞尔一笑。

梅晓白的一笑，看得郝帅眼睛又直了。他觉得梅晓白美丽得无与伦比，如果单看赵小晚挺美，但是，只要和梅晓白放一起一对比，赵小晚只能排第二了。

"我不可能像我爸妈那样学理科，当医生。可是，文科我又怕英语。"王朴生咬着一根薯条说。

"理科生也得学外语呀，你是无法逃脱被'老外'折磨的，嘿嘿。我吧，只能学文科，并且，除了语文，什么也不想学，就想多睡觉。"赵小晚装出闭眼打呼噜样儿。

“嘿，你有睡觉那工夫，还不如继续提高提高语文水平呢。提高到一定程度，那就成‘大家’了。嘿，你俩不知道吧？赵小晚写好多诗，还登在了校刊上。”说完，王朴生还冲着赵小晚赞了一句：“够牛的啊！”

“我没看到啊，在哪儿？在哪儿呢？校刊上哪有赵小晚的名字？”郝帅问。

“你整天寻思画画，哪里还顾得校刊！她有个笔名叫‘舞语琵琶’。”王朴生笑着，看看梅晓白，用话儿敲打郝帅。

“哦，哦，来，为舞语琵琶干杯！”郝帅提议。

“巨逗，赵小晚每次睡醒就开始写，有一回数学课上，气得数学老太太，就是于冬丽，当着同学面全给她撕碎了。”王朴生说起上课的糗事。

“咱们数学老太外号叫‘老更’，脾气来得超快，但人不坏。多认真的一个老太太呀，你看她讲课从不坐着，一站一堂课。毕竟她也想教好咱们，她总说，学好数理化，走遍全天下。”梅晓白说。

“哈哈，真是一个超逗的老太太。我最爱听她用东北土话骂咱们：别搁那儿扯王八犊子，别净瞎扯犊子行不？学（发‘淆’音）习！”郝帅模仿数学老师。

“对，‘老更’有‘老更’的优点和能耐，但我讨厌数学课，一点办法也没有。嘿，知道不，她撕碎的那首，我，已经记在心里了，一个标点都没忘！”赵小晚做着鬼脸，还挺自豪。

“哎，哎，正好我书包里带了纸和笔，你要不写下来？”梅晓白说。

“那好吧，写下来送给你，等五年以后再看，不夸张地展望一下，万一以后我成名了，这，可值老钱了！”赵小晚梗起小脖子，还来劲了。

梅晓白、王朴生、郝帅听了开心一笑，争抢着也要留一份儿。他们几个看着赵小晚在纸上写下了这首曾经被“老更”活生生摧毁的诗。

有时候

有时候觉得

一节课很短

才想明白了第一

伴着下课铃声

老师却已经说到了第五

有时候觉得

一节课很长

三觉醒来

昭君还没有出塞

五觉过后

苏武牧羊还没回来

我常常想

多年以后

当一切数学公式定律都成为浮云

当任课老师的名字一个个都在我眼前模糊

面对这复杂的世界

不知

这些曾经单调到枯燥的日子

能否在我们的记忆中存活

……

第六章　超级家长会之一

1

上午九点钟左右，初夏的阳光透过玻璃窗暖暖地照耀在高一2班教室的角角落落。桌子上、椅子上被阳光隐隐若若地折射出一条又一条相交的直线，无限延伸，直至穿不透的墙体。

窗台上摆放着四盆花，虎尾兰、绿萝、月季、紫罗兰。这都是梅晓白从家带来的。教室前面墙壁上贴着六张班集体奖状。黑板上方是几个大字：尊敬中成长，竞争中超越，安静中学习，干净中生活。右侧墙上是班级个人照片、同学奖状、月考和期中考试列表，有年级优秀学生名单、班级优秀学生名单、单科状元。后墙上也有一块黑板，板面是用彩色和白色粉笔绘制而成的板报，有优美的文章、先进的科技知识，还有学生们最喜欢的动漫插画。板报上方贴着一行醒目的标语：励精图治，超越自我。

屋内整齐地摆放着独立桌椅。桌子两侧的挂钩上挂着各式各样的东西，装着书本的小背包，塞满了垃圾的塑料袋，袋里还有没消耗完的夹心饼干、辣条儿、豆干儿。班级有两个门，离后面门不远有一个半人高的垃圾桶，桶里桶外，空矿泉水瓶儿、才喝了一半的饮料瓶儿，甚至还有没开封的饮料瓶，满满当当的，估计生活委员还没来得及卖掉。左侧墙面的两个空调冒着凉气，九盏日光灯雪白雪白。这一切，都一目了然地向家长们传达了学生平时的学习环境，在校生活的部分情况。

教室门外张贴着：欢迎您，家长！教室门里正前方黑板上用彩笔写着：一切为了孩子，让我们共同努力！今天，每张桌面都贴上学生姓名和学生自己的格言（每人提前写好），以便每位家长都坐在子女的位置上，让家长也体会一番坐在教室里面的感受。

姜春雷留了学习委员程苗苗负责“领位”，让罗亚军协助老师为家长发放一些开会资料。程苗苗走到前面把班级的大屏幕和投影打开。家长们陆续走进教室。

姜春雷上身穿白色短袖，下身穿深蓝色裤子，黑黑的头发修剪成一寸左右长，他的头发像一堆青草一样散发着青春的气息。姜春雷那双有神的眼睛自然眨动，衬托出一张端正有棱角的阳刚脸。乍一看，容易让人误以为他大学刚毕业，学生气还没蜕去。外在与内在加在一处，共同彰显着这个新班主任的年轻、整洁、朴实、厚道、干练、智慧的特征。

姜春雷走上讲台，往下面看了看。赵镜好像比程苗苗同学还忙，和其他家长要电话号码，又转身回头，把“宁力”资料给罗亚军的母亲，顺便斜着身子发给隔了两桌的张天一母亲，接着又传给孙佳卉父亲、王朴生父亲。见姜春雷来了，赵镜才将身子端端正正地坐在椅子上，十分不舍地暂时放下这场难得的传销机会。

程苗苗的姑姑瞪着一双近视眼，仔细地巡视着侄女这次期中考试的成绩单，瞬间就开始在心里酝酿：回去怎么批评管教她。

周丹那高高盘起的高贵发型，发髻上方贴着钻石般闪光的饰品，让她显得更加与众不同。张天一四科不及格，其中有一科考试违纪得个零蛋。张天一期中考试考得让他妈惨不忍睹。周丹尴尬地扫了一眼儿子的成绩单，直摇头。

姜春雷的眼睛最后定格在梅晓白座位上。梅晓白的家长梅白，让姜春雷大吃一惊。梅白太年轻了，说是梅晓白的姐姐都一点也不为过。她穿着玫红色连衣裙，手腕上戴着精致的黑色小表。白白净净的脸上一双比梅晓白还美丽的双眼，正看着姜春雷。梅白是那么清秀，那么文静，温婉含蓄的气质又透着一种说不出来的优雅与成熟。姜春雷扶了扶眼镜，作为老师，他不好再看了。

2

姜春雷给家长们先行了鞠躬礼，然后家长会正式开始。

“尊敬的各位家长大家好！我是本班班主任兼地理老师姜春雷。首先，对各位家长能在百忙之中抽出时间来参加这次家长会，表示衷心的感谢！在此，我们以热烈的掌声欢迎我们的家长朋友。”

家长们看着这个新班主任鼓掌。有人在下面小声嘀咕：“这么年轻，有没有掌控能力？他能管好孩子吗?”

“说句实在话，要把孩子教育好，仅仅依靠学校的力量远远不够，家长的积极配合对教育好孩子，起着举足轻重的作用，因此，我们的工作需要社会和家庭的配合。”姜春雷有点紧张，一直说书面语。

“召开这次家长会的目的，是为了加强老师与家长之间的联系，相互交流一下学生在校及在家的情况，以便我们老师能够及时调整工作，提高教育教学质量，同时促使家长也能够积极参与到学生的教育管理中来。总之一句话，就是‘一切为了学生的成长’。这是我们共同的，也是最根本的出发点。我希望也相信，从这个出发点出发，我们的家长会一定能够达到预期的效果，取得圆满的成功!”

家长们这时鼓掌。

“今天的会议有四项议程：一、班级基本情况介绍；二、期中考试情况汇报；三、结合这一阶段学生的表现向大家做一下汇报，并对这一阶段学生的情况做一反映；四、希望和建议。

“我班现有在籍学生56人，男生29人，女生27人，住宿生44人，走读生12人。我是刚刚被派来做高一2班班主任的，一些情况还不是很了解，但我有信心争取教育好孩子们，做一个合格的班主任。这段时间以来，总体来说，同学们还是不错的，我们班的孩子都很聪明，有特长的学生也特别多，就是上自习的纪律差一点，希望我们一起努力帮助孩子走上学习正轨。”

“姜老师，那您就严加管教。我们家长支持。”底下不知谁喊了一嗓子。

“好，接下来，我说一说这次期中考试成绩。现在是一个平稳的发展时期，没有了新入学时的新奇和暂时压力，也没有面临毕业升学，这一时期是潜心努力学习的时期，也是一个产生剧烈变化的时期，更是一个危险的时期，也是一个爬坡的时期，是一个分水岭。”

姜春雷扶了扶眼镜，想接着说下去。然而，一说到毕业升学考试，家长们就插话。说什么的都有，好像明天就正式高考了似的，各个神经过敏。

姜春雷不得不维持会场：“请安静了，我们家长不要太紧张，先听我说完，给大家发言时间。”

下面的谈论声立即消失了，罗亚军母亲只顾自己抠着指甲里面的泥。

姜春雷接着说道：“这次考试有4个作弊的，其中两个用手机作弊，两个传试卷。学校为了进行诚信教育，已经把这几个同学单科记零分。希望家长加强孩子的诚信教育。这次进步生有6名，退步生5名，单科年级状元有3名。最值得表扬的是语文状元赵小晚，同时最应该批评的也是她，数学班级里倒数第一。如果不是语文分高，恐怕这次考试班级前三十名都找不到她人名。这个同学只学习语文，别的科，上课就睡觉。希望家长多关注孩子，她偏科太严重了。”

说着，姜春雷把目光转向赵镜。

赵镜还没从刚才一个短信的情境中走出来，她很担心自己刚发展的“下线”要退出，也就没注意听姜春雷在说她的孩子赵小晚。

“程苗苗家长来了吗？”姜春雷由赵小晚的问题又转到另一个学生的问题，他问道。

“来了。这儿！”有人举手示意。

“这次她考得也不理想。希望家长多关注一下，找出真正原因。另外，除了学习方面，其他方面也存在问题，我在会下，单独跟家长聊聊吧。”

有的家长心里没谱，不知道自己的孩子怎么样，因为班主任没有提及自己孩子的名字，所以特别期待会后了解。

“好，下面我说一下有关纪律的问题。请家长注意，高中生成长三大杀手，早恋、手机及去黑心网吧。”

刚说到这，赵镜电话又响了。她也不管是在开会，反正不放过任何一个客户来电。见姜春雷停下来，她才意识到不妥，就到教室外面去通电话了。

姜春雷只能接着说：“现在，男女生的发型、头饰、首饰问题较第一学期有抬头趋势，他们越来越看重自己的形象，也有早恋的倾向。当然，这都正常，只是希望我们一起关心孩子，正确引导他们。早恋会影响学习，甚至高中都念不完，也许高中早恋就像摘青苹果。”

姜春雷一提及恋爱话题，多少有点尴尬，因为他自己的恋爱正在困扰着他。到底爱是什么，什么时候算早，什么时候可以恋爱，怎么去爱，该不该爱，他也被搞得一塌糊涂。

“对，这些孩子，涉世未深，啥也不懂，那就得看好喽，往死里看！早恋绝对不成……”

“我们家长可把孩子交给你们了，你们要负责任……”

有的女生家长态度十分坚决，男生的家长好像还中立一些。家长们一个个都忘记了自己也青春过。

姜春雷拍了拍手示意安静，然后接着说道：“大家也不要慌，我们学校建议，必须制止早恋，看不住心，起码要看住人，绝不放任。当然，这需要学校和家长一起合作。学校纪律要求：男女生行为过密（拉手、拥抱、亲吻）一次记过教育通报家长，两次停课一周反省，三次劝退，屡教不改直至开除学籍。”

这番话赢得台下家长的一片拥护声。而一旁的罗亚军却不由自主地发出“嘁、嘁”的声音。

姜春雷又说：“我们学校是不允许带手机的，家长不要给孩子买手机。手机现在成了他们上课玩、发短信、处对象、上网聊天、看另类小说、考试作弊的手段，甚至用手机阅读传播低级趣味的，或不健康的网站内容，这对孩子的成长造成无法挽回的遗憾。因此，手机管理和利用不好，就不再是手机，而是手雷。”

孙佳卉她爸早就知道自己孩子算一份，昨天刚刚从她书包里翻出一本网络小说，气得他从楼上扔下去了，差点没砸到路人。他表示支持学校的做法。

姜春雷接着强调：“各位家长，所以，我们青果学校特别要求，不要给学生配手机。如果家长有事，请给老师打电话，学生也完全可以用老师电话跟家里联系。如果上课或考试一经发现手机，学校就会没收，直到学期结束乃至高中毕业才返还。请家长配合学校工作，家长们同意吗?”

“同意！好，这样好！我们配合!”家长们回应。

姜春雷又补充说：“另外，也恳请家长们关注孩子上网问题。黑网很可怕，我所说的黑网，是指在网上无节制地玩游戏、聊天，甚至浏览不健康内容。不要让黑网毁掉孩子。家里有电脑的也要关注孩子都上哪个网站，多长时间，是学习了，还是做别的了。一定要教孩子正确使用网络。”

听到这里，张天一他妈叹了一口气。为了阻拦孩子上网，周丹想尽了办法，但都没见成效。她真不知道这个问题怎么解决，她很想跟班主任聊一聊。

“刚才说的是上网问题，那么其他不良现象也不能忽视。吸烟、喝酒、打架斗殴、听 mp3（mp4、mp5）、奇装异服等，是学生行为规范所不允许的。我班男生有抽烟的，老师管严一些，他们有时偷着在厕所抽，有时在回家路上抽，甚至还有女生参与。他们还没长大呀，危害是可想而知的。为了孩子健康，请多管理孩子不要吸烟。”

有家长大声说道：“问题是，看不住啊，在家没见他吸烟啊。唉，怎么办啊?”家长犯愁。

“咋办？家长和学校联合起来看管，没有别的办法。”姜春雷回答。

“我们家他爸爸就抽，他爷爷也抽烟，我管他们还护着孩子。”有一位母亲说。

姜春雷也不知道怎么接话茬了，尴尬地站在讲台上。

“总之，从医学角度说，孩子未成年吸烟危害身体，就得管着点，长大成人管不住，也就没办法了，趁现在还得管。”王朴生父亲说。

姜春雷又换了一个话题，关于“美”的话题，这是他也矛盾的问题。

他讲道：“下面的问题更普遍，学校规定男女生不许打耳洞，更不许戴耳环、耳钉，一根耳针也不可以戴。上学必须穿校服，裤子不许改成‘鸡腿裤’。可是，有的孩子就违反规定，有的被记过处分。太不值得了。试想想，男女生染发烫发、描眉画眼、粘睫毛、戴项链、抹口红，这样的孩子怎么能安心学习？周一开班会，我还要强调，希望家长配合学校管理。”

“是，太臭美了，天天早上洗头大冬天也不怕冷，气死人。我们家长管不了还得靠你们老师管。”底下有人插话说。

突然，不知哪个家长提了一嘴：“嘿，也别怪孩子，你们学校的校服太肥大了，孩子穿着确实不合适。质量也不咋的。”

姜春雷避开了这个问题，因为他也觉得这是个“问题”，可问题是，这不是他一个小小班主任能解决的“问题”。

“下面，我就总结班务情况：关于班主任工作，我的工作思想是，一切以提高学生素质为出发点，不求荣誉，只求提高。在学习方面，不以成绩论英雄。当然，班级也存在着一些问题。个别学生，早起到班后不能立即抓紧时间学习，上课听讲效率不高，有的抄作业。希望家长能督促子女注意休息，给孩子一个好的学习环境，更要及时与子女交流学习、生活情况。”

梅白坐在梅晓白的座椅上，点点头，她的眼睛和姜春雷对视了一下，然后姜春雷把目光移向了别的家长。

姜春雷估摸时间差不多了，就总结道：“最后，我对家长们提几点建议。

“作为家长，首先明白，孩子的智力基础和品质基础是在家庭中奠定的，人的智力和品质是在家庭的塑造下成型的，学校是接过这块毛坯进行继续加工的。如果可以这样比喻，那么，老师好比医生，父母好比护士，学生好比住院的病人，医生的主要任务是下药，父母的护理是十分重要的。”

“对！恰当，就这么回事。姜老师说得对。”王朴生父亲说。其他家长也点头认可。

“家长和老师不要以成绩论英雄。您的子女学习成绩好，并不意味着思想好，能力高。您的子女学习成绩落后，并不意味着思想差，能力低。现在的社会需要各种各样的人才，只要有能力，任何一个学生都能在社会上立足，并且成就一番事业。”

姜春雷的这番话对一些家长起到了鼓励作用。

“家长一定要科学分析子女的成绩档案。不与其他同学做比较，而是跟自身比较，比较前后几次考试，看是否退步。比较各科之间的成绩，看哪科是弱项。重要的是多花些时间补上。”

此时，周丹继续琢磨，她想不惜一切代价给儿子张天一补课。

姜春雷又一次强调说：“我们要警惕，现在社会上五花八门乌七八糟的东西太多，如电子游戏厅，电脑网吧，电脑网络游戏，不健康的影视、漫画、小说等书刊，歌舞厅等，任何一种，都远远超出课本知识对他们的吸引力，都可以使他们的学习成绩一落千丈。何况高中生的自觉性还没有形成，怎么办？家长对孩子严格管理，心疼孩子但不能溺爱。”

赵镜心想，如果赵小晚那样，一旦沾染社会乌七八糟的东西，她就狠狠揍她。

“当然，每一位家长要创造和睦、祥和、稳定的家庭气氛。一个成天吵架、问题成堆的家庭是无法教育好孩子的。创造一种良好的小环境，不求高档，但求氛围。请家长们注意，这次班会结束后，各位家长回去要多鼓励孩子，千万不能过度批评，避免回家对孩子开批斗会的局面，否则，就失去了我们开家长会的意义。最后，欢迎家长们多多来校交流情况、指导工作！让我们共同携手培养好我们的孩子！”

姜春雷的话终于结束了。此时此刻，家长们想什么的都有。

第七章　超级家长会之二

1

这场家长会从早上八点半开到了十点二十。姜春雷占据了多半场，但姜春雷觉得还有太多的话没说完，无奈于其他科任老师都排队在门外等着和家长交流沟通。姜春雷早就发现性子急的数学老师、历史老师，这两位女教师一个劲儿在门外看表。

赵镜伸着脖子往门外看，她听姜春雷啰唆了这么多，觉得听这些也差不多了，不免希望有更多的女老师出现。赵镜除了想从老师们嘴里了解赵小晚学习成绩问题，更着急于她的事业——“宁力”的销路这个关于“民生”的大问题。

姜春雷走后，第一个进来的是数学老师——于冬丽。上周，她刚过完四十九岁生日，长得有点儿显老，别人都说她操心操的。近几年，于冬丽发脾气的频率明显提高，她无可奈何地发现，她好像倒退了，重新回到了初为人师的日子：面对北京这些见多识广、追求自由、崇尚个性的孩子，她不得不天天为课堂纪律和作业跟学生斗争。当然战局和年轻时候在老家相比不太一样，多了幽默和文化的因素，多了些语文味儿，往往是教训了学生也娱乐了学生。这些调皮捣蛋的小家伙也并没因为她的严厉跟她对抗，他们依旧听她用东北话讲数学。但于冬丽的内心有时候却冒出来一种苍凉感。因为于冬丽知道，这不是一个教育的最好模式。身为高级数学教师，她向往着一种最好的教育状态，她渴望一种师生之间让人迷醉的心心相印。但对于高一2班这帮理科都差的学生，她不太乐观。纵观现在的社会发展趋势和学校发展趋势，她有时也惶恐：是不是教师必将面临失乐园的悲哀。

于冬丽惶恐归惶恐，仍然一丝不苟地教数学，只不过经常不自觉地跟同学发脾气，尤其在看同学们不爱学习的时候，她便用东北话骂这群糊涂蛋。大家能背下来的句子有：扯啥犊子？痛快学习！这帮败家玩意儿，就花钱能耐，咋就不知道日子过呢……

因她姓“于”，讲课时激情上来，就脱掉职业外衣，露出一件丝绸黄色短袖上衣，高一2班同学送她外号“黄花鱼”。又因她这个年纪爱唠叨，好发脾气，更爱管闲事，跟到了更年期似的，便有了第二个外号“老更”。

同学们多多少少有所耳闻，“黄花鱼”“老更”是从黑龙江引进的高级教师，来青果中学教数学课。数学教学绝对算得上一流，她曾是齐齐哈尔重点高中的特级教师。于冬丽一心为学生提高成绩，面对这些“不着调”的学生，只能采用近似无情的严格训练的教育方法，因此也遭到某些学生的“恨”。其实，许多老师和同学还不知道，她并不是那么不近人情，除了教学，她还在做另一个事业，一个公益事业：暗自拿出自己的积蓄捐助偏远山区的困难学生，至今已经资助了28人。

于冬丽瘦脸，梳着短发，长得很好看，就是牙齿有点黄。她说起话来属于伶牙俐齿的那种，当然带着浓重的东北口音。为这，校长柳篮没少提醒她。她也干脆地说过：“咋整啊，我都教半辈子学了，我教的孩子没有因为我说东北话听不懂而没考上清华和北大，再说，我们东北话和普通话一模一样呀。好吧，我尽量说普通话。”

校长最终也只能放她一马。

奇怪的是，有那么两堂课，于冬丽试图板着，说起普通话，可却生硬，弄得同学们呵呵笑。那次，郝帅还顺势学着“黄花鱼”平时的东北口音：“哎妈呀老师，可别说普通话了，讲半天给俺们都整蒙圈了！”于冬丽笑着骂郝帅：“一天不骂你们是不是不行？！就你最能扯犊子，净整那没用的！瞅黑板！”从此，于冬丽就再没改过东北口音，其实她也真改不过来了。

今天的家长会上，于冬丽表扬了几个同学，也向赵镜等几位家长反映他们的孩子不爱学数学，不是睡觉，就是在数学课堂做其他科的作业。

赵镜看着赵小晚数学卷子的分数，恨不得把卷子给扯了，她准备回去好好教训赵小晚。

于冬丽讲完了该说的，就给历史老师让位，从教室往外走。

2

赵镜快步追了出来。

“于老师，您等等！我是赵小晚家长，哎呀妈呀，听音我都知道了，咱俩是纯老乡，都从东北那旮旯儿来的，谢谢您对孩子的关注，我回家好好管教她。那啥，您平时用什么样的牙膏？我们‘宁力’产品可好用了，刷完三个月保证你牙齿变白，真的，您试试，您了解一下……”于冬丽笑了，说：“谢谢，我不试了，都老太婆了，牙白不白也没用了。您是赵小晚母亲，要多费心，我们一起帮赵小晚把数学成绩提高上来，这孩子脑瓜好使。”

“您，试试吧，真的，这牙膏可好使了，能带给您健康快乐，用‘宁力’吧……”

赵镜穷追不舍，似乎混淆了今天开家长会的目的。

“宁力！”每次听到这个词，于冬丽就浑身打战。因为她表妹前年就来北京找过她，推销过这东西。表妹和像她一样做“宁力”的人，就像一群永远不死的苍蝇，整天给你“宁力”个没完。作为老师，于冬丽很反感和教学无关的事，当时，如果没有老公劝导，她几欲把表妹赶走。而今，她面对这么一个学生家长，还能说什么呢？

出于礼貌，于老师就说：“我挺忙的，还要备课，赵小晚学习上你要多关心，我们改天再唠。”

“唠一会儿吧，这……那……”

于冬丽心里想，学生不好教，家长也另类。哎呀妈呀，这可咋整？她心里想着，快步向数学组办公室走去。赵镜追了几步没追上，就又回了班级，只好另做打算。

3

历史教师李荔荔是实验班班主任，校长为了“资源再利用”，把北师大硕士毕业的李荔荔，安排教高一2班（普通班）历史课。她辛勤付出却常常遭到普通班同学的刁难。她心里多少有些别扭。李荔荔更不明白自己的资历摆在这，干吗还要教“调皮捣蛋”的高一2班。故此，李荔荔有些情绪化，一有情绪就甩纸团击中“坏学生”，然后，眨巴着丹凤眼，乜斜着不听话的同学。有时候，有些同学简直太没自信了，被她乜斜得无地自容，恨不能变成一股烟从教室中消失。

李荔荔在实验班教课很出色，不免心高气傲。此时又犯病似的，在讲台上总结这次考试时，罗列出一大堆高一2班和实验班同学在成绩上、态度上的差距，简直把实验班夸到天上，把普通班贬入地下。

一旁的程苗苗和罗亚军听得出来，他们的历史老师说的也是实话，但她的目的是想只教实验班，不愿意教普通班的历史课。罗亚军很讨厌李荔荔，姜春雷一走，他也趁机溜了，溜到操场和不认识的男生去打篮球。

一通严词冷语后，李荔荔就算总结完了她这个历史老师的工作及问题，拔腿就走，头也不回。

张天一母亲心里别扭，心想，牛气什么？！我们交了学费，给你工资，好像亏了你似的！她准备向校长反映一下，当然电话中，暗地里，不暴露自己是谁，是谁的家长。

赵镜看李荔荔这种类型的老师，还是有一点自知之明的。赵镜知道自己无法靠前，人家李荔荔绝不会搭理她这样的人，也不会对她的产品感兴趣。在俩老师面前败下阵来的赵镜岂能善罢甘休，接下来，她便把重点放在了和她一样的家长身上。

4

散会后，赵镜拿出自己的看家本领：宁可胡说，也不可不说。

家长们蜂拥而至地围着各科老师，具体打探自己孩子的学习情况，尤其是程苗苗姑姑，显得火急火燎，总是抢着问东问西。梅白站在后面，听着几位老师表扬梅晓白，料到她一切正常，放了心，也就没再问什么，转身回家带梅晓白去见一位舞蹈老师。

赵镜笑眯眯主动搭讪靠着走廊站着的张天一母亲周丹，周丹端着架子，哼哈地，不爱理她。赵镜心说："臭德行，看你孩子还考了零蛋呢!"但为了推销产品，赵镜又一次凑过去公关。

"哎呀，您是张天一母亲吧？真漂亮，皮肤保养得也好，您用什么化妆品？您听说过宁力吗？"

"哦，没听说过，怎么啦？"周丹一副官太太、贵妇人的架势，致使赵镜很自卑。赵镜为了钱，也只能厚起脸皮。

"给您介绍介绍，这是全国都非常有名的，我亲戚朋友们都用这个，效果特别好，我自己也在用呢。真的，像您这么高贵，皮肤这么好就得用好的产品保养。试试我们的新产品吧，好多女明星都在用呢，这款产品可是为全球美丽事业带来革命性突破的啊，成就每位成功女性的美丽愿景！能不断演……对……演绎超越之美……"

"得了，得了，你别说了，我只用香奈儿和迪奥。还有，我老公从国外给我带回来的产品还没用完呢。对不起，我还要去姜老师办公室有事，你就甭和我宣传了。"说完，周丹拎着高档小皮包走了。

张天一母亲的态度使赵镜心里很不爽，她只好扭头回到教室，追踪没来得及离开的家长。还不错，罗亚军的母亲、孙佳卉的父亲被赵镜说动了心。

赵镜像个专业医生一样，对孙佳卉父亲说："哎呀，我一看，您的生活很有品位，但是您知道吗？我们现在生活在北京很危险，吃的、喝的，甚至呼吸的空气都是有毒的，到处有尾气、雾霾，所以为了健康，必须得吃宁力来解毒。"

在教室重新摆弄桌椅的程苗苗听得很真切，看了赵镜一眼，她实在是忍不住，笑了。

"真的这么神奇呀？"孙佳卉父亲问。

"当然，像您四十多岁，身体发福，处于亚健康状态。"

"是，我想减肥呢。"孙佳卉父亲拍拍自己的肚囊说。

"您看，我现在瘦了好多呢！原来，我脸可圆了，跟没长下颌一样，腰上像缠了三圈肥猪肉似的。那时候，走在大街上看人家瘦的人，真想把自己的肉割下来给他们。就这感觉。"赵镜说得既夸张又滑稽。

"您真逗！"孙佳卉父亲听着听着仰头笑了。

"真事儿，这不，吃'宁力'减肥保健品之后变现在这样了。所以说，'宁力'绝对是好东西。我们这个年龄，必须要用营养添助益，有钱就得给自己能量充电，告诉你吧，喝'宁力'蛋白粉，保你缓解身体疲劳，不信，你先拿产品喝着，好使的话再给我钱，咋样，大哥？我这人办事就图个痛快。"赵镜的小嘴叭叭地说。

"这不是传销吧？电视老演，你可别拉我下水。"

"大哥，您真逗，传销是非法的，根本没有产品，我们自己有公司，有产品，有门面，放心好了。'宁力'是带给世界健康幸福的事业，是家族的事业，您看，我们的广告中央台都有。再说，我们孩子在一起上学，我还能骗你们吗？对不对？"

"那倒是。这，用多少见效？"

"大哥，您先整两瓶回去试试，对了，这个维生素 C 片更适合我们妇女，延缓更年期，要不要给家里老婆带一份，她准高兴。我不会骗你们的，我是赵小晚家长，我们很有缘分啊。试试吧，不给钱没关系的。”

赵镜打起了赵小晚的旗号，变着法儿地说服人。

孙佳卉父亲本来就好面子，不好意思再推托，也就掏钱买了蛋白粉和维生素C片。

赵镜数着嘎嘎新的百元大钞，露出灿烂一笑，笑得孙佳卉父亲心里一颤。他仔细打量了一下，发现了她丰满的身段和染得黑又亮的指甲油，一切那么神秘……此时，孙佳卉父亲真想继续跟赵镜交往下去，便主动要了她电话。赵镜达到了自己目的，就把目标锁定在罗亚军的母亲身上。

罗亚军的父亲割了一车菜，开着三轮子到新发地批发去了，罗亚军母亲从村口坐了一个半小时公交来开会。在全班的家长中，数罗亚军的母亲最苍老。她十指粗壮，脸皮皱皱巴巴，指甲缝里尽是泥土，开会时，她不停地抠，也没抠干净。

赵镜对罗亚军母亲表现得很亲热，像姐妹一般，拉着她的手嘘寒问暖。直弄得这个农妇满心感激，感激这城里人拉着她的手，不嫌弃她一个农妇，且不识几个大字的笨女人。赵镜说：“姐呀，我们这一代人就有一个孩子，为了孩子，我们吃多少苦花多少钱都不心疼，对吧？只要孩子好就行。他们学习可累可累了，也需要营养，吃的饭菜不够啊。看看，我家赵小晚在家就喝这种‘儿童少年型高蛋白粉’，可管用呢，你看这次语文考试，她是全年级状元，你儿子不是叫罗亚军吗？也该给罗亚军整点尝尝呗。”

“管用吗？这多少钱？”罗亚军母亲问。

“不贵，才三百二。巧了，我就带一瓶，你回家给孩子试试，下回保证能考好。”

“这，这管用吗？我，我包里只拿三百，还是前天卖韭菜的钱。”罗亚军母亲显得不好意思。

“没事，姐，我给你垫二十，我不挣你钱，这辈子交你了。”

“这多不好意思，谢谢你啊……”

刚把三百块钱揣兜里，赵镜又说：“姐呀，有一套生活产品最适合你用，包括洗洁精、清洁剂、洗衣液啥的，可好使了。你想了解不？我们以后常联系，对，农村太苦，种菜挣点钱也不容易，再说，将来孩子上大学娶妻生子费老鼻子钱了。干脆，你以后和我一起做这个产品吧，包你挣大钱，咋样，和我一起干？”

“我可干不了这个，没文化。”

“姐呀，干这个不需要太高文化，我高中都没毕业，现在不也当上产品营养师了？”

赵镜嘴甜，如同抹了蜂蜜，一口一个姐地叫着。其实，“营养师”听起来很威风，只不过是极大地满足了一群缺乏文化知识和生活基本常识的人的虚荣心而已，她这个美其名曰的营养师是在卖保健食品之后才开始有点钱赚。这一点，赵镜早感悟出来了。

“我行吗？具体怎么做？我不懂啊。”罗亚军母亲弱弱地问。

“简单，比种菜简单！‘宁力’主要有三大类产品：一类是日化，什么洗涤剂、牙膏什么的；一类是化妆品，眼霜什么的；一类是营养食品。你就动员熟人买，卖得多挣得多。只有熟人用得好，受益之后，我们才赚钱，这是‘宁力’的原则。我们靠的是合作与双赢的力量使公司发展。真的，这绝不是社会上说的传销。”

赵镜又拿出上线做好发她手机上的假账说：“看看，买的人可多呢，这是微信、支付宝刚刚给我转账的买家，不好能有人给我转钱吗？对不对？”

“哦，这么多买的呀？我想想。”罗亚军母亲被她说得有点心动，但她还是犹豫不决。

“哎呀，姐，你严重缺钙，好像也有妇科病呢，有炎症。真的，你也该补补蛋白粉，我们也有保健洗液啥的。这样吧，你以后自己边吃边卖给别人，也能挣到钱，也不耽误你种菜，这个可以兼职。”

“不耽误种菜？真的可以兼职？”

“可不咋地，你可以双丰收。你得赶紧补钙，消解妇科病啊，健康最重要了。”

赵镜看了看罗亚军母亲的手指、眼睛、鼻子，故弄玄虚。她简直是吓唬罗亚军母亲，好像她要不吃“宁力”产品，明天就要死了一样。反正，就是要罗亚军母亲吃维生素当饭，赵镜就高兴了。按她的逻辑，照这样下去，大家都别吃什么饭菜了，只要一起摄入“宁力”的营养品就足够了似的。

“太贵了，太贵了。”

“真的，吃这些管用，‘宁力’的东西贵，是因为东西好，买着贵，用着便宜。或者说是超浓缩精品呢。”赵镜补充道。

“真的能治病？妇科？”罗亚军母亲眼神里充满希望。

“不是治疗，‘宁力’就是解毒排毒，所以炎症自然会好。”

赵镜受她上线老师的教唆，和所有“宁力”人一样，专钻法律空子，永远不会用“治疗”这个词语。她此刻用一些模糊，叫人动心的词语：解毒、净化、新生、与大自然平衡、巩固你的免疫系统、保护你的机体、刺激你自身保护能力……

单纯朴实的农妇听得云山雾罩，哪里知道，“宁力”有一个比较恶心的地方，就是要自己买产品，起码你得自己吃，才能说出吃了产品之后的感受。有的还要买到手里，再往外卖。反正对于没有社会经验的人来说，就等着被坑了。而且除了卖“宁力”之外，还上各种洗脑课，都是那种教你如何如何变富翁，如何发展下线之类的，使人像打了鸡血似的，认准这条“发财致富”之路。

禁不住赵镜的诱惑，罗亚军母亲已经动了心，想上道了。罗亚军母亲对儿子的学习也不抱太大希望了，想着他能混到高中毕业证就算烧高香了。罗亚军母亲着急坐车回家，准备和罗亚军他爸商量商量。她想挣大钱……

第八章　不忍放手的爱

1

会后，姜春雷把张天一母亲单独请到自己办公室。

姜春雷客气地招待周丹坐下，给她倒了杯水，说："这次家长会，我很想和您单独说说张天一的情况。他最近表现很差，希望您多关注一下。他不但和同学打架，听说和高三年级的孩子喝酒抽烟，并且有早恋倾向。"

周丹说："不会吧，我孩子不是那样的人呀，再说，我给他钱也是有数的，这一点我保证。"

姜春雷微笑着说："作为老师，我不会捕风捉影，这点您放心。昨天晚自习，他几乎没上，我班的一个女生和他同时失踪。当然，我还没发现具体情况，但我们都要多关注他，对孩子负责。"

周丹说："是吗？这孩子怎么会这样呢？我回去好好问问他。"

姜春雷说："知道您很忙，可孩子正处在成长的关键时刻，不能有一点马虎。他考试用手机作弊，学校已经没收了，以后千万不要再给他买手机了。"

周丹说："这败家孩子，唉，买手机是为了及时联系他，怕他有事。他却……真的，姜老师，不怕您笑话，就我们家孩子原来可乖了，从不让我操心，那可是好孩子。"

可见，到了现在，周丹还是不相信班主任说的孩子是张天一。

姜春雷起身给周丹又倒了一杯水，接着说："您不信，看看这次考试成绩就知道了。他上课很随便，一点也不认真，精力完全不在学习上。那天我上地理课，提问同学，江南都产什么，他旁边喊一嗓子：‘江南盛产美女！’弄得全班笑成一片。如果同学都这样接茬儿，我们老师就没办法正常讲课了。”

“有这事儿？”

“嗯，他已经多次被警告了，继续下去，学校会处置的，到时候，我这个班主任也做不了主。”

“好，我回去一定批评他。我严加管教，姜老师，您别对我们孩子有什么成见，请原谅他的不懂事。您就多费心吧。”

“我跟您聊这些，并不是对孩子有什么成见。孩子破坏我上课纪律，我不会有别的想法，只是，我想咱们一起帮助他走向学习正轨，因为马上高二分班，高二是关键的一年。我想，您也知道这段时期的重要性。”

“姜老师，我问一下，是哪个女生招惹我儿子？我说嘛，没有人招惹，张天一不会变成这样，您告诉我，是你们班的女生吗？这么不知廉耻！叫什么名？我找她家长去！”

周丹的样子像是有谁要把她儿子吃了似的，恼怒得没控制住情绪。她这样的言语与她的身份不太匹配。

“别，您冷静，先管好自己孩子，再说，我们还没发现在这方面有什么大问题，作为老师和家长也应该尊重孩子的正常交往。”姜老师赶紧劝导。

“办公室没人，您就告诉我，到底是谁。我好知道是哪个不知天高地厚的人敢招我儿子！”

周丹的态度变得异常强硬，姜春雷发觉她把问题转嫁到别处，不免愈加为张天一担心。正这会儿，姜春雷手机响了。周丹看追问不出来，姜老师又忙，也就只好告辞。

2

郑小乔在学校门口等姜春雷见面，一起去吃比萨。

姜春雷送走了最后一位家长，锁好门下楼。

郑小乔坐在小轿车内往学校里张望。姜春雷跑步过去。

“小乔，怎么来这么早，还没到时间啊?”

“你会不会说人话？中午饭都没吃，你就想把我气饱怎么着？要不是为了和一个新学生见面谈事情，你以为我愿意来北城找你呀?”

“哦，原来不是特意找我的呀，瞧我，这么自作多情。”

姜春雷故意打了自己一下嘴巴，郑小乔终于笑了。

“瞧你那样儿！你再欺负我，我绝不饶你!”

“不敢了，我错了，成不？你看，今天你一来电话，我马上接了。以后对你，再不会出现纰漏。我就知道，你是舍不得我的。”

“臭美！臭美!”郑小乔嗔怪地斜他一眼，开车驶向比萨店。

“什么新学生?”姜春雷问。

“新招收的，家里条件好，让我单独教舞蹈，可能将来想考北京舞蹈学院。我们刚见完面，谈好我的薪酬。嘿，你说巧不巧，就是青果中学，说是高一的，叫梅晓白。那母女俩长得像姐俩似的。”

“是吗，梅晓白？我们班的。这么巧？那你就更得好好教了。”

“为什么?”

“因为她是你老公教的学生啊！这么简单的问题，你还不明白？笨。”

“你心里只有你的学生。哼，甭跟我在这儿套磁，你是谁老公啊？还没领证办酒席呢!”

“早晚的事，快了。”姜春雷摸了一下女友的胳膊。

姜春雷见小乔原谅了自己，悬着的心终能放下，便打量自己心爱的“小公主”。看着看着，来了兴致，朗诵起来：“遥想公瑾当年，小乔初嫁了，雄姿英发……”

小乔说：“放手，瞧你那样，哼，破茶壶——就是嘴儿好!”

“你往哪开呀，不是说去吃比萨吗?”

“我改变主意了，来的路上，就特想吃烤鸭了，怎么啦?”

“好，想吃烤鸭就吃烤鸭。我吧，其实不喜欢吃比萨，看着那玩意半生不熟的，真难下咽。就因为你爱吃，我才短信说请你吃的。”

“你真是一个傻帽！哎，跟你说，我不喜欢北城，开车来一趟太费劲，你们北城烤鸭店一点也不正宗，离市里烤鸭店太远，去哪哪都特别扭。嘿，跟你说话呢？没听见啊？以后你也得住海淀那边。”

刚刚高兴半截，郑小乔的一番话，不禁又把姜春雷搁置在两难的境地。为了修补和小乔的爱情，为了能修成正果，姜春雷只好岔开话题，拿路边来往的车辆说事。

3

走完高速路，上了二环直奔和平门烤鸭店。一个半小时的路程，两人找好车位，上了楼。

刚坐好，郑小乔就开始审问：“你最近怎么回事？不把我放在心上，总是我给你打电话，你还不接。”

“嘿，不是说过了吗？怎么又唠叨上了？真的是太忙了，都是我不好，绝不会有下次。也希望你理解我，多支持我工作，新当了班主任，事特多。”

“既然这么累，就别当班主任了，没有金刚钻就别揽瓷器活！你不是通过公务员考试了吗？要不，让我爸帮你进机关吧，那样你不会这么忙，上班比较清闲还有规律，可以多陪我。”

“我觉得我不适合进机关，更喜欢学校和学生。你不知道，当班主任更能走进孩子的世界，站在讲台上讲授知识，觉得有价值，自己也开心。”

“好吧，我就知道，劝你也白劝，一根筋的主儿。”

“小乔，咱俩什么时候结婚？我妈着急呢。”

“嗨，怎么问我，你不知道啊？你说拿什么结婚？你的房子那么小，离我上班这么远，怎么办？我想去夏威夷度蜜月，你有时间吗？你有准备出游、结婚费用没？我爸妈养我这么大，你家不能一毛不拔吧？怎么，想裸婚？告诉你，即使我答应，我妈那关都过不去！”

姜春雷听着，只能笑，但他的自尊心受到了前所未有的伤害。

“你还别在那儿笑，我可没逗你玩。”郑小乔噘着红嘟嘟的嘴儿，又在耍小公主脾气。

姜春雷给她倒饮料，哄女朋友。

“小乔，我给你讲个笑话，《女神和傻小子一家》，你听听，听完这个笑话，保管你不再噘嘴。”

“你讲吧。”郑小乔喝了一小口饮料，抬头看姜春雷。

“话说，女神给傻小子下了最后通牒：‘傻小子啊，跟你说，你没有奥迪A6和两层的别墅满足我，就别来烦我。’傻小子苦笑，回家和父母征求意见，母亲笑了。父亲叹口气：‘车好办，家里的劳斯莱斯卖掉，买几辆奥迪还没问题。只是二层别墅，咱不能把这五层楼扒掉三层吧？那就太可惜了！’”

姜春雷分角色地讲，郑小乔听完忍不住笑了。

“什么意思啊？你耍我吧？”

“没，没，就想逗你开心。小乔，你答应过，这辈子无论遇到什么事，我们都在一起，对不对？反正我不会离开你。”

姜春雷攥着郑小乔的手不撒开。当郑小乔看着姜春雷水汪汪的眼睛时，她硬邦邦的心就在此刻被泡柔软了……

第九章　眼泪拌饭

1

家长会对某些同学来说，无疑是一件坏事，真可谓“几家欢喜几家愁”。学习委员程苗苗从姑姑的眼神中，早已料定，今天跟她一路回去，准没好果子吃。

走出学校大门，程苗苗故意磨蹭。到了公交车站等车的时候，程苗苗撒谎说自己要去文具店买笔和本，姑姑识破了她的阴谋诡计，一把将她推上车。

姑姑很生气，说：“你这孩子怎么变成这样了？想睁眼说瞎话，是不？你考成这样，还不紧着回家？等回家再和你算账!”

程苗苗心里说：“彻底完蛋，家长会啊，家长会，不在家长会中爆发，就在家长会中灭亡。”

一路上，程苗苗在想，姑姑这么管教自己，一定是在替父母行使权利和义务。姑姑还要管多久？眼下，父母在闹离婚，他们已经分居半年有余，到底这个家还能不能保住……

前几天，程苗苗回家取点东西，妈妈加班不在，她已经发现爸爸和一个比自己大不了几岁的女孩单独在家做饭。尽管爸爸介绍说，那女的是公司同事，但程苗苗怀疑，他俩之间的关系没那么纯粹。那女孩当苗苗面故意对程新野用眼神挑逗，令苗苗阵阵恶心。她拿起东西没说一句话，气冲冲就走了。

或许爸爸早就想好了的，怕他的言行会影响女儿学习，上高中之后，就把她送到姑姑和奶奶这里。当然，程苗苗也习惯和奶奶在一起生活。第一，免得听见爸妈无休止的争吵。第二，奶奶也比较疼她。只是由于种种原因，姑姑至今没嫁出去，对苗苗还管得严格，有些让苗苗不适。私下里，程苗苗怀疑姑姑精神出了什么毛病，仿佛把一切精力都集中在自己学习上，没有其他追求了似的。

奶奶做好饭，正摆放碗筷，不明情况地招呼苗苗盛饭。

姑姑把鞋一甩，坐在饭桌前瞪着苗苗。这使程苗苗更紧张了，因为等她和姑姑回来后，只有两个可能：要不上天堂，要不下地狱。

奶奶坐下来看阵势不太对劲儿，就压制着说："有天大的事，也要吃饭，吃完饭慢慢说。"

不安的心情令程苗苗连饭也咽不下去。

"说什么呀说？你看她这次考试成绩，全校退后20名！你可是尖子生，当年就差一分没考进重点高中，当初的难过劲都忘了？你不是保证下学期进实验班吗？保证书可在我手里。怎么着？你现在不努力，准备在学校混了是不？"

"我们苗苗下次努力，下次好好考。"奶奶心疼孙女，在旁边打着圆场。

"行了，您少袒护她。你说，你差哪儿了？干吗不好好学习？老师说你最近走神发愣，你整天想什么？不学习将来没有好工作，谁总养着你？你爸你妈将来要有自己的日子，你现在还不长心，看你以后怎么活！"

姑姑的最后一句话深深刺痛了程苗苗的心。她先是低头沉默，继而用右手掌遮住了眼睛，然后便潸然泪下。

程苗苗只是吧嗒吧嗒掉眼泪，她的一声不吭激怒了姑姑。

"怎么着，你还有脸哭个没完？你奶奶和我像活祖宗一样伺候你，你不好好学习自己考这个样，难道还怪我说你呀？你再哭我给你爸打电话，让他过来，我管不了你。"

"你少说几句吧，让苗苗吃饭，别饿坏喽。"奶奶给苗苗递过毛巾，劝孙女别难过，吃饭。

姑姑气得也没吃几口饭，转身回自己房间。可能是她偷着给自己哥哥打了电话或发了短信，半小时以后，程新野过来了。

程苗苗一见爸爸进屋，哭出了声。程新野过来安慰女儿。姑姑又从房间走出来，大声嚷嚷着和程新野汇报家长会的情况。姑姑着重突出重点就是，程苗苗退后20名，成绩不好，就连以前不如她的梅晓白也超过了她。

程新野问："这次怎么考的，下降这么多呀？"

"你好好问问你闺女，是不是早恋了。"

"我没有！"程苗苗终于开口了。

"那怎么回事？不可能无缘无故不学习吧？你不要和大人撒谎。你说，你心里到底想什么呢？"

"我，我想，想我妈和我爸的事……"

"嘿，你不想自己学习的事，想他们干吗？他俩早就出问题了。再说你一个小孩管得了大人的事吗？"姑姑说了心里话。

"总说大人的事小孩儿别管，怎么能不管，是跟我一点关系也没有吗？！我就算再是小孩儿，我也有思想、有情感吧，他们出事了，我还能踏实学习？我是傻子啊？"

程新野说："苗苗，爸爸真的和你妈过不下去了，其实，一直瞒你，在你初三的时候，我们就有了裂痕。因为担心你上高中，所以我们才忍着，决定等你上高中后，我们就分开。谁知，谁知你妈她，她就是拖着我，不同意离婚。"

"爸，算我求您一次，你们别离婚。你们离了，我怎么办？我们班就有好几个父母离婚的，他们过得一点也不开心。"

"爸爸知道，你不愿意我和你妈分开，但是，我真的接受不了她整天更年期似的唠叨个没完。苗苗，我不会抛下你不管，你永远是我的孩子。学费、生活费这些都没问题，你跟爸爸过，可以住在奶奶这边。"

"不，我要你们在一起，我不喜欢别人进我们家。"程苗苗哭着向爸爸诉求。

"儿子，你再考虑考虑，组成一个家不容易。"奶奶叹着气，也劝说程新野。

“嗯，我再考虑考虑。不过，苗苗，你要静心学习，爸爸是爱你的。”

程新野见苗苗情绪激动，就转变了态度，拉着女儿坐下，然后点着一支烟吸起来。程苗苗见爸爸态度有所转变，心想：或许，从此之后，爸爸能回心转意……

这时，王朴生给刚挨批的学习委员程苗苗打来电话，问她英语作业有没有书上第五题。

姑姑先接的电话，这下又引起了她的疑心。程苗苗好一阵才解释完，可姑姑最后还是给予程苗苗警告。无奈，爸爸走后，程苗苗回自己房间学习去了，她一刻也不想再面对姑姑这个“剩女”，不习惯她的审问。

2

王朴生外语没及格，自知理亏，打完电话后，估摸爸妈要回来了，就蹑手蹑脚地“躲”进他的“自由国度”中。虽然此时，它已不再安全。王朴生一边写英语作业，一边独自惊慌中……

王朴生爸爸去的学校，回来后先去医院和爱人交流了一下孩子的考试情况。下班后回到家，妈妈什么也没问，直接奔厨房做饭。爸爸推开王朴生的房门进来了。王朴生自认为聪明地小心翼翼向门后一躲，不料被爸爸一手拎了出来。

“你这小子，躲着我干什么？这次班会……”

“啊，就是英语没考好，题太难，真的爸爸。不怨我。”王朴生为自己开脱。

“嗯，不说你成绩，其实你自己比我还清楚呢。爸就说说，今天啊，各科老师都表扬你了，你老爸很有面子，高兴，你妈好好炒几个菜，庆祝庆祝。”

“啊？庆祝？有，有什么好庆祝的？”王朴生听着瘆得慌，问得一点底气也没有。

“班主任表扬你了！说你在班级爱帮助别人，处处为班集体着想，团结同学，是一个称职的班长。怎么，这还不值得庆祝吗？这说明我儿子是爸爸的骄傲。”

王朴生一愣，仔细看看爸爸，嗯，还是那个爸爸，可却发现爸爸变了，对自己的儿子，不再像初中时开完家长会之后的态度了。

“爸，你？你没生气？我这次英语考砸了呀？”

“我傻呀？哪头轻哪头重还分不出来？只要我儿子和你爸一样思想觉悟高，那成绩就不怕下次不提高，儿子，爸信你！”

王爸爸敲了一下儿子肩膀，没错，儿子已经长成大小伙子了。他疼爱地欣赏着儿子。王朴生仰视着高自己一头的老爸，心存感激。他平生第一次鼓起勇气，紧紧把父亲抱住。就这样抱着父亲，他仔细品味着父亲的话，不由得想起赵小晚送他的新年贺卡上附的一首诗——

我
只向你要一张枫叶
可你却给了我一片枫林
我
只向你要一个麦穗
可你却给了我一片麦田……

第十章　气死人的日记

1

赵镜到家的时候发现赵小晚鞋没影了。她推开女儿的房门，看一堆书本放在桌面上形同虚设，就知道，这小孽障根本没在家好好学习，又跑出去了。赵镜翻来翻去，终于从被窝里翻出一本日记，打开第一页就把她气个半死。

日记里几乎都是记录讨厌妈妈、讨厌学习的句子。旁边还画着丑陋无比的一帮人儿，其中一个，嘴里画着俩虎牙，赵镜不用猜，就知道这小孽障一定画的是自己。其他的，就是在画她不喜欢的某个老师，穿着黄色衬衣。

赵镜往后翻，发现画着奇装异服的男生，还摆着各种姿势，她的心跟着突突跳。坏了！跑出去是不是和男生约会？她越想越紧张，就把一页日记不小心给弄掉了。赵镜将这一页夹在里面，继续往后看。见有一段话：死了都要爱 / 不淋漓尽致不痛快 / 感情多深只有这样才足够表白 / 死了都要爱 / 不哭到微笑不痛快……旁边同样画着漫画，是一把带着血滴的小刀。

唱歌跑调的赵镜，根本不知道赵小晚写的是一首歌词。她心想，这准是爱上哪个男生了，怪不得数学老师说她上课睡觉，敢情晚上不睡，整天瞎想，还写这些没用的东西。

2

赵小晚在书店看完书，骑车走在回家的路上。她已经不再担心妈妈因为成绩打骂呵斥自己，反正，自己也是死猪不怕开水烫，爱咋着就咋着呗。

赵小晚心里最不能容忍妈妈对自己的提防态度了：有时躲在门外听声，有时偷着翻看自己书包，还借着洗衣服名义掏兜儿，好像查找什么蛛丝马迹似的。更可恶的是，常给同学梅晓白打电话询问自己的行踪。

外面的天气似乎与昨日无异，继续燥热，但赵小晚家里的空气中却弥漫着一股莫名的“杀气”。家长会结束了，赵镜母女俩各自聚集了满肚子火。

赵小晚拿钥匙开门，想着她可能回来了。果然，发现妈妈赵镜像贼一样，从她房间冒出来，紧接着，就端起架子审问她，两只胳膊抱在胸前。

“你不学习干吗去了？也不知道说一声。你知道家长会数学老师怎么说的吗？”

“爱怎么说怎么说！我本来就不喜欢数学，要打别打脸，打完了我还要回屋睡觉去。”赵小晚把鞋一脱，伸着长脖子勇敢地说。

“啥？！你考这样还有理了咋地？你怎么就不听我话呀。”赵镜很生气。

赵小晚不搭理她，直奔自己房间。

一分钟没过，赵小晚就气呼呼地嚷道：“谁干的？是不是你？谁让你偷看我日记！还给我扯掉一页，也不怕烂手！”

“我看日记了，咋地吧？你不好好学习，心用在别的地方，你对得起我吗？啊？我一个人养你，我容易吗？我……”

“甭跟我废话，你看我日记就是犯法，你信不信，我可以报警！你这是在侵犯我个人隐私权！”

“啥隐私权？你学生不学习，扯别的，你这叫不务正业！”

“哼，说我不务正业，你呢？你一天天在干什么？”

“我这样对你，你还不满意？你说我干什么？！”

“你干的是传销！以为我不知道吗？”

“小兔崽子，你，你还让不让我活？我可是天天想着挣钱供你上大学，我不这样想着挣钱，你学费谁给你出？谁给你饭钱？！告诉你吧，我和邬民是

AA 制，你上学学费生活费都是我自己供你的，你凭什么把我当敌人一样！”

“活该！谁让你还和一个跟你 AA 制的男人过？既然 AA 制，你干吗低三下四给人家洗衣服做饭？还给人家洗脚？你怎么不让他自己做呢？你自己还好意思说？！”

“我，我不都是为了你吗？”

“别捡好听的说，你哪一点为我？你是在为你自己！别人欺负我的时候，你干什么去了？你为我做什么了？你自己想想！”

赵小晚控制不住情绪，随手抄起桌上的玻璃杯摔在地上，摔了个稀碎。

“你，你还记恨我？那不是你小时候的事儿，都过去了吗？再说，我不也教训他了吗？我……”

“过去了？哼，说得真轻巧，我过不去！这些阴影都会随着我长在心里，越长越大！你不会知道，我经常做噩梦都是被人打。”

“你？你！”赵镜一时说不出话。

“还有，六楼那条‘苟’，你怎么那么信任他？就为了卖产品吗？你明明知道我自己在家，你干吗让他来拿资料？你差点害了我！你这是在给我当妈吗？有你这样的妈，我都倒八辈子血霉了！”

赵小晚瞪着牛一样的眼睛。偌大的眼睛，却掉不出来半滴眼泪。赵镜听到这里，哆哆嗦嗦地看着孩子，竟号啕大哭了……

赵小晚见母亲哭，她没颠颠儿跑过去给她擦眼泪，她觉得那不是自己的性格，也没这样的习惯，因为她自己的眼泪就没人给擦过。

赵小晚扫了几眼这个叫她既可恨又可怜的人，眼瞅着哭得颤颤巍巍站起来的母亲，感觉心理又平衡了不少。此时，赵小晚心里只有一句话形容她母亲，肉体长得胖乎乎，但是灵魂却是这等干瘪。她不想听她缓过劲来继续与自己啰唆，转身把自己关在房间里。

“砰”的一声响，震停了还在哭的赵镜。她自己找纸巾擦了擦鼻涕和眼泪，看着犹在震颤的房门。

突然，她想起来什么，敲门问：“那个，那个‘老苟’欺负你没有？我饶不了他，妈找他算账去！你跟我说实话。你给我开门，我进去。”

“我没那么好欺负，不会像你一样！你以后离他远点行不行？你别进来了，我要写作业。”赵小晚使劲弄了一下椅子，弄出了响动。

渐渐平复下来的赵镜试着推开女儿的门，可赵小晚已经将门反锁，把她挡在外面。赵镜无奈看看这道门，只好回了自己房间。赵镜准备躺一会儿，再给女儿做饭，但她不知道究竟做什么好吃的，能让孩子吃得高兴，然后忘记曾经的阴影。

赵镜家两个卧室门都关得严严实实，只有那里面的人知道，自己在干些什么。那两个房间，活像两座碉堡，离得那么近，又是那么的远……

3

赵小晚家后面那片别墅区就是张天一家。张天一的母亲却不像赵镜那样狂躁，面对儿子学习上的这种状况，张天一的母亲只是暗自急在心头。她想不通，自家这么好的条件，孩子差在哪里了？她也使了不少招数帮助张天一提高学习成绩：不仅买了大堆的辅导资料，而且还请来名校大学生家教，帮他补习数学、地理、外语和历史。可怎么没见效果呢？最近她已经在四处打探“签约辅导”的事儿。

张天一正懒散地躺在沙发上，操作着笔记本，又在上面看他喜欢的片子。

周丹过来把电线拔了，商量着说道：“儿子，吃饱了，你休息一个小时了，是不是写作业呀，把作业写完再玩，去，回房间学习好不好？”

“你干吗呀？有您这样的吗，哪能直接断电啊？好容易周末，我不想学习，不想。别招我烦。”

“儿子，你学习总是提不上去，怎么回事呀？我想给你报个辅导班，校外的，都是高级老师，比你学校的老师有水平，咋样？人家承诺要‘签约辅导’，这次的比较靠谱。下个月去怎么样，好儿子？”

“妈，您别折腾了，成吗？我不想学习，考上大学有什么用啊，不还是混饭碗吗？我想去国外，不想待在北京，都是外地人，哪儿哪儿都堵得慌，到处是尾气和雾霾。”

“你首先要把英语学好，不然到了国外怎么交流？对不对？还是要学习。”

“告诉您啊，我可不去上课外辅导班，我要过周末，费用齁贵，您有那份钱呀，还不如给我零花呢。”

“这个辅导班可是贵族才上得起的，对你学习肯定有帮助。去吧。成不？”

“你们这些家长太老土了，知道吗，你们这叫土豪心理，您简直就是‘蛋白质’类型！”

“什么意思啊？”

“您看，说你们老了还不信，这是在我们青少年间流行的一种叫法。‘蛋白质’类型——‘傻蛋 + 白痴 + 神经质’。”

“熊孩子，我踹你！”

“您踹我也是这个意思啊。妈，每周再多给我一千块钱零花吧，真不够。好妈妈，再多给点，以后挣钱还您。”

“这个月你都花三千多了，钱都干什么花了？我正想问你呢？是不是交女朋友给人家花了？”

“没有，您儿子自己花了。您不是不知道，我朋友多，咱这家庭不能在他们面前栽面儿不是？吃几回饭，玩几次就没了。您工作忙，有时周末不在，那我得有人陪我一起玩啊，不然，我会得痴呆病的。妈，您不害怕？您可就我这一个儿子。”

“你说你花钱怎么这么冲？你爸早就叮嘱我说，要穷养儿子富养闺女。给你这些零花钱，我都是背着你爸呢，你还得寸进尺。”

“神经病。什么穷养儿子，都啥年代了？那是封建思想！说这话的人脑子肯定都有问题。再说，您和我爸哪有闺女可养？还是先给我花吧，等你们生出闺女再说吧。”

“去，少贫。你给我老实交代，是不是恋爱了？原来初三那个女生分手了，又找你们班的女生？妈可跟你说，谈恋爱可以，但必须门当户对。太差了，我可不答应。就你们班那些同学的家长我可都看见了，都是什么人啊！”

“怎么了，您说学生家长能是什么人啊？”

“我告诉你，别从俗人堆里找，妈希望你将来有出息了，找个洋妞生个洋娃娃，咱一家多幸福啊。听见没，暂时不许谈恋爱。”

“妈，您偏见，我只喜欢中国女孩，我们班也有好看女生。”

“什么意思？还真和班级女生谈上了呀？谁啊？”

“没有，说您也不认识。别问了，再给我加点钱。我这个月还要买一双鞋，好一点的。”张天一想好好宰他妈一次。

“不成，给你钱你会乱花，最多再给你五百。”

“您真够可以。您？唉……”

张天一越来越觉得妈妈的钱难“赚”了，不免垂头丧气。

“跟你说，以后别再给我闹事打架，听见没？再闹，我就告诉你爸，让他收拾你。”

“行了行了，不听您叨咕，我回自己屋里，给您学习去，成了吧。”

张天一看了看时间，然后回自己房间。但他不是真学习，而是背着母亲，偷偷地用手机跟女生吴晶晶话聊去了。

周丹最近感觉很累，家里家外的，就她一个人也确实有些吃不消。今晚，她还要收拾东西，明天中午去郑州出差。在走之前，她要安排好家里的一切事儿。

第十一章　一波渐平

1

新的一周开始了。

下午，上完第三节课，姜春雷走进教室，因为全班需要开一场特殊的班会。他仔细打量着一张张小脸儿，发现大多数孩子挺有精神，尤其郝帅发型标新立异。姜春雷看了看郝帅，用眼神告诉他说，你等我抽出时间再说，现在还不理你。

由于吴晶晶在周日看网络小说，此刻，她不情愿地默写语文的古文背诵部分。当她放下笔，不知不觉，脑子里忍不住再一次沉浸于网络小说，沉浸于某些情节的透彻的描写之中而不能自拔。

对于吴晶晶来说，学习的烦恼越来越多，她没想到恋爱也会这么累，累心。尤其是从张天一口中得知他妈妈很厉害，给他的钱越来越少，害得他俩不得不商量钱省着花。吴晶晶想放松自己，彻底放松。她认为，除了公园，网吧也是个不错的地方，远离书本，什么都不用想，只需要扮演那个自己喜欢的角色。坐在教室里的吴晶晶，甚至想去通宵打网络游戏，或者看网络小说，或者就和张天一独自去玩，那才是开心快乐的生活。吴晶晶美得双腿乱颤，用鞋子里面的脚趾跳舞。

离吴晶晶那么近，可张天一还是不停地想着看着吴晶晶，恨不能把她拴在自己胳膊上，张天一担心吴晶晶离开自己视线，生怕她跑掉。

张天一冲吴晶晶秘密地做了个鬼脸，吴晶晶低头一笑。张天一又想起周六，就是前天，很爽。他们在一起是那么美好，不但吃了麦当劳，还去公园的小树林里玩了半天。现在想想在树底下，跟吴晶晶那一吻，可真甜，比爸爸从国外带回来的巧克力还甜。爱情绝对不像学校老师说的那样可怕，大人都是骗人的。张天一坐在那儿心里说。

见姜春雷走进来了，张天一知道，自己是无论如何也躲不过去的，也只能拿出提前写好的检讨书，坐在自己的座位上，如坐针毡一样，等待班主任的指令。

这时，学习委员兼生物课代表程苗苗把一个作业本交给姜老师，并暗示这是生物老师的意思。

姜春雷一看，是罗亚军的作业本，本子已经被磨得没有抹布干净，翻开里面，赫然是生物老师的批评语：根本不认真做作业，除了抄作业，就是随意发挥！你还想考大学吗？哼，即使是傻子出题，瞎子判卷，你爹花钱走后门，你也甭想过关！再这样，以后别交作业了，直接交到班主任那里算了！

看罢问题，姜春雷完全能够体会生物老师为何这样气愤而失态，甚至给罗亚军写下这等几近失职的教师评语了。生物作业的问题是：请问青蛙和癞蛤蟆有什么区别？罗亚军的答案简单明了：青蛙是天生的保守派，坐井观天；而癞蛤蟆是革新派，整天想着吃天鹅肉。

姜春雷看到这里，说不生气，那是假的。但他只能先把火压一压，因为按教育学理论专业书上来分析，罗亚军是个典型的不自信孩子，他在老师同学面前搞怪，以此来引起别人的目光，实现自身的存在感。

2

上课铃声响后，姜春雷把罗亚军的作业本放在一边，开始了班会讲话：

“请同学们安静，班会现在开始。下面，先由我们班的张天一同学到前面来，关于上周动手打架一事，由他对罗亚军以及全班同学致歉。”

张天一又穿了双崭新的名牌旅游鞋，迈着潇洒的步伐走到前面。

“老师，同学们，大家好！我是张天一，那天晚自习课上，我进班级把空瓶子抛在地上，同学罗亚军说的话招我烦时，我便出言不逊，进而和他打架，当然，打架是我的错。我承认，我不应该采取这样的手段，这是最不明智的选择。”

姜春雷一边听，一边注视着张天一的表情，也看看罗亚军的反应。

“学校一开学就三令五申，一再强调校规校纪，提醒学生不要违反校规，可我却没有把学校和老师的话放在心上，没有重视老师说的话，没有重视学校颁布的重要事项，全当成了耳旁风。这些，都是不应该的，也是对老师的不尊重。应该把老师说的话谨记在心，把学校颁布的校规校纪谨记在心。经过了老师的淳淳教诲（谆谆教诲，他读错了字，磕磕巴巴的样子），我深刻地明白了，做人要有忍让的道理，不管做什么事情都要忍。俗话说，退一步海阔天空，可是我那天却没有做到，事情发生后，我非常后悔！在这里我做出深刻检讨！”

张天一转换了一下姿势，停顿了一下。

姜春雷站在一边，看着张天一。姜春雷脸上露出了一丝微笑，他为张天一的一点点进步感到欣慰。

张天一接着读道：“对于这一切，我还将进一步深入总结，深刻反省，恳请老师相信，我能够记取教训、改正错误，把今后的事情加倍努力干好，不会——我不会违背校纪班规。”

吴晶晶仍然密切地关注着讲台前做检讨的男朋友，见姜春雷在看自己，吴晶晶就把头不自然地低下，用摆弄书包带子的动作来掩盖心中的紧张。

“我已经意识到我的错误了，而且认识到了此次错误的严重性。我，我知道我那天确实是太冲动，太不冷静了。动手打人不对，我以诚恳的态度承认我的错误。通过这件事，我充分认识了自身的严重缺陷。我知道自己应该认真检讨自己的行为，认真对自己的脾气、性格进行深刻的反思。通过这件事清醒地认识自己的错误，积极改正。”

班长王朴生看了张天一一眼，真希望他能说到做到。这样，自己就可以把更多的精力用在英语的学习上了。

“其次，我还应该团结同学。而我不但没有那样做，反而还破坏同学之间的安定团结。在这一点上我做得也是十分十分地不够。再次进行深刻的自我检讨。”

罗亚军小声嘀咕：“早干吗了？！哼，你也有今天。”

“犯了这样的错误，对于家长对我的期望也是一种很大的打击，家长赚钱很容易……”

张天一一不留神读错了，少了“不”，弄得全班学生忍不住笑。

“别笑！继续。”姜春雷把控局面。

“嗯，对不起，读错了。是家长辛苦赚钱不——容——易——他们为了让我们可以生活得好一点，让我们可以全身心地投入到学习当中，可是，我却违背了家长的心意，我对此也感到很惭愧。家长的劳累是我们所不知道的，每天为了生存而忙碌，为了家庭而承受着巨大的压力，这一切的一切都是我们所不能够了解的，我更不应该侮辱罗亚军的父母，也对不起自己父母。我真的错了，我真的感到抱歉。希望老师可以原谅我，希望老师再给我知错就改的机会。”

郝帅又在一旁偷偷地画梅晓白，姜春雷走过来敲敲他的桌子，然后小声警告说：“你头发怎么弄得都立起来了？下课赶紧去水房给我弄平。”

郝帅这才把画纸收起来，不甘心地点点头。

张天一继续读：“国有国法，家有家规，我们学校也有规章制度，我们触犯了国法会受罚，触犯了家规会挨批，触犯了校规必须受到惩罚。”

大家憋不住笑，知道张天一在引用曹维康的口头禅。

“这次我为所犯的错误，付出了代价，不管是在身心上，或学习上，我都失去了很多。如果打厉害了，我们还可能被退学，如果我们这么年轻就退学，那么，我们还有什么前途啊？这样打什么时候是个头儿啊？家长还会为我们担心，说一千道一万，打架都是不对的。”

赵小晚被张天一翻来覆去的几句话逗乐。她知道这家伙写不出什么新鲜玩意，弄不好都是网上抄来的套话凑字数。

“我希望罗亚军能够和我和好，原谅我。这件事后，我受到的教训会深刻地烙在我的心里，时刻提醒着我，严于克己，宽以待人。决不让类似的事在我身上再次发生。同时，我也要以我的亲身感受，向其他同学进行警示，使大家都了解我内心想法，提醒大家不要像我一样犯下这样的错误。”

罗亚军又一次小声嘀咕：“冠冕堂皇的话谁都会说，谁不知道是从网上抄下来的，根本不是你心里话!”

罗亚军的同桌何涛听到他的嘟囔声，开始捂嘴偷笑，然后，何涛小声对罗亚军说：“你不能怕他，看他以后表现。”

张天一揉了一下眼睛，咳了一声，最后读道：“在这里向大家保证：我不再犯这样的错误。相信我，我会从此努力改变自己，完善自己，希望大家在以后的日子里多多提醒我。我不会让大家失望，我会做到最好，会在三年后给父母、老师、同学、学校交一份满意的答卷！检讨人：张天一。完了。老师。”

同学们不知怎么地一起笑起来。

张天一鞠了一躬，然后背着班主任，故意地看了罗亚军一眼，走回到自己座位。

何涛捅咕了罗亚军一下。其实，何涛不捅咕罗亚军，罗亚军也懂，张天一根本没有忏悔之诚意。他看出来了，这小王八蛋分明是在走过场。

全班同学心里有数，其实，不管怎么样，装模作样的张天一能当着全班面读这个检查，已经是奇迹了，前一个班主任根本拿他没办法，张天一也从没给人做过检讨。

3

姜春雷走上讲桌正位，继续说：“很好，希望张天一能按自己说的那样去做。同时，老师也希望罗亚军同学能原谅张天一。同学之间并无深仇大恨，得饶人处且饶人。别忘了，我们北京精神有一点，那就是——包容。老师希望同学们都有一颗阳光之心，包容之心。”

班长王朴生和团书记梅晓白带头鼓掌。孙佳卉撇撇嘴，心里说，就这两人最能看火候，最能配合老师。

姜春雷在桌上拿起一本子说：“现在，我手里有一个生物作业本，我就不点名是哪位同学的了，希望这位同学今后认真写作业，不要糊弄老师，要知道，最终糊弄的是你自己。老师知道你是一个品德很好的学生，有奉献精神，但你的态度，真的把生物老师气哭了。生物老师刚刚大学毕业分到咱们学校，她是二十三岁的女生，希望我们男生不要欺负女生好不好？欺负女生不算是男子汉吧?”

罗亚军埋起头，他心里最清楚那个作业本是谁的。姜春雷没有当众揭穿他，罗亚军不免对班主任心存感激，用拳头敲着自己的大腿。

姜春雷接着说道：“同学们，老师理解你们。通过开家长会，老师也了解了你们。我们班上有一些特殊家庭的同学，在这里，老师只能说，你们自己要独立，用学识改变你的窘境，自强自立。同时，也要懂得感恩父母，他们都有自己的苦衷，只是和你们缺少沟通，老师希望你们越来越成熟，担当起家庭和社会的责任。”

赵小晚怀疑老师说的是自己。程苗苗感觉姜春雷知道了自己的家庭情况。梅晓白不相信母亲把所有事情交代出去了，但她还是不敢看老师。三个女生怕同学们知道自己的“隐私”，一个个低头躲避姜春雷的眼神。

“好，姜老师也不多说了，希望你们努力，爱我们这个班集体，老师也爱你们每一个人，你们每一个人都是社会上独一无二的！同学们，我有信心，你们有没有信心?”

“有！有！有!”男生嗓门很大，一起说。

“好，一言为定！请你们准备好书本，继续下一节课：数学。”

姜春雷在走出教室之前，对罗亚军说：“把班级的空瓶子和废纸卖掉，你算一下班费积攒多少了，报给我。还有，你，郝帅，你，王朴生，你，张天一，一起帮忙抬废品去卖掉。”

“Yes！ Yes!”

姜春雷这样做，不无他的道理。

4

上完最后一节数学课，几个男生把空矿泉水瓶子抬到学校楼下。罗亚军习惯地跑出校外那个小区门口，找到躺在铺着废品纸壳子睡觉的大爷。收废品的大爷一看穿校服的这小子又来了，就乐颠颠地跟在后面，手里提个大玻璃丝袋子，肩扛个只有他自己看得懂的铁钩子秤。

收废品的大爷走到几个男生面前，不慌不忙地用秤称重，告之，半袋子书本是十八公斤，每公斤两毛钱。然后，查了足足有一刻钟的矿泉水、冰红茶、营养快线等空瓶子，告之，一共160个，1毛一个。他拿出了收购废品的钱，总共19块6毛，给你20块吧。罗亚军去接钱。

“等等，不对呀！这些瓶子才160个吗？重新数！”张天一抢过袋子，“哗啦啦”把空瓶子倒满地。

“大爷，您那秤准吗?”王朴生也怀疑地问。

“嘿，咋个不准呢，我还能蒙你们学生呀？准，可准嘞。”

大爷用浓重的河南口音为自己的清白讨说法。

王朴生低头和张天一共同数瓶子。

“一共228个瓶子，你真能骗人！骗了罗亚军多少次了？你是不是一直把班级废品卖给他？他坑咱们！”

张天一又愤怒了。罗亚军也没想到是这样的结果。

大爷见状，忙说：“哦，刚才可能数错了。那就按228给你们结账。”

王朴生看看铁钩子秤，向收废品大爷请教如何认秤。

张天一说：“行了，你们甭跟他废话，他的秤也不会准。行啊？你敢骗我们，信不信，我把你秤给你撅断？！”

王朴生过来拦着。郝帅上前挡着。

罗亚军看看大爷脚上穿着的那双露了脚趾的黄胶鞋，他的心痛了一下，想到了自己那个在田间地头劳作的父亲。

“算了，别和他计较了，他外地的，在北京也不容易，你看他的鞋……”罗亚军小声说。

“什么？算了？这可是我们班集体的钱，要做班费交给老师的，你渎职！”张天一又习惯性骂人。

“成了，成了，张天一，你刚做完检讨又骂脏话，你什么人啊？！让大爷按实际数给钱就行了。”王朴生站出来批评张天一。

“这种骗子真没趣！得得，我不管你们，你们愿意被骗就被骗去，关我屁事，钱也不给我花。”

王朴生说：“知道他这样不对，你以后不骗人就行了。他都这么老了，跟他计较那么多干吗呢。”

张天一还是很气愤，站在那儿怒视大爷。

“好了，您呀以后别这样挣钱，我们学生也穷呢，大爷，啥话也甭说了，您给30块钱，就卖给您，咋样？不同意，以后我们卖别人。”郝帅旁边讲和。

“是呀，大爷您给30就行了，这是我们班费，集体的。”王朴生也表态。

“对，告诉你，少一分也甭想拿走！”张天一态度强硬。

“好好，给30就30，没见过你们这么计较的。”

大爷看看这几个虎羔子一样的男孩，嘟囔着掏出30块钱。罗亚军接到手里，一句不说往教室走。

“嗨，帮你多卖钱，你还不高兴了，这可是班级的钱，你以后要防止再被骗，这个老头最可恶，就知道骗人家。”张天一还在数落。别人不吱声。

快进班了，张天一还没放下这件刚刚发生的事，但一眼看到吴晶晶，也就万怒全无了。

王朴生回座位继续做作业。罗亚军把账单整理好，准备去姜春雷办公室报账。

郝帅停留在楼道，因为他碰见了梅晓白，故意找话茬儿接近他的女神。还没说满五句话呢，郝帅又被曹维康给揪住了，他的发型又惹祸了。

第十二章　一波又起

1

大多时候，学校的晚饭对于张天一来说，一点没有诱惑力。张天一每看到那些为了省钱而偷工减料、组团忽悠学校的一帮厨师就别扭，再一吃下出自这些人手里没有滋味的饭菜直想吐掉。因此，只要有了钱，张天一总爱拉着女朋友吴晶晶去校外吃大餐。通常，吴晶晶也会叫上闺蜜孙佳卉一起去。

张天一带俩女生走进校外不远一家新开的汉斯特烤肉店。中午为了忙作业没出来，校餐太差没吃好，这会儿，三个人像饿死鬼托生似的，端来一盘盘肉、蛋、海鲜、蔬菜水果。吃到一半，三人才空出嘴儿闲聊。

“傻 ×，罗亚军不知好歹，给他道歉还真给他脸了，知道吗，咱班的废品让他都卖赔了，可笑不？让一个河南老头给坑了，哼，不知被坑多少回了。”

“你管他呢，老土一个，理他干吗。”吴晶晶夹一口菜送到张天一嘴里说。

“什么叫我管他干吗，是老师让我和郝帅、王朴生帮他卖废品的，赶巧了，发现傻 × 老头跟我们耍心眼，要不是我发现，得少卖10块钱。社会到处有骗子，谁想到老头子也骗人。”

孙佳卉和吴晶晶笑了。

张天一又说：“罗亚军不知好歹，还在那儿可怜骗子老头呢，我都想踹那老头两脚，让他从此长记性。罗亚军笨死了。”

“呵呵，我猜老师说的作业本就是他那个笨猪的。”孙佳卉说着笑着。

这时，孙佳卉不经意回头发现自己父亲和一个女人正坐在一个偏僻的角落吃饭。那女的染着酒红色头发，扎在脑后，正用黑色长指甲剥着大虾皮，然后送到自己父亲嘴里。父亲动着嘴，看嘴形好像在说你真好，或者是更肉麻的话。

“你看什么呢？吃啊。认识啊？”吴晶晶问。

“那是我爸，不认识才怪！”

“啊？你爸？！貌似你爸没看见你。嘿，那女的不是你妈？”

“才不是我妈呢，看她那样打扮，跟老妖精似的。”

张天一喝饮料，笑出声，然后抹了一下嘴。

“嗯，这年头，‘拆迁办’的太多，你赶紧去问问你爸，啥情况，也好报告给你妈。”吴晶晶给孙佳卉出主意。

孙佳卉一激动站起来，直接走到父亲面前。

“爸，你怎么在这？我妈知道吗？”

“嗨，你怎么来了呀？你没上学呀？”孙佳卉父亲被弄得有点意外，表情极其尴尬。

“来，给你介绍一下，这位你叫赵阿姨，这是我女儿小卉儿。”

“赵？哪个赵阿姨？”孙佳卉瞥了女人一眼。

“哦，不是别人，你们班同学的，对，赵小晚她妈。”

“是，我是赵小晚妈妈。”赵镜也站起来说道。她伸手示意孙佳卉坐下来一起吃饭。孙佳卉没理会。

“你和赵小晚不是同班同学吗？我们在谈点事儿，你赵阿姨正在做‘宁力’，咱家买了一些产品很合适的。”

“合适？什么合适？在这单独约会合适呀？你出来告诉我妈了吗？”孙佳卉很直接地问道。

“这，这不用告诉你妈吧？什么事也没有啊。你这孩子，好好读你的书，大人的事你不懂。我们真的就是一起聊天吃饭。你跟谁来的呀？”孙佳卉父亲解释。

“不懂？我什么不懂啊？管我跟谁来的呢。告诉你，再不走，再不回家，我给我妈打电话，信不信？告诉她你在这儿约会！和别的女人！”

“孩子，你误会啦，我只是和你爸聊天吃饭，没别的。”赵镜尴尬地解释。

“你闭嘴，哪有你说话的份！什么东西呀？！”

“你这孩子，怎么对阿姨没礼貌！”

“跟你们学的！”孙佳卉嘴不饶人。

吴晶晶过来了，往回拽孙佳卉。孙佳卉正在气头上，往外挣脱吴晶晶的手。

“大哥，那我先回去了，有事打电话给我。”赵镜背包走了。

“德行，贱！真是有其母必有其女！”孙佳卉冲着赵镜的背影啐了一口。

“小卉儿，你这是干吗？你误会你爸了，真的没有事，回家别和你妈乱说。”孙佳卉父亲上来哄女儿。

“误会？等到有事就晚了！你赶紧回家，以后再不想见到你和别人约会！小心我告诉我妈！”孙佳卉威胁道。

“好好，你回去可千万别跟你妈乱说，你妈听风就是雨。好好，我这就回家。你们账结了吗？爸给你们埋单。”

“叔叔不用，您先走吧，我们也该回学校上晚自习呢。”吴晶晶和张天一说道。

没有谁傻到顶风作案，孙佳卉父亲也是一个普通男人，当然也怕家里出乱子，只好结完账赶紧回家。

2

孙佳卉怒火难平，先骂赵镜，然后对赵小晚咬牙切齿。她打算回学校报复赵小晚。吴晶晶搂着孙佳卉，边走边给闺蜜打气。张天一哼哼唧唧跟在后面，往学校走。

想不到，没等回宿舍，在晚自习上，就纸里包不住火了。孙佳卉先回一趟宿舍，见赵小晚不在，气得用脚踢翻了赵小晚的洗脸盆，里面的洗漱品被踢飞，落了一地。

晚自习铃声还没响。教室里，有的同学在聊天，有的在写作业，赵小晚在那儿正看《悲惨世界》。咣一声，门被踢开，孙佳卉走进来，后面跟着吴晶晶，吴晶晶后面是摇摇晃晃的张天一。

“这是怎么啦?”抬头的学生不禁问。

“唉，你进门就进，干吗那么使劲踹门？”王朴生感觉不正常，就站起来问。

“贱人！勾引别人，不得好死！会遭报应的！”孙佳卉冲赵小晚座位的方向骂。

同学们不知又发生了什么事，各个惊呆。

“骂谁呢？怎么你了呀？我招你惹你啦?”赵小晚放下手里的书，问道。

“你就惹着我了，小丫的，你妈勾引我爸!”孙佳卉的话让同学们改变了之前的状态，无不吃惊地看着眼前的孙佳卉。

“你胡说什么？不要脸呀?”赵小晚说了一句。

“我要脸，可有人不要脸，那我也没办法？!”

“你有证据吗?”赵小晚摔了一下《悲惨世界》说道。

“我亲眼看见的，和我爸在考斯特约会，吴晶晶也在场，她能证明。”孙佳卉指着吴晶晶说。

吴晶晶配合地点点头，其他同学一点声音也不敢出了，教室气氛十分紧张。

“不可能，你怎么知道是我妈，你又没见过，神经病吧你!”赵小晚不相信，也就没好气地反驳。

“你才神经病呢，染着酒红头发，黑指甲，一笑露俩虎牙，不是你妈还能是谁？！她自己也承认了，就是你妈，还是做‘宁力’的！说不定在骗我爸钱!

不要脸，想狡辩啊？真贱！呸！”孙佳卉气愤地大声喊道。

“她骗你爸，关我什么事？和我没有关系！”赵小晚重新坐在凳子上，她不想和孙佳卉继续纠缠。

“放屁！贱！”孙佳卉见赵小晚不理她就更火了，直接骂了一声。

“你再骂一个试试？”赵小晚重新站起来，瞪着眼睛。

“我就骂了，真贱！有其母必有其女！”孙佳卉上手了，直接过来推搡赵小晚。

“你滚开，别逼我！放手！”赵小晚嚷道。

还没等同学们反应过来呢，孙佳卉上来一脚，却被赵小晚给抓住，使她只有一只腿停在原地，要倒下的样子。吴晶晶看孙佳卉要吃亏上来拉偏架。

“松开，小丫的！”见来了救兵，孙佳卉又骂。

“不松开！这是你逼我的，以为你有帮凶就欺负我呀？越忍你你越来劲，以为我好欺负啊？叫你骂我，我，我今儿个……我打死你！”

赵小晚开始瞪起牛眼，使上牛劲儿。吴晶晶把赵小晚的手掰开，才令孙佳卉那只脚着地。孙佳卉又扑过来抓挠赵小晚脸，赵小晚也薅孙佳卉的头发，两人打成一团。

几个男生过来拉架，却不知怎么向俩女生出手。最后，班长王朴生挡在这俩女生中间，任凭她俩左右开弓，被误打。程苗苗赶紧去报告姜春雷。

3

一个班主任还要给三个班级任课，挣得也不多，姜春雷有时候难免有埋怨。但埋怨归埋怨，正事不能不干，姜春雷在办公室给高一5班学生讲地理题，做辅导。他打好的饭菜没空吃，刚刚在办公室扒拉几口凉了的饭菜，就见程苗苗慌慌张张跑进来。

“老师，快！快去！孙佳卉和赵小晚在教室打起来了！”

“啥？她俩怎么打起来了？”

“我，我也说不清楚，您去看看吧！”程苗苗呼哧带喘地说。

姜春雷放下饭盒，往班级跑。姜春雷一进教室就蒙了，他不知道究竟是谁和谁打架，因为他看见赵小晚和孙佳卉更多的是在打王朴生。

王朴生在两女生中间，抱着自己脑袋，嘴里喊：“别打了！别打了！郝帅，罗亚军，快，帮忙啊，快把她俩抱住，拉开呀！”

罗亚军围着俩女生来回跑，不知道拉哪一个人才好。

郝帅不敢上前，主要是昨天被曹维康狠狠教训一顿后，一怒之下，脑瓜子一发热，跑到自家门口的理发店把头发全剃了，剃成了光溜溜的秃瓢儿。当然头发一落地那一刻，郝帅就后悔了。其实，这场合，郝帅也不敢去抱住女生，要是男生他兴许考虑去抱着他们其中一个的腰部。也许，梅晓白和人家打架，他可能会在光着秃瓢儿的情况下，鼓起勇气去抱住梅晓白，而眼前这俩女生，郝帅不会抱，也不想抱。

“都给我住手！女生也动手了？还有没有修养！”姜春雷看见俩女生动手打架，也不知道说什么更合适，憋了半天，冒出一句：还有没有修养。

俩女生放手了。撕扯中，赵小晚的脸在吴晶晶拉偏架的时候，被孙佳卉的指甲划了一道印子，先是白的，渐渐变红。孙佳卉是暗伤，被赵小晚愤怒的大脚踢了三下，站都站不直，胯骨和屁股有点疼。

“你俩，怎么回事？”姜春雷问。

赵小晚不说话，眼睛往墙角看，头照旧抬得很高，梗着倔强的脖子。

“老师，她妈勾引我爸，还搞传销卖我爸保健品骗钱。被我抓到，她还不承认，比谁都横！”孙佳卉觉得自己有理，就先告状。

“你说的是真的？孙佳卉，你是不是把问题搞复杂了呀？”姜春雷想不到孙佳卉说这样的话，一时间也辨不清真假。

“我说的是真的，有证据。”

“那，再怎么着也不该和同学动手吧？即使赵小晚母亲真有问题，你也不能和赵小晚打架呀？怎么？历史学得不错嘛，‘株连九族’用到这里了？！你看看你俩，看看，把班长夹在中间打，成什么样子？”

王朴生不说话，摸着自己后背。郝帅撩起他的校服查看，一边看，一边咧嘴。

“这俩女汉子，够狠。”罗亚军旁边嘟囔。何涛一边笑。何涛向来当旁观者，最多说点风凉话而已。

“你俩不想被开除就跟我来！先跟我到办公室。其他同学上晚自习。”

教室里窃窃私语。几个班干部维持纪律。大多数同学没有上自习的兴趣了，都在猜测这件事的真假，像期待电视剧剧情一样好奇，在观望后续如何发展。

4

不一定是冤家才路窄呀。姜春雷“押着”俩打架的女生往办公室正走呢，有一个人就跟上来了。

“怎么啦？班级又出什么事了？你得负责啊，姜老师，怎么搞的？就你班老有事儿，那个郝帅不穿鸡腿裤了，把重心又转移到头发上去了。他头发剪短没？我正要去检查他。”说话的又是工会主席兼德育处主任——曹维康。

曹维康自从那次晚自习收缴了郝帅和梅晓白等几个同学的鸡腿裤，昨天又抓到郝帅头发不合格以后，更加提防这班的学生，生怕他们再违反校规校纪。这不，他刚好从高一2班门口走过来。

姜春雷见曹维康走过来问话，就回答道：“哦，曹主任，您不用查了，郝帅头发彻底解决，他都剃光了。一时半会儿长不了那么长，他也弄不成别的花样来了。您放心吧。”

“啊？他？他都剃光了？我也没让他剃光啊！就要求他剪短。姜春雷，你明天，必须让他戴个学生戴的帽子！光头也不允许！”

曹维康与人说话时，眼睛瞪得很大，常常给人用力过猛的感觉。

姜春雷看着曹维康的表情，有点胆小，赶紧连声说："好，我明天要他找顶帽子戴。"

曹维康又问："她俩怎么回事儿?"

姜春雷赶紧答道："是这样，我们班俩女生闹了点误会，没大事，我正准备批评教育呢，让她们去我办公室等处理。"

"该处分就处分，不严管怎么成。真没大事?"曹维康不放心地问。

"真没有，都是小矛盾。我去办公室处理去。您先忙您的吧。"

赵小晚和孙佳卉躲着曹维康的目光，贴墙边站，低头。她俩都很清醒，决不能落到"糟老头"手里。

姜春雷从心里不想说实话。如果和曹维康说实话，这俩女生明天就会被停课，将在全校做检讨，也会受到严厉处分。至少现在，姜春雷不忍心看到那一幕。姜春雷绝不想自己的学生受罚，这一点，他和其他老师不太一样，他愿意跟自己的学生荣辱与共。姜春雷完全把他的学生当孩子看，尤其是对赵小晚，他更是放在心上。从赵小晚身上，姜春雷经常能看到自己当年的影子。从人性自私的那一点讲，姜春雷比较偏向赵小晚。

晚自习铃声响起，班级重新安静下来。曹维康这才背着手，挺着胸脯，向高三的方向走去，继续做监察工作。

5

赵小晚和孙佳卉一前一后跟着姜春雷走进办公室。其他值班老师看看这俩女生，没说话，只和姜春雷点头打完招呼，就给各自的学生答疑解惑去了。

孙佳卉气还没消除干净，背对着赵小晚，一副顽固对立到底的样儿。赵小晚偷偷查看姜春雷表情，然后低下头不言语。姜春雷坐下站立坐下站立地重复好几次。他的这一动作让俩女生不知所措。

“说，你俩认识到问题的严重性没有？”姜春雷看着俩女生的表情问。

“当然，可是她妈勾引我爸，还骗钱，我能装瞎子聋子傻子不管吗？”

“你别侮辱我，这跟我有关系吗？我什么都不知道，你张口就骂举手就打，吴晶晶拉偏架，别以为我怕你！”

“好，谁也不怕谁，是吧？还想打对吧？刚才是我没把你俩打架的事说出去，隐瞒曹主席，否则你俩现在不是在我办公室。好，那我把你俩送给教务处去，让曹维康主席处理吧？怎么样？”姜春雷严肃地说。

“老师，别，别送教务处，上周就是他没收我校服裤子。我……”孙佳卉这才感觉到害怕，低头说实话。

“送就送，我不能让她随便欺负我！最好把我妈找来，当场对质！如果是你所说的那样，那我绝对会给她一耳光！”赵小晚狠呆呆地说。

姜春雷听得头皮发麻，大夏天的身上起了一层鸡皮疙瘩。孙佳卉没想到赵小晚说出这样的话，狐疑地把脸转向赵小晚。

“孙佳卉，你听到了吧？这就证明你即使发现了什么事，也跟赵小晚没关系。再说，你是学生，关于家长之间的交往，你也不应该那么想，想到极端。”

“不是，谁看见自己爸爸跟别的女人约会不生气呀？我亲眼看见她妈给我爸喂虾吃，您说，我能不担心我妈和我爸？大人们说离就离，我们小孩哪个不害怕有后爹后妈呀？”孙佳卉声音有点颤抖了，委屈地要哭。

“嗯，老师理解你心情，但不能鲁莽报复无辜，这样非但解决不了问题，反而更麻烦。”

赵小晚一听说孙佳卉亲眼看见自己母亲给别的男人喂虾，顿时既愤怒又感到羞耻。此时，她无地自容，简直想变成一只老鼠钻洞里。赵小晚站在那儿羞愧无语。

姜春雷暗自叹气。真的，家庭直接影响孩子的成长，这一点他是深有体会。可他这点感受也不能和面前的女学生说呀，他干咳了一下，把到嘴边的话咽了回去。真是难办，姜春雷此刻既不能承认她俩打架有道理，也不能完全否定孩子们所犯的错误不无根由。姜春雷看看赵小晚，又想起了那天家长会上，赵小晚母亲的一切言行。

“好了，我是你们老师，肯定站在你们一边。说实话，你们都还没成熟，大人事情你们管不了。对于这些，老师也无从调查了解你们的父母，是吧？但你们要做的是，管好自己，把心思尽量用在学习上，健康成长，只有等到你们自己强大了，才有能力处理一些与你们相关的事情。”

赵小晚的火气小了不少，咬着嘴唇。孙佳卉把手插在口袋里捏着一片口香糖，不说话了。

姜春雷趁热打铁，接着说道：“你们好好想想，是不是这个道理？你们现在是泥菩萨过河——自身难保，所以还是先保护好自己，珍惜学习机会。如果问题严重被学校处分甚至开除，那后果就严重了，你们这俩小傻孩子！以后千万遇事三思。你看你们动手，班长挺身而出，牺牲自己让你俩一顿揍。”

听到王朴生被她俩揍了一顿的话，孙佳卉忍不住扑哧一声笑了，然后赶紧闭嘴，用手指弄弄鼻子。

姜春雷语重心长继续开导这俩女生。

赵小晚仍旧低头，感觉到自己刚才的脾气粗暴。孙佳卉忘了在挨批，放松了心情，险些把口香糖从兜里掏出来嚼了。

见孙佳卉态度改变了，姜春雷继续说道：“老师看了一下，你俩打个平手，吃亏受冤枉的是班长王朴生。你们是幸运的，今天没出严重后果，所以必须各自反省一下自己。孙佳卉呢，以后别骂人，另外，作为吴晶晶好朋友，你们要互相帮助，帮她把心思用学习上，听见没？”

“听见了。”孙佳卉答道。

“赵小晚也有错，对同学的怀疑你要耐心解释，自己解决不了可以找老师，不能武力解决。如果你们不听老师话，再出现情况，老师可帮不了你们了，明白吗？”

“明白。”赵小晚点头说道。

“好，你俩现在当我面互相承认错误，因为你们是女生，老师在情面上照顾一回，就不在班级做检讨了。”

“我懂了，老师，不会再出现这种问题了。”孙佳卉说。

“好，用行动。你俩态度好，老师就不会把问题反映到教务处了。”

“哦，赵小晚，我，我错了，不该骂你先动手，误会你了，请原谅。”

“嗯，我也太冲动，我替我妈给你造成的坏情绪道歉，不过我会问清楚这个问题。”赵小晚显然还在嘴硬。

“好，老师对你俩充满信心，好好学习。赵小晚，老师也批评批评你，以后改改火爆脾气，并不是所有问题都要靠暴力解决。有些问题，老师单独和你说说。”

“老师，那我回班级上自习去了。”孙佳卉一下子轻松了不少，感觉解放了一样。

“好，你先回去，给班长道个歉，赵小晚先留下，一会儿再回去。”姜春雷示意孙佳卉可以回班级了。

孙佳卉先走了，办公室只有姜春雷和赵小晚。姜春雷特殊地对待眼前的这个女生。

“来，你坐下，老师有话对你说。老师这有创可贴，先帮你把脸上印子给粘上，防水的，没事，几天就好了。”

“老师，我，我真……”

“嗯，老师懂你。”

一句懂你，把赵小晚的眼泪给招惹出来。赵小晚很久没有当别人哭过，她要好好哭一场。

第十三章　紧急校会

1

姜春雷从抽屉里拿出一把糖，轻轻放在桌上。赵小晚正趴在桌上默默哭，身体抖着。

“赵小晚，别哭了。你看，老师有好东西，给你的。抬起头，看是什么?”

“什么呀? 糖。”赵小晚很听话，不哭了，揉搓眼睛小声说。

“对，小孩最喜欢的。知道吗，小时候我一难过，我妈就像变戏法一样给我变出糖来。那时候的糖品种少，不像现在有巧克力、各种水果味和咖啡味的。你看，你想吃哪种的? 老师给你剥一个。”

赵小晚看见糖，又见老师这样哄她，笑得鼻涕泡都鼓出来了。这是她长这么大以来，从没有过的经历。

姜春雷见赵小晚哭完鼻子就烟消云散的样子，也就放心了不少，赶紧把纸巾递给她。赵小晚擦抹了眼角，甩干了鼻涕。

“老师，我想吃咖啡味的，我还从没尝过呢，谢谢老师。”

“好，当你难过的时候就吃一块糖，心情就会变好，糖能化解你的苦闷。”姜春雷坚定地说。

“真的吗?”赵小晚像个三岁半的小女孩一样，很萌很萌的表情。

“啊，当然是真的，这招儿可灵了，我小时候就这样过来的。”姜春雷把我小时候这四个字说得很重。

“嗯，好吃，真好吃。”赵小晚开心地说道。

“以后少发脾气，多想想快乐的事。你是好孩子，老师知道。你语文成绩考试已经超过实验班的学生了，老师为有你这个学生骄傲。相信你会把数学、地理等其他科目学好。”

“嗯，我可喜欢上语文课了，李玉老师讲课也好，同学们都爱听。”

“很好，但老师必须批评你，无论发生什么，你都不可以骂你母亲，你更没资格打她，那是天理难容的，你必须懂这个。”

赵小晚听着班主任的话，使劲一点头，竟把那块糖咽下去了。

“老师，再给我一块，巧克力的。”

“哈，这么快？咖啡的含没了呀？”

“嗯，我刚一点头，不小心就吞下去了。”

“好，再给你一块，吃完就回去上自习吧，别和同学斗气。唉，别看现在你们吵闹，毕业了就会互相想着。同学友谊是珍贵的、最难忘的。来，张嘴，给你。剩下的拿回去，心情不好了就吃一块。吃没了，老师这儿还有。”

姜春雷的一通取喻明理、目视点头、点拨指示，让赵小晚有了如沐春风、心结尽解、豁然开朗、如入微境的感觉。

“真甜，真甜!”赵小晚说。

姜春雷看赵小晚吃糖就忘了刚才的事，还孩子般单纯地、喜悦地笑，姜春雷心里想，这也许就是大人和孩子的区别。

2

曹维康突然进来了！因为门一直敞着。姜春雷给自己下的规定：单独和女生在办公室一定要敞着门。没想到，姜春雷把糖递给赵小晚的动作被曹维康逮个正着。

“你们干吗呢?！姜春雷，你？你？你就这样工作吗？大晚上的!”

“曹主任，我，没干吗呀，我班学生心情不好，我给她一块糖。”

“不让学生上晚自习，留她在办公室给糖吃？我这么大岁数还头一次听说！怎么，这也是老师的工作？真新鲜！”曹维康翻脸比罗亚军翻书快多了。

“主任，您误会了，您问问学生，我真的在做教师该做的。”姜春雷赶紧解释。

姜春雷的心脏嘣嘣地跳，速度能达到每分钟180下。

赵小晚站起来说：“曹主席，真的，老师只给我糖，批评教育我，这还有，您也吃一块吧。”

“去，去，赶紧回班级学习去！还有老师的样，还有学生样吗？又哭又笑的，在这儿干吗呢？不像话！”

曹维康很激动，又气又急，说话时嘴里喷着吐沫星子。

姜春雷摆手示意赵小晚回班级。曹维康的话让姜春雷觉得很别扭，曹维康的表情让他有点恶心。如果不顾及自己身份，姜春雷真想狠狠揍他一顿。

看赵小晚走远了，曹维康说道：“年轻人，我是为你好，善恶一瞬间的事儿，知不知道？别忘了，你是男教师，她是女学生！我看见了还好，让别人看见了会怎么说？你别坏了学校名声！”曹维康往外张望了一下，用手指点点姜春雷。

“我……我……”姜春雷有口难辩。

“我什么？你可刚入党，应该知道什么正确吧？下不为例啊！该批评批评，给女生吃糖干吗，什么意思？到时候你解释得清楚吗？”曹维康再一次警告姜春雷，手还在指着他。

姜春雷真想顶撞他，心里说：“我解释什么？又没干亏心事！我又不是畜生！真可笑，自己只不过用自己的方式教导学生，错在哪里了？！”

见曹维康极其认真的样子，姜春雷突然间觉得，眼前这个快要退休的老领导这么辛苦，他也不是为他自己，都是为了学校好。这样一个人，即使没功劳，也有苦劳，没苦劳，也有辛劳呢。姜春雷想到这儿就没那么大火气了。

“谢谢领导，我没想那么多，以后我注意。”姜春雷想了一会，然后毕恭毕敬地说。

“哎，知道注意就成了，凡事最好扼杀在萌芽状态。我这可是为你好。”

“嗯，谢谢曹主席。”

曹维康本来要走，掉头又回来强调说：“姜春雷，记住啊，你是园丁，要时刻看好自己的果林子。明不明白？不能叫果子生虫，要保证让他们自然、健康地成熟。绝不许自盗！”

“啊？！我怎么可能？我？哦，好，好，我注意。”

姜春雷答应着，心里却为曹维康说的“扼杀在萌芽状态”以及“绝不许自盗”几个字再一次感到别扭。

姜春雷送曹维康出门。走出几步，曹主席回头又问：“嗯？孙佳卉也是你们班的吧？程苗苗？”

“是，是我们班的，怎么啦？”

“怎么啦？她们也把裤子改成鸡腿裤了，梅晓白和郝帅的鸡腿裤已经被没收了，她们还在心存侥幸，不吸取教训。你呀，以后要多管管这些事，要严管，常监督，不能让她们把精力用在穿戴上。”

“好，我严管。”

“唉，好好的校服裤子，你说，干吗这帮学生弄那么瘦的腿？真不理解这时候的学生咋想的。我已经扣分了，希望你班主任多盯着点儿你们女生的裤腿。另外，耳朵也不可以戴东西，耳钉、耳棍儿都不成。”

“嗯，好。”姜春雷嘴上痛快答应，但心里有自己的看法，可又没处说去，也只能憋在心里。

望着曹维康挺拔的背影，姜春雷摇摇头，无奈地笑了。然后，自己心里嘀咕：“唉，以曹维康的心智，干个公安也是绰绰有余的。就这类‘鸡腿裤’的案子，他没少侦察出来。难道自己真的要像曹维康说的那样做吗……”

姜春雷就不明白，自己一个男老师，怎么，怎么能成天盯着女生看。看人家裤腿改没改、瘦没瘦，耳朵上有啥东西，这是自己该做的？怎么去执行？

姜春雷倒怕这样才会招来学生误会。说不定，女生会骂他耍流氓，整天盯着女生，看人家耳朵和裤腿子。喵了个咪的，做老师真难，做男老师更难。姜春雷想到这儿，也产生了苦闷。他从兜里掏出一块糖放进嘴里。

3

两天之后，学校就组织老师开会。会议室里，挨着柳篮校长的分别是张书记、曹维康主席以及其他校领导。

柳篮是青果中学的校长，四十多岁的女性，很有知性气质，就是脸色焦黄，像个蜡人。柳篮是北京高级教师，连续四年获得全区校长论坛一等奖，也是北城区人大代表。

尽管柳篮得了不少荣誉，但她可能比其他教师更苦恼。“生源差，导致管理难、师资差，发展更是举步维艰。用一部名著形容重点中学和青果中学，就是《傲慢与偏见》。”柳篮校长无奈地自我解嘲。

虽然中考制度正深化改革，普通高中却深陷恶性循环，柳篮真的是有苦难言。任教多年的柳篮对目前的招生制度，她和其他普通高中校长一样，牢骚满腹，忧心忡忡。但她必须要拼命去挣扎，带着全校师生“匍匐前进”。柳篮对当前的形势看得比一般人更透彻。如今，北京市普通高中招生分四批进行，她所在的青果中学排在民办学校和乡镇等一些中学前面，但要等市重点中学计划内、自费和扩招都结束，区第一高中录取完以后，青果才能招生，漏下来的才肯进入青果高中。

高中生源战越发激烈了，市重点、区一中所过之处，优秀生源将寸草不生。事实就是这样，重点高中、示范中学他们享受许多“特权”。如此一来，成绩差不多的都上了重点高中，青果中学费劲招来的学生，最高分也不如重点高中的最低分。

当然，青果中学还算普通中学里情况较好的，以去年为例，多数普通高中比一些重点中学分数线低五十分左右，有的甚至低一百分。没办法，学校只能捡剩下的生源，谁也没脾气。

生源差，导致青果中学走进恶性循环，陷入一系列难以扭转的困境。首先是管理难。就中学生而言，学习成绩差，往往伴随着学风差、学生行为散漫等多方面的不良因素。因此，老师们不但要拼命抓教学，把这些学生成绩提上去，还要花重点高中数倍的力气抓管理。尽管如此，高考升学率虽然不低，考入名牌大学的学生却是少得可怜。其次是坐“冷板凳”。重点中学自费生、扩招生多，教育部门投入也多，青果中学招生吃力、下拨资金也少，日子自然难过多了。就连教师奖金还不到一些重点中学的一半。柳篮也知道，一些老师也有满腹牢骚。

普通和重点的差距，还体现在市教育局的会议上，通常有重点中学校长打电话叫柳篮一起开会，得知柳篮没接到通知，才说“哦，可能只让重点中学参加”，弄得柳篮非常尴尬。

柳篮清楚，市里招生政策的倾斜，使越来越多的优质生想方设法挤进重点中学，高中教育逐渐两极分化。她的学校没有与重点高中同等选择学生的资格，却要在高考时比较高下。另外，教育主管部门总要对高考结果大加渲染一番，使人们对成绩越来越突出的重点中学自然更信赖、对普通高中也更不屑一顾了。家长们宁可花几万元上重点中学，也不愿花几百元来普通高中。偏偏一些成绩差的学生家长花钱、找关系，反正想尽各种办法把孩子送到青果中学。

于是，每年一到夏季，青果中学的生源问题也是柳篮的一块心病。

柳篮坐在那儿，心里也不平静。她感觉自己憋着话。

主持会议的是学校教务处主任郭秋平。郭主任一直梳着短发，又黑又直。郭主任身材和语文老师差不多，微胖。郭主任是北京市优秀教师，也是首都劳动奖章获得者。作为学校办公室主任的她，跟轻松俩字从来挨不着边儿。她深知自己的职责，既要联系上下，又要协调左右，既是学校领导的参谋，又是学校日常事务的“主管”，是办公室运转的中枢。总之，就是努力当好服务员、协调员，把握好所应扮演的角色，把握好工作分寸，做到管事不巨细，参谋不决断，助手不越权，工作要到位。但是能做到这些，对她一个普通女人来讲也实属不易。

会场上坐着全校该到都到的教师。姜春雷身边是语文老师李玉、数学老师于冬丽，于冬丽旁边是实验班班主任，三十多岁的陈钢。陈钢兼任校文学社社长。还有历史老师李荔荔。历史老师旁边是方向，二十多岁，阳光帅气，教高二政治，也是学校文艺演出的编导。

郭秋平首先宣布会议主题和议程。按常规请柳篮校长第一个发言。柳篮谦让杨书记。杨书记还有五年就退休了，他向来有自己雷打不动的工作原则。杨书记站起来老生常谈一番，无非是上党课，宣传思想教育工作。

接着柳篮校长宣布人事安排和第二学年的具体事宜。

“首先感谢各位老师到会，感谢大家一直以来辛勤的工作！下面我宣布一下新的工作安排情况。马上期末考试，高一高二面临分班、教师调动。经过学校领导班子研究决定，郭秋平主任继续负责全校教务工作，李玉教普通班语文，任下学期高二年级组长，主抓高二教学全面工作。高一2班临时班主任姜春雷，将正式担任高二2班班主任。”

大多数教师听到这里便鼓掌。历史老师李荔荔勉强拍了一下手，就停止了。李荔荔是北师大硕士毕业，特清高的一个女老师，她教的上一届毕业班以全区优异的历史成绩获得教委奖励。

柳篮接着讲道：“陈钢担任高二10班班主任，继续兼任学校文学社社长。方向老师继续做好学校的文艺演出编导工作。希望你们这些年轻老师继续努力工作，为学校为同学们尽自己的一分力量。”

还是一片掌声。有的人小声说话，只有临近的人能听到在说什么。

这时，坐在下面走后门上来、搞不正之风的高一3班班主任兼语文教师钱莎莎心里直打鼓。因为她渴望自己也能继续担任下学期班主任，但校长宣布结束了，也没自己什么事儿。看来，柳篮决定撤销她下学期的班主任资格了。

钱莎莎自己跟自己磨叨："哦，他们都升迁就我贬职？哼，我来青果中学比姜春雷还早三年呢。怎么，我的理想只是当一名普普通通老师，喜欢当班主任，有人抱怨班主任辛苦，可我始终没这么认为啊，难道就是这样一个任劳任怨的原始的卑微个人之梦，在高喊和谐社会与中国梦的当下，我的梦被野蛮的柳篮校长残忍扼杀了？"

钱莎莎岂能死心，一瞬间，她就决定暑期去教委，要找自己的靠山活动一下。钱莎莎就不信柳篮的小胳膊能拧过大腿。

钱莎莎看着台上讲话的校长，心里有些疙疙瘩瘩不舒坦。柳篮的讲话没能让钱莎莎为之鼓掌。坐在钱莎莎身边的，另一名从外地被招聘来的地理教师王蕊，王蕊推推钱莎莎，钱莎莎这才装模作样地鼓掌。

柳篮继续给大家开会。

"下面，我再说一下学校的另一个重要决定：青海藏族班不再独立成班。区委政府、教委、学校的意思是，为更好地教学，为了给祖国培养合格的人才，决定每届从高二开始，把两个班的藏族学生按期末考试成绩分散到各个班级。这样，更有利于民族大融合，更有利于学生们的学习氛围，使学生们团结一致、刻苦学习。"

"啊？打乱原有模式，重新分配？"底下窃窃私语。

"没错，青果中学作为全区唯一一所藏族生代培学校，我们应该感到骄傲和自豪。这是国家和人民的信任，所以为了更好地教学，我们采取这样新型教育理念，希望各位老师做好自己的本职工作，尤其教好我们少数民族同胞的孩子，要更加关心呵护他们。当然，我们的担子任重道远，但我相信，大家既然选择了为教育奉献，那么就一定会努力做好！谢谢大家！下面请郭主任说几句。"

郭主任发言："谢谢大家，我只简单说几点个人看法和观点。各科教师应该好好备课，课堂做到与学生互动，不要采取'满堂灌'的方式。做到讲练结合，对差生……要不厌其烦地……答疑……解……惑。"

郭主任嗓子有点不舒服，咳嗽几声，停了一下，接着喝了一点水缓解。别的老师也趁机喝了一点水。

郭主任又说道：“另外据我调查，学生不喜欢拿实验班和普通班学生对比，这样很伤孩子自尊心。这一点，请同时担任实验班和普通班科目的教师以后注意。作为教师，我们不能体罚学生超过半堂课，更不要无底线地‘罚抄’。请教师明白，我们是为学生服务的，绝不是上下级关系。”

这些话说到了姜春雷的心坎上，姜春雷很想给主任鼓掌，但看看其他人没动作，怕有人说他拍马屁，为了避嫌，也就悄悄地把手撤了回来。

钱莎莎的表情告诉了别人，郭主任话里有话。郭主任所说的其中就有自己，虽然没点名。钱莎莎心里更加不爽。最近她喝酒太多，伤到了胃，身体又不适，她起身去卫生间呕吐。

郭主任没有看到走出去的钱莎莎，继续讲：“我再强调一下，禁烟是大事。各班级要召开吸烟禁令，责任到个别同学。建议男厕所值班室安排男老师检查。警惕，凡在厕所聊天玩、逗留时间长的，大多数都是在偷着吸烟。学校规定，凡发现有烟雾，在场的同学全算吸烟违纪。为了学生健康，这一点老师必须注意。尤其下学期开始，请各位老师认真负责。好，谢谢大家，我就说这三点。”

郭秋平的话好像刺激了曹维康，他最后的发言慷慨激昂。

“两位领导的发言很好，我也说几句。最近，我发现普通班问题太多，各班老师要做好自己的本职工作。一定要讲究科学、合理、合法的教学方式。在这里，我就不点名是谁了，给你留面子。”

底下人听得新奇，都猜测曹维康又破了什么“案”。

姜春雷一听曹维康说这话，鼻子都快气歪了。

曹维康的声音越来越大，他讲道：“同志们，各位老师们，现在社会上不道德、违法的事情太多，一些地方学校陆续发生有损师德的事件，希望大家一定加强警戒。我们教师队伍一定要加强党的教育，加强师德教育，尤其在座的男教师，要和女学生保持距离，不要起歪心！一定要警钟长鸣！”

柳篮点头，认真听。

曹维康说完看柳篮校长还在期待他继续的样子，就清理一下嗓子，又讲道：“另外，各班班主任还要注意，我最近发现有些女同学不扎马尾了，披散着头发。这，这不成啊，男生本来都浮躁，她们都长发飘飘，那不得迷倒一大片吗？然后男生追求、竞争，最后男生就该决斗了呀！这还能学习吗？”

底下老师偷偷笑。姜春雷不敢出声，低着头把露出的板牙用记事本儿遮挡住。方向没憋住，笑出声，然后看看姜春雷，眼神里好像对他说，曹主席不单具备警察的特质，还是块编剧的料呢。

台上的正副校长都点头，赞同曹维康的观点。姜春雷也赞赏，但他怎么都感觉自己冤枉，可又说不出来，也讲不清楚。姜春雷只好默默唉声叹气。不作声，是因为他怕越描越黑。姜春雷掏出一块糖又给自己吃了，没人看见……

学校开会的事情，同学们一无所知，他们也不知道高二将会给他们带来怎样的欢乐与忧伤。就这样，高一学期的学习生活，在同学们的嘻哈打闹中、在空想中即将完事了。

第十四章　无奈的逃离

1

放暑假前一天，是高一2班同学感觉过得最有价值的时刻。高一最后一学期留给同学们的真是意外惊喜，可谓喜从天降，天上居然掉奖状。

姜春雷做了高一学期总结，并给予同学们厚望。他说了许多话，但唯独没有批评任何一个人，全是表扬。这让大家从没有过的开心。无论如何同学们没想到，全班46个同学每人至少得一张奖状。

鲜艳的奖状上写着黑字，盖着学校公章。这个现象也是青果中学建校以来从没有过的先例。毫无疑问，这是姜春雷的主意，费用来自罗亚军卖班级废品攒下的。姜春雷在期末考试完毕那天，向郭秋平主任申请，柳篮校长同意审批的。柳篮校长开始注意到这个年轻的、为人较厚道的男教师。校长支持姜春雷另辟蹊径的教育方法。

教室里，学生异常激动。高一2班每发一张奖状，全班同学就鼓掌一次，热烈的掌声让人心滚烫滚烫的。梅晓白全校总成绩前二十名奖、班级第一奖（两个奖状）。王朴生优秀班级干部奖。程苗苗班级第五名奖，英语班级第一名奖。罗亚军优秀生活委员奖。赵小晚语文年级组第二名奖，班级语文第一名奖。郝帅最有才华奖。孙佳卉数学单科优秀奖。吴晶晶地理之星奖（地理成绩全班第八，算是鼓励奖）。张天一改过自新奖……

发完奖状，姜春雷又给同学们每人发了一把糖，糖的包装纸看起来花花绿绿的，很诱人。有的同学当场吃，有的同学装在了衣兜里。

随着习惯的、轻轻的几声敲击黑板声，大家注视着讲台上的姜老师。

姜春雷说道："最后，感谢同学们对老师工作的支持，下学期有缘再为你们服务！感谢高一2班班集体，大家的奖状实至名归，奖状钱是用班费钱换来的，让我们感谢生活委员罗亚军的劳动！"

哗哗的掌声里，夹杂着同学们复杂的情感。

"我期待九月一号开学的那一天，姜老师我在学校门口等你们回来！祝大家暑假安全愉快！"

姜春雷的最后一段话，拉开了高一2班2011年暑假生活的序幕……

2

北京正值一年中最热的月份，虽然刚早上八点半，那足球大小的太阳就不闲着，使劲儿地滚着，转着，散发着它无穷的热量。就在这样一个时刻，赵小晚这个特殊的家庭，正被仅有的三个家庭成员闹得热火朝天，亦夹带着乌烟瘴气。

自从和孙佳卉父亲约会后，赵镜在女儿赵小晚眼里简直是一文不值了。赵镜觉得很委屈，她不明白，为什么自己辛苦赚钱供女儿上学，她却毫不顾忌自己的感受，非但不感谢不知感恩，反而大中午的和自己大吵一架。

本来，赵小晚坐在桌子上了，不小心筷子掉地上一支，被继父邬民瞪了一眼。赵小晚看见了，就说不饿，不吃了，转身回到自己房间。赵镜不知什么情况，就追来，找女儿重新回到饭桌吃饭。

"怎么了又？叫你吃饭，你没听见啊？快点，有鱼。"

"不吃。我不想看他脸色。"

"快吃去啊。又怎么了？你就是多心。"

"没事儿，我不饿，吃不下去，你和他吃去吧。"

赵小晚不想说什么，觉得说什么都没用，赖自己太小翅膀硬不起来。

赵镜小声说：“给，快拿着啊，暑假了，你自己喜欢啥就买啥，我下周要去北戴河五天，要去开表扬大会，你妈升为营业主任了！”

赵镜偷偷摸摸地塞给赵小晚200块钱。她已经习惯了这样偷偷摸摸。

“不要！走开！谁信哪？自不量力，高中都没毕业，你还当什么主任？笑话！”赵小晚还在生气，顶撞母亲。

“你这孩子怎么跟我说话呢？吃枪药了咋地？你一点儿也不为你妈高兴？”

“高兴？你给我在学校丢尽了脸！我怎么高兴？不要你的钱，走开！”赵小晚把钱扔在地上。

对于娘俩的吵吵，邬民已经听见了一点儿，他没有上去阻拦，而是选择沉默。其实，邬民并无特意保持中立之意，他怕饭桌上的黄花鱼在没凉之前被赵小晚分吃，这事儿不是没发生过。邬民知道，赵小晚专拣鱼身上肉质最好的地方吃。邬民低着个头，趁着她们娘俩争吵，自己一个人把整条黄花鱼给独吞了。邬民现在变得越来越馋，越来越小心眼，变得贪婪，也许这就是他正在衰老的标志之一。

“祖宗，你小点声行不？他，他在那吃饭呢！妈可全都是为你！你相信我，我只是为了多卖一点‘宁力’提升业绩，才答应和孙佳卉她爸吃一顿饭，真的啥也没有。”赵镜想起之前那档子事，就跟女儿再一次解释。

“哼，啥也没有，我就被孙佳卉当着全班人面羞辱？你知道我有多难堪吗？你不要脸，我还要尊严呢！以后，家长会你别去了，省得给我丢脸，我还想活着呢。”

赵小晚不知哪来那么大火气，话里带刺，往外推了她妈一下。

“你想干吗？怎么就不听我话呀，非叫我骂你打你是不是？我怎么给你丢脸了？你混蛋一个！”赵镜终于忍不住，恼火不堪，她的脾气也上来了。

“出去，别和我说话，烦着呢，你也不是我妈！我也不会和你要钱！”赵小晚把书本使劲往书桌上一摔。

一听到钱字，邬民立刻冲到赵小晚卧室。他猜到这个败家老婆又在给她孩子零花钱。邬民气不打一处来。

“干吗呢？干吗呢你们？！吵什么吵？还让不让人吃饭？！”邬民推门进来，样子很凶。

“没事，我说说孩子。”赵镜转换了语气。

赵小晚看赵镜那副模样，瞪了她妈一眼。赵镜这才回自己房间。过了几分钟，赵小晚听到了吵闹声，是母亲和继父又吵起来了。

“你看你，把你孩子惯成什么样了？都多大了？怎么一点人事不懂？连个爸也不叫一声。”

“她是小孩，你别和她一般见识。好不好？”赵镜给邬民讨好似的扇扇子。

“什么小孩啊，都高中了。没爹的孩子就是缺教养！”邬民黑着个脸说。

“她叫了呀，你耳朵有毛病啊？你回来她不是和你打招呼了吗？你没看她和你打招呼却不理我吗？还挑什么理呀？难道你现在不是她爹呀？真是的。”

“少在这哄我。哼。对了，你这个月赚多少钱了？背着我偷着给你孩子钱？”

“没有背着你，老公。没给，真的。”赵镜撒娇地说。

“别当我是聋子，你们在那屋说话谁听不见啊？”

“我，我就给她200，寻思暑假了，我没时间，让她自己买条裙子穿。”

“哎，赵镜，我还有一个孩子在她妈哪里呢，她妈前些天和我说了，我那个孩子生活费要涨到每月一千八百。你不会有意见吧？”

“啊？……嗯……”

赵镜知道，邬民和她根本不是一条心。但她也绝对没想到二婚的日子会这么不好过。

“赵镜，我得多说几句，你不能随便给你孩子钱，小孩不能惯她大手大脚。你这个月到底业绩怎么样？赚了多少？怎么没准话？”

“哎呀，没赚多少，再说这个月请客拉关系花销大。”

“那咱们什么时候攒够一辆车呀？我驾照可拿下好几年了。”邬民又开始提及他喜欢的那一款车。

赵镜心里想，这个老公只知道打听自己赚了多少钱，却不心疼自己在外面有多辛苦。马上，赵小晚上高二，考大学用钱多着呢，唉，可他和前妻的孩子又要涨生活费。那，那该是攒钱先买车，还是先给孩子留着上大学呢？赵镜心里有很多矛盾，又说不出口，也没人可说。尽管身边躺着自己老公，隔壁房间是自己女儿。此时的赵镜感觉到了孤独，她简直成了孤家寡人。最后，赵镜还是把该说的和不该说的都埋在心里。她以为，这样会换来一时的平安无事。

突然，赵镜手机响了。赵镜一看又是楼上那个老苟，她没接给挂了。然后，回了一条短信：我们不要一起合作了。你很叫我失望，希望你有点人性。显然，这是骂他前段时间对女儿的骚扰。

邬民最近感觉赵镜电话比较频繁，有些不正常。多疑地问她是谁打来的电话。赵镜说客户。邬民不信，要过手机查看。邬民看完不高兴，坐在那儿酝酿怒火，随时都会燃烧。

赵镜手机又响，这次是还没死心的、惦记赵镜美色的那个孙佳卉爸爸发来的一条暧昧短信。邬民受了刺激，将手机摔在了地上，同时和赵镜大吵。

任凭赵镜不停地解释，还是换来脾气暴躁的邬民一顿大骂，骂得很难听。赵小晚听不下去，就走到客厅拿起电话给梅晓白打，约她出来，她一刻也不想待在家里听骂架。

邬民听到客厅里赵小晚打电话声，更是气恼，便一起骂这娘俩。

“真倒霉，买一送一，就没好货！”

“你冲我来，骂孩子干吗？！”

“我就骂了，怎么着吧？！上个月我不在家，啊？电话费怎么四百多？你说，都是谁打的电话瞎聊？这家禁得起你们娘俩败吗？还给我买车呢，买他姥姥个屎！再败家都给我滚！滚！”

邬民开始大发雷霆，砸着卧室里的东西，弄得叮当乱响。

3

赵小晚又烦又怕，赶紧穿上鞋离开。她本打算约梅晓白见面，可让她沮丧的是，梅晓白学舞蹈，见面要等下周。赵小晚只好快速逃离家门，独自一人，在火热的街上冰冷地流浪。

一个小时过去，赵小晚用兜里仅有的五块钱买了一瓶水解渴。她坐在繁华的火神庙商业街长条椅上发呆。赵小晚恨母亲，恨她太多太多。比如，把她生在世上，然后使她遭到生父不理不睬，更遭到过继父毒打；比如，母亲总是唠叨没完，招她烦躁；比如，母亲没骨气，在继父面前有失尊严；比如，母亲跑去做“宁力”，还和孙佳卉父亲约会；比如，为了业绩招来苟叔叔……

想完了前半部分，不知怎么，赵小晚又想后半部分，即担心起母亲来。赵小晚换了好几次座椅和坐姿，她显得有些焦虑。

继父会不会骂到最后动手打母亲？能打她哪里？她疼了会不会哭叫？母亲会不顾脸面大喊求救吗？邻居会劝架？赵小晚想到这儿，又痛苦起来。赵小晚开始责备自己当了逃兵。可不当逃兵，又能怎么办？自己能参战吗？似乎站在哪一方都不对，也不可能。那自己更不可能站在两军阵前观敌料阵，当看客、听客，那是多么的不人道啊……

看着露天商业街上的人来人往，赵小晚心里越发焦虑苦闷。她从兜里摸出姜春雷老师给她的糖，快速填在嘴里，她用糖哄着自己。赵小晚的小嘴里顿时鼓起一个包儿，她用舌头变换着糖块的位置。糖很快释放着正能量，就是一个字：甜。

这糖真是怪东西，被口舌含化了，变成水儿，滴在全身的血液之中，可贪婪的肠胃又得寸进尺地咕咕叫。赵小晚拿着剩下的三块钱都不好意思进对面的肯德基，因为实在买不到吃的。看到肯德基几个字，她还是眼前一亮，她走了进去……

“请问，经理在吗？”赵小晚不排队，不消费，问里面的服务员。

“你有什么事？经理不在，人事主管在，那边。”

“谢谢。”赵小晚说完，走过去找主管。

“主管您好，我……”

“您好，什么事？”

“请问，你们店里需要打工的吗？我会干。”

“你？你多大？”主管打量一下赵小晚，笑了笑问。

“我，我十五。”

“那可不成，我们不用童工。十四五岁，还在上中学吧？你太小了，家里需要你打工挣钱吗？你可以去街道求助。”

“十五也不行吗？放暑假了，我想自己，自己挣钱，不想，不想求助。”

“真的不行，肯德基只招成年人，我们是合法企业。你还是好好学习吧。我们不用童工。”女主管说完忙工作了。

赵小晚留恋地看看柜台前的大海报上的各种食物，很沮丧地走出来。她仍没死心，继续沿着商业街的店铺往前走。

一家绿色的店面，上写着“仙踪林”几个大字。赵小晚透过橱窗往里看，里面一片绿油油的，其间摆着几盆开着的娇美花朵。这家店生意兴隆，座无虚席。此店装修得很有田园味道，更吸引人的是一排秋千，秋千上有小孩子、有少男少女在轻轻飘荡。各个神仙似的自在逍遥。

赵小晚挺直了身板，装得比之前进肯德基自信了一些。她直接走进吧台。吧台正有一个二十出头的小伙子在理账目。

“您好，请问，你们店用人吗？经理在吗？我想找一份工作。”

“我就是经理。您想打工？小时工？”

“对对，我是学生，体验生活，给自己挣点学费。”

“想法很好，我们正缺人手。就是……”

“经理，我跟您保证，一定做好，让顾客满意。我家住附近，二十四小时，我随时可以上班，住在店里也行。真的，求您给我这次机会，以后我放假就来你们店打工，长期的，可以吗？”

赵小晚眼里闪着企盼的光芒。

“你多大？”经理看看个子不矮，但满脸稚气的赵小晚。

“我……我，我十七。”

赵小晚为了能被录用瞒报年龄。但她又胆子小，不敢瞒报太多，在她的撒谎底线里，仅能瞒报两岁。

“十七？我们一般招聘满十八的。”经理说。

“我马上就到十八了呀。给我安排一份工作吧，我家里真的有困难。对对，钱可以少给点，只要留下我。”

“这……你？”经理忍不住被赵小晚的口才折服。他轻笑，笑看这个和自己老家妹妹一般大的女孩子。

经理也是刚刚大学毕业来这家店工作。这家店是台湾一个商人在大陆投资的。这段时间店里生意特别好，也确实需要小时工，有些人嫌工资低陆续跳槽了，而这个小女孩如此执着地希望做小时工，说不定会干好。经理想到自己当年因家庭贫困，想想自己艰难读完大学的经历，也就心软了。

“经理，我家里确实困难，你看我大热天还穿着校服呢。您就当资助我学费吧，好吗？经理，给我一个机会。”

经理想起年会时，老板的那些话。他又上下打量赵小晚，他相信自己的眼睛，这个小女孩需要这份工作，他想默默赞助这个缺学费的孩子。

赵小晚语文学得好，口才在这时候派上了用场。赵小晚觉得光说还不够，拿起桌上的托盘就去收拾刚走的一桌客人留下的残局。

“哦，哦，先放那儿，这样吧，你填一张表格，身份证带来了吗？”

“谢谢经理！身份证明天带来。”

“好吧，你先干三小时，试用。我们这里可以管饭，工作餐，你也可以住在店里。如果觉得可以，明天正式上班。不过你特殊，不能请假，也许别人不能做的时间，比如零点以后，你要顶替。”

“太好了！谢谢经理！没关系，我能，能做！”

赵小晚眼睛里充满惊喜。

自此，赵小晚开始在仙踪林做小时工。她不再觉得暑假难熬，不再听到家里的吵骂。她离家远了，心也静了。赵小晚仿佛看到每一个盘子、碗、杯子里都装着自己的一份辛苦，也盛着自己的一份工资……

第十五章　斯琴高丽的伤心

1

一周以后，梅晓白约了班长王朴生、郝帅和程苗苗来仙踪林看望打工的赵小晚。几个人充满好奇，各自猜测上班的那个赵小晚会变成什么样子。几个人事先商量好到这里来吃饭，尝尝仙踪林的味道和肯德基、麦当劳有什么不同，更主要的是给赵小晚鼓劲加油来了。

赵小晚和经理说好她请同学们吃套餐，钱最后从工资里面扣。可王朴生和梅晓白抢着把钱付了。几个人还商量背着赵小晚押在前台一百元钱，鬼鬼祟祟地嘱咐经理，就说是别的客人给的小费，月底结给她。关于这件事，由于保密工作做得好，赵小晚后来也不知道实情。

几个同学坐在店内的秋千上，说着、吃着、看着赵小晚熟练地工作，见她脸上微笑。几个同学心里各有想法和感受。

郝帅依然像喝了迷魂汤一样，着迷于梅晓白。看梅晓白坐在自己的对面就感到头晕。郝帅想趁机好好看看梅晓白，但荡起的秋千飘忽着，总是让他的眼珠没有着落。

过了一会儿，郝帅说：“程苗苗，你别和梅晓白摇晃了，我头晕呢。”

程苗苗不屑地说：“我就摇晃，喜欢。”

“那你和我换一下位置，我也和梅晓白一起荡秋千，你看你晕不晕。”

“想得美。做梦吧。”程苗苗好像有意气郝帅。

“嘿，你们别闹了，赵小晚还在干活呢。”王朴生用怜香惜玉的眼神，看着不远处端着个大托盘服务的赵小晚说道。

“来，干杯！嘻嘻……”程苗苗说着，笑着，让秋千慢慢停下来。

“我同意，我用果汁代替。”梅晓白说。

“请再来一瓶啤酒！要凉的！”程苗苗冲身边的服务员说。

“程苗苗这是怎么了？到底是高兴还是不高兴？自己喝了一瓶，嘿，还喝上瘾了？”王朴生看看郝帅悄声说。

“你没看吗，她新买手机了，最新款，刚才还摆弄呢，当然是高兴。”郝帅说。

“我怎么看她高兴得不自然啊。”

“你别瞎猜了。”郝帅补了一句。

“郝帅，听罗亚军说，你也用手机？告诉你啊，也就是暑假能用，被老师看见就没收。我都没让我家里给我买。”王朴生说。

“没事，偷着用，老师看不见。你不用大惊小怪的，要没手机，我怎么和我的女神联系呀？对不对……”郝帅小声说。

“喂，你和女神？怎么？”王朴生贴着郝帅耳朵低声问。

“没有，不敢说。”郝帅看着王朴生，挤眉弄眼地一笑。

“嘿，你俩嘀咕什么呢？”程苗苗问。

“说你好话呢。哎，程苗苗，你新买手机了呀？小心别让老师发现，发现就会没收。拿来我看看。”王朴生伸手要看程苗苗手机。

“是啊，我爸新给我买的，你看什么看？女生手机，你不懂。”

程苗苗调皮起来，戴着耳机，在那儿摇头晃脑地听《斯琴高丽的伤心》。

郝帅说：“唉，高一真倒霉，曹维康把我给坑苦了，害得我差点脱下校服换上娘装。希望曹维康明天就退休，消失在我的视线里。”

王朴生、程苗苗、梅晓白一起大笑。

郝帅又说：“唉，祸不单行，这次政治比数学还惨，我都没及格，开学得补考，真麻烦。下学期可不要让我再碰到高一政治老师，我都想吃了他。”

梅晓白说：“那个老师匠气有余灵气不足。整天死抠教材，循规蹈矩，思想贫乏。”

王朴生补充说：“他讲课简直是周而复始、庸庸碌碌。”

梅晓白又说：“他的教学干瘪刻板，你们有没有觉得，上他的一堂课等于一种苦役？”

郝帅说：“没错，就这种感觉！希望高二的时候，方向能教我们政治课。”

一提到方向，梅晓白的眼里就浮现出一种不一样的神采来。

2

桌上的食品还没吃完，程苗苗电话响了，是母亲李英打来的。她电话里催女儿回家，说有事儿告诉她。程苗苗听电话声音有些不对，母亲好像刚哭过。程苗苗不知发生了什么事，匆忙告别同学坐车回家。

两居室的空房里面，只剩下了李英一个人。程新野刚刚雇搬家公司把自己的东西全搬走了。李英崩溃了。程苗苗推开家门一看，就更觉得不对劲儿。爸爸在家里的东西不见了，屋子弄得乱糟糟的。母亲没有收拾，干哭，哭得眼泪都没了，近似干号。

“妈！妈！您怎么了？我爸他真的走了？起来，别坐在地上哭啊。”

“他太没良心了，到底跟那个小狐狸精过去了！我没法活喽！”

“这么大的事儿，您怎么不和我说？您瞒着我干吗？”

“不是我不想说，是他说不让你知道，说离婚不离家，就是把手续办了。都怪那小狐狸精不饶他呀。”李英开始骂那两人。

“凭什么？！”程苗苗不信爸爸这次真舍得丢下自己。

“凭什么，还不是因为小狐狸精怀孕了，人家要把孩子生下来，他没办法，怕人家里闹。哎呀，我的命苦啊……”

“啊？真的？！我饶不了她！”程苗苗听完气得攥紧拳头。

“昨天办的手续，谁想到今天他就搬东西了。”

“我找我爸去!”

“回来，你去哪找他呀？他跑了，没影了。”

“去我奶奶家找！我就不信!”

“他和那个小狐狸精另有住处。找也没用了，离婚证都领了!”

“哎呀！您，您怎么不和我商量一下？我判给谁了呀?”程苗苗一下子没了归属感，慌忙问自己判给了谁。

“我们商量好的，房子归我，你也归我。”

程苗苗想了想，突然说:“我不！不跟你！我要和他在一起过！看着，我不会让他俩过消停日子!”程苗苗狠狠地说。

程苗苗扶起李英靠到床头，自己冷静了一下，给程新野打电话。程新野还是很痛快地接了。

“喂，苗苗，爸爸知道你会怪我，会难过，你听爸爸说……”

“我不听，说什么？你有什么可说的？！你们拿我当什么？把我当东西一样处理?”程苗苗又伤心，又失落，眼泪哗哗地往下掉。

“孩子，别哭，你听爸说，要不是考虑你，我和你妈早就离了。我们实在过不下去，你也理解你爸，好吗？爸爸会加倍对你好，相信我。”

程苗苗沉默。

“喂？苗苗，你在听吗？喂?”

“行，既然已经这样了，我也没什么好说的，但是，我有一个条件，我不要和我妈在一起，我要和你过，和奶奶在一起过！对，和你在一起过！我就这一个要求。”

“跟我？那，好吧，你想和我过也行。只是，你得暂时和你奶奶、姑姑住，等爸爸安排好我这边再说。”

程苗苗已经听懂了她爸的意思。

是的，变故就是这么不期而至。挂了手机，程苗苗看看不堪一击的妈妈，她的心在剧烈地疼痛。程苗苗最怕的事情，却在高二之前的假期来临了。眼下，程苗苗最担心母亲会出什么事情，因为母亲上班围着937路公交车转，下班就只知道围着锅台转。这回，母亲失去了方向感，一定不知道会怎么转下去了。程苗苗想到这儿，心绪就一片混乱。

男人跟了别的女人，甩了自己，现在，女儿也不同意和自己过，李英觉得自己很悲惨，所以哭得就更悲惨了。

“妈，您别这样！离了有什么大不了的，您不是还有我？”

“你不是也不要我了吗，都一样没良心呢。”

“不是，妈，听我说，刚才，我嘴上说跟爸爸过，实际上我心里惦记的是您。其实，跟他过，我只是减轻你的负担。我，我不会放过他们！那个小狐狸精让我失去爸爸，失去完整的家，我，我有自己的办法对待她！”程苗苗把自己的心里话告诉了她妈。

“你就学你的习，也许过些天我就好了，妈只是现在接受不了哇，我，我这心里难受啊……”李英又崩溃了。

“妈，妈，您别这样，成吗？”

“我真是瞎了眼啊，当初嫁给你爸……”

程苗苗硬撑着安慰脆弱不堪的母亲，她按着母亲的手，不想看见母亲自己敲打自己的心脏的位置。

接下来，李英开始当着程苗苗面哀自己的不幸，怒程新野的绝情。李英现在把女儿当成了法官，抑或是泄怒的瓶子，把内心的一切都抖搂出来，毫不保留地倾倒。

程苗苗被迫地看母亲痛苦、听她控诉。程苗苗一面听，一面心碎。不知不觉，程苗苗积蓄了更多的愤懑。

最后，李英忽的一下坐起来，来了一个大总结：“苗苗，从你爸爸身上，你看到了吧？这个世界上男人都他妈不可靠！没一个好东西！你千万不要轻易相信男人，不能被骗，别像你妈当年那么傻……”说完，李英的眼泪又跟上来了。

“我？你看着，我绝不会！”程苗苗说。

程苗苗转身给妈妈倒了杯水。李英这段劳心伤神的，喝点水也就迷迷糊糊躺在床上，闭着眼，不说话了。程苗苗望着母亲衰老的脸，看着她如深坑一般的眼窝，程苗苗开始悄悄地为自己的今后打算……

3

第二天，程苗苗回到了奶奶家。程新野没办法，按照女儿的要求，今后要每天和程苗苗一起吃晚饭，他不得不离开那个有孕在身的小丽。

奶奶一直唉声叹气。自从儿子和儿媳闹离婚开始，她着实对孙女放心不下。奶奶把一根牙签掰断，不停地往右眼皮子上粘，防止右眼皮乱跳。

任性的程苗苗故意把手机的声音调到最大，里面放着一首网络歌曲《斯琴高丽的伤心》。姑姑叫她小点声，她偏不听，气得程心田没办法，躲出去，在门后示意哥哥好好管管自己的孩子。非常时期，程新野没有训斥女儿，只能比往常更关心女儿，他只希望陪她度过这段特殊的日子。

餐桌上，尽管程新野把程苗苗爱吃的菜往她碗里夹，但是，程苗苗吃完饭后，还是宣布了一个让奶奶、姑姑、爸爸几近昏厥过去的决定。决定是：不想上学了，她要走向社会，到社会上去搏一搏。

更要了全家命的事儿还在后头。一周以后，程苗苗关掉手机，家里人再也联系不上她，同学们也联系不到她。她，失踪了。

第十六章　高二转型记

1

很快，假期结束，青果中学的校园又恢复了往日的热闹。这一开学，大家见面格外兴奋，好多话聊都聊不完，老师都没办法了。

姜老师在讲台上说："同学们，这个学期很重要，所以要按排名分班。而且，这学期，学校还要评三好生、优秀干部和学校的最高荣誉十佳学生。希望大家努力呀!"

"啊，还要重新分班？不会吧?"有的问。

"梅晓白去实验班。"姜春雷宣布。

"啊?！老师，真的分班啊!"学生们大眼瞪小眼。

大家的心仿佛还没从上学期和暑假中走回来。高二对他们来讲，确实来得突然，谁也想不到变化这么快。同学们本来很高兴，突然被这个排名分班弄得心情郁闷了。

学校根据期末考试成绩和学生的志愿书，已经重新分好了班级：文科班、理科班。又分实验班和普通班。两个文科实验班，两个理科实验班。六个文科普通班，四个理科普通班。

高二2班是普通班，班主任还是姜春雷老师，原来高一2班的学生也基本都选择文科，所以大多数学生仍然在姜春雷的这个班，即高二2班。其他任课教师也没有大的改动，数学老师、语文老师仍然是高一跟上来的那几位。

姜春雷又遇到难题了，正在处理之中。本来，梅晓白去高二10班，即实验班，但她坐在高二2班教室就是不走，选择继续留在文科普通班。姜春雷让梅晓白给家长（养母）梅白打电话，意思让家长劝劝梅晓白去实验班。

姜春雷一边在走廊里踱步，一边把手机贴在耳朵上，终于接通了对方电话。“您好，是梅晓白家长吗？”

“对呀，您是？”

“我是姜春雷，原高一2班代理班主任，现在高二2班班主任姜春雷。梅晓白现在分到实验班了，可她不去。您看？”

“重新分班了？她不去？”梅白问。

“是啊，分到高二实验班去了，我还教普通班，可梅晓白不走，您劝劝孩子，好吗？我把电话给她。”姜春雷说完把电话递给一旁的梅晓白。

“喂，妈，我不去实验班。我觉得在哪个班都一样，我舍不得姜春雷老师、李玉老师、于冬丽老师。如果我去了实验班，那就换老师了，我不习惯，真的。”

“你确定你不离开普通班，你不会后悔？”梅白问女儿。

“当然，我更离不开赵小晚、程苗苗，郝帅、王朴生……我们关系特别好，在一起互相帮助，能提高学习效率。妈，您就尊重我的选择，成不？别的事我可以听您的，这个事您还是听我的吧。我不是小孩了，知道哪里适合我。”

“那，好吧。我和你老师说。”梅晓白把电话转给姜春雷。

“您什么意思？我还是希望她去实验班，那个班教师比我们要好，学习氛围更浓。”姜春雷劝说。

“什么呀，根本不是。”梅晓白在一边小声否认。

“喂，您好，姜老师，这样，尊重梅晓白的选择，我了解这孩子脾气。如果真换了班级，她不适应，说不定成绩会下降，倒起了反作用。还是在您教的普通班吧，可以吗？”

“可，可我做不了主啊。我要和年级组长李玉、郭主任商量一下，然后汇报给有关领导。”姜春雷为难地说。

“谢谢，让您费心了。其实，我也希望孩子继续留在高二2班。”梅白也表态了。

人家的家长和孩子都削尖了脑袋往实验班考，可梅晓白却非赖在普通班。姜春雷想不明白，这到底咋回事。梅晓白任性也就罢了，她妈也支持她留在普通班。可问题是，第一次遇到这样的事，自己一个小班主任什么权力也没有啊，怎么办？这事儿……

姜春雷挂断电话，刚想去找校长，走廊的另一端走来了高二年级组组长李玉，她也正是为这事来的。因为，实验班班主任陈钢想通过她和姜春雷要人呢，陈钢在班级点名时没看到梅晓白。

“嘿，梅晓白，你怎么还不回高二10班？陈钢老师等你呢。”

“李老师，我，我不去，我就留在普通班。”梅晓白很坚定。

“嘿，你这孩子可真怪，别人都盼着分到实验班，你却赖在普通班。唉，姜春雷，你们普通班净出新鲜事。”

“组长，我刚跟她家长通完电话，她家长也同意孩子决定，说为了她学习，还是不变动。您看，是不是和学校领导说一下呢？”

“这没什么好说的，尊重学生意见吧，这是我一贯的态度。但我权力有限，必须和主任、校长汇报一下，估计应该没问题。那就得把实验班名额让给排在她下一名的同学……”

李玉办事果断，说完就去郭主任办公室了。顿时，梅晓白、赵小晚、郝帅等同学拍手叫好，欢呼雀跃。他们由衷地感谢老师将不再“拆散”他们。

2

高二，班级最大变化，还不是分文理班，而是从远方来了一拨新同学，是从青海来的藏族同学，南城仅有青果中学有藏族学生。本来，高一的时候，有独立的两个“青海班”，为了能更好地增进各民族孩子的友谊，为了互相学习，经过学校研究，就把藏族学生按成绩分到各个班级。每个普通班有五六个，而实验班有三四个的样子。

这次分到姜春雷教的高二2班的有闹桑错、卡卓吉、索南冷保、尕玛俄金曲军。闹桑错是一个典型的藏族女孩，非常美丽，她的美和梅晓白有很大区别。闹桑错的学习成绩也一直优秀。闹桑错原来是青海实验班的，因为有一段时间总想家，心情不好，影响了考试，所以按成绩，这次被分到普通班。

和闹桑错比较谈得来的男生，叫才仁东周，他分到了高二10班。那个班的班主任是语文教师陈钢。陈钢教的是实验班，同时他又负责青果中学文学社，社名为“青果青文学社”。

陈钢在高一时，教过的实验班有个男生，叫马骁，这次也分到姜春雷这个班了。原本马骁是个好学生，后来骄傲了，就和实验班脱离了干系。

马骁很聪明，比较傲气，也显得不太合群。马骁被姜春雷安排在吴晶晶旁边，这是姜春雷认真考虑两天得出的最好的一个结果。

班主任接下来的事儿就是任命班委。姜春雷心里有数，觉得闹桑错的成绩好，早晚都要考回到实验班，就没有给她安排在班委会任职。索南冷保外形很酷，胳膊上的肌肉告诉别人，他是体育特长生，他也就理所当然担任体委。高一2班的原体委是郝帅，这次，郝帅被撤下，只担任班级地理课代表。梅晓白依然是团书记，王朴生还是班长，罗亚军继续做劳动委员兼生活委员。卡卓吉担任文艺委员。赵小晚担任宣传委员，她负责班级板报，也是青果青文学社团的联络员。学习委员还是程苗苗。可令人意外的是，程苗苗的桌椅是空的。

下午，姜春雷趁下课工夫，打电话联系程苗苗姑姑。

“您好，是程苗苗姑姑吗？我是她班主任。”

“哦，您找程苗苗吧？”程新田问。

“是啊，我们开学了，她怎么不来学校？您知道吗？她去哪儿了？”

“我也不知道她去哪儿了呀。”

“啊？什么意思？”姜春雷着急地问。

“整个暑假看不到她人影儿，唉，这孩子变了，跟她爸要钱就知道去网吧，和一些不三不四的人一起吃吃喝喝。”

“那现在开学了呀？老师等她回来上课。”

“唉，这死孩子说，她不上学去了。我现在都不搭理她。爱什么样什么样吧。爱干吗干吗。”

“您知道她在哪个网吧？”

“就北城区的那几家条件好的网吧，说不准，她都去哪个。跟您说吧，我呀真不想提她，一提就生气。这不，我妈都气病了，住院呢，我还要伺候我妈。您给她爸她妈打电话，我告诉您号码……”

程苗苗的姑姑也有自己的苦衷，侄女眼看着要高三了，哥哥又闹婚变，自己也没遇到合适的人。程苗苗一直和她住在一起，比她都高一头了，成天不学习，没正经事，不是去网吧就是与陌生人聚会，打扮过分，却偏偏在眼前乱晃。作为姑姑，她看了怎能不跟着心焦。

程新田放下手机，摇摇头，自言自语：“唉，早知道这样，真不如不让她上高中，还不如当初让她学个技术省事。”

姜春雷先给李英打过去。李英在上班，电话里说，她看不到孩子影子，也联系不上她，都是程苗苗用别人手机给她联系。孩子在她奶奶那头。

姜春雷只好接着打电话给程新野。程新野很无奈地说，他实在没办法了，程苗苗说什么也不上学，现在的家庭弄得他焦头烂额，不知道怎么处理。

3

想不出什么有效的办法，姜春雷就去了教务处找郭主任。

姜春雷推门就说：“郭主任，我班程苗苗没来上学，家里说她不念了。怎么办？”

郭主任一皱眉。“啊？程苗苗？你班学习委员？考一本有希望的那个？”

“是，她原来在梅晓白前面。好像就在这个暑假，听说她爸妈离婚了，这不，她也就不想上学了。”

“不来上学？这，这太可惜了！我们学校的原则是，不放弃任何一个孩子，更何况她是好学生。这样，你赶紧家访一趟，把情况打听清楚。耐心劝导她，最好把她找回来。”

“行，郭主任，那我就下班之后去。”

郭主任还有别的事，又嘱咐了姜春雷几句就去校长办公室了。

姜春雷马不停蹄，回到自己办公室做另一份工作，他赶紧在本子上写道：

1. 总结高一下学期班级问题，制定本学期计划。

2. 重点工作，青海学生、落后学生、早恋学生，高二重点学习任务。

3. 培优补偏，把握临界生。

4. 常规管理（发型、饰品、校服）。

6. 准备开秋季运动会。

7. 收费。走读生1062元，住宿生1345元，学费350元，住宿270元（体特生不交。青海藏族学生全免）。

8. 整理全班每个人情况，下周表格，CMIS录入与管理。

9. 学生卡刷卡注册工作（两张学生卡，且带照片证件、带芯片信息）……

高二，梅晓白被安排与闹桑错同桌。程苗苗坐同排，也算是同桌。今天，见程苗苗没来，梅晓白和赵小晚、郝帅于课间在一起探讨程苗苗为什么没来，为什么不回他们的QQ留言和电话。他们几个想去找老师问问，到底发生了什么事儿。

班级新分来的青海藏族学生要比北京学生腼腆得多。他们各个皮肤呈古铜色，透着一种原始的、自然的健康本色。下课后，这些青海藏族学生只和几个青海同学形影不离，或者在走廊里面同别的班青海学生聊天。

闹桑错正和实验班的才仁东周交换课堂笔记，他俩在用家乡话交谈。这俩学生在走廊里形成了一道亮丽的风景，是雪域高原的那种纯真之美。

张天一和吴晶晶总是坐在一起说着秘密的话，趁同学不注意就拉拉手，拍拍腿。独坐在旁边的青海女生卡卓吉脸都红了，只好低头翻书。

罗亚军和王朴生正小声反映赵小晚母亲卖给他妈妈“宁力”产品的事儿，说那东西屁事不管。说他妈已经知道上当，不会再听赵小晚母亲瞎忽悠。王朴生一个劲儿抑制着罗亚军想质问赵小晚的冲动。班长王朴生小声地劝慰罗亚军，并把赵小晚因为这些，在暑假期间和母亲闹翻，而去打工挣钱的事儿说了。罗亚军这才把一暑假憋的火给灭掉。

“黄花鱼来了，黄花鱼来了！”随着上课铃声响起，有的同学走进教室喊。

“干哈（啥）呢？竟在那儿瞎扯犊子……”罗亚军坐在椅子上，学着于冬丽老师的样子说。同学们一阵哄笑。

青海藏族学生各个目瞪口呆，互相看看。他们不理解北京学生怎么敢对老师这样，居然明目张胆地给老师取外号。这在青海是绝无仅有的现象。

闹桑错心里默念：“请原谅晚辈的不恭敬吧。”

“这帮败家孩子，又搁哪儿学我呢。竟扯王八犊子能耐。”

“嘻嘻，扯犊子。”有的学生小声重复于冬丽的口头禅。

“赵小晚，你数学书呢？痛快拿出来，就知道在我课上写语文作业，你昨天数学作业呢？”于冬丽瞅了赵小晚一眼。

“我不会做。”赵小晚回答得干脆响亮。

“哦，合着你就会学语文，是不？喜欢哪科就学哪科，这叫偏科！我可告诉你，光吃肉不吃菜，脸色必定苍白；光吃素不吃荤，咋积攒体能？早晚撂倒那嘎哒，不信你瞅着。”

数学老师一口气说了一大堆。赵小晚很烦，想起自己的那个妈，她白愣儿下眼珠子，心里暗想，真叫奇怪，怎么天下妇女都一个样，除了唠叨还是唠叨。

一听撂倒那嘎哒几个字，同学们哄笑。

于冬丽接着说：“都给我憋回去，不许笑！听着！这学习呀，就像吃饭，偏食没你好果子吃。到高三你们就知道了，欠的，迟早要还。赶紧，把数学书拿出来。不会你问，长嘴干啥的？必须把作业补上！”于冬丽冲赵小晚发令。

“哦，知道了，我这不拿书呢嘛。”赵小晚不情愿地把语文作业本收起来。

于冬丽管束一番，这才走到黑板前。她的数学课就这样开始了。

第十七章　学生变小妖

1

姜春雷骑着自行车刚出校门，正好碰见张天一和吴晶晶牵着手从对面超市出来。

成也是暑假，败也是暑假。张天一和吴晶晶发展到这一步，说都是暑假闹的，也不十分准确，但的确，漫长的假期，给他俩制造了太多的接触机会。至此，他俩关系甚密。假如用如胶似漆来形容，那是绝不为过的。

坏了，张天一和吴晶晶旁若无人地搭肩勾背，正好和班主任姜春雷走个对头碰。姜春雷只好紧急刹闸，左摇右摆地下了车子。两人这才从梦境中回到现实。

“哎，你俩怎么又跑出校园了？高二了呀，要给高一学弟学妹做好榜样才对呀。”

“哦，老师，我们出来买点东西吃，这不，赶紧回教室准备好好学习呢。”张天一放开吴晶晶的手说。

吴晶晶嘴里吃的东西还没下咽，只好闭着嘴，眼神里有几分惊慌和羞涩。

“好，快回教室，别给自己惹事。这学期，你俩要努力学习，知道吧?”

“知道，老师。明天见!”张天一挠挠鬓角说。

看张天一和吴晶晶走进校园，门卫关闭了校门，姜春雷这才上了车子，继续往南骑。刚过第一个红绿灯，电话响了。姜春雷一看，是女朋友郑小乔发的信息，问他下班了没有，想和他见面。

姜春雷心里说："唉，真巧，早不联系，晚不联系，偏等自己要去家访来电话。"姜春雷靠马路边停下，跨在自行车上。

的确，一个暑假，姜春雷和郑小乔也没见过两次面。一打电话，郑小乔就说，忙着给舞蹈考级的孩子做家教。看来，今天她是有时间了，可姜春雷要去家访。姜春雷觉得他俩越来越在时间上犯冲突。郑小乔打字快，还没等姜春雷把一条短信发出去，她又来一条短信。姜春雷不敢怠慢，只能直接打电话给女朋友。

"嘿，磨蹭什么呢？还没下班啊？我开车找你去。"

"什么呀，你别，你别过来了。今儿我有事。"

"什么事啊？烦不烦人啊，好容易我有时间，你又忙，真是的。"

"改天吧，好吗？我去家访。还不知道什么时候能回来，那学生如果不在家，我可能还要去网吧找找。"

"什么？网吧找？也不知道你挣多少钱，操这样的心！你爱干吗干吗，我自己去山里兜兜风。"

"看你，又生气了？我这儿刚开学，事多，等忙完这段。对，下周，下周末，我陪你去山里，换个方向，我们去双龙峡玩，怎么样？住农家院，好吧？"

"下周末我有事儿，不成。"

"那就下下周？可以吧？"

"真烦，没劲，那先这样吧。嗳，你吃晚饭没？"

"中午在学校食堂吃得多，晚上没吃，当减肥吧，你不是嫌弃我胖了吗？"

"嗯。那说好了，不许变，下下周，一起去双龙峡。"

"不变，肯定去。我还有话和你当面说呢。"

"也不知道你真忙还是假忙，你真去家访？没蒙我吧？"

"真的，蒙你干吗？我要有时间能不见你？你知道我多……"

"那好吧。告诉你啊，想着我，我会知道你是不是真想我。"

"保证！"

郑小乔咯咯笑。

2

骑了一个多小时，姜春雷感觉短袖都湿透了，裤子也像黏在身上一样。终于，七拐八拐地找到程苗苗奶奶家的小区楼下，他爬上四楼敲响402房间。

不曾想，这趟来得挺顺，门还真开了。可是，就在门开的一刹那，把姜春雷这个大活人吓了一跳，开门人也是大吃一惊。很快，开门的程苗苗就镇定下来，把姜春雷让进屋里。

“老师，您，您喝水。您怎么来了？”

“找你回学校啊。”

“我不念了。

“真不念了？你自己在家呀？”

“啊，我回来他们都不在。”

“你不上学干吗呀？你能干吗？没知识，又没技术。”

“老天总会给我一条活路。”程苗苗像个小大人似的说。

姜春雷和程苗苗都沉静了一会儿。两三分钟过后，程苗苗从小包里拿出一盒烟，递给姜春雷一支，然后自己叼着一支。姜春雷是不吸烟的，看着坐在自己面前，这个既熟悉又陌生的学习委员，很感慨。姜春雷不知道该怎么做。

姜春雷默念了十几遍“冷静”，才使自己稍稍镇静下来。为了能让程苗苗和自己说出心里话，姜春雷也就任她把烟点着了火，然后，面无任何表情地看着自己的学生。只见程苗苗用手夹着烟，在一口一口地吸。

姜春雷看着，看着，心即刻一酸。

眼前的程苗苗好陌生啊！头发烫了大卷，还染成亚麻色，披散着。那俩眼睛画得和《西游记》里面的小妖怪似的，很吓人，能把小孩给吓哭。嘴唇涂抹成鲜红色，像滴着血。穿个吊带小白裙，露着还没完全发育成熟的肩膀。此刻，姜春雷和她谈话，都不知道该把眼神放在哪里才最合适。程苗苗的眼珠完全被浓密的假睫毛掩盖着，姜春雷更加看不出程苗苗到底想什么，究竟想干什么。可以说，这次家访，是姜春雷参加工作以来，第一次遇到如此奇怪的家访。

“程苗苗，要不，让你爸爸或者姑姑回来，我们好好聊聊。”

“叫他们干吗？我也不想看到他们。我两周没回来了，今天回来拿点东西，正好您赶上了。”

“拿东西？去哪儿？”

“有地方，哪儿还容不下我。”

姜春雷无语。

程苗苗很不专业地吸着烟，吐着烟圈。姜春雷三次想把她的烟抢下来，不许她这样。但又觉得对待女生不能采取这么强硬的态度，怕伤她自尊。更何况，姜春雷从话语中觉察到程苗苗内心的痛苦和无声的抗拒。

“程苗苗，老师今天来的目的，是请你回学校学习，咱们班有变化，还来了藏族同学，大家都等你上学呢。”

“姜老师，我真的不回去上学了，你看我这样，还没发现我不念书的决心吗？您回去吧，我一会还走呢。”程苗苗故意弄了弄披散的头发说。

“我怎么忍心看着你离开校门？你在老师心中是好学生，别忘了你是学习委员，过去是，现在还是。”

“那有什么用？我不想学习了，没意思。”

“那你觉得什么有意思？你怎么想的？可以和姜老师说说吗？”

“生活和学习的烦恼越来越多，我想放松自己，放松放松。网吧是个不错的地方。在那儿，我什么都不用想，只需要扮演那个自己喜欢的角色。甚至，我会去通宵地打网络游戏。但是，第二天早上，我都会哭，我哭生活对我不公平，没人理解我。”程苗苗的情绪有变化。

“傻孩子，谁说没人理解你？老师理解你，真的。并且老师也在关心你。”

姜春雷发自肺腑地说。

“我感觉这个世界都不重视我，抛弃了我。只有，只有到网吧遇到同病相怜的人，才感到安全、快乐。”

“对不起，苗苗，是老师忽略了你，暑假没有和你们联系，不知道你们发生了什么难过的事情。以后，老师会多关心咱班同学。”

程苗苗听姜春雷这么一说，抽泣起来，眼泪把假睫毛都冲掉了。她赶紧去洗手间洗了洗脸，然后把头发扎起来。再走到姜春雷面前时，显得利落了不少。

“能和老师聊聊吗？也许我帮不上你什么大忙，但至少可以听听你的心里话，知道你的委屈，这样，老师也能关心你。”

程苗苗闷了一会，说：“我爸和我妈到底离了，还娶了一个比我大不了多少的女人，还怀孕了。一下子，我突然感觉，我的家没了，整个世界都变了。我姑天天看我不顺眼，一考不好就骂我。而我妈，只知道和我诉苦，她打不起精神，过着昏天黑地的日子。现在，我爸把精力都用在我后妈身上，不顾我的感受。”

“哦，这是他们做得不太妥当。”

“这段时间，对我大吵大骂的姑姑也不搭理我。我爸也开始躲我。这叫什么？叫家庭的‘隐形暴力’！您说，我上学还能学习吗？学习干吗呢？”

程苗苗说着说着，眼泪又大颗大颗地滚落。

“嗯，老师听明白了。的确，他们不理解你，是有那么一点儿对你显得不关心。其实，我觉得他们还是在意你的，真的。”

“在意我？哼，没感觉出来。”

“苗苗，你还是不要放弃学习，走自己的路。首先要强大自己，但绝不是像你现在这样。”

“我觉得现在没什么不好。”程苗苗又抽出一支烟说。

看着程苗苗的样子，姜春雷想起前些天看过的一本书，他认为书里说得很对。的确，今天的父母一般不会轻易体罚或者打骂孩子，但往往会用类似几天不和孩子说话的方式，或者不搭理，以此来惩罚。这种隐形的“冷暴力”在目前的家庭并不少见。这，往往成为孩子反感，甚至憎恨父母的直接原因。此时此刻，姜春雷很可怜这个打扮成小妖一样的孩子。

“苗苗，谢谢你和老师说了这么多心里话，老师惦记你。现在，你还小，就像树上的果子，还很青涩。老师希望你回学校继续念书。老师继续关心你的成长，好不好？今天很晚了，我要回去了，你也别到处乱跑。”姜春雷说着站起身要走。

“姜老师，您再喝点水吧。”

“我要回去了，记得老师的话，好不好？在这时候，你也不能总考虑自己的感受。你想想，你妈是不是更需要你安慰？她还没你坚强吧？所以，苗苗，你要负起责任才对。”

“嗯，老师，谢谢您。我一会回我妈家。但是，我真的不会上学了，以后，您也不用找我了。”

“老师尊重你的决定，但你再好好考虑考虑。这可不是轻易决定的，对你来说是人生大事，必须慎重。”

“嗯，我考虑好了。”程苗苗还是固执地说。

“听咱班梅晓白说，你有手机了？他们也在惦记你。这样吧，随时和老师保持联系，在你不开心的时候，和我说说，把老师当你一个朋友，一个出气筒也行。”

“嗯，谢谢您和同学。让他们好好学习吧，别和我一样。”

“那你把电话号码告诉我呀，以后好方便和老师联系。不能忘了老师和同学，保持联系。”

“好，您记一下吧，13……”

姜春雷站起身，见程苗苗还是不打算回去上学，也只能无功而返。姜春雷本以为家访会取得很好的效果，可事实却与预期大相径庭。

3

不料，在回家路上，姜春雷却意外接到了程苗苗发来的两条长长的短信息：

“面对如今，我已无力再悲伤。烦躁的心开始悸动，每个细胞都在恸哭。为了惩罚我的不安，大脑开始调集所有的血液，一时间我的眼里嘴里耳里都是红色的一片天，开始胀痛，像有个软软的小虫子一次次地扒开神经逃出来。”

“我想安安静静地看一场鬼片，一场能让我的脑海中留下所有非人类的东西，好防止我再想到那些折磨我的事情。可是，那些我以为的以为，一切的一切，最终还是战胜了非人类，重新占领我的躯壳，好痛，好恨……”

看完这两条信息，姜春雷不得不在自家楼下的石凳上坐下来。因为他的心猛地一疼，疼得他哆嗦了一下。然后，他颤抖着手指，回了一条：心若向阳，何惧忧伤。你是班主任心里永远的好孩子……

姜春雷到家后，看见母亲留在桌上的饭菜，才想起来，自己晚饭还没吃，但他也不觉得饿。此时，已经是夜里十一点了。

躺在床上，姜春雷心中还是放不下他的学生，就忍不住电话联系程苗苗。姜春雷就想问一问，程苗苗到她妈妈家里没有。没想到程苗苗出尔反尔，开始不接电话，最后直接关机。

姜春雷知道，自己的苦口婆心根本不顶用，抵不过让孩子们不分昼夜急匆匆往里赶的网吧。姜春雷气得又骂了一句，喵了个咪的，然后，对着枕头狠狠捶几下，最后，没动静了。

第十八章　欲辩难言

1

三天已过，程苗苗依然没回学校上课。姜春雷正在办公室琢磨是否等放学后再去一趟程苗苗家呢，赵小晚又拿着地理书敲门了。

姜春雷这个高兴，因为新学期以来，赵小晚变得比以前好学，几乎天天赶在快放学的时候来问地理题，对地理特别感兴趣。但姜春雷还没有察觉，赵小晚只对地理这一门课感兴趣。

“哪道题?”姜春雷抬头问赵小晚。

“就是第一题，以西北为例，分析沙漠化防治。”

“这个？我昨天讲过了呀。”

“我还想单独听一遍。”

“哦，好，我再讲一遍。”

赵小晚站在那儿，刚开始是听，接下来就是瞪着大眼睛盯着姜春雷。

姜春雷非常认真地讲解。

姜春雷翻开那页用手指着讲道：“第二章区域生态环境建设第一节荒漠化的防治——以我国西北地区为例。

1. 西北地区概况

(1)位置范围：位于大兴安岭以西，昆仑山—阿尔金山—古长城一线以北；在行政区划上大致包括新疆、宁夏、甘肃北部和内蒙古大部。

⑵地形特征：东部是辽阔坦荡的高原，西部山脉和盆地相间分布。

⑶主要景观：干旱是最显著的自然特征。形成草原、荒漠为主的景观。

⑷内部分异：以贺兰山为界，以东为半干旱草原带，以西为干旱和极端干旱地区。

2. 荒漠化

⑴概念：发生在干旱、半干旱地区以及一些半湿润地区的土地退化。

⑵表现：耕地、草地、林地等退化引起的土地沙漠化、石质荒漠化、次生盐渍化。我国西北地区最为突出。

⑶原因：自然因素：①气候干旱，多戈壁荒漠。②植被稀疏，多沙质沉积物。③大风日数多且集中。人为因素：①根本原因：人口激增对环境的压力；人类活动不当，对资源的不合理利用。②直接原因：过度樵采、过度放牧、过度开垦、水资源的不合理利用、工矿交通建设不注意环保。

姜春雷埋头讲了半天，最后抬头问赵小晚："听懂了没有？掌握这些要点就可以了。"

赵小晚正往姜春雷头顶上和脖子上看呢，都不知道姜春雷已经讲完了在跟她说话，赵小晚一时间支支吾吾。

"赵小晚，我让你往书上看，别溜号。你不会，要注意听。老师还有许多事要做呢，你得珍惜时间。"姜春雷站了起来，拿着钢笔在地理书上敲了两下子，想引起赵小晚注意。

"老师，我，我……"

"你这学期必须努力了。有什么困难别怕，有我呢。听没听到？老师相信你是好孩子，你脑子聪明。"

赵小晚绕过姜春雷办公桌向他走来。这当然是没什么的，每天朝姜春雷走过来，和他并肩的学生多着呢，可结果，赵小晚突然抱住姜春雷的腰，紧紧地，贪婪地，然后迅速把自己的手臂挂在发呆的姜春雷脖子上，像挂在一棵大树上一样。嘴里居然就是一句："老师，我要抱一下。"

喵了个咪的！今天居然被赵小晚冲过来抱住了！姜春雷一瞬间感觉要晕死。太突然了！姜春雷一下子被吓到，瞬间不知所措，矛盾万分。这也太尴尬了！真让人矛盾啊！姜春雷既想安慰这个受伤的灵魂，心疼她，可又矛盾这是个女生，自身偏偏是男老师。姜春雷此时也有担心，虽然现在办公室没人，可万一被同事回来看到，无法说清楚啊。

我？我？我？是谁？是谁？咋办？姜春雷一下子呆住了，他的手下垂在自己的身体上，一动不敢动，他不知道该做什么，说什么。教了两年半书，今天也算奇遇了。

姜春雷的手像垂柳一样继续低垂着，他平时讲课常常是伶牙俐齿，而此刻变得笨口拙舌，努力了几次才问了一句：你……今……今天？赵小晚也没答，继续抱着姜春雷不撒手，说道："老师你看，你比我高那么多，像大树一样。"

姜春雷不敢看，啥也不敢看。

姜春雷被抱得一愣一愣的。突然，他的智商又占领了他的大脑。他想到这个赵小晚没有父爱，立刻就明白了赵小晚的意思。他这时候想什么都多余，他要做他该做的。对，必须为赵小晚临时充当那个角色。

姜春雷想到这儿，勇敢地仰起头，手臂环绕过去，轻轻拍了拍赵小晚的后背。赵小晚的小身体在发抖，她好像又流眼泪了。

"姜春雷！你在干吗？！这就是你说的家访？你整天在忙？专门忙这个？！"

一个女人的声音，把赵小晚吓了一跳，赶紧放开自己的手。

糟了！姜春雷这才发现，女朋友郑小乔就站在门口。更始料不及的是，曹维康居然也在门外！

2

事儿也凑巧，郑小乔刚逛完街，给自己买了一条称心如意的长裙子，还给姜春雷选了套衣服，一高兴，就想见见姜春雷，便开车送到青果学校来了。她刚上楼梯，就遇到曹维康，曹维康也正想找姜春雷问程苗苗辍学的事情。本来，曹维康和郑小乔互不相识，却一前一后都来姜春雷办公室了。结果，前面的事，他俩不知道，而赵小晚抱着姜春雷，姜春雷拍赵小晚后背那一幕都看得一清二楚。

郑小乔来了脾气，气得把给姜春雷新买的衣服扔在楼道里，哭着跑了。姜春雷刚想去追，想解释清楚，曹维康拦住他，让他去校长办公室，把一切事情交代清楚。

曹维康前面走，姜春雷后面跟着往柳篮办公室走。路上有几位老师和曹维康打招呼，曹维康只顾往前走，走得很急，谁都不理，气得一句话不说。

柳篮校长和郭主任正在谈工作，见曹维康进来了，脸色很难看，不知道发生了什么事儿，郭主任细看，发现他后面跟着姜春雷，心即刻就悬了起来。

“什么情况？这是怎么了？”柳校长问。

曹维康冲着姜春雷说：“你自己说，到底怎么回事？学校决不许有一个道德败坏的人！说，说不清楚，把你送进去，你信不信？你胆子忒大了，我警告过你，你却不以为然！”

柳校长和郭主任一下子把目光聚焦在姜春雷身上。姜春雷尴尬地搓搓手，他不知道怎么说，说什么能让别人信自己。

“到底怎么回事？姜春雷？说话呀。”郭主任也急了。

姜春雷叹了口气说：“哎呀，反正我什么也没做，真的没做对不起教师这一职业的事儿，完全是曹主任误解了，不是他看到的那样。”

曹维康把门关上了，然后说：“你都在办公室和女生抱在一处了，还说什么也没做？你的嘴可真硬！这事儿传出去，家长知道了，能放过你吗？”

柳篮噌的一下子站起来，惊讶道：“啊？！和女生抱一起？”

郭主任惊慌地说：“和谁？曹主任，这种事可要有证据，不能随便讲啊。”

曹主任说：“我就知道郭主任不相信我的话，我可是在他办公室亲眼所见，对，姜春雷女朋友也看见了，调查一下就清楚了。”

“我有什么胆子大不大的，根本什么也没做，就是心底坦荡荡。”姜春雷一着急也不知道从何说起，干脆站在那儿不想说来龙去脉。

“这还了得！上学期，我就发现他，就……就……就给这个女生糖吃。你？你以为我记忆力不好？记不住她叫赵小晚？我当时就警告你了，对不对？这学期倒好，直接抱在一起了，你是不是骗女生？那可是女孩儿！人家……”

“你到底抱没抱？出于什么心理要那样做？姜春雷？是我看错你了？年轻教师那么多，我可是重点培养你的啊，你怎么就……唉！”郭主任喘着粗气说。

“谁说赵小晚不是孩子啊？！我没有做出格的事情！我敢发毒誓，我，姜春雷，要做了伤天害理的事，我他妈出门被车撞死！”姜春雷急赤白脸地说道。

曹维康说：“发毒誓也没用，我们只相信事实。你敢说你没抱？那你手干吗了？用我提醒你吗？”

姜春雷仰起头冲着办公室的几位领导说：“是，不假，最后抱了。可那是，那是赵小晚先抱我的。我刚开始也蒙了，也不知道她怎么就突然间上来抱住我。跟你们说实话，刚开始，我是心里乱了，因为我不是死人。可后来，我知道了，她抱我不是别人想的要怎么样，我也不可能怎么样。她就说，她想抱我一下。我又不是木头人，然后，然后我就趁势拍了她后背几下，这可能就是用生命影响生命的动作吧。就这么点事儿。”

“你们听听，这事儿还小？他说的是什么话？什么生命影响生命？一个地理老师还讲上哲学了。唉！”曹维康对姜春雷的交代不认可。

“实话，不信，你们去找学生调查吧！认真细致地调查！希望还我一个公道。”

柳篮听明白了，但不确认事情是不是曹维康说的那样。柳篮一想到最近关于男教师猥亵女学生的负面新闻不少，作为一校之长，她绝不希望有此事发生，更不允许发生在青果高中。柳篮看看年轻的姜春雷，心里多多少少有些担心。的确，许多事不是表面看到的那样，这件事必须严查，这也是给全校教师一个警示。

曹维康见柳校长迟疑之际，说道："就是说到天亮，我看也说不清楚，还是好好调查一下，找另一个当事人赵小晚问问，究竟怎么回事。还是校长您亲自去调查吧。我们要对得起把孩子送到咱们学校的家长，这才是根本。其实，我个人没别的意思，我只对事不对人，你姜春雷也不用跟我歪鼻子瞪眼。校长您看着办吧。"

柳篮想了想说："该怎么办怎么办。我会调查这件事，不冤枉老师，也不纵容有损学生利益的人。在事情没调查出来之前，姜春雷，你先停课两天，自己也反思一下，有没有坐过的地方？没有更好。当然，我会调查清楚。学校有学校的规定，希望你也遵守。"

"嗯，那我还有地理课呢？"姜春雷问。

"你先接受调查，等待结果吧，这两天的课由郭主任代一下。"

姜春雷心里说，调查？这不就处分我了吗？停课两天？我犯了什么法？违背了哪条规定了？可事情到了这种地步，自己说什么也不管用。一想到刚刚哭着跑掉的郑小乔，姜春雷更郁闷。发生这样的事儿，还不知道对女朋友如何说清楚呢。唉，她怎么偏偏来了呢？不是说好了下下周才见面吗？真是黄鼠狼专撵病鸭子啊……

3

从校长办公室走出来，姜春雷的情绪很坏。他第一次感受到背黑锅的滋味，他辞职不干的心都有了。姜春雷整理着自己办公桌上的东西，看看赵小晚慌忙离开而落在他办公桌上的地理书，想着赵小晚就在这儿的一抱，抱出来的一堆麻烦。姜春雷不知道被停课的这两天怎么过。怎么去找女朋友解除误会？这一回，他恐怕跳进黄河也洗不清了。

教务主任郭秋平放心不下姜春雷，就来到他的办公室。

“郭主任，你一定要相信我呀，我真的什么也没做。赶紧调查吧。”姜春雷又重复一遍。

“嗯，我相信你，学校领导会调查，这么晚了，学生也都放学了，要调查也得明天开始。你也别着急。”

“我能不着急吗？这关系到我的名声，也关系到我和女朋友的未来呀。就这么停课，我……我都想辞职了。”

“你可不能这么想，遇到点挫折就挺不住了？想当逃兵？”

“都被处分停课了，我还能干什么？”

“干什么？你的任务重着呢。”

“任务？重？”

“是呀，姜春雷，程苗苗可还没回来呢，你怎么和她谈的呀？”

“哦，对对，只顾自己委屈，我差点忘了程苗苗的事了。我找她一趟，她本来答应说跟我保持联系，结果，只给我发过两条短信就联系不上了。这孩子的心怕是收不回来了。”

“怎么，你先灰心啦？还得做工作。哦，你以为见学生一面就能让她放弃不上学的念头？她不是小学生，没那么好说服。”

“嗯，是，所有事儿都这么难办。”

“正好，这两天你没事，你抽空再去找程苗苗一次。这么好的学生苗子，不念书可就瞎了。”

“我？我被停课调查了？”

“你不是说你是清白的吗？两天过后你不还得继续工作吗？除非你有鬼，两天后被开除，那你就什么也不要做了。”

“我才没鬼呢。”

“那你就暗中去工作，做一个合格的班主任，把你班学生找回来，这才算你有志气，有本事。”郭主任用激将法。

“我不好再去。她打扮得和社会人一样……”

“那你怕什么？”

“我……我还真……曹维康刚因为赵小晚把我抓到，案子还没破呢，又去找一个女生，我害怕了呀……”

“心里没鬼怕什么？曹老师作为学校领导，时常敲敲警钟也没什么不好，只不过，他的疑心重一些。他为教育奉献了一辈子了，现在年纪大了，可能方式方法让人接受不了，你要多理解。当老师就要走得正，行得正，不怕别人说什么，经得起监督。是不是？再说，最近社会上有几起教师违法犯罪的事儿，影响很坏，校领导严管也是必要的。”

“嗯，那我……”

“姜春雷，你记住，经得起各种考验。”

“嗯。”姜春雷点点头。

“如果你愿意做一个园丁，那就得先播下花的种子，再去浇水除草，特别要把那些长歪的小苗一棵棵扶正。不管顶着多大压力和误解，你必须爱你的学生。懂吗？只有这样，那小苗才能结果，即使结了果还要守护，一直到长大，成熟。”

听郭主任这么一说，姜春雷立刻想起了张天一、吴晶晶和程苗苗。

姜春雷说：“可问题是，班里有几个都是早熟，也不是自然熟啊？殊不知等成熟之后，就再也回不去了。唉，我现在还真担心他们心里再也无法平静。”

郭主任笑了，继续给姜春雷施压道：“作为几十个孩子的班主任，你就要付出，没别的捷径。只有这样付出，在不久的将来，才会迎来一个姹紫嫣红的春天。当然，你会收获更多。否则，你就不配当老师。”

“我懂这一点。喜欢我的职业，从没改变过。我爱我的学生，不希望他们任何一个掉队。”

“那就好。我认为，爱的教育可是咱们教学上的巨大推动力。打个比方，老师关心学生，就能载起教育界称之为一条很难驾驭的小船。没有这种关心，小船就会搁浅，用任何努力也没法让它移动。”

姜春雷听着，又点点头。

郭主任又说：“这几年，我担任主任工作，虽然不是班主任，但我时刻在注意学生思想动态，发现问题及时做工作。就前些年，为解决一个住宿女生早恋会严重影响学习问题，我就利用周末学生不回家的机会，请她吃饭，还让她住到我家里。”

“把学生请您家里？吃饭？!”

“啊，很正常呀，像对自己孩子一样。跟她讲怎么正确对待恋爱问题，经过秉烛夜谈，她知道了自己该怎么做。那学生最后感动地说，老师，我真想叫您一声‘妈妈’。”

“看来，您的心没有白费，工作没有白做，谈心起了大作用。”姜春雷说。

“是，之后我经常找她谈心，结果这孩子以优异成绩考上了一本。后来她一直称我为郭妈，工作后还来看望我。”郭主任一脸幸福地说。

郭主任说得有点动情。她用自己的实例教导面前这个年轻的老师，她也在细心安抚这个年轻的班主任，怕他因被停课一事而搅乱正常轨迹。

“嗯，主任，我知道我该怎么做了。”姜春雷信心倍增。

“这就是我的教学理念，教师要掏出真心对待学生。否则，就别干这一行。”

“嗯，我懂了，主任。”

“今后，你要特别注意运用 BCM 原则，即 belief(信任)、care(关心)、motivation(激励)。信任他们，才能走进他们的心灵，走进他们的心灵，才能真正达到转化他们的目的。多给他们一些关心和激励，唤起他们的自信，帮助他们自我超越。”

“主任，我能做到。”

“好。班主任必须坚信，每个学生的‘可教育性’，不管是多调皮、多气人，只要我们透过叫人生气的表象，看到他们广阔的内心世界，对他正面教育。这样，教师就能得到学生的尊敬、热爱、信任。我总以为，真诚的师爱，是无声的力量，没有爱，就没有真正的教育。”

“通过您的点拨，我心里亮堂多了。”

郭主任最后说：“种竹交加翠，种桃烂漫红。相信程苗苗会被你找回来。等你好消息。”郭主任说完走了。

姜春雷想好了这两天的计划。他走出青果学校大门时，觉得身体积蓄的力量在膨胀，令他浑身上下有了使不完的劲儿。他甩开胳膊，大步流星地先朝家的方向走去……

第十九章　找回迷路人

1

姜春雷给郑小乔打电话打不通，而且郑小乔也不回短信和微信。郑小乔根本就不理他。姜春雷想了想决定先不跟郑小乔解释，解释也没用，他希望学校调查清楚之后，再跟郑小乔把事情说明白。他不信这个误会能拆散自己和郑小乔。姜春雷没有告诉母亲发生了什么，而是按点离开家，这回不是去学校，而是去找程苗苗。

这次，运气没那么好，程苗苗的姑姑在家。程新田说，程苗苗又去网吧瞎混了，现在，她算一点辙也没有。无奈，姜春雷骑着自行车，只能按着程新田提供的几家网吧，挨个去找。

姜春雷骑着车子，满大街找网吧，见一个就进一个，睁大眼睛细心寻找自己的学生——程苗苗。找了四个多小时，最后，在一条非常偏僻的胡同网吧里找到程苗苗。

程苗苗聚精会神地玩着“魔兽世界”的游戏，毫无觉察姜春雷站在她的身后。旁边一堆吃掉剩下的垃圾袋、瓶子，更好地证明程苗苗已经在这儿玩了一宿零半天了。可见，程苗苗的假期就是在打游戏中度过的。

姜春雷开始叫程苗苗，用手拍她肩膀。程苗苗这才发现姜老师又找到这里来了。

她麻木地看看老师，说：“您就别管我了，真的不想上学，没意思。”

“走吧，回家。这里空气不好。”

“我哪有家？不回！”

“那跟我回学校。”

“我说了，不回去。您怎么不明白呀？我真的不想念了，您也管不着我。”

程苗苗变得不耐烦了，旁边一个女孩过来和她要烟，她俩都点燃了烟。姜春雷僵在那儿，心里想，程苗苗要是男生该多好！他一定会采取适当的姿势动作把她弄走，可……

程苗苗叼着烟，把手机掏出来开机。这时，她的手机上显示一条郭主任发来的短信：“苗苗：我很喜欢你，全班同学和咱班的任课教师都很想你，都盼着你早点儿回归这个温暖的集体。今天我临时有事去不了你家，班主任又去找你了，如果你还不愿意回来，我就要亲自去，直到你回来为止。”

程苗苗把烟摔在地上，跑出来蹲在外面哭。姜春雷弄不清程苗苗为什么哭了。他一直猜不透女孩子的心思，不管是像女朋友郑小乔那样的大女孩，还是像程苗苗这样的小女孩。

几个打扮前卫的小男孩跟出来，问：“程苗苗，你怎么了？谁欺负你了？”接着，用不客气的眼光打量姜春雷。显然，他们误会姜春雷是来纠缠小女孩的。看来程苗苗在网吧里人缘混得不错。

一个男生蹿过来开始盘问姜春雷。

“你是干吗的呀？！”

“就是，干吗的？想吃嫩草怎么着？！”另一个附和道。

“你们走开，瞎说什么！他是我老师！不用你们管，走开！”程苗苗站起来推开他们。

“姜老师，您回家吧，我也回家，我回去再考虑考虑。”

“现在就回，我送你回去，回你妈妈那里吗？”

“嗯。”程苗苗不再那么固执。

姜春雷怕她半路再跑掉，就打了一辆的士。姜春雷一直看着程苗苗进门才转身离开，去找他那辆自行车。

第二天，程苗苗还是没回学校上课，但至少姜春雷能通过手机跟她联系了。姜春雷坐在学校对门的面馆吃了碗炸酱面。他吃光了碗里的最后一口面，抹抹嘴，然后望着对面的教学楼，望着自己班级的方向。这时候，姜春雷才意识到，他有多么留恋他的班级，他的讲台，还有他的那群孩子……

姜春雷手机晃了一下，程苗苗发来一条短信。意思是，不用惦记她，她心情好多了。姜春雷赶紧给程苗苗发信息催她，尽早回来上课。发完信息，姜春雷轻松了不少，心血总算没白费，看来，事情逐渐往好的一面发展了。

2

赵小晚被找到校长办公室，接受调查。包括杨副校长、曹维康和郭秋平等几位领导都在。

郭主任问："赵小晚，到底发生了什么事？和我们说说。"

赵小晚站在那儿不说话。

柳篮说："别害怕，说实话。姜老师已经停课接受检查了，你要如实说明情况，我们为你做主，也会为你和姜老师负责。"

曹维康说："校长说得对，学校会为你负责，你不要有什么顾虑，必须说实话，你把过程讲一讲。"

赵小晚还是低头，不说一个字。

曹维康给杨副校长使了个眼色，意思是我俩都是男的，女孩子可能不好说，就站起来到里面的套间，把门掩上了。

看两位男老师回避了，郭主任着急地走到赵小晚身边，拍拍她肩膀说道："这回就校长我们两个女老师了，赵小晚，我就直接问你一句，你回答就行了。姜春雷欺负你没有？他主动抱你，是吗？他强迫你那么做吗？"

赵小晚连连使劲摇头。

柳篮给赵小晚倒了一杯水，让她坐沙发上说话。

赵小晚坐在沙发上，低头，手弄着校服扣子，也没喝水，也不说话。

郭主任又问："那是你主动抱姜老师的？"

赵小晚看看郭主任，又看看柳篮校长，然后点点头。

"你为什么抱他？"郭主任问。

"我要爸爸！"

赵小晚只说了一句我要爸爸，便泣不成声……

3

真相大白后，郭主任第一时间给姜春雷打电话，叫他回学校继续工作。姜春雷在小面馆结完账就迈着大步往学校奔去。

姜春雷心里五味杂陈。这两天，对于他来说，太漫长了，仿佛两年一般。一切都是一场误会，但眼前最棘手的，算是女朋友那边，自己得跟郑小乔亲自解释。

回到学校，姜春雷最先走进班级，他看了看上课的学生，除了程苗苗，一个也没少。他也特意看了一眼赵小晚，他很担心女朋友那几嗓子吓到她，这两天的地理课她听懂没？还会问问题吗……

李玉在走廊里见姜春雷伸着脖子往班里看，就站在一边等他说话。姜春雷一回头，看见李玉，眼前一亮，对呀，请李老师帮忙给郑小乔说一下，比自己解释效果好多了。想到这儿，姜春雷赶紧过来小声对李玉说了心中所想，李玉答应包在她身上。

果然见效，一小时之后，郑小乔就回复姜春雷的留言了，尽管还是有情绪在里面，可终究愿意保持对话状态了，姜春雷心里有底了。自己重回学校，可还有没回来上课的呢，接下来，他就开始想程苗苗的事情。

姜春雷坐在办公室一直在思考，如果我是这个孩子，我此刻最担心什么？她一直逃避，不学习，证明她害怕别人知道自己家庭的变故。如果想让她顺利回到这个集体中，就要让她放下思想包袱，只表达老师对她的关心还不够，或许，还要让她感觉到，集体对她的关心才会有效果。为了能彻底解决程苗苗的问题，打开她的心结，姜春雷想到了最后一招。

姜春雷找到学生的入学档案，正巧明天就是程苗苗的生日。姜春雷和郭主任设计了一个活动。

在第二天，程苗苗生日的早晨，上完第一节课之后，姜春雷用手机拨通了程苗苗电话，让以梅晓白和卡卓吉为首的全班同学在电话里为她唱生日歌。(卡卓吉用藏语唱)

“程苗苗！程苗苗!”梅晓白和闹桑错嗓门大，声音也最响亮。

“程苗苗！你在干吗呢？我们都在等你回来！你快回学校啊!”王朴生、赵小晚和罗亚军冲着电话呼喊。

程苗苗举着手机，一分钟没有说话，电话的那端传来了程苗苗呜呜的哭泣声。最后，程苗苗一直追问老师，同学们怎么知道她的生日的。

姜春雷并没有急于追问程苗苗什么时候回来，他只是嘱咐她回校时要按照学校的要求整理好自己的仪表。程苗苗激动得说不出话来。

课间，姜春雷又暗暗叮嘱班里的同学在程苗苗回来之后，不要追问她任何事情，不要刺激她，要让她平静地再融入这个集体。同学们一一答应。

下午，程新田高兴地给姜春雷打电话，还没等姜春雷问，她就告诉姜春雷说，侄女把头发理了，还恢复了黑颜色，理成了男孩一样的板寸。说明天就回学校上课。姜春雷放下手机，这才缓缓地松了一口气。但他想不出，这个程苗苗把头发理成板寸会是个什么样子。

当天晚上放学时，郭主任和姜春雷组织全班同学学唱了《我们都是一家人》。郭主任让姜春雷把程苗苗的座位调到了班级的第一排，在梅晓白旁边。这样更便于老师照顾她，给她讲开学以来落下的课程。

周三，正好是高二组长李玉和郭主任在大门口值班。7点10分的时候，程苗苗姑姑带着她来了。李玉主动抱了抱程苗苗，郭主任高兴地领着她们走进教室。

全班同学立即起立，一起为程苗苗演唱《我们都是一家人》。

因为我们是一家人，
相亲相爱的一家人，
有缘才能相聚，
有爱才会珍惜，
何必让漫天乌云遮住眼睛……

歌词就像钥匙打开了程苗苗的心灵之门，赶走了她心中的乌云。班里许多同学都流下眼泪，教室外程苗苗的姑姑也泪流满面。梅晓白紧紧拉着程苗苗的手。此时，程苗苗感觉到了一种不同寻常的温暖。程新田敲开教室的门，给全班同学鞠躬，给郭主任和姜春雷鞠躬，感谢老师和全班同学。

一时间，高二2班教室被爱包围。爱走进了学生的心灵，点燃了他们心灵深处的火花，照亮了他们心灵的窗口。

这时，姜春雷的手机突然震了几下，是郑小乔的短信："老地方等你……"

第二十章　危机四伏

1

姜春雷本以为程苗苗重返学校，他的班级就完美了，然而，新的矛盾正悄悄潜伏在2班周围，随时都有爆发的可能。

喜欢画画的男生总是有一种特质，感情又是何其丰富，郝帅就是这样的男生。郝帅喜欢梅晓白已到了坐立不安的程度。然而，他总是不知道该怎样和梅晓白相处，如何捅破那层窗户纸。这对他来讲真是一个难题，比地理题难上一百倍还多。

郝帅坐在那儿常常想，若是把心扒给自己的女神梅晓白看，就那么一目了然就好了。郝帅心中的暗恋之火随着时间有增无减。甚至，梅晓白和他说一句话，他都会幸福一整天。

班里有几个同学也有所察觉。这个郝帅经常像没了魂儿似的坐在梅晓白后桌，只要梅晓白坐在他前面，他就能踏实片刻。一旦离开，他就心慌慌的，举动异常。

郝帅恨自己，为什么面对曹维康，自己能勇敢地剃光头发，而面对梅晓白，自己简直像是个懦夫。明明喜欢一个女生到这种程度，却偏偏连句关心的话也说不出口，半点也不敢向当事人透露。每当看着班里的张天一和吴晶晶在卿卿我我，郝帅的心是那么地痛。

也奇怪了，这段时间，程苗苗总是隔在郝帅和梅晓白中间。一下课，郝帅就发现程苗苗对梅晓白格外亲密，不是拉手就是搂腰，一起说说笑笑，这让郝帅有点吃醋。郝帅也知道程苗苗是女生，不会成为他的情敌。可关键是，有程苗苗在，他就不能像之前那样接近梅晓白了。近来，这一切，让郝帅的脾气变得莫名浮躁。

又是一堂语文课。梅晓白依然专注地听课，而郝帅几乎丧失了学习的本能，郝帅的书本放在桌面上形同虚设。一切都显得那么无奈，是老师的无奈，郝帅的无奈。

李玉在讲台上正注视着下面的学生，看有几个溜号的人，她娴熟地抛出粉笔头，正中他们的身上。同学们哧哧笑。

其中之一，罗亚军被突然的不明飞行物打得“啊”一声。其中之二，张天一正在和吴晶晶眉目传情，被粉笔头射中，顿时一激灵。学生的眼神和一颦一笑，李玉都看得见，她的目光最后落到郝帅身上。

郝帅赶紧一低头，生怕李玉要自己背诵一章古文，上回都没背下来。

真是怕什么来什么，李玉走到郝帅身边敲敲桌子说:“郝帅，你把《过秦论》后两段背一下。早读我让你们背了。”

“老师，我……我背前两段吧?”

“你以为是买大白菜呀？和老师讨价还价?”

教室哄笑，接着，大伙不眨眼地望着郝帅，看他下一步的应对措施。

郝帅自知逃不出李老师的手掌心，干脆老实说:“我后两段还没背呢。”

“你最近老溜号，这不成啊，要注意了，否则学习会一落千丈。好，今晚上必须背熟。”

“嗯，我知道了。”

郝帅很难堪地答应着，坐下，心里还是想着梅晓白会不会看不起他，他觉得相当丢面子……

2

有一个同学很不适应班级风气，他就是马骁。因为高一时，他在实验班，现在滑到了普通班。这样乱的课堂令马骁反感，马骁想过普通班的样子，但他想不到像高二2班这个样子的普通班。他心里骂了一句："大爷的！语文老师磨破了嘴皮子，这帮笨蛋不但不听，还搅和几个好学生听不好课。"

马骁把笔随意地丢在桌上，不料，笔却长了腿似的滚到旁边吴晶晶的脚上。吴晶晶这时捡起笔递给马骁。吴晶晶低下身的时候，恰好校服上衣没有遮住被她改小的鸡腿裤的裤腰部位，露出内裤的花边。

无意中，马骁正好将目光落在吴晶晶的后腰上。马骁不好意思起来，就怀着感谢的心情冲吴晶晶一笑。

马骁的一看一笑，偏偏被张天一瞅见，张天一心里极其别扭。当时，要不是语文老师上课，张天一肯定会冲过来踹马骁几脚。

马骁的特点是，细高个儿，戴眼镜，后脑勺长俩旋儿。他聪明、傲气、有时易怒、不太合群。自从来到姜春雷这个班，马骁看谁都不顺眼，觉得都很异类。比如：程苗苗头发那么短，像个假小子；赵小晚马尾那么长，懒得要死，就知道疯睡；张天一日日穿新鞋，还是名牌；郝帅是典型的娘炮，一闲着就用手摆弄头发；罗亚军就知道出洋相，就爱干往别人身上粘贴他画的小王八、小猪、小狗的勾当，以此娱乐；王朴生成绩一般，却还有闲心去管闲事。屈指可数，也就梅晓白和闹桑错还说得过去，可惜，她们只知道背书本，让男生敬而远之……

马骁心又在想，这班学生这副德行，会不会和班主任姜春雷有关？要是换成实验班班主任陈钢，绝不会允许这帮笨蛋胡闹。从心里，马骁看不起这班同学，所以也免不了把班主任姜春雷看扁。

放学后，梅晓白、赵小晚、程苗苗、王朴生等七个同学被姜春雷又找到办公室去了，说要为班会做准备，排练节目。

下课铃一响，马骁背起书包，赶紧逃离这个班级，准备回家，他完全忘了今天是周五，他做值日。刚走到楼梯，张天一骄横地截住他。

张天一劈头盖脸，毫不留情地说道：“马骁，你以后给我注意点！”

“我怎么你了？莫名其妙。堵截我干吗？！”

“你离我女朋友远点！听见没？少和她套近乎。”

“我可没和你女朋友套近乎，谁稀罕啊？你以为你是谁？我可不怕你！”

“你找抽是不？你信不信我灭了你？！”

“你嘴巴干净点！学渣！”

“你还敢骂我？你等着！”

“等着就等着，我看你能把我怎么着？！”

“早晚抽你！”

“谁怕你是孙子！”

正僵持呢，头发自来卷曲的青海藏族男生——尕玛俄金曲军追来，操着生硬的汉语喊：“哎，哎，——马骁，你别走，今天你值日！回来扫地！组长让我叫你！”

值日组长闹桑错派尕玛俄金曲军叫马骁回班级扫地。张天一一边用手比画着警告马骁，一边往楼下走，马骁这才转身跟尕玛俄金曲军回到教室。

3

叫马骁回来的是藏族学生——尕玛俄金曲军。尕玛俄金曲军头发自来卷，人很正直，也老实。他中等个儿，成绩也中等，属于不受老师表扬，也不受老师批评的学生。他最大弱项是汉语说得比较吃力。

马骁进门后，低着头，谁也不理，没好气地用墩布擦地。郝帅搬着桌椅，提醒马骁慢点干，等闹桑错先扫一遍再擦。体委索南冷保拿着笤帚扫地。郝帅发现索南冷保低头扫地时，露出了一个饰物，他很好奇。

“哎，这是什么？我看看。”郝帅走过去问。

“不能看。”索南冷保严肃而又慌张地把那个饰物藏回衣服里。

“你还不知道吗？学校不让学生戴饰品，男生更不能戴这玩意儿。”

“跟你什么关系，这是我的护身符，不许你碰。”

郝帅是好心，哪知道索南冷保很生气，躲着郝帅。闹桑错也慌张地把自己脖子上的饰品藏好，并把校服第一个扣子扣紧。郝帅想想自己开学第一天戴就被姜春雷没收了的骷髅项坠，十二分的委屈，他觉得不公平。

马骁见平时就很娘炮的郝帅，站在一边看，还老弄头发，不干活，就挥着扫把说：“你是监工啊？快干啊！你不着急，我还要早点回家呢！”

“你看你，干点活就没好气，至于吗？”郝帅说着，继续弄他的头发，一甩一甩的。郝帅压根不知道马骁被张天一截住挨骂一事，这么一说马骁，就如同火上浇油了。

“别狗拿耗子。”马骁急眼了，嚷嚷。

“什么脾气呀？在实验班待过就了不起呀？”

“比你强，娘炮！”

“嘿，你说谁呢？！谁娘炮啊？你再说一遍试试？”

“就说你娘炮，不是吗？”

郝帅最不爱听人家说他娘炮，就拿起扫把乱抡，想警告马骁。不小心，抡起的扫把正好碰到从中间经过的索南冷保头上。

“蛇精病！”索南冷保抢下扫把摔在一边，用发音不准的汉语说道。一旁的尕玛俄金曲军也指责郝帅过分。

“我怎么神经病了？你们青海学生怎么这样好翻脸？又没打着，也不疼，干吗反应这么激烈？”

“我们有信仰，不许别人亵渎！”

“怎么扯到信仰上去了？碰一下就亵渎啦？莫名其妙！”

郝帅根本想不到问题这么严重，生气地喊道：“这是犯了什么邪吗？干吗都冲我来了?”

几个人又扭在一起，各说各的理。闹桑错看要打架，就跑去办公室找姜春雷。

4

办公室里，姜春雷正和李玉说事。其他同学在隔壁会议室排练。

姜春雷正在说：“我总感觉班级越来越不好管理了，青海学生和北京学生有隔阂，他们不怎么来往，之间很少交流。我们班本来就问题多，现在又有新问题了。”

姜春雷把组长当成了自己的主心骨，有什么事就愿意和这个有经验的语文老师探讨求教。

“这也难怪，毕竟青海生分到各个班级时间不长，都有适应期。慢慢就会好了。你除了私下动员班级干部主动帮助青海学生，主动接近他们之外，还要和青海学生多谈心。”

“嗯，最近想开一个班会，校长不也要求为了更好贯彻执行‘北京精神’吗，这倒是一个好机会。”

“开班会倒是一条好路子，关键是你怎么开？知道高一你代理那个班的原班主任吧？她开班会基本不成功，也当是女老师的缘故，经常被学生气得开半截就中止了。她没少去我那里诉苦告状，学生根本不买她账。开班会，老师自己没有点创意，怕班会不见效果。”

“我也矛盾啊，班会上说的事情都是学生比较排斥的问题。我们班学习劲头还没上来，假期病还没好利索。只是，程苗苗比之前学习用功了，赵小晚上课也爱发言了。可关于北京精神这个主题班会怕是真有难度，他们一定厌烦我一个人的说教。”

“当然，孩了们整天上课，最厌烦的就是老师不停地说教，他们总想要自由，要表明自己长大了，不要家长和老师管。再教他们爱国、创新、包容、厚德，那他们更觉得老师把他们当幼儿园孩子，他们更会反感吧？”

“可是，不教也不成啊，这也是咱们教学的新内容，全北京都在落实啊。再说，不讲，他们也未必都懂，懂也是一知半解，否则就不是这种学习状态了。”

“嗯，的确有点难度，你要讲方法。”

正说着，数学老师于冬丽进来了。姜春雷给于冬丽让座倒水。李玉作为高二年级组组长和于冬丽打听班级上数学课的情况。

于冬丽喝了口水，说：“哎呀妈呀，正渴呢。我办公室问数学题的学生不断，嗓子讲冒烟儿了。这不，我赶紧抽空跑来跟姜春雷说点事儿。”

“问数学题？不错，新学期，证明学生认真学数学呀。”李玉说。

“可惜呀，都不是姜春雷班的，是人家5班的学生。他们班没一个学生找我问问题。那心，一颗颗都没在课堂上。姜春雷呀，你快管管吧。”

“于老师，您慢慢说，我们班上数学课究竟什么情况？”

“啥情况？哎呀妈呀，老严重了。姜春雷这班就是一帮坑爹坑妈的玩意儿。你说，那一个个脑子聪明着呢，就是不往学习上用，你说咋整吧？尽扯犊子。”

“我知道，有睡觉的，有接话茬的，别说数学课，就是语文课，我这个年级组组长上课，他们也那样。”李玉说。

“这些还不算严重呢，哎，我提醒你姜春雷，你们班张天一和吴晶晶绝对在早恋。我想很长时间了，憋不住，这不，我还是决定告诉你，谁让我心直口快呢。”

“嗯，我也注意到了这个情况，我正在引导他们。这学期排坐我故意把他们拉开距离，现在，一个坐南边，一个坐北边。”姜春雷跟于冬丽说道。

“距离？那家伙，你可得严管。告诉你吧，这学期，张天一和吴晶晶上课都不看黑板了，就知道四目对视，俩眼传情，都火辣辣的了！”

“姜春雷，看来，你还真得注意呢。适当时候，你和他们家长聊聊。”李玉对姜春雷说道。

“嗯，张天一他母亲比较护孩子，但我也会找时间把这事婉转地说一下。”姜春雷说。

其实，早已在那次家长会上，对于周丹，姜春雷就有所领教。

“可不嘛，张天一母亲护犊子厉害呢，上学期因为上数学课他玩手机，我推他两下子，嘿，他母亲就到校长那里告我状去了。你说，我全都为她孩子想，她不但不配合老师，还告状。唉，没法办。你说，当老师容易嘛！”

“于老师辛苦了，我替孩子们谢谢您。”姜春雷赶紧补充一句。对于冬丽的敬业精神予以肯定。

“谢啥呀，只要他们今后好好学习，我就值了。我得回去了，怕办公室有孩子找我问数学题。”于冬丽说完又走了。

“看来，班会必须要开了。”姜春雷对李玉说。

“唉，关于早恋这问题，学校老师和家长严防死堵是屡战屡败，屡败屡战。老师的老生常谈往往苍白无力，而对家长的苦苦哀求或雷霆万钧，孩子们要么熟视无睹，要么阳奉阴违。唉，每一届都这样。”

“这帮学生难管理呀，现在的孩子怎么都早熟呢。”姜春雷自言自语。

“其实，十七八岁、二十岁左右谈恋爱也是正常，过去，很多伟人这时候都已经结婚生子了。问题是，如何引导，而不是一味地、蛮不讲理地要孩子们自己去降低身体里荷尔蒙的含量。”

李玉说得很科学，也很有哲理。姜春雷边倾听边领悟。

“是呀，怎么办呢？班主任这么难当，唉，真愁死人。”

“我觉得，关键是，老师和家长要把学生那种原始的生理需求转换成高尚的精神追求和物质追求。这不仅需要我们多少次的苦口婆心，不仅需要我们不断描述和展示未来的美好生活，更需要我们能认真、坦诚地倾听，倾听孩子们的心声，倾听他们的诉求。”

“对，郭主任也和我说过，要想让学生听你讲课，老师就应该懂得倾听孩子心声。”

李玉说：“另外，光倾听他们心声还不够，还需要开展一些有益的活动，来调节他们的精神。需要给他们足够空间、时间来宣泄，宣泄他们的精力，发散他们的情绪。一句话，这种事儿是宜疏不宜堵。”

姜春雷说：“您说得太对了，我正在安排几个学生排节目，准备班会上演一演，这样更能体现出好的一面和不好的一面，也让他们换位思考一下。明确告诉学生一些正确的交往方式，以及为人处世的经验，让他们领悟北京精神。”

“好，这样安排不错。”

“我考虑了一下，还需要您帮我开这个班会，那样，效果会更好。”

“开班会需要我？哦，没问题，你说吧……”

“我觉得，这样……”

5

李玉和姜春雷刚说到一半，办公室的门被急促地敲响。两人把头转向同一个方向。

“老师！老师！不好了，他们要打架呢！”闹桑错慌张地说。

“打架？因为什么？张天一啊？”姜春雷问。

“不是，是我们青海学生和北京学生郝帅，还有马骁，哎呀，我也说不清楚呢。”

“郝帅？他怎么会？李老师，那我先去班级看看，您先帮我看看那几个排练节目的同学，回头我再找您去。闹桑错，走，我看看去。”

姜春雷急着去班级，李玉只好去隔壁教室，去了解梅晓白、赵小晚、王朴生、罗亚军、程苗苗等几个同学排练的情况，也顺便指导一下。

教室弄得乱七八糟。几个青海男生把郝帅摁在墙角指责他。力气大一点的索南冷保举着拳头想教训他，尕玛俄金曲军拦着，但嘴上也指责郝帅。

“在干吗？放手!”姜春雷喊道。

“看你以后还敢冒犯我们不？下一次，我饶不了你！”索南冷保见老师来了，放下手。

“老师，他们要打我!”郝帅告状。

“怎么回事？怎么会打你?”

“老师，其实没他们什么事，我本来是和马骁闹着玩，不小心碰到索南冷保的头，他脾气太大，他们就集体攻击我，欺负我一个人。”

“是这样吗？马骁?”

“我干活了，什么也没看见。”马骁擦地，不参与。

“老师，我们不想打架，是郝帅侵犯了我们。”索南冷保愤愤不平地说。

“您听我说，是这样的老师。因为，我们藏族不许别人碰头和肩膀。那上面是神圣的地方，所以，所以就会生气，就会……”闹桑错用有点生硬的普通话解释道。

“不管发生什么事，都不能动手打架，违反学校纪律这一定是不对的。你们先值日，校园自行车棚子也是咱班值日区，操场东北角也是。你们最好分开去干，马骁，你和索南冷保去打扫那里吧。同学之间需要理解和包容，关于这件事明天再说。郝帅，你干完活到我办公室来一趟。”

毕竟没什么大矛盾，再加之郝帅态度较好，没有使矛盾扩大化。几个男生在姜春雷老师的劝导下，继续值日，不说什么了。但暗地里，各个还憋着一股劲儿……

姜春雷回到办公室，与李玉又一番沟通。检查完几个同学的排练之后，姜春雷最后决定，周三布置下去，约定下周五开班会。

6

办公室只剩下姜春雷自己了。他坐下，喘息了一会儿，突然想起来，对，他得主动给女朋友打个电话。上次赵小晚抱自己的风波，在李玉老师和郭主任的帮助下，才压了下去，两人又和好如初。姜春雷更加珍惜自己和郑小乔的爱情。

姜春雷刚要按最后一个数字键，郑小乔把电话打进来了。

姜春雷说："还真是心有灵犀，我刚要给你打。"

"是吗？哎，姜春雷，在哪儿呢？"

"学校，还在学校。我一个人在办公室呢。"

"不是，我说你还有正常时间吗？每天早上从家出发，到现在了，下班也没准点儿？你呀，是卖给学校了？"

"呵呵，有什么办法，班主任就是这样。下班就走，我哪能放心？这还有好多事处理呢。"

"行了行了，不说这事，说正事。我们出去郊游，你还没衣服吧？我在商场看见一套打折的运动装，还是情侣服，挺好的。给你来一套？"

"不用，别买，别给我买衣服！"

姜春雷一听又买衣服，赶紧阻止。他想起上次就是因为郑小乔给自己买了件衣服送来，看见赵小晚抱自己而误会，差点闹分手。这件事虽然过去了，但一想起来，姜春雷依然心有余悸。

"瞧你那样，又怕花钱是吧？"

"不是，我怕你破费。"

"我买了你报销不就成了。"

"好好，我报销。"

"不用，逗你玩呢，你挣那点钱太可怜，还是我给你买吧。"郑小乔说。

“那谢谢啊。”

“你穿多大号码的？是不是腰围跟以前一样？

“小一号，我瘦了。”

“要白色，还是绿色？”

“听你的吧。恭敬不如从命。”

“嗯，这还差不多。”听姜春雷这样说，郑小乔心里很舒服。

姜春雷真想见郑小乔了。她是他心中的女神，是他的精神支柱。无论一天下来，教学多么辛苦，一想想郑小乔，姜春雷就会幸福满满。姜春雷就等周末，和心爱的人一起去郊游，他想把暑假留下的遗憾弥补回来。姜春雷打算和郑小乔度过一个不寻常的周末。甚至，姜春雷还想准备向郑小乔求婚。此时此刻，姜春雷沉浸在爱河里。他刚想说几句掏心窝子的话，还没等说出口，郝帅敲门，姜春雷只好对郑小乔说，有事要处理。郑小乔嗔怪一句，挂了电话……

姜春雷冲门外说：“进来吧。”

“老师，刚才真不赖我。我不是故意的。”

“不是故意的就是理由？值日干吗抡扫把？万一打坏怎么办？不计后果，什么脑子？！”

“老师，您不公平。”

“我？不公平？你说说，我怎么不公平？”

“您火眼金睛，什么都看见了，为什么只没收我的项坠，而藏族学生您就不管，为什么他们可以戴？”

“他们戴的我也看见了，只没收你的，也是有原因的。郝帅，你最近越来越注重自己的形象，你上课总爱鼓捣项链，这影响你学习。你是我地理课代表，当然要管你严一些。怎么，受不了？”

“一样学生，怎么不管他们。”

“老师也管他们啊，但他们是少数民族，我们必须特别对待。他们戴的是护身符。”

“护身符?”

“对，他们把这个看得像生命一样重要。藏族孩子一出生，他们父母就给自己孩子戴护身符。藏族人认为那是最神圣的。想想看，藏族学生离家又远，你说，老师能不全面考虑吗？另外，少数民族有自己特殊的宗教信仰，他们的护身符都是喇嘛亲自开光的，我们要尊重人家。只要他们不影响学习，老师就不会干涉。他们从来不把身上戴的拿出来在课堂上摆弄，而你却不同。”

“原来这么回事，怪不得他们不让我看，也不许我碰。”

“对啊，少数民族有少数民族的信仰和习惯，我们应该尊重，不能触犯。以后你和其他同学多注意一些，要搞好班级团结。藏族学生优点很多，他们有信仰，心地善良纯朴，能歌善舞，特别珍惜学习机会。这些呀，都是值得北京学生学习的。”

“嗯，知道了。”

“你来得正好，我还有任务分派给你。”

“老师，什么任务?”

“下周五开班会，你画点跟班会有关的画儿，制作一下，把它放在多媒体里面，到时候用。你要负责投影仪的播放，别出差错。”

“没问题，这是我强项。老师，交给我，保证完成任务！”郝帅很自豪地说。

别人都回家了，姜春雷办公室的灯继续亮着……

第二十一章　一堂别开生面的班会

1

周五第七节是语文课。班里一部分学生很讨厌第八节课，因为怕开班会，开班会还不如上自习自由自在，或者上体育课也好，可以使劲踢球，放开手脚地发泄他们的精力。

班会，对某些同学来说，那只不过是一场场没完没了的批评，是一顿顿不着边际的空洞教育，简直烦死人。心里最烦的就数吴晶晶，她担心自己同张天一的恋爱被老师当典型，拿到班会上来说事儿，那样定会越来越成为同学之间的笑谈。

张天一显得有些不安，他正在担心那天的事儿被马骁告状，真的告姜春雷那里，姜春雷会不会报告给郭主任？甚至德育处？那就会被记大过。张天一想，如果马骁真那样，他绝不会放过他。

罗亚军坐在桌前倒是一副很放松的状态。桌上，他只留一本语文书，连一个本子也没有，只有一支笔夹在语文书里。懒汉一样的罗亚军习惯于把该写的字都写在语文书上的边边角角，一来省事，二来省本儿。其实，罗亚军原本有个书包，不知啥时候被他给弄没了。有没有，对他来讲也无所谓，他不爱书包，书包也不爱他，即使有个书包这样跟着他生活，也慢慢会寂寞死。

在罗亚军的世界里，他一直觉得只要不上正课，不做题，就可以耍嘴皮子玩，既过瘾又放松，更能体现他的存在感。罗亚军宁愿开班会听老师说教，规定条条框框，也不愿意听要考试的课程，不愿意做永远没头没脑的作业。近来，他连抄作业都懒得执行了。罗亚军认为做那些练习题对自己将来的人生毫无意义，尤其是数学和外语。数学，他听不懂。外语，他觉得用不着，因为自己是中国人，用不上其他的鸟语。就语文课，他还觉得有一点儿意思，更主要的是语文老师有意思，总爱讲时政新闻和文人爱情故事啥的。

看李玉走上讲台来了，罗亚军才把弯着的脊柱骨挺起来，坐直身子。

2

同学们眼前一亮。今天的语文老师衣着怎么这样讲究？穿得像赴宴一样。这是很少见的。一身得体的黑色套装，配一双紫红色新皮鞋。脑后挽起的鬈发上，别着一个精致的暗红色发夹。全班同学的眼球立刻被语文老师所吸引。

李玉走上讲台，她又笑，笑起来脸上洋溢的是纯粹的开心，她那面对学生而发自内心的愉悦，和她丰富的表情感染着每一个人。李玉不像有的老师，几百年都一个表情，她绝对是有学生缘的老师。这一点罗亚军最佩服，是打心眼里佩服的。

随着一声带有四川味的“同学们下午好”，语文课正式开始了。

“同学们，今天我们讲一讲作文课。上半月大家的‘微作文’完成得不错，尤其是罗亚军最值得表扬，进步比较大，比每一次写得都认真，老师提出表扬。”

“老师，那我写得也很认真呀。”孙佳卉不服气地说。

“是的，孙佳卉也有进步。好多同学写得都很好，老师就不一一表扬了。”

马骁蔑视地看了孙佳卉一眼，心里说，又一个地地道道的弱智患儿。

“现在我们要写一篇大作文，题目为《感悟》，希望同学们一周后上交。这堂课大家可以尽情讨论。首先我们探讨一下看问题的角度，下面请大家看一组画面，然后思考一下画中的含义说明了什么问题。”

同学们不知道是什么画面，都很好奇。

多媒体的投影仪上显示画面。画面一：有一匹马，四个人在相马，四人中一高一矮一胖一瘦。结果都没相中此马。高的嫌矮，矮的嫌高，胖的嫌瘦，瘦的嫌胖。画面二：是两个阳桃，一个是侧面图，呈椭圆形，一个是正面呈五角星形。

李玉老师问："看完你们感悟到了什么？"

没想好的学生低头，生怕被提问。也有几个人一如既往地发言。

闹桑错回答说："老师，同一件事物从不同角度看，得到的结果不相同。"

郝帅说："我们不能只认定自己的立场是对的，应该站在他人的立场考虑问题，全面分析原因，认识到别人的难处，消除矛盾，化解隔阂。"

程苗苗说："多角度去观察，换个角度，也许就完全不同。"

"以上几位同学回答都对。其实，在我们生活中，总会发生一些大大小小的矛盾，这是正常的。从哲学角度讲，世界本身就是一个矛盾体，但是，有些问题我们不解决，就会破坏我们的友谊，亲情，甚至以后的事业发展，所以，我们要正确地对待矛盾，不斤斤计较，严格要求自己，宽容对待他人，包容别人。这就是现在提倡的'北京精神'。"

"老师，有些事必须斤斤计较，比如我们卖给小贩的废纸，那是我们班费的来源之一。"张天一插嘴道。

"还有，老师，假如对方言行是错误的，还用包容吗？"马骁站起来说。

"那你怎么知道对方是错误的呢？当然，包容不是无原则的退让。"

"那我知道怎么做了。"马骁坐在那儿说。

李玉继续讲道："那么产生矛盾的原因究竟是什么呢？我们该如何做到律己宽人呢？这就是我们本次作文要探讨的问题。"

"老师，老师，那杀父之仇、夺妻之恨，是不是不共戴天啊？就不能谈包容了吧……"罗亚军一张嘴，逗得同学们直乐。

"罗亚军，你跑题了吧？连我这个地理老师都觉得你的思路不太对。你一个高中生谈什么杀父之仇、夺妻之恨？这堂课布置的作文是《感悟》，感悟我们自己身边的事才对。否则，你写完了也不会拿高分。”姜春雷实在听不下去，开口说话了。

“嗯？怎么是班主任的声音？语文课，班主任怎么坐在后面了？”罗亚军一愣。看见班主任，罗亚军有点不知所措地拍拍自己的脸。

大家一回头，看见班主任姜春雷坐在教室后面，拿着本子记笔记，也在听语文课。前面的同学不知姜春雷什么时候进来的，猜他是从后门进的。

“好，同学们，平时上课你们很辛苦，下面，我请大家欣赏几组节目。”

“节目？还有节目？老师请演员来了吗？”一个个盯着语文老师看，然后问。

“没错，就是欣赏节目，小品表演。下面，让我们看看，生活中出现在我们身边的各种矛盾。节目是我们班同学自编自演的。掌声有请!”

语文老师的话音刚落，几个一直保密的演员准备就绪，陆续出场。课堂顿时安静下来。

梅晓白上前报幕：“请欣赏课间情景剧《最近比较烦》。”

第一个上场的是赵小晚。她一出场就进入角色，趴在前台事先准备好的课桌上，打起呼噜。看到这儿，同学们忍不住笑。剧中的赵小晚正在睡觉，这时，剧中的同桌王朴生从外面气冲冲地回来，回到座位，将书本狠狠一摔，借以出气。一下子惊醒了同学赵小晚。于是两人发生争执。赵小晚瞪着牛眼珠子指责王朴生影响她休息，王朴生本来就已愤怒，更加火上浇油，两人互不相让。结果赵小晚大喊大叫，王朴生摩拳擦掌。

两人表演得很夸张，同学们咯咯咯地笑。尽管两人装得很像，针尖对麦芒，但一旁的罗亚军还是看得出来王朴生“心太软”，班长处处对赵小晚偏心，不，他猜想，应该是别的什么……

这时，投影仪上播放着北京的名胜古迹，画面唯美，令人赏心悦目。同时，提前录制好的画外音响彻高二2班教室上空。传来语文老师抑扬顿挫的、带着川味儿的声音：

世上没有一片相同的树叶，人与人也是有差异的。人人生而平等，和而不同。比如，音乐里，宫商角徵羽，12356，和在一起，才能是一首歌。北京历史上就有着兼收并蓄发展的文化。如果抗拒草原文明，我们就没有涮羊肉；如果抗拒农业文明，就没有京酱肉丝；如果抗拒外来文明，各种名胜就少很多；抗拒西方民主与科学精神，那么各所大学格局就不会丰富多彩。包容是社会和谐的关键，包容是国家强盛的基础。包容是一种智慧的处世之道……

郝帅又开始直勾勾地往台上看了。他看的是换上雪白连衣裙的梅晓白。

梅晓白再一次报幕："下面请欣赏课堂情景剧《气你没商量》。演员是……"

第二组上场的是闹桑错、孙佳卉、吴晶晶、卡卓吉、尕玛俄金曲军、姜春雷老师、李玉老师、王朴生、赵小晚。亲眼看见两位老师表演，同学们的掌声更加热烈，响彻全班。

很滑稽，郝帅摇着一个旧自行车铃铛，表明上课铃声已响多时，可班级仍然乱哄哄一片。年轻娇小的女教师走上讲台，教师是闹桑错扮演的。只见闹桑错用微弱的声音，而且是用藏族的普通话勉强维持了秩序。可是没过多久，同学们又像菜市场一样乱起来。孙佳卉和吴晶晶说话，姜春雷夸张地吃东西，嚼着一袋子"辣条"，嚼着嚼着，辣得咳嗽起来。

男生大笑，女生小笑。

李玉老师也进入角色了，装作小女生照镜子，弄头发，往脸上擦粉。

班里的男生跺脚笑，女生趴桌子笑。全因为今天的语文老师已经不像昔日的语文老师了。

赵小晚也开演了。她在睡觉，响起呼噜声。王朴生推她，她也不醒。王朴生不小心碰到卡卓吉眼睛，没有道歉，卡卓吉受了委屈抹着眼泪。尕玛俄金曲军上来揪住王朴生衣领子，比画着，用拳头分高低上下。女教师闹桑错说谁谁不听，十分生气，气哭了，只好停止上课。

此刻，教室前方的投影仪上播放祖国大地的美丽风景，其中就有青海湖、塔尔寺、日月山、金银滩、孟达天池、门源油菜花海……

画外音再一次出现：

我们伟大的祖国是礼仪之邦，有着尊师重道的优良传统。我国幅员辽阔，拥有五十六朵民族之花。我们都生活在团结和谐温暖的大家庭之中。每一个人都要珍惜爱护。

记得星云大师写过一本书《包容的智慧》，在此和大家分享。包容首先是一种胸怀。患得患失，吃不得一点亏的人做不到包容。能包容的人在利益面前，在得失面前不斤斤计较，而是以大局为重。碰到事情喜欢生气，对别人的一点冒犯就报复的人，无法做到包容，能包容的人心态平和，宽容大度，淡然从容。容，可以练就一个宽广胸襟的人，可以成就一种博大的文化。这容，可以造就一座伟大的城市。

北京是一座国际性大都市，包容是一张城市名片，北京人选择包容作为北京精神的重要组成部分。这包容，应该是北京城的特色之一，这种包容是宽厚的温暖的，你看，我们周围生活着来自全国各地，乃至世界各地的人，无论从哪里来，哪个民族，做什么工作，什么肤色，都能找到自己的一方天地。北京像一个大家庭一样。没有包容，人们很难留下来，北京也不可能发展这么快。以包容之心对待他人，对待生活。从想法的角度考虑，如果我们采取猜疑，报复会怎么样？请同学们用自己学到的历史知识去思考……

画外音结束后，梅晓白走上前台再一次用清甜的声音报幕："请欣赏小品《家里家外》，表演者，程苗苗、郝帅、梅晓白……"

同学们鼓掌欢迎。教室安静了，都在等着看这个精彩的小品，每个人都在期待着、猜测着里面的角色。

放学路上。郝帅骑辆自行车（自行车道具，郝帅为了逼真的表演，用起了口技，学着骑车的动作、声音）。郝帅正忙着回家，心里想着妈妈炖好的牛肉，便飞快地骑车，路上不管不顾。恰巧迎面走来一个女士（梅晓白），提着水果，结果两人撞在一起，水果撒了满地。

郝帅鼓起好大勇气，才不得不装出愤怒的样子，甩了一句：“走路不长眼睛啊！瞎走什么呀？！

“你？你……”

梅晓白倒在地上，捂着自己被撞伤的腿，很痛苦的样子。郝帅看了看，当时心一颤。由于梅晓白演得太像，他忘了是在演戏，刚想掉头把梅晓白扶起来。

这时候，王朴生看郝帅要演砸，着急地提醒道：“跑啊！剧情要求不能扶。”

郝帅这才向家的方向飞奔。同学们开始笑，笑郝帅的表演，笑王朴生这一句台词的滑稽。

剧情继续，郝帅终于回到家里。他坐在电视机旁看自己喜欢的节目，不顾妈妈（程苗苗扮演）下班回来做饭的辛苦，吃完可口的饭菜就嚷着要吃水果。

“妈，我要吃苹果！”郝帅要妈妈（程苗苗）洗水果。

同学听郝帅叫程苗苗“妈”，不禁大笑。姜春雷和李玉也笑场了。

“洗好了，有苹果还有桃子，都是你爱吃的。”妈妈（程苗苗）端来果盘。

“妈，我同桌又买新鞋了，他买耐克，为了给你省钱，我就买一双阿迪达斯运动鞋。咋样？”

郝帅扮演的男孩又缠着程苗苗扮演的妈妈要买新旅游鞋。

妈妈不耐烦地说：“还买什么，上个月刚给你买的，刚穿几天啊？不买。”

“上次买的是国产的，我就要进口的。”

“多贵呀？没钱，买不起！”

“这妈，真够抠的！”郝帅大声说。

高二2班同学哄堂大笑，或许这个人物身上有过他们曾经的影子。

“你不买我就不学习，也别指望我考大学！”

“嘿，你还造反了？就不买！”程苗苗演得比较到位。

“真倒霉，我怎么摊上你这样的家长呀！”

“嫌我不好，你走！你走呀！”程苗苗板着脸呵斥道。

“走就走！”

郝帅扮演的男孩摔门走了，出门口冲着大树（道具）使劲踹了两脚……

大家笑，没忘鼓掌，在笑声和掌声中演出结束。程苗苗、梅晓白、郝帅这一组演员手拉手谢幕。姜春雷站起来给同学们鼓掌、加油。

投影仪上播放婴儿成长的镜头。配上语文老师的画外音：

《诗经》中有这么一段话：“父兮生我，母兮鞠我，拊我蓄我，长我育我，顾我复我，出入腹我。欲报之德，昊天罔极。”反映了自古中华民族对孝的极为重视。孝义、厚德是我们中华民族的传家宝。“对长辈孝，对父母孝，对自身有德、对他人有德、对自然有德，这是一个社会人的一种该承担的责任。

德，在中国文化中占着重要的地位，也是重要的组成部分。我们中国人一直讲究厚德重德。在汉字构造上，德就是一种选择，选择怎样的一种风范？做到厚德，首先正视自己，关注一个人内部世界隐形高贵的价值、心灵、思想意识、情怀。是不是拥有高贵的价值？在生命内部活跃亢奋到了什么程度？我们是不是清晰、完整地感觉到它们的存在？以及存在的脉动？有了这些，才能进行生命的决断。判断核心就在于此。厚德，还要心中有别人，善待他人。如果每个人都能以责人之心责己，以恕己之心恕人，就能化隔阂为理解，化分裂为团结，使人格优化，美德传扬。让我们做一个精神明亮的人吧！

有一本书，我刚刚读过，叫《精神明亮的人》。这本书收入了一个作家最具标志性的诗性散文和思想。书中是这样写的：迎接晨曦，不仅是感官愉悦，更是精神体验；不仅是人对自然的阅读，更是大自然以其神奇作用于生命的一轮撞击。它意味着一场相遇，让我们有机会和生命完成一次对视，有机会深情地打量自己，获得对个体更细腻、清新的感受。它意味着一次洗礼，一记被照耀和沐浴的仪式，赋予生命以新的索引、新的知觉、新的闪念、启示与发现……

画外音结束，可赵小晚还在本子上写，她匆匆地记录着画外音的内容，怕跟不上急得满额头是汗。赵小晚觉得这是珍贵的作文素材。罗亚军偷偷地看赵小晚的笔记，斜着眼，也装模作样地抄起来，当看不清赵小晚“龙飞凤舞”的字迹时，罗亚军就抓耳挠腮，像只猴子。

李玉走上台。

一段混有北京味的四川话在教室上空回荡：“感谢所有参加演出的同学！你们真的很棒，没想到你们比排练时还要好，简直演到了极致！展现出了高二2班的风采！请再一次给你们自己掌声！”

大家鼓掌，有的同学津津有味地评论着谁演得更像，谁演得逗乐。

语文老师又带着川腔说道：“同学们，看完演出，是否觉得这些事就发生在我们身边？请思考几个问题。如果《最近比较烦》里面的同学都有错误，如果一方退步是否矛盾会缓解？《气你没商量》中，互换位置，同学站在老师的位置会怎么想？《家里家外》中，男孩的做法是否太过分？换作是你，你又会怎么样？”

“我？我们……”大家在考虑，不知道说什么。

“好，老师希望你们仔细想想再回答。记住，海纳百川，有容乃大。希望同学们能把今天语文课上的感悟，付诸以后的学习生活中去，建立一个和谐的人际关系环境。我也希望通过这次生动的演出，你们能写出好作文，最好能出现几个满分给老师看看好不好？”

“好！”罗亚军及时地应答，别人也跟着说。

“最后，请姜老师为同学们补充一下作文素材。”

同学们一听，都愿意接受，原来，班主任也能帮上写作文的忙。他们期待班主任的新鲜素材。

3

姜春雷站起来走上讲台。

姜春雷习惯性搓搓手，说道："听完李老师的课，看完同学们的表演，作为班主任，我是很激动的。那么，接下来，我给大家讲讲与地理有关系，跟作文有关系，跟历史也有关系的素材，希望能帮到你们。"

高二2班教室内再一次响起掌声。

"大家记不记得有一句话：'苟利国家生死以，岂因祸福避趋之。'"

"林则徐说的。"郝帅抢答。

郝帅越来越喜欢抢答（当然和罗亚军不一样，他抢答的是书本上的问题），因为这样，就有可能引起梅晓白的一个婉约的回眸一笑。

"没错，就是林则徐说的。人生自古谁无死，留取丹心照汗青，这是文天祥的名句。我们从中都可以感悟到一种可以触摸到的精神，当然，这都来自爱国。在近代，对这种精神彰显得最充分最典型的，莫过于中华民族的抗日战争。宁为战死鬼，不为亡国奴。一寸山河一寸血。我们的先辈用壮烈的牺牲铸造了不屈的民族魂。"

正当姜春雷讲得有点热血沸腾时，罗亚军这个调皮捣蛋的主儿又原形毕露了。

"老师啊，爱国，我们肯定的，关键是天天考试，考得我都迷糊了，还怎么爱国呀？"

同学们被罗亚军的话改变了原有的听课态度，又开始嘻嘻哈哈。

马骁再一次斜视罗亚军。他心里骂："这弱智的家伙，真贫！整个一大贫蛋！"

姜春雷没有受同学们的干扰，带领这么一个班级，他最大的提升就是，他的抗干扰能力日益增强。当然，姜春雷也没有训斥罗亚军故意调侃，而是依旧认真地讲下去：

“罗亚军问得好，我正要解开你的疑惑。是呀，我们为什么要爱国？请看看我们的四周，咱们青果校园，你的脚踏着一片生于斯长于斯的土地，你的身边生活着千百万单纯善良质朴可爱的人，你的国家拥有着数千年生生不息、薪火相传的伟大文化，这些，难道不可以成为我们热爱她的理由吗？”

同学们看姜春雷的表情，不禁又严肃起来。罗亚军不再搭话茬了，他也没办法再搭茬了。

“让我们一起想一想，我们是21世纪的人，是北京人，对不对？北京是一个伟大的爱国城市，五四运动、“一二·九”运动。青年学生一直以来就是全国人民的骄傲，你们才是未来的骄子！”

底下坐着的张天一，看姜春雷只字没提自己，便放松起来，渐渐地，他上眼皮和下眼皮打着架，因为昨晚他没怎么睡觉，一门心思想着自己的重大“计划”。

姜春雷继续讲道：“一个国家，一所学校，一个班级，都需要有生机，有活力。那么，创新是生机，创新是活力。教育也需要创新，老师学生也要创新。我们听课是为了越来越聪明，而不是越来越笨。对吗？”

同学们有的笑，有的点头认可姜老师的话。

“同学们，我们不能做知识的容器，我们是思想者，我们感受领悟。我们要有信念。同学们听说过没有？花有信念？花的信念很简单，只要活着，就要开放。”

梅晓白点点头，嘴吧张合着，默默在心里重复了一遍姜春雷的话。

“为什么呢？因为花感觉到了创造的魅力，创新的价值。那我们高中生呢，有没有自己的信念？”

“有，有！”第一个喊口号的又是罗亚军。

作为班长的王朴生，早观察出来了，假如老师提问题时（当然不是书本上的问题），罗亚军要是没第一个回答，没引起老师的注意，他就会垂头丧气。

“那就好办，就让我们的生命动起来！美起来！”姜春雷的话极富感染力。

马骁像看一个陌生人一样看着姜春雷，马骁想不到普通班班主任能讲出这些“干货”来。赵小晚继续记笔记。跟着，王朴生和闹桑错也拉开了笔帽，底下一片唰唰的写字声……

“学习的过程也是创新的过程，把握好顽强奋斗、艰苦奋斗、不懈奋斗的根本要求，在求真务实、苦学中实现梦想。就让我们登上新的高峰，更好地弘扬咱中国精神，凝聚中国力量。创新创造了北京，也繁荣着北京。最后，就让我们老师和同学的所有梦想在大地上蓬勃生长！”

姜春雷的讲述很精彩，同学们一起为老师鼓掌。

下课铃声刚响起，上课铃声跟着就来了，同学们显得意犹未尽，可没办法，还得上最后一节课——班会。同学们只好又规规矩矩地坐着，等待姜春雷开班会。

只见姜春雷宣布：“同学们，最后一节课，让我们和青海同学一起学习锅庄舞！动起来！好不好？”

同学们问：“啊？！老师，您忘了？我们最后一节课是班会，不开班会了？”

“已经开完了呀！”

“完了？！哦！”

“来，一起跳舞！快，闹桑错、梅晓白，还有卡卓吉、尕玛俄金曲军，一起跳啊！”

班级一阵欢呼，大家一起跳舞，跳得非常奔放、热烈，跳得无忧无虑……

第二十二章　失望之旅

1

在一年四季里，北京的春天，应该说是最糟糕的，因为风沙太大。夏天呢，闷热得透不过气来，各地旅游的人也一起涌入北京城，闹腾得北京拥挤不堪，从而产生更多的浮躁与不安。而北京的秋天，就完全是两回事了，它有一种很大气的通透，天空蓝得一泻千里，而且很高朗，很静远，很明媚。尤其今天周末出游，这样的景色让行走在路上的人心情格外好。

姜春雷和郑小乔的确好久没一起出游了，因而显得兴奋，他们开着车驶向西郊，一个叫双龙峡的景点。

这个景区属于门头沟区，刚开发不久，两人都是第一次来玩儿。走了一半路程之后，姜春雷开车，换下郑小乔。

郑小乔坐在副驾驶上用手机上网，对着手机念叨："双龙峡景区位于京西门头沟斋堂镇火村南2.5公里，距离北京市区78公里。景区概括为'十里溪流、百潭瀑布、千亩红杏、万顷林海'。真可谓青山翠谷，峰峦巍峨俊秀。堪称一派北国秀色，所以又有'小九寨沟'之称，这里风景如画……"

中午，姜春雷和郑小乔到达景区大门口。姜春雷说吃完午饭就去景点，郑小乔坚决找旅馆先休息，明天再玩，周日晚上回家。姜春雷告诉她，必须周日上午返回，因为下午他要回学校，有青海学生闹桑错过生日，他要和学生一起过。为这事，两人在景区大门外闹了别扭。

没办法，姜春雷让步。好说歹说，哄着郑小乔高兴，先找好一个农家院住下休息。他俩简单吃了农家饭，郑小乔要休息一个小时。醒后，郑小乔又改变主意，决定进景区爬山，看夕阳西下。

姜春雷换上郑小乔给买的情侣装，郑小乔从后面抱着姜春雷，两人照照镜子。郑小乔亲吻一下姜春雷，姜春雷赶紧示意她，外面还有其他旅客走动，这样不好。郑小乔笑他那样儿，只好带上水和遮阳伞，牵着姜春雷的手，走出农家院。

郑小乔和姜春雷坐着景区里“东方红”牌森林小火车，直达玉龙湖。游人不少，大多是一对对情侣，或者是一家一家的人来此度周末。其中也不乏某些情侣，环顾四周一下，然后在伞下偷偷热烈。

姜春雷也时常看到自己心上人有些把持不住，好在他一直坚持自己的计划，准备在住下的农家院采取行动，那样，他更踏实。姜春雷这次来的主要任务，是跟郑小乔求婚，商量结婚事宜，而不是做些轻浮的举动。姜春雷就是这么想的。

这里简直就是一片远离都市喧嚣的净土。

从双龙峡景区这块儿湛蓝的天空上洒下的阳光，让郑小乔和姜春雷感觉不到阳光，只感觉到异常的明亮。而这明亮又不刺眼，不倦人，亦不烦人，十分地柔和、亲切，像是被什么刻意过滤过似的，一尘不染的样子。在这样的阳光里，他俩做一个深呼吸，立刻感到五脏六腑都明亮起来，整个精神状态就空前地好和愉快。

这时，姜春雷就想，以后有时间就和郑小乔来这里度假，永远，一直到走不动为止。郑小乔依偎在姜春雷肩头，两人坐在望湖亭上看风景。

“的确，北京秋天的水，是格外有情致的啊！”姜春雷不无感叹地对郑小乔说。

“怎么？诗兴大发呀？”郑小乔歪脖看姜春雷那忽闪忽闪的大眼睛。

姜春雷又说：“在颐和园、在北海、在紫禁城的护城河、在密云水库、在雁栖湖、在黑龙潭、在十三陵水库……总之，在北京有湖有河的地方，那些水，一律静绿得十分优雅与大度。绿得好看，好看得像你一样，真的。”

郑小乔歪脖问：“真心话？我气你，你也认为我好看？”

“真心话，骗你是小狗子。”

郑小乔不再言语，有时，她也为自己的任性而后悔。

姜春雷不自觉地把手搭在郑小乔挂着吊带裙的肩膀上。这一刻，他看到了这个肩膀的娇嫩和白皙。他仿佛闻到了一种香，像小苹果一样，他真想咬一口，无奈，教师的身份还是约束了他。随后，姜春雷把目光移向了一对白发老两口。

老两口蹒跚走过，彼此牵手。最让姜春雷感动的是，老头端着相机不厌其烦，一瘸一拐地给老婆摆弄姿势拍照。老婆露着快掉光了的牙齿笑，有时，笑得像个未成年的小女孩……

姜春雷小声地叫郑小乔，让她也看看那一对正拍照的老两口。

郑小乔看了看，说道：“姜春雷，咱们的婚纱照还照不照？你选哪一家了？怎么不见你上心呢？什么时候去照啊？

姜春雷回答：“我前几天在我们家附近看过一家不错，还便宜。”

“什么？你们家附近？北城区？”

“啊，那更便宜。”

“便宜没好货，你不知道啊？就拍一次婚纱照，你打算给我照成猪八戒他二姨呀？亏你想得出来！”

“其实，我看了，照得不错。也有名店。”

“不，不要到你们北城去照，我同学和同事会笑话我，脸都会丢尽。告诉你啊，我看了一家西单那边，还可以去圆明园、天坛，或者北戴河拍外景，可漂亮了。”

“那？那要多少钱啊？”

“二万八。”

“啥？太贵了吧，我只预备了一万八。”姜春雷耷拉着脑袋。

郑小乔揪了一下姜春雷耳朵说："叫你说这样的话！我有钱，我掏钱照相，我娶你，行吧？！"

郑小乔瞪着一双丹凤眼生气了。姜春雷皱着眉头，不知道该怎么说才能让女朋友不生气。两人闷坐着。

这时，姜春雷手机响了，是姜母打来的。郑小乔看姜春雷拿着手机走得离自己越来越远，就猜到这家伙有事背着自己。

一会儿，姜春雷走回来了，坐在郑小乔旁边，一脸的不自然。

"谁打的电话？怎么了？"郑小乔问。

"我妈打的，没什么事。"

"没什么事？那你躲着我去和你妈通话干吗？是不是说我？"

"想哪去了？是说我大姨家我表姐的事。"

"你别跟挤牙膏似的说话，好不？你表姐有什么事，给你打电话干吗？"

"唉，我表姐病了，跟我借点钱。"

"你有吗？婚纱照钱都不够，还好意思。"

"可是，我表姐帮过我们，我上大学的时候资助过我，现在她突然病了，我不能不管啊，多少要拿点。"

听姜春雷这么一说，郑小乔不说话，逮着一片树叶狠狠地撕扯着。

姜春雷主动搂她一下说道："好了，小乔，说点高兴的，今晚我要给你一个惊喜，给你一件礼物。"

"你能有什么礼物？现在拿出来看看。"

"在房间的背包里面，我没带着，准备晚上给你，让你惊喜。"

"给我惊喜？我现在都怀疑，你到底心里有没有我。"

"废话，没你还有谁呀？心里全是你。不信，你摸摸看。"姜春雷把郑小乔的手放向自己的胸膛。

"谁稀罕看，对，我想去划船，还要去看冰瀑！"

"走，我们到前面去！"

“呀，我脚疼，走不动了。”郑小乔鬼灵精怪地说。

“好说，来，我背你。”说着，姜春雷献出后背。

郑小乔撒娇似的趴在姜春雷背上，嘻嘻笑。

两人继续往前走着，一路游玩……

2

双龙峡景区的太阳落山了。他们拍下一张又一张照片，直至景区净园，姜春雷才牵着郑小乔的手，并肩向景区外面走。

夕阳依然很美，映红了两人的笑脸。秋天果真是一个令人魂牵梦绕的季节！姜春雷感叹这眼前的美景。姜春雷冲着远山喊了一声，山谷里立即传来了回音。郑小乔和姜春雷依偎着，在路上慢悠悠地走，两人边走边倾听着大自然“秋”的絮语。

农家院里的大红灯笼高高挂起，鲜亮鲜亮的，透着一种自然的喜庆。农家院的女主人已经为住在这里的游客准备好可口饭菜，男主人热情地张罗着放桌子、摆椅子。饮着美酒，吃着饭菜，谈天说地，数着头顶的星星，每一个住在这个开心农家小院的人，暂时忘记了自己真正的家。姜春雷想，这晚，此处，就是他和郑小乔的家，一个最靠近大自然的家。

夜晚的双龙峡农家院，又是另一番光景。由于这里的天空没有北京城里面的那些雾霾，有的是异常的明净与明朗。姜春雷断定，这里的秋月，无论是瘦着，还是丰满着，都应该是最明亮的。

郑小乔已经洗漱完了，穿着粉肤色睡衣，擦拭着头发。姜春雷拉严了窗帘，来抱郑小乔。

“小乔，你太可爱了，我，我想亲你了。”

“去去，刷牙洗澡！身上一股汗味，讨厌。”

“我给你惊喜，一个礼物。”

“你先洗澡去，洗完再说。”

“好吧……”

十分钟没到，姜春雷就洗完了。看了一眼床上摁着遥控器的郑小乔，然后拿出一个小盒子，走过来。他亲了她。姜春雷很激动，心脏乱跳。郑小乔把遥控器抛在一边，双手抱着姜春雷。

“小乔，我今晚向你正式求婚，嫁给我，我们十一结婚吧。”

“你，你是真心的？你答应一辈子对我好，永远把我放在心里，放在第一位？”

“我发誓。永远，一辈子对你好。”

姜春雷学着电视剧演的那样，从包里拿出一朵玫瑰花。

“啊？你从哪儿弄的？假的呀？布艺的？！”

“在北城小商品买的。假花好，这才不会担心它凋落、死掉，总会开着，多好看呀。以后，就放在你车里，还能装饰呢。”

“也就你想得出来。”郑小乔接过来，忍不住笑。

“那当然，我是独一无二的好老公。”

“这是什么？”郑小乔看姜春雷手里的盒子着急地问。

“戒指。给你戴上试试。”

“哪儿买的？怎么没个好包装？还用破盒子装着？又是北城小商品的货吧？”

“不是不是，跟你说吧，这可是最珍贵的礼物，是我太姥姥给我姥姥，我姥姥给我妈，我妈让我给你的。”

郑小乔一看，就不高兴了，往一边躲。

“什么呀？黄金的？我不要，你还是给你妈戴吧。”

“这不挺好看的吗？你戴着正好合适。”

“合适什么呀？你就这么打发我呀？我戴上黄金？你看哪个新娘结婚戴这个？人家都买钻戒！”

“这个你先拿着，我妈给你的礼物，钻戒我给你买，好吗？咱们婚礼上一定给你戴。”

“这还差不多，那我就再考虑考虑。”

“还考虑什么，不答应我的求婚？答应不答应？”

姜春雷用力抱起郑小乔，然后举到头顶。

“放下我，好，好，我答应，我答应。”郑小乔抓着姜春雷的头发说。

姜春雷把郑小乔放倒在床上，然后，用自己的嘴压在郑小乔的嘴上。郑小乔不再挣扎，不知不觉进入了爱的角色。

姜春雷突然觉得头晕目眩起来，他想到了自己的学生张天一和吴晶晶。他想向郑小乔求证一下。

“姜春雷，我爱你，爱你。”

“我也爱你。小乔。”

“我们快结婚吧。”

“嗯，十一就娶你。”

“你还从没对我……我想……”

“没结婚，我不会对你那样……小乔，小乔，问你一件事。”

“别说话。”郑小乔捂着姜春雷的嘴。

“不行，我有话问你。”

“想说什么？快说。”

“你说，十五六岁的男孩女孩在一起会不会也这样？”

“应该吧。”

“那怎么行，不能让他们犯错误！”姜春雷突然放开了郑小乔，把她晾在那里。

“你？你有病吧？想什么呢？”郑小乔气呼呼地说。

“想起我们班早恋的同学。”

“你是不是想上次抱你的女学生？”

“胡说什么呀?！不都解释清楚了吗？你怎么还提?”

“我算看透了，你整天魔怔一样，脑子里就装着你的学生，哪里有我?”

姜春雷这才预感到得罪了女朋友，只好重新上来，将功补过。

“对不起，我刚才不该想别的，我错了。来，让我……”

“躲开，没兴趣了，你还算是一个男人吗？滚，滚一边去！离我远点，到那张床睡去!”

郑小乔变了一个人一样，很冷淡。姜春雷自尊心受到了前所未有的挫败。他不知道自己的失误竟然这么严重地惹恼了女朋友。

姜春雷主动给郑小乔端水、按摩、削苹果，郑小乔一样也不接受。姜春雷只好躺在另一张床上。

伴着另一张床上郑小乔的气息，姜春雷枕着双手直挺挺地躺在单人床上。他瞪着眼睛看了看趴在那儿一动不动的郑小乔，再没了勇气扑过去，姜春雷只能看着窗外的月亮。

3

月亮正孤单单地悬在天上，但不觉得寂寞，反而感到月亮在没有遮拦的天空中，异常地自在与舒坦。起先，月亮在明明朗朗地笑，后来，月亮依然在明明朗朗地笑，似乎从来就没有过不开心的时候。天空清净，月亮更像一面十分明净的镜子。这面镜子高悬着，一尘不染，它照着北京，照着青果学校，照着双龙峡景区，也照着农家院，照着两张床上的两个人……

这时候，姜春雷读着这面硕大的镜子，读出几许沉默，几许忧伤。更多的时候，姜春雷读出如此的诘问来：小乔，你为什么不理解我?

整整一夜，木头一样的姜春雷什么也没做，然后睡过去了。他以为这才是一个男人的本分。郑小乔趴在那张小床上等到天亮，也不见自己渴望的、真正的男人的那种激情。她的心枯了……

第二十三章　校内异常，校外斗殴

1

程苗苗这段落课，她学着有点吃力。文科还好弄，最令她打怵的是数学，偏偏数学老师最狠，教数学的于冬丽常常对学生是三天一小考、五天一大考，快把程苗苗给“考糊”了。明儿，数学还得测试。数学测试之前，程苗苗想临时抱抱佛脚，背几条重要的数学公式。可是脑子里空空如也的她，连什么是重点都不知道。

程苗苗写了张纸条给梅晓白（纸条弄得神神秘秘，像写情书一样的格式，梅晓白也没多想），让梅晓白告诉她这一单元的哪些数学公式和例题比较重要。

下午第二节课将下课的时候，梅晓白传给程苗苗一张纸，上面写满数学公式。纸的右下角写着这么几个字：“知道你数学落下，我就把公式都抄下来了，都是基础公式，看了能得分的。”

程苗苗看完，异常兴奋。心里说了句“我的亲”。然后，她闭眼吻了一下留有梅晓白手印的纸。渐渐地，程苗苗对梅晓白生就了一种特殊的情愫。

谁都知道，班级里女生中，赵小晚和梅晓白是最好的朋友。可现在转变了，程苗苗和梅晓白成了最好，仿佛，赵小晚是梅晓白第二好的朋友。从几何的角度说，三角关系比较稳定，然而闺蜜关系中三个女生就易变了。为此，赵小晚也吃过醋酸过心，开始很不习惯，但最近忙着负责与学校文学社团联络，顾不上谁和谁最好，也就由着程苗苗拽着梅晓白一起出出进进。

最近一段时间，班上的程苗苗和梅晓白在一起几乎无话不谈，尤其程苗苗对梅晓白喜欢的零食、衣服、小饰品都一清二楚。她们经常一起逛街，看喜欢的韩剧，点评班里的男生女生，讨论讨论八卦，也会互相倾诉自己的小秘密。

高二学习压力大，家里又乱了套，程苗苗心里闷得慌，此时，她感觉只有梅晓白一个人明白她。她就这样悄悄地“爱”上她了。这，让她的生命充满了阳光。

程苗苗已经被梅晓白的个性彻底吸引，而这种吸引绝不是一般的吸引。程苗苗很享受这段时间以来和梅晓白的亲密无间。

这一切都让郝帅看在眼里，急在心上，郝帅越来越讨厌“变态”的女生程苗苗。当他看到程苗苗和梅晓白紧拉手从他身边路过的时候，郝帅的面色变得有些不爽，可是程苗苗就很乐，眼神好像在对他说，怎么地？有本事你也来啊。

郝帅越寻思就越别扭，她和她“女朋友”式的追逐，像极了一场男女之间才会上演的游戏！郝帅疯了似的吃醋，课上课下地倒着胃口。郝帅的压力山大，他再也坐不住板凳。这会儿，郝帅才预感到，自己的情敌不只是其他班级里的男生。那些男生只是间接地通过罗亚军了解梅晓白，只是傻傻地购买梅晓白不要的东西物件而已，其实，梅晓白根本不和他们接触。可班里的程苗苗就不同了，整天拽着梅晓白，不给他留一点点余地。郝帅气不过，想争回来，争回该是自己的情感。

郝帅准备好了，是时候了，他要对梅晓白打开天窗说亮话。

2

下午，体育课之前是数学课。数学课对于文科班的学生来说是比较愁苦的课。于冬丽在课堂上发了一张试卷来测验这单元的情况。

郝帅坐在那儿不动笔。他正幻想着未来：像所有恋人一样，肆无忌惮地花前月下，不再应付考试。当然，他想的是梅晓白真的和他恋爱了。想到这里，郝帅不由自主地笑了起来。

于冬丽走过来瞧他一下，问道："笑啥？是卷子印错了吗？"

郝帅带着意犹未尽的笑容，弄弄头发，说："没有。"

于冬丽瞪他一眼，说："没印错就赶紧答题！数学总在'良'那儿晃荡，不知愁，还笑？！等高考完了，有的是时间笑，爱咋笑咋笑，没人管你！"

"老师，这个题出错了吧？"程苗苗问。

于冬丽走过去看了一眼，说："哪个？这个哪错了？净瞎掰。是你不会，别赖题出错了。咋样？不学习考试蒙了吧？"

于冬丽背着手走动，一边训大伙，一边监考。

罗亚军也不会答，故意在卷子上磨洋工。

于冬丽看赵小晚在那儿犯愣，又说："我不住嘴地跟你们说，平时不复习，考前开夜车没用。忠告多少次了？是，临阵可以磨枪，但对于锈迹斑斑的老枪，就很难说喽。这是规律！只有遵守规律，领悟定律，才能自信。"

于冬丽抱着胳膊来回走动，不许同学之间抄袭。她监考没人敢作弊，也不给一点作弊的机会。于冬丽认为学习作弊是可耻的，和犯罪没区别。

不是没开过先河，有一次罗亚军作弊，她命令罗亚军写五百遍书上的公式定律，差点没把罗亚军的手腕子累折喽。同学们哪里还敢抄袭呀，宁可自己考不及格也承受不起如此重的"刑罚"。

望着卷子上的数学题，罗亚军多半不会答，也不敢抄。他同桌何涛跟他一样不会。一个是半斤，一个是八两。闲得没事，罗亚军捅咕何涛一起看女生大腿。比较谁的粗壮，谁的秀美。他俩喊喊喳喳地争论。罗亚军说："孙佳卉的大腿比他腿都粗，难看死了。"何涛不同意，就用尺子丈量罗亚军的腿。

数学老师无比愤怒，质问："你俩搁那儿干啥呢？给我滚出去！"何涛刚想出去，结果看罗亚军还愣在椅子上，他又静悄悄地坐了下来。僵持了一会儿，于冬丽继续监考，罗亚军跟何涛也蔫了吧唧地做题，尽管胡乱做一气。

班上同学一番涂涂抹抹后，总算交了数学卷子。看于冬丽收完考卷回办公室了，各个像刚费劲下完蛋的鸡一样，跑教室外放风去了。

这时，有的同学边跑边喊：“嗷！嗷！下堂课就可以轻松一下喽！体育课踢球去喽！”

同学们跳跃着，欢呼着。看来，体育课真是好课，似乎足以让同学们忘掉“黄花鱼”给他们带来的苦恼……

3

本来，有梅晓白这样一个好姐妹分担生活的喜怒哀乐是件很幸福的事，可程苗苗还不满足，非要把自己的这份“爱”说给梅晓白听。接下来的事情，弄得程苗苗也没有预料到。

体育课，按常规跑完八百米，体育老师会宣布剩下时间自由活动。程苗苗看四下没人，在操场的一角向梅晓白表白了。梅晓白当场就傻眼了，完全不知道该怎么办。梅晓白做梦也没想到程苗苗竟然会有“同性恋”情结。

梅晓白怕伤了程苗苗的心，不敢直接拒绝她。毕竟，程苗苗在许多人的帮助下，刚刚从家庭困境中走出来，还需要她的安慰关心，况且，她也不想失去这样一个交心的好友，但又绝对不可能接受。梅晓白想找一个机会和程苗苗好好聊聊。无奈，操场上人多嘴杂，不是细说的地方。

梅晓白只小声对程苗苗说：“苗苗，我们还是继续像以前那样做好朋友。”

程苗苗说：“我想比好朋友还要好……”

梅晓白说：“你想什么啊？还是一心学习吧，我帮你赶快把数学成绩提上去。”

程苗苗说：“可我……真的……爱你。”

“我们不是很好吗，还怎么爱？”

“我要爱你像男生爱女生的那种……”

“什么？什么？”

不知怎么，梅晓白听程苗苗又说那个爱字，再一次抬头看程苗苗时，就觉得很尴尬了，她实在没办法自然地面对了。

程苗苗也害羞地跑开了。梅晓白别别扭扭地站在原地，竟不知道自己是谁了。

梅晓白的心惶惶起来，一时间冒了一身冷汗，不禁汗毛直立。她不知道，从不撒谎的自己该不该把这件事告诉姜春雷老师？或者告诉自己的养母——梅白？

正纠结呢，有人喊叫："梅晓白！快过来！"是赵小晚的声音。

"梅晓白！你来教我们古典舞，我教你们跳锅庄舞怎么样？"文艺委员卡卓吉也喊她。

藏族女生卡卓吉和闹桑错拉着赵小晚，三个人一起朝梅晓白这里喊，让她和她们一起跳"锅庄舞"……

4

操场的另一端，体委索南冷保和他的好哥们尕玛俄金曲军玩足球，练习射门技术，玩得大汗淋漓。这俩藏族男孩腿长且健美，一踢一个准儿，招来几个女生围观。其他高二2班的男生们在打篮球。女生吴晶晶拉着孙佳卉等几个女生看男生打篮球，彼此为自己支持的球员呐喊助威。

男生郝帅孤单单地坐在操场上盯着梅晓白，找机会。可机会总是不留给他。看梅晓白又跑到闹桑错她们那边了，郝帅正在那儿魂不守舍呢，索南冷保的一个角球踢偏了，不上不下正好落在他的脖子上。郝帅哎哟一声，缩起脖子，捂着叫。

"干吗呢？报复是吧？"郝帅想起了那天值日发生的事儿。

"对不起，不是故意的。"索南冷保跑过来蹲下说。

"你故意找碴儿吧？一次又一次，看我老实啊？别以为老师都偏向你们青海学生，你们就撒野!”郝帅憋了一肚子的火瞬间被点燃。

“没有，真是抱歉。要不，你打我一下。”

“说的是人话吗？我有那么混蛋吗？我是北京人，不是野蛮之辈!”

“你什么意思啊？难道我们野蛮？！骂人不带脏字是吧？”索南冷保站起来，也嚷了一嗓子。

两个人声音越来越大，打篮球的王朴生忙过来劝解。

“班长，我，我真不是故意的。”索南冷保很内疚地解释。

比较老实的尕玛俄金曲军走上前查看郝帅的脖子，给他轻轻地揉了揉。

“怎么样？没大事吧?”王朴生猫腰一边看郝帅的脖子，一边关切地问。

“他大爷的，多亏我脖子长得像城墙那么结实，否则脑袋说不定搬家了。他也忒狠，踢个球跟报仇是的!”

“我们是藏族人，绝对诚实，我索南冷保绝不是故意的，可以对佛祖发誓!”

“得，得，可别搬来佛祖。劳驾不起。”郝帅龇牙咧嘴，也不知道是不是疼的。

“成了，郝帅，别像女孩那样娇气。你看，索南冷保都给你道歉了，尕玛俄金曲军也为你担心害怕的，还想怎么样？你准是气不顺，对不对吧?”

“班长你是诸葛亮啊?”

“嘿，我比诸葛亮还能呢。看你那样，都是你女神惹的祸吧？你可别憋出毛病来。”王朴生笑着小声嘀咕。

梅晓白也跑过来，蹲下气喘吁吁地问:“怎么样？疼吗?”

“哦，也不，不疼，一点也不疼了。”

“不疼了呀？好得怎么这样快？真快!”赵小晚看看郝帅，看看梅晓白，说完，捂着嘴笑。

郝帅站起来，站得很潇洒，一副梁山好汉的气魄。梅晓白的一句还疼吗，问得他瞬间忘记了前尘后世。

王朴生带头又去打球，同学们又都重新归队，几个女生又张罗跳舞玩。

“哎，梅晓白！等一会，我有事跟你说。”郝帅叫住梅晓白。

“啊？什么事？你说。”梅晓白站在那儿。

梅晓白和郝帅站在操场一角，没有第三个人。

这就是千载难逢的好机会呀！郝帅心里说。他活动了一下脖子，伸了伸胳膊腿儿，可还是有点紧张。他急切地想开口，却又不知道先说哪一句好。

“什么事啊？说呀？怎么啦？”梅晓白想起刚刚走开的程苗苗，看看眼前的郝帅，依旧有点发毛。她真的害怕已经乱了的心再乱下去。

“没怎么，就是我想说。哎呀，你还不明白吗？”郝帅反问上了。

“我怎么明白，现在糊涂得要死。”

“那我真说了，你可别生气。”

“你说吧，我不生气。”

“我看见程苗苗对你没安好心。”

“别这么说，她也挺可怜的。”

“其实，我喜欢你好长时间了，从上高中就开始了，就是不敢说。你，你就做我女朋友吧。”

操场上的郝帅吓得脸煞白，既怕被老师发现，又怕遭到梅晓白拒绝。

“我，我只能和你做普通朋友。”梅晓白低头说。

“难道你不喜欢我？”

“对不起，我喜欢一个人了，在心里。”梅晓白只想这样回复郝帅。

“谁？王朴生？”

“不是，你别乱猜。”

“小黑子罗亚军？你该不是说青海的索南冷保吧？”

郝帅急得像小狗子一样乱咬，扯出一堆男生名字来。

“哎呀，都不是，你好好学习吧，你别乱猜成不成？肯定不是你。你以后别老偷偷看我，别人知道不好。”

梅晓白怕同学们怀疑，不敢在这儿久留，转身走了。梅晓白的心情呀，此刻找不到一个准确的词来形容。

郝帅往地面上踢了一脚，一个小石子被踢飞，然后说道：“还学个屁呀！全完了，怎么会这样呢！你不喜欢我为什么问我疼不疼呢？奇怪！”

郝帅一时半会接受不了这个答案。他一屁股坐在操场上，一边继续自言自语，一边恶意地拔着没招他没惹他的秋草。

5

篮球场上，男生们仍然在为一个篮球而争个高低上下。

“传给我！快点！”张天一跑到离篮筐最近的地方，冲着同伙马骁叫道。

“截住！索南冷保，小心！”王朴生跟同队的索南冷保呼喊。

马骁运球奔跑，直接跳跃，把篮球抛向篮筐，结果球跑偏，落到地上，被神鹰一般的索南冷保逮住时机，瞬间把球投到对方篮筐里面。刚刚张天一的球队输了一个球，正红眼呢，因为马骁的独断专行，输了第二个球。张天一骂骂咧咧指责队友：

“你有病吧？我靠，是不是没吃药？！”

“你有药吗？少教训我！你以为你是谁？！”马骁句句顶撞张天一。

“找死？你丫欠揍！”

张天一看马骁哪儿都不顺眼，心想：要不是姜春雷开的那堂班会起了作用，我早就教训马骁这个小王八蛋了。小子！上次跟吴晶晶的一笑，还没找你算账呢！还找碴儿？

顿时，张天一的肾上腺素激增，肌肉紧绷，青筋暴起，仿佛，他身上每个细胞都接受着攻击的命令。

“你敢？！试试？”马骁把夺过来的球往地上一摔，叫板。

马骁向来秉着一个原则，别人别惹我，惹我让我不爽，口头上解决不了的，那就武力解决。马骁从小学在北城区少年宫学过散打，念过实验班的他决不怕一直待在普通班的张天一，无论从哪一方面，马骁都不肯认输。看着张天一那张脸，马骁就想把他打成稀巴烂的肉酱！他对冲过来的张天一毫不畏惧。

先下手为强，这是张天一的信条。张天一还没受过这样挑衅，当着这么多人，尤其女朋友吴晶晶也在场，他决不能容忍。习惯性抬腿踹了马骁一脚。马骁躲得急，踹空了，但也感觉受了屈，使劲回敬张天一一拳。张天一感到了一阵疼，气得上下蹦着要打马骁。王朴生和索南冷保等几名男生上前来制止。

“都是同班同学，没必要。嗨，嗨，算了。”索南冷保诚恳地抱住张天一说道。

“小心姜春雷知道，小心德育处的糟老头儿看见！别打架。”王朴生拦在两人中间。

因当时场合人太多，在操场也怕被学校逮住，张天一就套上了校服，轻蔑地看着他的劲敌，没准备再打。

“行，你打我一拳，我会加倍还给你！孙子，你给我等着！”张天一气喘吁吁地说。

“等着能怎么地？等着你！”马骁也气势汹汹地嚷道。

“去别的地方，弄死你！”张天一叫号。

“哼，还不知道谁弄死谁呢。单挑，群殴，我都不怕，任你选择！”

一群同学把马骁和张天一拉开时，放学铃声响了……

6

姜春雷快下班了，准备和女朋友约会见面。因为他们自那日在农家院闹别扭，已经有一段时日了。郑小乔是有点蛮横，可想想自己的经济困境，再想想郑小乔的好，心里也就全剩下自责和爱了。此时，郑小乔在学校门口等姜春雷去北城文化馆的电影院看一个新片。

梅晓白在校门口徘徊，她想把今天发生的事和姜春雷说说，但不知道说了会有什么后果，不说，又会发生什么。她很矛盾。一抬头，梅晓白看见了自己的舞蹈老师——郑小乔。

“老师，您是来找我们姜老师的？我给你去找他，还在办公室呢。”

“好，你帮我催催他，他总是忘性大。”郑小乔对梅晓白说道。

郑小乔望着梅晓白的背影，露出欣赏的表情。她很喜欢这个有舞蹈天分的孩子。梅晓白跑着上了楼，走进姜春雷办公室。

“老师，郑小乔老师门口等您呢。”

“我知道了，马上走，怎么？你还没回家？”

“嗯，我这就走。老师，我，有件事，不知道该不该说？”

“哦什么事？大事？小事？看你还挺纠结。”

“是……是……程苗苗……郝帅……”

“程苗苗？她最近学习挺努力呀，这都是你帮助她的结果，老师真要感谢你。哦，有新情况吗？她？郝帅也出问题了吗？”

“哦，算了，没事。老师，郑小乔老师等您呢，我回家了，以后再说吧。”

“你这孩子，想说就说，你这个团书记一定要为班级负起责任来呀。到底什么事？”

“没事，老师，再见！”梅晓白背着书包跑掉了。

姜春雷问不出个子午卯酉，猜测了一会，没想出程苗苗和郝帅有什么瓜葛。这时，郑小乔打电话催他，工会主席曹维康推门进来了，姜春雷赶紧告诉郑小乔，说自己还有事情，要她先去电影院等他，晚一会，他会带些吃的去找她，然后两人吃夜宵。

曹维康进来了，开门见山地说：“哎，姜春雷，你们班最近班风不太好，你得严管，跟你说，你们班又有学生穿改过裤腿的校服呢，怎么没管啊？你没看见？”

姜春雷回答：“还有吗？没抓干净？我还真没注意。”

“那你这个班主任都整天注意什么呢？跟你说，学生过于注重自己穿戴形象，那不是好兆头。这样，学习怎么能专心？我得跟你聊一聊。”

“好，曹主任，您坐下说。”

姜春雷给曹维康倒杯水，看看他，心里暗说，喵了个咪的，真是闹鬼了，女朋友一来，曹维康就会来找自己说事儿。唉，这个德育处的主任比自己还敬业，下班了也不着急回家。

“我还跟你说，你们班的张天一刚才和一个男生操场上差点打起来。”

“我怎么不知道，打起来了？”

“啊，是高一学生看见告诉我的，可能，十有八九是为了女学生。”

“女学生？不会吧。”

“你还别不信，明天调查一下就知道了。”

“好。”

姜春雷一听“女同学”“调查”这几个字就有点神经过敏。

“决不能让歪风邪气进咱们青果中学，你们年轻老师要把心思全放在事业上。”

“好，谢谢您提醒，我会注意。”

姜春雷又转身去拿暖水瓶，心里说，全放在事业上？唉，您真是饱汉子不知饿汉子饥……

办公室里的姜春雷正在接受曹维康的教导。身在曹营心在汉的他祈祷曹维康早点教导完，好放他一马，他该下班了，更主要的是女朋友等他呢。

这时的姜春雷还不知道，就在同一时间，电影院里的郑小乔正焦急地一次次看表，而校门口的一个胡同里，正在上演一场“校外大片儿”，主角正是张天一和马骁。

第二十四章　随着门牙消失的爱情

1

小巷附近有个清真寺教堂，再往里走有一个胡同，这个胡同是马骁回家的必经之路。今天，马骁还不知道，张天一正站在胡同中间，准备好好教训马骁一顿，以解心头怨恨。

马骁骑着自行车一抬头，看见了横在胡同的张天一，他知道这小子来找碴儿的。马骁心里暗想，是祸躲不过，今天就让你尝尝我的厉害，不然你总跟我过不去。哼，我先一拳打蒙你，然后用肘撞，再用膝盖顶，专挑要害。哼，活该，是你故意挑衅的，我算正当防卫。马骁主意已定。

张天一往前走几步喝道："小丫的，你给我站住！"

马骁从容不迫，说："我站住了，你有狗屁能耐？不就仗着你是富二代吗？在我眼里，狗屁不是！"

马骁把自行车甩在一边，冲过来，他决意要打爽这一架。

不料，张天一突然转身，把拇指和食指捏在一起，伸进嘴里，"咻……"响亮的口哨声刺得马骁耳膜嗡嗡直响。不知不觉从四处冒出来七八个人。突然，前方有人说了一句暗语，不久便看到有三个带头人走在最前面，三个人长得不可谓不猥琐，不可谓不非主流。那一身夸张的打扮，简直"二"到了极点，还染了一头的黄发、红发、紫发。这绝对是校外的一群社会混混，而且是张天一花钱从校外雇来的帮手。

马骁出乎意料，眼睛有点不够用了，心里盘算如何取胜这帮人。

“快使用双节棍，哼哼哈嘿……”

马骁瞥见了张天一狂妄的表情，他嘴里正得意扬扬地哼哼着。马骁气得咬牙。

“张天一，你不说单挑吗？叫这些人，算什么本事？！”

“你当我傻啊？单挑，你一个单我一个？我脑袋可没让驴踢！”此刻，张天一心中增添了一份胜利的喜悦和傲慢。

面对对方的数量，马骁毫不畏惧，冲动的他，身体上所有的血液沸腾，好似充胀了他的脑细胞，一下子奋不顾身朝着领头的那个人冲上去，腾空一个大飞脚，踹得那干瘦男生一个趔趄。瘦男生身边的那个蹿上来，照着马骁的脸就是一拳。马骁一躲，那个人打空了。

“哥们，一起上！给我往死里打！”那个带头的男生指挥着。

“对，出事我兜着，我有钱！”张天一叫喊道。

这群人动作还真的很快，说上就上。其中两个一前一后把马骁包围起来，突然，后面的那个一拳从后面打了出来。幸好，马骁学过跆拳道，对身边的事物还算有些感觉，反应也很快，在拳头还未抵达的时候，马骁直接将上身弯曲下来，那人一记空拳直接穿过，在他身体向前突起失去中心的时候，马骁直接横扫他下盘，“砰”的一声，那个男的直接摔在地上。

前面男的见自己兄弟坠地，直接扑了上来，从后背直接将马骁整个人抱住，这时候四五个男的一起围攻，被打倒的那个起来后，报仇似的一拳直接打到了马骁脸上，一下、两下……马骁的脸红肿万分，痛得要死，嘴角已经有鲜血溢出。

被那些人一拳拳打下，马骁已经有些恍惚了，那个男的又给他肚子直接来了一拳，瞬间，马骁喘不上气来，感觉自己肠子断了。

“小子，你不是牛得很吗？”那个朝马骁挥拳的男子道。

马骁冷笑，心想，这时候肯定不能尿。

“有种你就打死我！”马骁瞪着眼和对方杠上了。

“你还不服？打死你只用五秒钟！信不信？打他！”张天一指挥着。

马骁叫嚷：“有本事咱俩单打独斗！张天一，告诉你，老子不怕死！最多一命抵一命！小爷爷有保险！”

“小子嘴皮子倒是挺硬！叫你硬！”噗的一声，马骁肚子又挨了一拳重击。

一个胖子死死抱住马骁。马骁一面挣脱，一面稀稀拉拉拳打脚踢地还击对方的猛烈攻势。马骁孤身一人要对周围每一个人全力还击，他想让自己的每个细胞都发挥极致的力量。尽管马骁用力蹬踹他们的任意部位，可随后，他遭受着变本加厉的狂风暴雨般的拳头和窝心脚。

两分钟过后，张天一向那七八个人打了停战手势，然后走过来，看看被打趴下的马骁，蹲下身，揪起马骁衣领子，眯着眼。

“说！还敢不敢和我较劲？还敢不敢冲我女朋友笑？马骁，你今后给我老实点，别以为你上过实验班就了不起！放尊重点，听见没？”

“哼！我不会服你，打死你只用三秒钟？等着！”

“哎哟呵，还嘴硬呢？听着，你承认错误，大爷我今儿就饶了你，不然，继续教训你！”张天一拍着马骁的脸蛋，吐了口唾沫。

马骁既愤怒又耻辱，外加委屈和不服。他来了一股激劲儿，从地上爬起来，使出全身力气一挥拳头，打在张天一的嘴巴上，顿时，张天一的嘴角流出血。周围的人见状，又想一起涌过来。

“住手！一群人打一个人算什么男人！”听到这个再熟悉不过的声音，吓得张天一掉头就跑，跑到胡同无影无踪。

这帮人一看，来了一个白面书生，猜想：不是马骁的同伙，就是瞎管闲事儿的主儿。反正一起打就对了。领头人指挥着，力气最大的那个，将拳头重重打向前来护着马骁身体、拼命拉架的姜春雷身上。

姜春雷根本没和人打过架，也不会打架的姜春雷被打得头晕目眩，最后，他只有捂着鲜血直流的嘴巴，姜春雷尝到了血腥里面的咸味儿。

一伙人看张天一不见了踪影，又发现来人被打得血流衣襟，便四处逃散。

马骁赶紧忍着疼痛起身来扶住姜春雷，拿出书包里的面巾纸给老师擦拭。马骁哭了。马骁不是被打哭吓哭的，他是被疼哭的。看到自己一直看不起、不待见的姜春雷老师为保护自己而被打成这样，心疼得不行。疼得他一个大男生默默地淌眼泪。

“哭有用吗？他们为什么打你？跑的那个不是张天一吗？这都是什么人？为什么对你下狠手，认识他们吗？”

“我不认识这些人，是张天一找来的，放学在这儿截我打我。”

“张天一？他为什么这么干？”

“他先跑了。他就是故意找碴儿，非说我冲他女朋友笑了，所以就说跟我单挑。说话不算话，这哪是单挑，分明是群殴。等我逮着他，非弄死他！”

“行了，弄死人算本事啊？你为什么不把情况告诉老师？非要和他动手？班会怎么开的？给谁开的？不是告诉你们要包容，要包容吗？你不和他过招就不会发生这种事了。”

“可他总是找碴儿，不打一架，啥时候是头儿？全班就他觉得自己了不起。我可不像罗亚军受他欺负。”

“还嘴硬是不？打架有好处吗？你看看我嘴破了吧……”

“我，我，老师，我对不起您……”

“成了，打坏你哪里没？上医院看看。”

“我没事，从小练过，所以没打坏我。哎呀！老师，你流这么多血，我看看。”

“可能我牙被打掉了。”姜春雷用舌头舔了一下空洞的地方说道。

“啊？还真是，门牙两颗都没了！老师，我们先上医院还是先报警？！我饶不了这个该死的张天一！”

“老师有事，没时间上医院，只要你没事就行。你先回家吧。我会向学校汇报。”

“老师，学校会不会处置我？我害怕。”马骁终于后怕了。

“只要你以后不再打架，学会包容，老师就可以帮帮你。尽量从轻处理吧。但是，你，必须记住这次教训！”

“那张天一呢？”

“你还记着和他的仇是吧？！”

“我……”

“要学会放下，懂吗？当然了，他也会得到应有的处分。”

“我懂，可是……”

“唉，你们都是老师的学生，从本意上，不想你们出什么事情。唉！怎么一个不懂事，各个都不懂事呢。”姜春雷很无奈地擦嘴角。

“老师，我错了，没想到惹这么大的祸……对不起您，我……以后一定……好好对待您！”

马骁第一次这么近，且单独地站在姜春雷身旁，突然间，马骁发觉姜春雷老师身上散发着一股灼热的人格正气，让马骁在此时此刻，在无形中获得了人格的滋养和人性的明朗……

姜春雷擦擦嘴巴，吐了吐嘴里的血沫子，说：“好了，你先回家吧。”

“不，老师，我陪您去医院！不然，我不放心。”

“去什么医院，老师还有急事儿，重要的事儿，比去医院还要紧呢。等办完事再说。”

“哦。”马骁不知道老师还有什么更重要的事，也就不敢往下问。

“行了，回去吧，有事给我打电话。看看身体有没有不适，如果有，就去医院检查，和家长说说发生的事。”

“不成，老师，我不和家长说，说了，我爸会教训我。我没事，您放心吧。那我走了，您小心点。”

“马骁，慢点骑啊！走吧！”

马骁走了，姜春雷也骑上车，摇摇晃晃地消失在小巷胡同。为了减少误会，姜春雷硬着头皮没去医院，而是到电影院见女朋友郑小乔去了。

2

在北城文化馆的电影院门口，郑小乔右手拿着电话，左手掐着电影票，向四周张望。郑小乔一遍又一遍张望姜春雷，心里不免积了新的怨气。

姜春雷赶紧把自行车锁好，小跑过来。

“小乔，真是抱歉，别生气啊。唉，是我遇到了点麻烦。来晚了。”

“你怎么回事？等你多半天了？演完半场了，我还什么也没吃呢，下班就过来等你了，你给我买的吃的呢？”

“我太着急，还没买。要不，我们别看了，先陪你吃饭吧？”

“吃什么吃，气都气饱了！”

“瞧你，气成这样，气坏了我可心疼。你听我慢慢跟你说。”

“说什么说？我大老远跑过来，你却来这么晚。”

“我，刚才有点事儿……就……”

“你今天怎么说话不清楚？怎么了？”灯下，郑小乔只顾生气，也没仔细看姜春雷，随口问。

“我，我没事。”姜春雷含糊其词，很想先找个吃饭地方，他怕女朋友饿着，很想坐下来慢慢对她说刚刚发生的事情。

“成，我先问问你，结婚戒指准备了吗？我妈说，下周坐在一起想商定一下呢。”

“嗯，戒指暂时买不成了，我把钱借给我姨家生病的姐姐了。你看，要不，我们再等等。”

“啊？你自己穷光蛋一枚，哦，还把买戒指的钱给了别人？看来，你根本不在乎我！”

“不是的，小乔，在我心里最在乎的是你！”

“哼，你骗鬼呢吧！”

“理解我，求你了。”

“别求我，我原谅你多少次了？上回去双龙峡，你看你的表现，要不是想我俩处了这么长时间了，我今天压根都不会再来北城找你！”

“别这样，小乔，我……”姜春雷上前抱着要走的小乔。

“别这样哪儿样啊？干吗呀？你放手！听见没？”

“先别走，我们好好聊聊。”

“还聊什么？你家庭那样，我也就不计较了，谁想到你又冒出一个生病的姐，明天指不定又冒出个什么人来。姜春雷，算了，我不是乌龟，驮不起你家的石碑，负担太重。你行行好，给我放生吧，行不？”

“你，你怎么这样说？”姜春雷掉了牙的地方开始疼起来，他捂了一下嘴，很迷惑地问。

“那你叫我怎么说？世界上有没有把结婚不当大事的？有没有不给新娘买戒指的？就想拿你妈的老土黄金糊弄？！是不？你这一套糊弄外地姑娘吧，本姑娘不傻，更不是嫁不出去！亏你还是教师，这一点都不懂。”

“我一定会给你买，你怀疑我的诚意？等我争取拿到学校奖金，就加倍补上，买个好的！”

“打住！指望学校给你奖金？给也是打酱油的一点钱，并且还得是猴年马月！”

“不骗你，真的，你等着我，等我把这届学生送走，我绝对有信心给你挣丰厚的奖金。真的，会有考上211、985的重点大学的！学校答应，等这届高三毕业，成绩优异的话，班主任一定会挣到奖金，我全给你。”姜春雷一激动，交了实底儿。

“得妄想症了吧？你一个普通学校普通班还想考211、985？出几个三类本科就算你没白操心！知道不？你挣卖白菜的钱，操卖白粉的心！嘁！不信你看着吧。”

“看你比喻的，我又不是做买卖的。”

"还不如做买卖的呢。"

"我不信，教师去用心做教育、做教学，就没有收获。有一句话说得好：'花开不是为了花落，而是为了灿烂。'"

"别在那儿拽啦！你自己去等着灿烂吧！"

"小乔，真的，我们班学生都是天才，以后肯定有出息。"

"天才？和你一样的傻瓜天才？"

"你怎么不相信我的话呢。"

到了这时候，郑小乔回身才在灯底下看了看姜春雷的脸。

"哎？！你腮帮子怎么肿了？"

姜春雷感动，感动的同时也感觉到了伤口的疼。他趁热打铁一般拉起郑小乔的胳膊，使自己和郑小乔贴在一处。

"正想着过一会跟你说。你看出来了？"

"废话？肿那么高，我也不瞎。"

"刚才往电影院来，路上遇到我们班男生被一群人打，就去上前拦着，被他们打了。"

"你傻呀？就你这小体格，还装英雄？干吗不报警啊？现在就报警！快，打110！"

"先别报警，报警对我们班学生不利，打架双方都有我班学生，说不定会把我学生开除学籍。"

"那你就白挨打呀？"

"挨打能唤醒我学生，今后不再打架，学会包容、厚德，做个有北京精神的高中生，我也值了。"

"你可真是头号傻瓜！张嘴，我看看。"

"别看了，门牙掉了两颗。"

"什么？门牙掉了？！豁牙子？相当于十级伤残呀！以后，你还怎么见我亲朋好友？"

“哪有那么严重，怎么不能见？过段时间，去口腔医院，一镶上就好了。其实，我那俩牙正好不正，这回保证镶成洁白整齐的。”姜春雷故意开玩笑逗郑小乔。

“你的意思还得谢谢人家给你打掉你那俩门牙是吧？神经病！”郑小乔转身就走。把电影票扔在姜春雷脸上，直奔停车场。

“小乔！你站那儿啊，小乔！我真的没事，你别生气，还是听我的，去吃饭吧！”

“姜春雷，我现在正式告诉你，我们俩分手，到此结束，缘分就到今天了。”

“为什么？”

“太多的原因了，你自己还不明白？”

“你说几个行吗？让我死也死个明白。”

“你，你心里全是你的学生，然后是你妈，你姥姥，你姐，最后才是我。”

“我得为学生负责呀，我干的就是这个工作呀。”

“你该对谁负责就对谁负责吧。看你姜春雷多有成就啊，你班女生抱你不放，男生把你牙打掉。”

“这算什么分手理由啊！”

“听着，这是第一。第二，你这个豁牙子形象我真接受不了，因为我是一个完美主义者！第三，我俩总是两股劲儿，想不到一块儿去。听明白了吧？所以，我们还是不要走到一起，否则，就像我爸说的，门不当户不对的，以后日子也真没法儿过。”

姜春雷自责又自卑地立在那儿，哑口无言了。郑小乔上了车，开走了。姜春雷傻傻地追，郑小乔走了一段距离，不忍心，停下来。

“小乔，再给我一次机会，好吗？我真的离不开你！”姜春雷忍不住流下眼泪，哭得像个要断奶的孩子，很可怜的表情。

“姜春雷，我们一切结束了！我考虑很久了，也给了你 N 多次机会，这次……真的……不行了，正像我爸妈预料的那样，我俩的确不合适，祝你幸福……”郑小乔也哭了。

“再给我一次机会吧，求你了。”

郑小乔摇了摇头，原本可爱的面容变得沧桑惨白，眼睛红肿，脸颊上还满是泪痕。毕竟，是女生遇到事情还是会哭的，可是，即使是现在如此绝情的郑小乔，在姜春雷看起来依旧那么魅惑人。

“不，我有你才幸福！我不同意分手！”姜春雷还想挽回这段情感，大声说。

“不要再说了，你的心也根本不在我这儿，长痛不如短痛……”

最终，姜春雷孤单单地站在马路边，牙疼着，心痛着。

郑小乔哽咽着摇上车窗，一狠心，一踩油门就将车开远了，一直驶向了高速路，朝海淀狂奔……

第二十五章　一起喝孟婆汤

1

尽管马骁想瞒着父母，可有着火眼金睛一般的父母还是刨根问底儿地得知了儿子被“劫持”一事，他们岂能善罢甘休，于是，便找到学校。

出了气的张天一心里很爽，很开心。之后，一系列麻烦接二连三地找上身。张天一的母亲周丹被请到学校，她慌了手脚，因为德育处曹维康主任的意思要开除张天一。找校外人劫持自己同学，且殴打老师，这种事情在青果中学还从没发生过。张天一母亲跟在姜春雷屁股后，哭天抹泪的。祈求班主任给讲讲情，并表示，绝不会再有此事发生。

姜春雷看看眼前的周丹，不禁一阵阵心软。她想到了自己母亲把自己养大的艰辛。此时，周丹为了儿子张天一，全无了一个董事长的尊贵气势，哭得鼻涕一把泪一把的。周丹还不时地哭诉自己老公为了做好国家大使工作，顾不上自己的小家，自己的亲生儿子……

听到这儿，姜春雷坐不住了，去郭主任办公室，然后又一同去找德育处的校领导。经过姜春雷的多方协调，学校最后做出决定，张天一负责马骁和姜春雷的全部医药费一万二千元。张天一和母亲周丹向马骁家长、学校、姜春雷老师道歉，求得对方原谅。另外，张天一被学校停课一个月，记过处分。马骁也因此受到停课三天，家里反省的处分。

张天一母亲又一次出面为儿子摆平了斗殴事件。看事情解决了，周丹不免得寸进尺，她祈求学校看在孩子年幼无知、看在他父亲为国为家的份上，让孩子尽快返校上课，她愿意受罚，除了支付医药费用，还主动交了一万元钱，打点马骁父母、安慰姜春雷老师，对德育处有个交代。

前后掂量，学校最后本着各方利益，停了张天一半个月的课。因为这个处分的级别很高了，再往上就只有留校察看和开除学籍了。这个处分可不好撤了，要一年以后本人申请，同学投票，学生会考核，老师批准，德育处做决定。

张天一都傻了，没料到学校惩治力度极其高啊！不过还好，有老妈出面，一切都不是问题。没有办法，张天一不得不收敛了自己的一切言行。因为他只有改，学校看他表现，等过一年之后，张天一申请撤出，才算完全平息这事。

张天一和马骁打架一事暂告一段落，而随着姜春雷牙齿的断掉，他的爱情也彻底画上了悲伤的句号。

2

一天、两天、三天、十天、十五天、一个月……姜春雷在失恋的苦难中挣扎，宛如被无情的海浪拍在，不，确切地说，应该是甩在，然后又摔在失恋的沙滩上。姜春雷无助地被搁浅在无水的沙地，每当太阳刺眼的时候，他的身心变得焦灼不堪。

"失恋出诗人。"姜春雷不知从哪看到过这句话，现在想起来，不禁对说这句话的诗人佩服得五体投地。

姜春雷于前天晚上做了一个梦，现在还隐约在眼前呢。那是一种心中的痛，无言描述，记得他在梦中大声呼喊："郑小乔！我真的爱你！我真的很难放下这段长达八年的初恋！"姜春雷心很疼，肝儿很痛，他不知道能疼多久，能痛到何种地步。这就是姜春雷对郑小乔的情和爱，他爱了一场，爱得伤筋动骨，爱得刻骨铭心……

其他老师都上课去了，姜春雷坐在办公室拿出抽屉里和郑小乔去双龙峡照的照片。姜春雷真不相信和郑小乔分手了，从此天各一方，但看着手机上发来的最后一条短信，他只好确认，小乔真的和自己一刀两断了。

姜春雷看着看着，泪眼迷离，照片中的郑小乔离自己是这么的近，又是那么的远。姜春雷不敢再看，把照片锁在抽屉里。他铺开“青果高中教师听课记录本”，拿笔在上面写，写的不是听课记录和教案，纯属瞎写。

这已经不是一次两次的瞎写。他瞎写的东西无处刊登和连载，他更不可能送到青果文学社的校刊，那样，曹维康非开除他不可。

姜春雷的苦闷无人理解，更无处诉说。于是，他在教师听课本上“发表”自己的拙作——

现在看似无情，
想似无情，
但情又岂是说有就有，
说无就无呢？！
伤心，很伤心……
回忆也许就错！
不去想就会好。

最后这两句也是郑小乔最后一条短信发给姜春雷的话。可能是教他学着自己的坚强和决绝，抑或是一种别样的安慰。姜春雷觉得这话很重要，因为这是曾经的女朋友对自己的最后安慰。

姜春雷接着瞎写：

“那个梦是灵魂深处的，因为近日确实有令我满意的人——异性。我觉得对她们有期待，决定好好去努力……同事给我介绍了一个医生，虽有抱负，但家在河北，可其他条件不错。这周我去不去相亲呢？不是北京的，但要定下来，也得要讲究责任……回忆过去，说什么呢？又想到了郑小乔。她这段一定看了不少，（梅晓白告诉我的，郑小乔给梅晓白上舞蹈课的时候，发现有一个高富帅的男士接送郑小乔，开着一辆能换两辆宝马的哈雷摩托车。）感谢我的学生梅晓白，这个才是我的亲学生，只有亲学生才会怕老师吃亏，故此告之，我才不会继续沉沦。

“郑小乔啊郑小乔，我留恋你，你干吗呢？你这么做已经对不起我，我还留恋你干吗呢？上段时间以来，你对我那样绝情，我跑到你楼下哭着求你，你家没人给我开门，我没了一点点男人的骨气，祈求你不要离开我，可你冷言回绝。也许站在你的角度是对的，可是，你竟然这么快就把我忘了，有了骑哈雷的高富帅。是不是月老和孟婆曾经是情人，一个牵了情丝，一个断了红尘。

“人啊人！可惜情，可怜的我！真想恨你，可是懦弱的我连恨都恨不起来！恨没有，爱倒是留下了，且永恒！

“唉，我，姜春雷，决定，移情别恋！坚持也没戏，反而更痛苦。人生啊，就像蒲公英，看似自由，其实是身不由己。你胆大，可你真的不怕，激情后的陌生？温柔后的冷漠？认真后的痛苦？可我？我怕呀。我？我是个什么东西呀我？！”

姜春雷写不下去了，他在本子上也和他的学生罗亚军一样画了只小乌龟，小乌龟居然被姜春雷画上了十条腿，撅着一条小尾巴，吐出舌头卖萌。姜春雷苦笑了一下，然后在小乌龟背部画了一块石碑，加了块石碑，小乌龟仍旧卖萌地笑。姜春雷思考了一会儿，继而在石碑上狂草：学为人师行为世范。这碑上写的字，是他大学的校训。

此刻，姜春雷的学生正在上数学课。李玉家里有事儿，和郭秋平请示完后，跟于冬丽调换课表，高二2班的第七节课就改成数学了。

3

数学课上，三分之一的人认真听课，如，王朴生、程苗苗、卡卓吉、马骁、梅晓白等人；又三分之一的人累了一天在打盹或者打不起精神，如赵小晚、罗亚军、索南冷保、尕玛俄金曲军；另外三分之一在开小差，如闹桑错、郝帅、张天一、吴晶晶……

于冬丽使劲敲了敲黑板，大声对同学们说：“个别同学请注意！干哈（啥）呢？你们不要以为我不知道你们在玩手机。问我有什么证据？因为没有几个人会无缘无故对着自己的大腿笑！”

“谁呀？”王朴生小声问周围的同学。

旁边的赵小晚看看梅晓白，看看王朴生，然后摇摇头。班里没手机的同学打量其他人，有手机的低头或者假装看别处，一副与自己无关的样儿。

“我今儿把话撂这儿，你们别顶着什么‘我要和父母联系’这样的幌子，堂而皇之地玩游戏上网。自己害自己，自欺欺人！知道不知道？一点记性不长，我说多少次了？啊？你们干脆别带，少带一天不会出事！有那玩意最坑人！”

“老师，我没玩手机，我没有那玩意。”罗亚军接话茬。

“就你嘴刺挠是不？咋总是你接话茬儿呢？不接着会摔死咋地？”

“哦……”罗亚军一吐舌头，一缩脖。

“咣咣咣——”这一敲打黑板，大伙都把注意力集中到数学老师身上了。郝帅只能快速地藏好手机，装模作样地拿笔写了几下。

“手机有那么好看吗？”于冬丽冲着有“嫌疑”的几个同学说道。

“挺好看的，什么都有。能看书……”吴晶晶小声说。

“你们回身看看书架，这上有《楚霸王项羽传》《大汉王朝》《中国文化大史》《李清照》《三国演义》《在人间》……什么都有，你们偏爱舍近求远到网上看去，不知道一个个咋想地。”

“老师，网上小说更好看，都是轻松的，看着不累。唐家三少、我吃西红柿和天蚕土豆写得可精彩了，好多人在看，过瘾呢。”索南冷保诚实地说。显然，他也在看网络小说。

“什么又糖（唐）啊、土豆子、茄子西红柿的？看这些玩意写的东西能考上大学吗？不看能死咋地？马上月考开始了，看它能考高分？你的大婶（大神）能帮你呀？你们傻呀？”

“嘻嘻……”罗亚军带头笑，因为于冬丽普通话老出错，把大神说成了大婶儿！

“有啥可笑的？！再看这些玩意，我就给你们告诉姜春雷，让他收拾你们。”于冬丽转身写板书。

“老师，别呀，我们就说说，不会再看了，真的。我们就看四大名著成了吧？不，我们就看高中课本，对，看数学书！”同学们吐舌头，挤眉弄眼做鬼脸。

“你瞅瞅你们，有看网络小说的，还有个别同学我也得说，一点长进没有，对我这门课简直就是三天打鱼两天晒网！听三节课睡一节课是不？咋都不知道愁呢？你们还不知道努力学习呢，转眼就高三，我看你们拿啥高考！”

“这是在说赵小晚呢。”王朴生看一眼赵小晚，心里说。

于冬丽看赵小晚睡眼迷离地，就又敲了一下黑板。罗亚军和他旁边的何涛小声笑。

赵小晚撩了一下眼皮，心里嘀咕：“真讨厌！这个‘老更’就知道发神经，好几节数学我都没睡觉了，就今天一节课，她敲打个没完。吵死了。”

“咋都不信我的话啊？行了，我的课就讲到这儿，和你们聊聊。啊？一天天地，你们说吧，你们长着个小脑袋都在想啥？”

罗亚军挨呲没够，又插嘴：“好，老师，说说话吧，别讲课了，您也怪累的，休息一下。我们也休息休息。”

“老师，您别总敲打黑板了。就我这样地，也不指望高考考出啥名堂。这数学忒难学。”赵小晚嘟囔说道。

马骁说道：“现实总是存在太多的不公，高考定终生即使是个谬论，但在中国这片土地上却是个真命题，至少大多数是成立的。或许这是中国人的悲哀，或许这不是或许。”马骁说出了和其他同学不一样的话。

于冬丽瞪了马骁一眼说道："高考在中国来讲，算是相对公平的一种方式。你别在那儿瞎说。"

数学老师讲的话引来同学嗤笑……

于冬丽又说道："别笑了。不过，深刻地想一想，高考制度还是让学生感到小小的悲哀，分儿分儿，学生的小命根儿嘛，对吧？但老师也很郁闷呢，处在这个位置上，还要用世故和现实来逢迎。唉，说实在的，这也绝不是老师想要的。没招儿啊。"

"老师啊，原来咱们是同病相怜啊！"马骁说。

"哈哈……哈哈……"

教室里传出各种各样的笑，根本不像老师在给学生上课。

自从马骁被张天一拦截，姜春雷老师为救马骁被打掉门牙后，马骁受到了震撼，现在看见姜春雷老师就心服口服，姜春雷说的话在他心里如同圣旨一般。马骁变得不再孤傲，渐渐与普通班的学生融合在一起，甚至，他在实验班的好习惯也在潜移默化地影响着周围同学。

张天一受了学校惩罚，不再那么招惹是非，而是全身心投入到与吴晶晶的爱情之中。他正偷偷地，在桌子上模仿别人拿小刀刻诗歌一首："生命诚可贵，自由价更高；若为爱情故，二者皆可抛。"完工后，张天一很开心地看着笑。

4

班级里只有郝帅也不笑，也不言语，反而是闷闷不乐。

郝帅用心给梅晓白发的短信梅晓白看也不看，更可气的是，梅晓白干脆把手机放在家中的抽屉里。这让郝帅一点招也没有了。郝帅只好天天眼睁睁地看着梅晓白，竟不能说一句话。更让郝帅堵心的是程苗苗，她故意找梅晓白，还偷着串桌和梅晓白说话。有一次，郝帅看着程苗苗和梅晓白聊得火热，很是不平衡，就说："你们别聊了，我都听不见老师在讲什么了。"程苗苗故意搂一下梅晓白，然后再回到自己座椅上。当时，气得郝帅犯罪的心都有。

头一天想梅晓白，第二天到了学校，梅晓白都不看郝帅。郝帅刚一过来，梅晓白就找别人说事，还好，最近梅晓白对程苗苗也“冷”了下来。郝帅心里又有了死灰复燃的念想。可惜，郝帅一直没有机会跟梅晓白单独说上话。梅晓白宁愿和外班的陌生人打招呼，也不看郝帅一眼，明摆着，梅晓白在故意躲着郝帅。

说上一句话都成了一个奢望，郝帅没办法不心烦。郝帅开始封闭自己，有些话都懒得和好朋友王朴生说了，他觉得说了也没用，王朴生也帮不上什么忙。有时候，郝帅一个人回宿舍在那儿假装睡觉，等别人都睡着了，闷热的空气和蚊子的骚扰折磨得郝帅毫无睡意的时候，郝帅就从床上起来，到水房喝了一肚子凉水。

沉默啊沉默，渐渐地，郝帅就恋上了网络言情小说。看这种小说，是班里吴晶晶开的先河。有时，吴晶晶和郝帅还趁着张天一不在，一起交流一下读后感，对网络小说里面的主人公评论一番。

爱情可真是一个折磨人的玩意儿！姜春雷情绪化地关上办公室的门，去了班级。因为最后一节课是自习课，他不得不放下从前与郑小乔的一幕幕过往，他必须要查看班级最近的情况。

自习课上，有的同学看书，有的做题，有的鼓捣东西，有的小声聊天，有的暗自琢磨自己的心事。郝帅不说也不写，在那儿干坐着，两眼发直，就连姜春雷来了他都没有察觉，任凭王朴生怎么示意。

姜春雷走过去，轻声问他：“怎么啦？”

“心里乱。”郝帅说。

“能告诉我什么事儿吗？”姜春雷问。

“不能。”郝帅沉默了一会儿，肯定地说。

“那你休息一会儿，到外面操场走走去吧，干坐着没用。我和你一样，也有情绪不好，干不了事儿的时候，你先自己调整一下。”

“现在吗？我可以不坐在这里？”

“嗯，没错，老师批准你去操场玩一会儿。”

“啊？真的？！可以不上自习课？”

“当然。正好，我也想去走走，你陪我一起。”

“好！”郝帅走出座位。

一个老师一个学生走向青果校园的操场上。两人走了两圈，姜春雷暗自观察着地理课代表郝帅，姜春雷在努力分析前段日子，梅晓白吞吞吐吐与自己说的话。郝帅比姜春雷还沉默。

“在想什么？老师看你有些累，所以约你出来散散步。怎么，不想放松一下？”姜春雷笑问。

“在想您干吗批准我来操场。您平时很少找我，还是上学期我剃秃瓢那回，还有和藏族学生闹误会那回，您一共就批评过我两次。”

“当然关心你，你想啊，我的课代表我得格外关注。平时很少找你，是因为你是老师信任的学生，你表现得无可挑剔啊。是不是有什么事儿怕我知道？”

“不是。”

“哦。那你一定是有事瞒着我吧？我可是最信任你的。”

“这，这还真难说出口。”

“你是男子汉大丈夫，有什么难说出口的？姜老师只想帮你分析一下，不想看到你这个样子。你的表情告诉我，你很痛苦。如果你觉得我问得多，我就没必要在你伤口上撒盐。”

“其实，老师，我……”

“老师有所觉察，你这段时间似乎分散精力了，地理测验你的答卷不如以前，另外，其他任课老师也和我反映过你的情况，但我没全信。老师希望你重新找回学习上的豪情和画画的才情。”

“是，我不喜欢画画了，不知道还画谁。不，说错了，不知道还画什么。”

“你只要细心观察生活，多关注周围的老师、同学，熟悉的、陌生的人和事物，就不可能不知道画什么了。”

“老师，我真是喜欢上梅晓白了！这话我都没告诉我爸妈。您不怪我吧?”

姜春雷心里说，果然如此。这小子还真说了实话。姜春雷故作镇定用鼻子哼了一下。“哦，别和父母说，他们会惦记。”

“您是不是看不起我，觉得我不该喜欢她，我们现在不能早恋？您是不是让我们不要来往?”

“不是，好事情啊。你喜欢一个人是很正常的，被人喜欢也是幸福的。”

“可是，她前几天拒绝我了。”郝帅蔫头耷脑地说。

“每个人都有爱与被爱的权利，也有追求自己幸福和拒绝别人的权利，别人也有不接受的权利。问题是你现在该做什么？这个必须明确。”

“我也知道，可是心里就乱了。老师，您也乱过吗?”

“呵，我？我的心肝肺都乱了，老师也失恋了。”

“啊？！过去吗？那您怎么走过来的?”郝帅好奇地问。

“不，应该是现在。我这不也正走在路上嘛。坏小子！还套我呢。”姜春雷拍了一下郝帅后脖根儿。

“谢谢老师把您的秘密告诉我。您还痛苦吗？您失恋后迷茫吗？您是大人，也和我一样痛苦吗?”

“迷茫加痛苦。这还用问？谁失恋都一个滋味儿。”姜春雷一字一句地说。

郝帅本来以为，班主任一天天有规律有秩序地组织上课下课，讲起课来还头头是道，可听姜春雷这么一说，郝帅才不得不重新审视自己的班主任。看来，班主任的脑袋也有不清醒的时候，他的心也有需要吃止痛片的必要呢。

“老师，我懂了。可我就是不明白，为什么梅晓白会和程苗苗好。”

“她俩？不会吧？人家女同学之间会有好多心里话说，没距离，就是人们常说的，那叫‘闺蜜’。”

“不是，真的，老师，我常看程苗苗和梅晓白亲昵，绝对不正常。”

“你呀，吃醋都吃到女同学身上了，还好意思说自己是男子汉?”

“难道我真的看错了？是我吃醋？”

“可不是吗。还是把心思放在正确的位置上吧，别乱琢磨，那都没影儿的事儿，你把地理给我考全班最高分，那才不愧是我的‘部下’呢。”

郝帅和姜春雷坐在篮球架子底下。姜春雷又不自觉地看看手机，他仿佛还在期盼一个人的电话，一个短信，或者是一个微信，哪怕是微信里的更新也好。但手机始终是低调的，没有任何她的动向。

晚饭时间到了。姜春雷母亲去了医院看生病的外甥女还没回家，姜春雷决定和郝帅一起去食堂吃饭。

郝帅先问姜春雷：“老师，您吃什么？我请您。”

“别，还是我请你，我们去三楼点菜，等你毕业工作后可以请老师吃饭，现在你自己还没挣钱呢。说吧，点什么？”

“我，我什么都成。听您的。”

“好，你等会儿。”姜春雷说着和食堂的大师傅沟通去了。

没多久，一个厨师把饭菜送到桌前。

“来，吃吧。”

“哦？这是什么汤？”郝帅好奇地问。

“这……嘻嘻……”厨师看看姜春雷，意思是请姜春雷告诉郝帅，然后一笑走了。

“没看过吧？我特意嘱咐厨师为我们定制的。”

“真的呀？”

“当然。因为我们喝这个最好。”

“到底什么汤？看着就好喝，以后我也让我妈给我做。”郝帅很兴奋。

“这叫什么呢，就叫它‘孟婆汤’吧。你就当作咱们今天喝的是‘孟婆汤’。”

“啊？！孟婆汤？！我怎么没听说过。”

“那是你阅读太少了。这是古代一个传说，当然有点迷信色彩，不过，我们是不信的，那就只当一个故事听。”

郝帅瞪着眼儿看姜春雷，他还真没看出教地理课的姜春雷能有这么多故事可讲。

“孟婆汤是传说中忘却一切的茶汤。据说是阴间一位姓孟的老婆婆制作的，喝下它会将前世的所有事情遗忘。喝了这种汤可以忘记所有烦恼、所有爱恨情仇。”

“真的吗?”

“故事里是这么说的。故事里讲，当你离开这个世界去到另一个地方的时候，它被端在孟婆手里，奈何桥前。人生在世，多苦多难，这一碗下去，是种释然，彻彻底底地与前世做了一个了断。”

“啊?！可我还想活着。老师，我不喝。”郝帅胆小如一个女生一般。

“哈哈，进入故事情节了不是？我们是不迷信的，这只是一个故事。老师意思是，我们都忘记过去的烦恼，失恋虽然很痛苦，但我们也要走出来。对不？从头再来，一起努力共同进步，让自己快乐起来!”

姜春雷在给郝帅说，其实，也是在对另一个自己说。

“对，老师，那我喝！这故事你怎么知道的呀?”郝帅喝了一口汤问。

“不久前，我心烦，就去图书馆看书，偶然看到的。”

“哦，老师，往下讲。”

“这是一个中国的古老传说，这故事在澜子家一本古书上记载着。传说中，人是生生世世轮回反复的。这一世的终结不过是下一世的起点。生生世世循环的人无法拥有往世的记忆，因为每个人在转世投胎之前，都会在奈何桥上喝下忘记前尘往事的孟婆汤，所以，走在奈何桥上时，是一个人最后拥有今世记忆的时候。这一刻，许多人还执着于前世未了的意愿，却又深深明白，这些意愿没法实现，就会发出一声长长的叹息。这也是这座连接各世轮回的桥，命名为奈何桥的原因。”

“啊？这编故事的人真了不起呢！那这神奇的汤是用什么材料做啊?”

“有两个版本。一个可复杂呢，传说是先取在十殿判定要发往各地做人的鬼魂，再加入采自俗世的药材，调成如酒一般的汤，分成甘、苦、辛、酸、咸五种口味。一个可简单呢，一碗奈何桥下的河水，两棵忘忧草。三朵白玫瑰。”

“啊？咱今天的这个……”

“你自己看……”

说完，姜春雷看看自己学生，一笑，然后一口气把眼前的那碗汤喝光。紧接着，郝帅一仰脖，五迷三道地也把自己的那碗汤给灌了……

第二十六章　职称风波

1

太阳一出来，尤其是八九点钟，看吧，学校的节奏又变得那么快。同学们你争我夺的情况也出现了，因为又一个月考结束。学生的小命根儿——分儿这东西也便再一次挑起事端。这就是高中时代，鬼都没办法。

高二2班的人员又有些许变化，而恰在此时，教师职称也有了结果。不夸张地说，评教师职称成了某些老师心头永远的痛。

马骁急匆匆地往姜春雷办公室走。这次月考他的成绩优异，达到了实验班的分数线，按理说，他应该高兴才是，可他却一脸不乐意。他要找姜春雷说明白，他不去实验班，决定待在姜春雷的普通班。做出这个决定的，还有另一个达到实验班分数线的梅晓白。他俩商量完，一起来找姜春雷。

马骁刚走到姜春雷办公室门口，看见张天一鬼鬼祟祟把眼睛贴在门缝往里看呢。马骁和张天一有过节儿，他没言语，只是给梅晓白使了个眼色。梅晓白拍了一下张天一，张天一一激灵，笑一下就走开了。梅晓白不知道张天一想干吗，也没问。刚想敲门进去，清楚地听见里面有其他老师说话声。

“你说，怎么这么不公平？姜春雷也真够倒霉的！”

“可不是嘛。实验班班主任就能评上高级教师，而普通班的姜春雷连一级教师也没评上。听说他的论文没达到一定数量。”

“高二3班语文老师钱莎莎倒评上一级教师了，真新鲜。”

“还不是她有关系，会巴结人，就知道写论文发表。这明显强于姜春雷。”

“李玉老师也够堵心的，年年因为职称外语考试不合格评不上高级教师。”

“就是，评职称考外语有什么意义？在高中教学除了教外语课的，考外语有什么必要嘛！”

“那没办法，上面就这么规定的。唉，一点也不适用。”

“教师职称评定就是不合理！”

“到哪里找合理去？有的是全校教师投票排序，有的是按奖励证书加分，有的是学校领导决断，不管怎样做都存在弊端。”

“是啊，投票的可以搞串联，奖励证书可以从网上或杂志上随便下载或抄袭几份送交上面有关部门，糊弄糊弄就可以弄到级别证书。家境好的又肯花钱的，可以弄到一箩筐。家境不好的，只能干着急。领导决断的，更有倾向性。”

“谁说不是呀，这回的钱莎莎不搞串联不搞关系能弄上吗？我和她水平差不多，凭什么是她！”

“别气了，气也没用，熬着吧……”

俩女老师很激动，在办公室里议论。

钱莎莎这时走过来，看到门外的梅晓白和马骁。

“你们俩干吗呢？在门外干吗？礼貌吗？谁教的？就教成这样啊？”钱莎莎说话夹枪带棒的。

马骁不耐烦地看她一眼，然后把头扭到一边。

“老师，我找我们班主任姜春雷。”梅晓白有点紧张地说。

钱莎莎推门叫：“姜春雷，你学生找你。啊？他不在办公室。”

“哦，谢谢老师。”梅晓白和马骁赶紧离开。

钱莎莎觉得办公室里面的年轻老师表情怪怪的，在说什么，就问：“你们俩在说什么呢？外面有学生听声，正好我看见。”

“学生听声？哦，没，没说什么。”俩女老师看一眼钱莎莎，低下头写教案。

“我当一次狗腿子，喏，这是通知，给姜春雷的。地理教师和语文教师下周去市里听专家讲课，参观北京十八中。”

“哦，放那儿吧，钱老师，等姜春雷回来我们转告他。”

钱莎莎迈着高傲的步子走了。

“瞧她那副德行！不就是评上一级职称了，有什么可显摆的！”

“就是。看她志得意满的样儿，活像范进中举。”

“到处张扬，多大的事啊，至于吗？谁不知道谁呀……”

钱莎莎前脚刚走，未评上职称的俩女老师，牢骚满腹，背后戳着钱莎莎的脊梁。

姜春雷去哪里了呢？梅晓白和马骁急着找他。没找到，梅晓白回了班级，她准备给自己养母打电话。马骁转悠到学校的公示栏下，亲眼看到了教师职称评定结果。上面果然没有姜春雷和李玉的名字，而钱莎莎老师却在前列。这使马骁很亢奋。

马骁回班级神神秘秘地叫走班长王朴生、地理课代表郝帅，还有赵小晚和闹桑错。罗亚军看他们在一块儿咕咕叨叨地，好像有事，也偷摸地跟了出来。闹桑错刚走出门口，见实验班的青海男生才仁东周又来找她。有同学在场，闹桑错不好意思，就赶忙摆手示意才仁东周走开。才仁东周很听话，掉头向回走。

当赵小晚从马骁口中得知姜春雷老师没评上职称，便瞪起牛眼珠了，火冒三丈，她鼓动王朴生赶紧拿来纸和笔，郝帅用手机上网仔细查找着什么东西，马骁和罗亚军一旁添油加醋。他们几个在密谋一件大事……

2

关于职称评定，作为主任，郭秋平知道，一年一度的教师职称评定就是对参评教师身心的一次考验。青果中学有同样资历的人很多，可高级职称、一级职称的名额太少，竞争激烈，故此学校里也会时而弥漫着一种不友好的竞争气氛。

郭秋平更清楚，在职称评定面前，一些不正常的事情难免发生，也有个别人是“破格”上来的，个别人“烧香上供”求职称。唉，这些现象也不是她一个区区小主任所能铲除得了的。

郭主任感冒还没好利索，喝了一口水润润喉咙。她咳了两下，感觉声带轻松了不少。郭主任不知道钱莎莎会不会收敛一下过去的作风，会不会真的把精力用在学生身上。钱莎莎这个高二3班语文教师，在郭主任眼里真的不合格，她已经向校长柳篮和主席曹维康反映过了，至今也没下文。

此时，郭主任心里很复杂。她想起了高三某位老师，于是便更担心某些教师评上高级职称或者一级职称后，像那位高三老师一样，会觉得自己已经是“船到码头车到站”，四十来岁就丧失前进动力，倚老卖老，反正这一职称终身享用，工资一分不少，管他“山外青山楼外楼”，只管“革命小酒醉一休”。那么，这样下去，这种职称终身制绝对会严重阻碍专业队伍的发展与建设……

郭主任更担忧的是，一些老师，一旦定完高级教师，就像修成正果一样，工作不思进取了，专捡一些清闲的工作做，更有甚者干脆混日子。比如那个高二3班钱莎莎就很危险，钱莎莎的工作态度……

对，这一次，郭主任也比较担心高二2班的班主任姜春雷，担心这个年轻老师的情绪。当然，对于李玉这样的老师，郭主任更多的是为此有些遗憾，如果不是有外语考试这一环节死卡，那李玉早就达到甚至超越高级教师的水平了。

郭主任知道自己的工作不好干，也知道自己肩上的担子有多重。自己除了起到上传下达的作用外，还要起到润滑剂的作用，她每天必须保障“机器”的正常运转。

郭主任在办公室想了很久，然后，她拿起电话打给李玉。郭主任要李老师把高二语文月考成绩拿给她，郭主任准备开年级会议时表扬语文成绩优秀的学生，并对李玉老师的工作成就给予肯定，以此安抚一下这个没评上职称的资深语文教师。

大约过了五六分钟，李玉就来了。

“主任，这是实验班和普通班成绩表。”李玉风风火火地进门，拿着学生的成绩单。

“真棒，高二2班赵小晚语文单科年级第三！你教得真好。”

“嗨，不是我教得好，而是这孩子本身有天赋，再加上她就只学语文。唉，好像赵小晚数学考得一塌糊涂。”

“是吗，偏科这么严重高考会吃亏的。还得鼓励她学好数学。”

“嗯，这不，我刚和于冬丽商量完，考虑怎么帮助这个赵小晚。这个学生很聪明，不帮她就太可惜了。”

“你辛苦了，李老师，你不愧是青果中学的好老师，就是能干！”

“好倒不敢当。拿这份钱就要对得起这份工作倒是实话。”

“很抱歉，高级职称……”郭主任遗憾地说。

“算了，我都不考虑了，那外语我实在没法弄，我也不瞎耽误工夫学外语了，还不如好好研究研究怎么让我教的孩子们把语文都学好。”

“难得你这么想。唉，每年搞教师职称评定，各个学校分到的名额都是按比例分到各个学校，名额真是少之又少。确实，教师职称评定成了一个袋子，在这个袋子里装着教师年龄、工作年限、工作态度、道德品格、外语水平、计算机水平、论文发表数量等等。你呀，就折在外语上了。”

“没办法，谁让我是‘奔五张’的人了，那外语早就忘差不多了。主任，我今天说心里话，你听听有没道理？就说评职称论文论著啥的，何以能够作为晋升职称的依据？是，我们需要了解外国教育，那我们还用英文看外国教育原著啊？咱们中小学教师的主要任务可是教给学生知识、培养学生的学习能力、陶冶学生的道德情操，把学生培养成合格的、适应社会发展需要的人才呀！”

李玉第一次发牢骚。

“是这个道理，论文论著只表明作者具有相当的学识，并不意味着他具备作为中小学教师的基本技能。可目前来看，它也是考核教师的一个标准，为了竞争，促使教师不断地学习进步。”

“哎呀，累死人了，忙不过来呀！所以，我强烈建议，以后取消按指标职称评定，采用岗位责任制、考试学分制度、按年限自然晋级取代！还给我们老师轻轻松松、干干净净的生活工作。”李玉边说边爽朗地笑。

“嗯，希望有那么一天，我相信。但你得等。”郭主任说着，也笑……

3

姜春雷最近心情糟糕，心火太旺。昨夜里，他不听母亲劝阻，又吃了凉东西，然后还不解渴，就把冰箱里剩了两天的西瓜拿出来给啃了。结果，他这一下午净跑厕所了。此时，姜春雷蹲在厕所又有半个多钟头没出来。

姜春雷的手机响了，显示了一个陌生号，他蹲在那儿吃力地从裤兜里摸出手机接听。

“您好，是姜春雷老师吗？”

“对，我是姜春雷，您是？”

“我是赵小晚她妈呀。我问一下赵小晚的情况。”

“哦，她这次月考有进步，尤其语文成绩年级组第三名。”

“这个败家孩子，和我冷战呢。”

“什么？冷战？”

“对，她上周末没回家，不知死哪儿去了，为她我操碎了心！到现在也联系不上她。”

“上周末没回家吗？那她去哪了？”

“她留张条儿，干干巴巴几个字，叫我别找她，她住同学家。我怀疑她和外面的坏孩子在一起。”

“不会吧，她最近很正常，您可别乱怀疑自己的孩子。是不是住在我们班女同学家里了？她和梅晓白关系不错。”

“我也不知道，所以打电话给您。我不放心啊。”

“您不用担心，她在学校上课呢。等我问问她再说，虽然说工作重要，但是作为她的班主任，我希望您也多关心孩子的学习成长。”

“我咋不关心啊？没办法呀，我这个月还要去外地，就请姜老师您多费心吧。她根本不听我的话，她还是信您的话。上次您批评她有好转，可没多久又犯病了。唉，我……我真的不容易，两头难。”赵镜很疲惫地说。

“好，我会的。放心……”

姜春雷开始担心赵小晚，思考一个女生周末放假没回家，会去哪里的问题。

和赵镜的通话结束，还没等姜春雷放把手机放兜里，又有电话打进来。是梅晓白的养母梅白打来的。她再一次和姜春雷沟通，希望梅晓白继续留在普通班，不去实验班。

“姜老师，麻烦您再和学校说说，我孩子想继续在你们班。”

“梅晓白学习很好，她已经两次达到实验班分数了，我建议您还是让她去实验班学习吧，别耽误她。”

“耽误？我怀疑她去了实验班怕不适应反而影响学习。刚才给我通话死活要在你们班，就是不想离开班主任和同学。如果不答应，下次她就故意把考题答错。我也没办法，一直我对她很民主。我们情况比较特殊。”

“嗯，这？这？我做不了主啊。”

“您好好跟学校说说，拜托了！对了，姜老师，我听梅晓白说，您今年没评上职称，孩子为您不平呢。不过，在学生和我们家长心里，您是好老师。”

“哦，谢谢了！没事，没事。我还有很多不足的地方。”

“其实我也觉得职称不重要，经常听到这样的事情：初中毕业的农民培育出高产的作物良种，普通工人完成某项技术革新，但他们在搞科技活动的时候并没有职称呀。比如在世界科技史上留下辉煌的爱迪生，好像他也没有职称；

好像比尔·盖茨连大学还没有毕业呢，更别说职称了。”

梅白的口才很棒，说得姜春雷心里甜丝丝的。

“谢谢您的鼓励。请家长们放心，没评上职称，不会影响我当好班主任……”

姜春雷算是给梅白吃了一颗定心丸。

两个长长的通话过后，姜春雷的肚子也消停了。关于学生达到实验班分数线而不离开普通班这事儿，作为普通班班主任的姜春雷不好再一次打破学校的规矩。最后，他还是决定把梅晓白不去实验班的事情报告给郭主任，再一次交给领导定夺。

姜春雷受到了肠胃的严惩之后，蔫头耷脑地回到班级查看学生的自习情况。参与密谋的那几个不知内情的学生看自己的老师受到了打击，走路都没力气了，竟然打击成这个样子？！他们越发地坚定了决心……

4

三天刚过，青果学校掀起了一场风波，而且是不小的风波。

在德育处曹维康的办公室里，他正在大发脾气。校长柳篮脸色也不好看。郭主任沉默。姜春雷头低得像个犯人。

“姜春雷呀姜春雷，你看看，你们班学生造反啦，居然给教委写信，告我们，揭发咱们学校老师！”曹维康很激动，突出的脖筋一鼓一鼓的。

“是啊，有点过分，俗话说家丑不可外扬。唉，教委的电话打过来了，正在调查这件事。”柳篮说道。

姜春雷看看柳篮校长，看到的是校长那身心俱疲的样子，她的脸越来越焦黄了。

“这回好，教委都知道咱青果中学有一个叫钱莎莎的老师论文造假！”曹维康高嗓门地叫嚷。

“唉，也怪我们没注意审查她的论文就上报了。平时曹主任很细心，我也就没太上心……”柳篮坐在椅子上按了按太阳穴。

“谁能想到她会这样做？我那么多的事儿，哪能全面抓？我又不是孙悟空。”曹维康说。

紧接着，曹维康瞅一眼姜春雷，就又把怨气转移到姜春雷身上。

“这种事她钱莎莎丢人，你姜春雷就光荣吗？别忘了你也是青果学校的教师之一！”

“校长，主任，这件事我确实不知道。”姜春雷委屈地解释一句。

“还狡辩？不知道？姜春雷，你老实说，是不是你没评上就鼓动你学生闹事儿？”曹维康不依不饶。

“真没有！我用人格担保……”姜春雷恨不得临时长出一百张嘴来，好为自己说个清楚。

“依我看，这件事，姜春雷老师不会知道，可能是学生搞的。”郭主任替姜春雷说了一句话。

“学生？学生这样做就对吗？他们的任务就是学习，造成今天这样的局面，主任和班主任没有责任吗？！”

“是，有责任，我有责任。”郭主任看看曹维康回答道。

曹维康更来精气神了，嚷道：“我早就提醒过，高二2班就能出幺蛾了，纪律不好，风气不正，最能捅娄子！这和平时班主任管理不严有关系。我说得不对吗？姜春雷？你根本就压不住这帮学生，是不是让他们牵你鼻子走？你是老师，他们是学生！”

“您说得对。我工作做得还不够。今后我注意。”姜春雷不住嘴地表示歉意。

“好了，姜春雷，你也反思一下。家丑不可外扬，学生举报钱莎莎，我这个校长也给抹了黑脸。事已至此，我们在这儿说到天黑，那也没用，只能等上面的处理结果。眼下，你们盯紧喽，还要抓学生成绩。曹主任和郭主任也多监督监督各科任老师，别让他们把眼睛盯在评职称上，还得把心用到教学上，搞教学改革，争取提高教学质量。”

“好的，校长，我知道了……”郭主任忙回答。

此刻，姜春雷的一身冷汗都下去了。

从办公室出来，姜春雷就去班级把那几个密谋的学生单独找到一个小会议室。看着马骁、王朴生、赵小晚、郝帅、闹桑错和罗亚军，姜春雷的火直往上蹿。这几个人被姜春雷罚站，站在小会议室墙角，成一排。

“谁让你们这么干的？！谁的主意？！为什么要这样做？”姜春雷问。

“我！我！是我！我们这是在伸张正义！对，上网查了，钱莎莎老师论文是抄袭的！我们是在帮助自己的老师。”他们一个个争着抢着回答，脸上泛着自豪。

“住嘴吧！你们？你们以为自己做得对？是英雄？错了！你们这是帮倒忙。是，没评上，姜老师心里也不舒服，可这用不着你们参与呀。你们的职责是什么？是学习，不是参与大人之间的事情！”

“可是，老师，我们长大了呀，为什么不能参与？”郝帅反问。

马骁像个小大人儿似的说道：“教师抄袭论文，这是教师扭曲了心灵，玷污了人格，那还堪为人师表吗？又怎能理直气壮地教育我们学生？长此以往，公平何在？正义何在？”

赵小晚噘着嘴说：“没错，您一心教书，您正直善良辛勤工作，为什么不能被评上？咋地，您老老实实，没有路子，为管好我们，没时间写论文，也没时间拉关系，那她的假论文就好使？哼，我们不信没有评理的地方！”

“你们都从哪儿道听途说的？我都不知道。你们可别乱说！听见没有？”

“赵小晚说得对，我们说的可都是真话。不信，教委去调查核实。”罗亚军说。

梅晓白说：“老师，我们都是校园的主人吧？对不对？那纯洁的校园被玷污，高尚的心灵被扭曲，我们能视而不见吗？被扭曲的心灵如何去塑造人类的灵魂？如何去建设社会主义精神文明？这必将间接影响身心不健全的我们青少年的成长！”

几个学生的理由说了一大堆，他们对于自己捅这么大一个娄子，却没有半点心虚。姜春雷以班主任的身份，还是对学生的这一举动提出严肃的批评警告。最后，姜春雷批评他们：心有旁骛，去挖空心思管学习以外的事情，且不见得有多少价值，荒废了时间。干扰教学秩序，影响正常学习。结果，他们每人被罚抄古文一篇。几个人心口不服，却乖乖地认罚去了……

第二十七章　格桑花语

1

按下葫芦浮起瓢。经过郭主任在校长那里争取，具体问题做到了具体解决，梅晓白和马骁仍然留在普通班学习。姜春雷的班级属于旧人没出，新人将要进来一个。

这个新人就是实验班的青海生——才仁东周。他是实验班出了名的学霸，可偏偏这次月考成绩降到了普通班分数线。当然，这里暗藏蹊跷。

钱莎莎觉得她教的那个班语文总是排最后，关键是学苗子不好。因为才仁东周这个好苗子，她找到郭主任。她说，同样是普通班，为什么姜春雷的高二2班总是分到好学生，而且优秀生还不离开？他们高二3班却捞不着一个好学生，她教的语文成绩这次在全校倒数第一，明摆着，好苗子不在她班上，这不公平。

郭主任做工作，说，高二2班的马骁和梅晓白坚持不去实验班，学校为了不影响学生情绪，不影响学生学习的情况下，才同意的。至于才仁东周，那是他自愿去姜春雷班级，因为那个班青海学生多，主要考虑民族照顾问题。在某些问题上，这批青海生不能和北京本地生一样，这也是民族政策，一切从少数民族孩子学习出发。

郭主任的一席话总算堵住了钱莎莎的嘴，表面上，她也就不说什么了。接下来，钱莎莎极力在郭主任面前为自己抄袭论文一事辩解、翻案……

闹桑错这次月考成绩仅差两三分落后于马骁和梅晓白。这也是她的好朋友才仁东周所预料的结果。但闹桑错万万没有想到，这个关心自己的男孩真考砸了，要来普通班。

这是怎么回事？是才仁东周想和自己如过去一样在一起学习，还是自己想着才仁东周愣是把他想到普通班呢？至少，闹桑错心灵深处藏着他这个男生。唉，好麻烦啊。尽管闹桑错总是回避才仁东周，他们也没有当面正式表白过什么，但现在的闹桑错不得不思考。

闹桑错很害怕。要知道，闹桑错是一个保守而又听话的好学生。临来北京读书那晚，阿妈阿爸就嘱咐她，听老师话，和北京同学搞好团结，照顾好自己别生病。最后一条要求是，不能早恋。闹桑错点头一一答应，并且干脆地说，不可能早恋，会一心一意学习。可刚过去两年，她的心好像就背叛了她的嘴。

听说才仁东周要来普通班了，闹桑错再也不能保持矜持，找到他要和他谈谈。

"怎么考的？你学习那么好？怎么会考砸？"闹桑错问。

"别问了，是我故意考砸的。"才仁东周看看四下没人说道。

"啊？故意？你现在怎么办？"

"怎么办？我不想和你分开。天天在一个班里上课多好啊，没有你的课堂，我会很无趣。"

"那你就离开实验班，来普通班？"

"啊，这不正好吗。从明天开始我俩就一起在2班了。"

"你就不能好好学习？"

"我挺认真啊。"

"是不是我老问你题，耽误你学习了？"

"没有，绝对没有。别多想了，反正我会更好地帮助你学习，相信你还会考上实验班。"才仁东周很着急。

"要不，你再和班主任陈钢说说，回实验班吧，你就说你故意考砸的。"

"只能这么办了，我被陈老师狠狠地'骂'了一通，被同学们好好地歧视了一回。不过，为了你，我忍了。”

闹桑错知道了才仁东周为她才考试造假，刚开始，闹桑错真想骂他打他一顿，但闹桑错后来很高兴。

2

第二天上课，才仁东周直接去了高二2班。这个学霸太厉害，自己有套学习方案，除了给闹桑错看，别人谁也看不到。这家伙上课下课全都用心学，除了上厕所。班级有人开始议论，也有人效仿。当然才仁东周这么学习，猜他就是成心的，想带动闹桑错，让她尽快考出普通班。

周四自习课上，两人秘密地互写小纸条。

“这个月你一定得给我好好学，好好考。再月考，给我回实验班去。”闹桑错对他用藏语写道。

“不可能的，除非你也考到实验班，我陪着你一起进步。你给我接着背，接着做。”才仁东周监工一样的口吻用藏语写道。

才仁东周这次下了狠心，要把闹桑错重新带回实验班。姜春雷还不知道，这个才仁东周是要专门来“拐走”他们班的好学生闹桑错的。

闹桑错问:“你觉得在实验班好，还是普通班好?”

才仁东周回答:“实验班压力大。但是，班级上课就是激烈，没有时间开小差。学生学习好就是傲啊，原来实验班第一名是个女生，清高得不得了。第二名是个男生，书呆子型。第三名是个女生，斯文型。”

“那你呢? 什么型?”闹桑错又问。

“我是他们中间型，他们的名次我都考过。我最喜欢的是数学和英语。而且老师又喜欢叫我回答很难的问题。英语文章的朗读和翻译几乎都是我一人搞定的。老师说我的语感是年级最好的，很好听。你也不比我差的，加油，信你。”

才仁东周以自己为例激励着闹桑错。

闹桑错心有点乱，找不到一个恰当的词来形容她的复杂心境。对于班主任姜春雷，闹桑错是有感激有埋怨。因为不知内情的姜春雷把闹桑错和才仁东周安排坐在了同桌。这使他俩低头也见，抬头也见，不低头不抬头好像也在见，他们的小纸条越写越多。

自习课的最后，闹桑错在做一道数学题。她考虑半天，不知如何下笔。这时才仁东周已经把题解分析做好递到她的眼前，然后继续做历史作业。

闹桑错偷偷看了一眼才仁东周，那张古铜色皮肤的脸油光瓦亮，透着自然和健康。才仁东周的五官是端正的，中等体型，走路永远是昂首挺胸，爱运动，还能骑马射箭。闹桑错最喜欢他打篮球奔跑跳跃的样子，活像一只矫健的雄鹰，更像一头亲亲的家乡牦牛。闹桑错也喜欢看青海生每周一次的歌舞联欢，那里有才仁东周精彩的藏族舞蹈，那舞蹈吸引眼球，勾人魂魄。闹桑错猜不准，有多少女生像她一样也关注着他。

才仁东周也感觉到有一个眼神寻觅，而且逃避着他。对，就是和自己一样有着古铜色皮肤，高鼻梁子，能歌善舞，眼睛炯炯有神的那个长发及腰的女生——闹桑错。在才仁东周的心中，这个女生就是家乡盛开的一株格桑花，美丽、含蓄、低调而亲切。

才仁东周静默了一会儿，然后，写了个字条儿，轻轻放在闹桑错本子上：“中秋节晚饭后，操场东南角紫藤架下的走廊见，有话说。”

闹桑错很担心其他同学发现这个秘密，看完后赶紧把纸条揉搓在手心，然后塞到书包里面的一个小布袋里。

没几天，班里的舆论出来了，才仁东周这个学霸和闹桑错有点不正常……

3

又是一个周五，熬了一周的学生像蚁群一般在校门口蠕动着。北京的同学都准备回家过中秋节了，而索南冷保在宿舍里使劲地轮转着一个空袋子。

“我去！这里简直就是监狱！”

“看门的俩老头这可恶，就是不让我们出去，这不是监狱是什么？就是监狱！”

一向老实的尕玛俄金曲军也在泄愤，因为他刚被学校门卫给截住了，没能出去买啤酒。

“怨你，你非要拿袋子，那老头抓住你买啤酒都两次了，没收了一回，能不认识你吗？做事必须要低调，再低调。和我比差远了！”索南冷保一顿吹嘘。

“能怪我呀？那俩门卫就是蛇精病！”尕玛俄金曲军一着急也发音不准了，和索南冷保一样，舌头生硬，把“神”说成“蛇”。

“你故意学我？找打是不？”

“没有。我学‘蛇精病’呢，呵呵。”

索南冷保抱着尕玛俄金曲军，两人过招儿。

“别闹了，放开我吧，能闹出啤酒啊？你快想想。怎么办呀？过节了，是爷们得喝点啤酒，说点贴心话啊，庆祝一下。唉，没酒多没意思。”尕玛俄金曲军先松开手说。

“对，才仁东周，你，你赶紧想办法呀？”索南冷保推了一下发愣的才仁东周。

才仁东周此刻正是“身在曹营心在汉”，与喝啤酒比起来，还得说跟闹桑错的约会更要紧。

“对呀，找女生帮忙。找闹桑错，她最瘦。”尕玛俄金曲军眼神亮起来。

“什么意思？”才仁东周没明白追问道。

索南冷保神秘兮兮地说：“最近，我发现校园东南角有一个小铁门，铁栏杆有一根铁柱子被人扭曲，有空隙，正好一个瘦人可以钻过去。其实，学校墙也不高。”

“真的吗？”才仁东周怀疑地看着索南冷保。

“我能说假话?”

“好啊，我们去找女生帮忙吧，去找卡卓吉!”尕玛俄金曲军说。

“不行，卡卓吉有点胖，只有闹桑错最合适，才仁东周，你去和她说。”索南冷保对才仁东周说道。

“走，我们一起去吧! 嗳，才仁东周，犹豫什么呀?!”其实，这两个同学已经发现了眼前这个学霸的异常。

看来是躲不过去了，才仁东周没办法单独去紫藤架那里找闹桑错了，他只好和索南冷保一起去找闹桑错。

月亮很圆，是那么近，诱人的乳白色上仿佛披了一层淡淡的乌纱，像水墨画一样淡雅、朦胧、唯美。闹桑错倚靠在长廊上，觉得那一抹乌纱很奇妙，便努力回想。慢慢地，那层纱不见了，不知飘向何处。月亮清清爽爽地露了出来，在蓝黑的背景下，洒给了闹桑错，也洒给了校园里厚厚的草丛中藏起来的虫虫们。

索南冷保走在最前边，径直往女生宿舍方向走。路上碰到卡卓吉出来打热水。

“你们三个干什么去?”

“闹桑错在宿舍吗? 有事找她。”

“没有，不知道干吗去了，宿舍只有三个女生。”

“可能在操场旁边。”才仁东周停下脚步，猜想闹桑错一定去了长廊那里等他，就顺口说道。

“找她什么事? 这么着急?”卡卓吉好奇地问。

“哎，一会我们喝啤酒，你来不来?”索南冷保诱引这个班级的文艺委员。

“啤酒? 大门看那么严，哪儿弄来的?”

“还没弄到呢。找闹桑错到外面去弄，走‘偏门’。”

“闹桑错一个人行吗?”卡卓吉歪脑袋问。

“对呀，你快过来，和她一起，我们里应外合，绝对没问题。”

“那是。”卡卓吉高兴地答应，一起参与进来。

“闹桑错！好啊，你自己藏到这里来了！在干吗？”卡卓吉发现了紫藤架下的闹桑错。

才仁东周看见闹桑错想跟他说话，没说出来，他也把到嘴边的话咽了回去。

“我，我单独坐一会，你们怎么都来了？”闹桑错看看才仁东周，然后对其他人说。

“找你呢！”索南冷保说。

“对，找你……”

大家声音变得越来越小。第一次“做贼”，男生们更是心虚，站在校园墙里面放哨，支棱着耳朵听动静。闹桑错钻过铁栅栏门向附近的超市跑去。才仁东周紧张，索南冷保想出一个办法，拉着他绕着操场跑步，顺便查看有没有“敌情”。

4

中秋节，第一个给姜春雷打电话祝福他快乐的，是他班上的地理课代表——郝帅。或许，在这个特殊的日子，他俩同为“同是天涯沦落人”的缘故吧。这，不免勾起了姜春雷的小儿女情长。说心里话，他不想去想郑小乔，可是却想得更厉害。

第二个送上祝福的是梅晓白，梅晓白发的是短消息，用的是她养母梅白的手机发送的。王朴生、程苗苗等其他同学也陆续用 QQ 邮件发贺卡，或者微信送祝福。赵小晚没消息，姜春雷很惦记，就给她家里打了一个电话。

赵镜电话里说：“赵小晚算没法管了，我让她往东她偏奔西，我让她打狗她偏去撵鸡！这不，大过节的，她跑仙踪林打小时工，根本不回家，也不吃我买的月饼。”

姜春雷说："那您也别着急，这个年龄段的孩子都这样，正处在青春期，长大就好了。对了，我调查了，上次您说她周末没回家，是去了一个女孩家，那女孩也在仙踪林打工，她俩成好朋友了。不用担心这件事。"

"哦，那我就踏实了。唉，也不知道她晚上有没有月饼吃，她不让我找她去……"

赵镜声音有点发抖，说得很伤感。看来，赵小晚还在和赵镜冷战，而赵镜有点招架不住了。

"那您不放心，我帮您去看看她，和她聊聊。我待会就去仙踪林看看去，然后给您电话。"

"真是太谢谢您，没有您，我都没法了解赵小晚了！这，姜老师，您在家吗现在？我过去。其实，也没什么表达感谢的，我送您两盒'宁力蛋白粉'吧？强身健体老管用了，还有新产品净化器……"赵镜明显又亢奋起来。

"别别！心意领了，您就关心好赵小晚吧。我还有事情，不在家。"

姜春雷听赵镜一提她的"宁力"产品，就落下了后遗症一样，忙着回绝。姜春雷想起那次开家长会，赵镜的所作所为……

姜春雷母亲准备好了一盒月饼，看姜春雷不停地鼓捣着手机，就又催他：

"儿子啊，赶紧去，去学校给青海学生送过去，那一个个地呀，跟小鸟似的，飞出来了，那巢里的老鸟都惦记呢。唉，小鸟也想回家呀。咱得好好教人家孩子，对得起人家父母，把孩子送到这么远，交到你们手里，可不容易呀……"

"妈，我知道，别总嘱咐了，您歇会吧。"

姜春雷看着母亲忙前忙后的身影，不由得一阵阵心酸。他真的不忍心母亲一年一年白忙一场。他觉得自己不孝，没能让母亲看到自己娶亲生子，这是母亲的唯一念想，如今却成了一块心病，一犯病就会唠叨姜春雷没好好珍惜郑小乔，让郑小乔那只金凤凰一样的姑娘飞了。姜春雷也不说实话，就说那样的物质女孩，打死也不能娶。他愣充当男子汉大丈夫的样儿，装给母亲看。

关于掉了门牙一事，姜春雷瞒着母亲，说自己骑车不小心摔的。所以，母亲送儿子出门时，姜母扶着门框，仍不忘像嘱咐小孩一样絮叨一遍一遍：儿子啊，看着点红绿灯！慢点骑车啊，别再摔跟头……

二十分钟过去了，铁栅栏门还没闹桑错回来的身影。几个人正纳闷呢，就听到闹桑错用藏语喊他们。闹桑错拎着一袋子吃的，没有啤酒。大家吃惊的是班主任姜春雷老师来了，他手里提着月饼。

“姜老师，您怎么……”

“过节了，我来给你们送月饼。恰好，校门口超市看见闹桑错了，她说给你们买吃的，我就等她一起来了。”

“完了，完了，姜老师在，啤酒肯定买不成了！”索南冷保对才仁东周小声嘀咕。

大家心知肚明地看着闹桑错。闹桑错在姜春雷身后打着暗语，显得很无奈和无辜的样儿。贼也不好当呢！卡卓吉捂嘴笑。果然一瓶啤酒也没买成，卡卓吉扒开袋子证明了这一点。

虽然没啤酒，但班主任送来了月饼，而且是北京稻香村的月饼，这令几个青海学生感动。他们觉得好幸福，天上有个月亮，地上有盒月饼，这月饼是班主任亲自骑自行车送来的。

“老师，谢谢您啊！真的，这月饼我们都舍不得吃掉。”

“送来就是叫你们吃的。咱班的青海学生每人都有一份。”

“老师您破费了，我们不好意思。”

“有什么不好意思的，我是你们老师不是外人。”

“大过节的，还让您跑来看我们给我们送月饼。太感谢了。”

“没事儿，我家离这不远，骑车用不了半小时，正好我也没什么事。”

姜春雷的言外之意，是他“无爱”一身轻。

当然，这是姜春雷过得最冷清的一个中秋节。维持了八年的恋情分崩离析，还有去想的必要吗？中秋节，姜春雷认为郑小乔会给他打个电话，或发个微信啥的，没想到郑小乔做得决绝，彻彻底底与姜春雷了了一切宿缘。在这个举家团圆的日子，姜春雷那颗土崩瓦解的心就甭提多乱糟了。

在高二2班教室，大家聊了一会，姜春雷和学生各自吃了月饼，姜春雷嘱咐各回各的宿舍早点休息，然后，就又骑车去了赵小晚打小时工的地方……

5

姜春雷一走，大伙回到宿舍，抬头看着亮汪汪的大月亮，不免又兴奋起来，有的唱，有的跳。

突然，索南冷保说道："高二2班的青海兄弟们，让我们快乐起来吧！来，把桌子摆好，看看，这里，我还有宝贝！"

"啊?！你什么时候准备好的呀？你太伟大了！"有人尖叫。

"这是我昨天偷偷跳墙买来的，你们谁也没看见，我藏在床底下为了给你们惊喜。只可惜就一箱。怕不够，才想着今天再弄两箱，谁知，姜老师来了，没买成。"

"这就很好了，今晚有酒喝了，兄弟们，倒上，干杯吧！"才仁东周倡议道。

几个男生高兴得找不到北了，拉起手围着索南冷保跳起锅庄舞。

女生们勤快地把零食都码放整齐了，有的也举起啤酒。十几个人举杯，轮流坐庄、划拳、轮盘转、十二点儿等，各种玩法开始……

深夜，321宿舍还在狂欢。窗外的月光洒满整个寝室，寝室里的男孩女孩那古铜色的脸庞泛着微红，吐着酒后的真言。他们不用去在乎昨天，也不用去在意明天，他们企图留住这个美丽的夜晚，还有那格桑花一样的笑容……

卡卓吉先离开，因为阿妈阿爸从青海打来电话。最后，没有喝多的才仁东周送闹桑错回宿舍。开始，两人都沉默，慢慢地沿着校园走。

快到女生宿舍门口了，闹桑错站住了，问道："你不是说跟我有话说吗？现在说吧。我听呢。"

“我想告诉你，我一定帮助你，别灰心，有我呢，很快你就会重新回到实验班。”

“你，你真的是因为我才没好好答卷，甘愿来普通班的?”闹桑错再一次问道。

这究竟是一种什么力量？来势如此凶猛？这么强大？如此神奇？明明知道学生早恋不可以，现实中却无法抗拒。才仁东周也彷徨，纠结过，弄得他一周就消瘦了五六斤。好在才仁东周能冷静，克制自己没有一味地向前冲。

“嗯，是为你。怕你自卑，影响学习。我担心你，才……”

“为什么对我这样?”

“因为，因为美丽的格桑花，因为格桑花的话语……”

“怜取眼前人?”闹桑错说。

“是。”

“我答应阿妈阿爸……我不能……”闹桑错说。

“知道，我不会说出别的话，放心。我只想说，我们一起努力学习，真的不忍心看见你成绩落在别人后面，我有责任帮助你。让我们一起努力，好吗?闹桑错。”

“嗯，谢谢你给我一份巨大的惊喜。你让我重拾自信。自从离开家乡，有你默默关心我，我真的不孤单。”闹桑错眼睛湿湿的。

“不用这么说。我不关心你，谁关心你呢？在我们县城，只有我们俩被保送到北京青果中学来学习，我是男生，有责任关心你。”

才仁东周看了一眼闹桑错，闹桑错的脸立刻就热辣辣的，好像被炭火烤着了似的。

才仁东周第一次牵了闹桑错的手，彼此感受到了手心的温度。他们没有拥抱，但却双双感受到对方的心，正在怦怦、怦怦地跳……

第二十八章　懵懂的畸形恋

1

当亲昵变成一种习惯，就有了一定的依赖。或许，就是这种依赖，使程苗苗错误地认为自己爱上了梅晓白。

中秋佳节当晚，程苗苗给姜春雷发完短信，就忍不住给梅晓白发了一条短信：梅晓白，我爱你，圆圆的月亮做证。别再逃避我好吗？我知道你也在想我。

梅晓白看完这肉麻的短信，浑身起一层鸡皮疙瘩。她不清楚怎么回复程苗苗。她发慌地坐在客厅，真不知道该怎么处理这件困扰她的事情，她很想告诉自己的养母。

梅白带着梅晓白正在父母家一起过中秋节。梅白的母亲和父亲在厨房做饭，梅白打下手。

梅白母亲看看客厅坐在那儿的梅晓白，凑过来小声问："你咋想的呀？还想拖到什么时候？你相看一下不行吗？人挺好的，是居委会那个领我们跳广场舞的张大妈介绍的。条件比你好。"

"哎呀，上次您就说了，我觉得不合适，比我小好几岁呢，不看。"

"人家可是'海龟'呢。东城区的，是张大妈外甥，知根知底。"

"什么海龟海带的呀，他能对晓白好吗？不成。"

"能对梅晓白好吗？你咋就不为你自己想想啊？跟你说多说回了，有个孩子咋嫁人？条件好的谁要你？好容易遇到这个茬儿。"

"没人要算了，这样过挺好。"梅白抹搭抹搭眼睛，沉着冷静地说。

"你就是不听话！跟你爹一个德行，死倔死倔的！赶紧的，让她找亲爸亲妈，不然，你这辈子就完了，折她手了。这孩子会耽误你一辈子。"

"别什么事往我身上赖，干吗跟我一个德行？嘴太恶毒。哎，哎哎，老太婆，你小点声，别让孩子听见。"梅白父亲尝了一口炖肉的汤使个眼色说道。

"让她哪儿找亲爸亲妈？您说什么呢！"

"说的是常理，人话，懂不懂？你弟弟孩子都三岁了，你还没结婚，想叫我死不瞑目啊?"

"我最后再说一遍，要不是她，你女儿我早就不在这世上了，是她的哭声把我救了！"

"是，是，管不了你，你自己就耽误你自己吧！这叫一档子什么事啊？领一个和你一边高的孩子，唉，我都没法跟别人解释。"

"解释什么呀。你累不累呀？再叨叨，我就不吃饭，回我自己哪里了。"梅白装作擦手解开围裙的样子，使出最后一招堵住妈妈的嘴。

"成了，你别叨咕了，她自己的事让她自己去处理。"父亲说完，母亲也不言语了，沉默着继续做饭。

每次一来姥姥这里，梅晓白都小心翼翼，甚至到了孤僻自闭的程度。是紧张？是心虚？是担心？还是？反正，她的内心有种说不清道不明的感觉。梅晓白不知多少次在无意中听见姥姥劝说自己女儿的好话，攒起来足足有一火车了。梅晓白总是装作什么也没听见，然后像个老到的演员一样，扮演着她的特殊角色。

全家人分吃完了月饼，梅白张罗着要走，梅白说明天晚上的飞机，要去南方，有一个工程项目需要她亲自去一趟。母亲留也没留住，只好给她们装了一包又一包的东西，不厌其烦地嘱咐一个好好学习，嘱咐另一个抓紧找对象……

2

中秋节的月儿格外明亮，像是要照透大地一样。母女俩走在路上，也就自然地聊天。

梅白看女儿不说话，主动搭话说："给你学校老师发祝福没有？节假日一定要记得老师。"

"发了，就是没给我的舞蹈老师郑小乔联系。"

"为什么？"

"因为我不想和她联系，她和我们姜春雷老师分手了。"

"那是大人之间的事，这和你有什么关系？小孩子怎么那么复杂。毕竟教过你舞蹈，要对老师感恩。"

"我知道，可我就是不再喜欢郑老师。你说，我们姜老师哪里不好？她真是没眼光！白长那么大、那么明亮的眼睛。"

"哦，你还挺正义的，小屁孩。"

"嘿嘿。"

"不过，你们姜老师确实挺好。家长会上见过两次，也通过电话。"

"您也这么觉得？妈，以后给我找一个像我们姜春雷老师那样的爸爸就好了！"

"说什么胡话？"

"我可是说真话，妈，我看合适。真的，这类型的人，估计也符合我姥姥的要求。妈，我们姜老师现在正好单身，要不，您考虑一下？也好拯救拯救我们可怜的姜老师。"

"怎么，为你老师想牺牲你妈呀？想快点把你妈嫁出去？那你呢？你是不是也有什么想法啦？说，经常给你发短信的人是谁？是不是有人追你？你们班的？哦，怪不得你不离开高二2班！"

梅白锁好车门，抓住女儿的小辫儿笑闹着说。

“哎呀，哎呀，您冤枉我。”梅晓白缩着脖儿。

“你现在不能分散学习精力，最好别恋爱，还小。不要像我当年……”梅白欲言又止。

这时，梅晓白手机又发来一个信息，还是程苗苗的。

梅白看见了说：“好啊，看你还怎么说？你敢让我看看谁发的短信吗？嗯？”

“妈，您别看了，我正想和您说呢。”

“啊，真有男生追求你啊？”

“不是男生，是，是女生。”梅晓白咕噜着说。

“什么？！你说错了吧？！”

“没错，是女生，学习委员——程苗苗，您也认识的。”梅晓白把程苗苗三字说得很真亮。

“天啊！不会吧？她是女生啊。”

“她说她不喜欢男生，她想做男生，保护我，爱我一辈子。那天体育课操场上亲口对我说的。”

“那你，你怎么处理的？你怎么看这件事儿？”

“我当然拒绝她，说我们继续做好朋友，但是，我不想刺激她。我要关心她，您知道吗？她爸爸和她妈妈离婚对她打击挺大的，她都不想读书了，后来，是郭主任和姜老师把她给找回来的。”

“这样子啊。”

“您看，她还不死心，又来发信息给我，我真不想理她了，可是又怕她伤心。妈，你说我该怎么办？”

“对，不能伤她心。这时候，如果你强硬拒绝和排斥，也许会加重程苗苗的挫败感，甚至产生自闭的心理。唉，妈懂，弄不好，情感也会要人命。”

“妈，那我怎么办好？”

“其实，你应该鼓励程苗苗多参加些学校活动，多接触些优秀的男生。让她知道异性中的闪光点也照样可以吸引她。也许有了喜欢的男生，程苗苗的所谓‘爱你’情结自然就不攻自破了。”

“我怎么说，她都不听。唉，她竟然还阻止我和赵小晚还有其他女生交往。”

“是吗？！你可以和姜老师说，让他也帮帮你。”

“不行不行。妈，这事儿不能让老师知道。我在学校都不敢和她多说什么，怕别人知道，传出去程苗苗会怪我的。您也要为我保守秘密，这可是我信任您。”

“好，我知道，不会跟别人说。但你要处理好，帮助程苗苗把心思多用在学习上，做到正常交往。对，你可以把她邀请到家里，好好和她交流一下，正好，最近我出差。”

“妈，您说，这是怎么回事啊？我没想到会成这样。”

“谁都青春过，没事，别顾虑，其实，青春总是会有许多搞怪离奇的事件，然后人生变得更加有趣，而你们总是会穿插在其中。”

“妈，我爱你！”

梅白毫无准备，啪的一声，被梅晓白亲了一口。梅白显得木讷。这是梅晓白长大后第一次和梅白用这种直接的方式表达对她的爱。别样的情感交流与体验，让梅白这个特殊的母亲幸福死了，她险些晕倒……

3

周五的课下，梅晓白又感觉班级里有一个眼神寻觅她，然后又逃避着她。没错，就是被她拒绝的郝帅。郝帅听了姜老师的几次开导算是“死心”，但还没到“踏地”的程度。程苗苗找借口又拉梅晓白去楼道说话，除了说她一刻也不想离开梅晓白的话，就说她妈她爸她后妈的争吵。

“苗苗，你多和咱班的男生交流交流，比如王朴生、马骁、才仁东周。”

“没心情理他们，没空。”

“那走，我们去操场看看打球的同学。”

“不去，看到别人我就烦。对，周六我请你去看电影吧？新片。”

“唉，我还要学习，现在觉得课程难了，青海学生比我成绩好，说心里话怕他们给我落下。”

“去吧。梅晓白，我只想和你待在一起，我，我挺寂寞的。”

“啊？啊？”梅晓白的心又是一颤。

“你听我说，好吗？我……”

梅晓白制止道：“别说了，同学听见不好，今天去我家吧。你和你奶奶说一声。”

“那你家……你妈呢？我，我不敢去。”

“没事，我妈出差了，一周才能回来，刚走三天。”

“好！”程苗苗高兴地说，她恨不得最后一节课不上，赶紧去梅晓白家里。

总算到了放学时间，程苗苗跟着梅晓白走出校门。

梅晓白打了一辆红色的士，司机开进一个高档小区。这是一处整洁现代化的院子，下车后进门有摄像头和统一着装的保安。保安还要让陌生人签字。

“哇，梅晓白，什么小区啊，这么麻烦。”

“这是小区规定，签了就可以了。”两人往里走。

梅晓白家住顶层。下电梯，楼道很大，却只有两家，最里面的一家是梅晓白家。

“进！”梅晓白打开门给程苗苗推了进去。

“天哪！好棒啊！高档装修！高档家具电器！哇，还有楼梯通往二楼？！你怎么住这么好的房子？”一进门程苗苗就被眼前所见惊呆。

“这是我妈辛辛苦苦打拼来的。”梅晓白补充说。

“晓白，我用换鞋吗？”程苗苗明知故问。这么好的房子能不换嘛。

“换上吧。这是我的拖鞋，我穿我妈的这双。”

“那……”

“没事进来吧。”梅晓白把程苗苗让进里屋去了。然后，梅晓白换完鞋后陪着程苗苗参观。

一楼其中有一间是梅晓白的书房，里面有一架钢琴，墙上还有梅晓白参加舞蹈比赛的照片。二楼是梅晓白的闺房卧室。电脑、壁挂电视、练功舞蹈服。

“条件太好了，我都郁闷了。你住得像天堂，怪不得你这么像天使。”

“怎么样我家?”

“太好了。”

“那就住下吧。”

“呵呵，敢情好。你爸爸呢?”程苗苗看住处里没有一丝男人的痕迹，好奇地问。

“我只有妈妈，没有爸爸。我是妈妈的养女。”

“哦……这世上就没一个好男人，我说的没错吧？没关系，我以后会更疼你。”程苗苗立刻闪现着奇怪的目光，直直地盯着梅晓白。

程苗苗心想，要不说世界也很公平，梅晓白的物质条件好，但是她却如此让人可怜——孤儿一个!

梅晓白给程苗苗拿了瓶饮料。程苗苗看着眼前的梅晓白，觉得梅晓白像极了传统意义上的贤妻良母，她更加爱她了。

说实话，梅晓白看坐在自家沙发上笑眯眯看的程苗苗，特紧张。梅晓白回屋换衣服去了。然后，梅晓白光换上睡衣吊带裙，出来了。

“身材太好了，胸这么大，没想到校服给你遮住了。哇，真的好性感。”

“你干吗啊!”梅晓白有点生气。

“怎么了？害怕了？女人不会伤害女人，只有那些可恶的男人。”程苗苗虔诚的样儿。

梅晓白不高兴，起身坐在另一端。

程苗苗冲着梅晓白，一脸祈求地看着她，她的眼神里写着：“能不能让我碰碰啊?”

梅晓白也冲程苗苗看，眼色明确:“不行!”

程苗苗又冲梅晓白使了个祈求的眼神，好像在说:“真的不行吗？来啊，要不，你坐我腿上。”

梅晓白板着脸不理程苗苗。程苗苗刚要过来往梅晓白腿上趴，梅晓白就起来了，她就扑空了，趴到沙发上。

“你别这样，别让我讨厌你。”梅晓白躲着说道。

“叫我到家里，咱俩干什么啊?”程苗苗怪异地问。

“你说呢？我们俩是女生，能干什么？我就是不想当着同学们面，和你好好聊聊。”

“晓白，你知道有一句话说过的，爱情是无罪的。”

说着，程苗苗就站起来，把校服脱掉，露出光滑的胳膊，就把俩胳膊摁梅晓白肩膀，然后，嘴离梅晓白越来越近。

“你干什么啊？你是女孩！疯了吗?”梅晓白气得两手准备打她。

“别生气，人家真的爱你才这样。”

“我理解你，也同情你，更愿意帮助你，但是，我们之间不可能有爱情。你不要用这种腔调跟我说话好不好?”

“可我看到你就控制不住，越来越控制不住，我这是怎么啦!”

“你冷静想一想，正视我俩的关系，行不行啊？我已经和你说明白了。希望你也明白。”

“你叫我……”

“别说了，我不愿意听。饿了没？走，我们到楼下去吃饭。我家旁边有个饭店。”梅晓白想打破尴尬。

“好吧。”程苗苗情绪低落下来。

程苗苗随着梅晓白下楼。路上程苗苗还在琢磨，我俩现在是什么关系呢?难道她真的不爱我？不会啊，那她为什么对我那么好啊？甚至为了我远离郝帅，远离赵小晚？为什么要我到家里来？程苗苗心里矛盾着。

4

吃完饭，梅晓白和程苗苗往家走。程苗苗走得很慢，梅晓白在她前面。在穿过小区后门的时候，有一排排栗子树、核桃树和柿子树，虽然不像夏日那么茂密，可还是能遮挡人们视线，再加上有微弱灯光的陪衬，这里便突显出夜色迷人的情调来。

突然，程苗苗从后面把梅晓白抱住了，吓梅晓白一跳。

“你干什么?”

“我不想往前走，就想抱着你。”

“别开玩笑了，多晚了，回去休息，我们看看电视。”梅晓白挣脱，转过来看着程苗苗说。

“你是真看不出来还是装傻啊？我喜欢你！我想照顾你！”

梅晓白瞬间又蒙了。虽然梅晓白料到程苗苗会说这种话，但是真的再次听见的时候很震惊。梅晓白不知道说什么了，扭头什么话都没说，就往楼上走。程苗苗追过来，梅晓白甩开她的手，没理她，往前接着走。

程苗苗吃饱了来了劲一样，她又一次跑过来，挡在梅晓白面前，双手托起梅晓白的脸，大胆地亲了一口。梅晓白还没反应过来，程苗苗已经完成了这个动作。

梅晓白愣怔的工夫，程苗苗又想得寸进尺。梅晓白脑中这才闪出不行的信息，马上推开了程苗苗，跑到自己门口开门。梅晓白的嘴唇仿佛还湿润着，心还是扑通扑通地跳着。说实话，梅晓白真的蒙了，找不准哪把钥匙能打开自己的防盗门。

进了门，梅晓白让程苗苗单独住一个屋子休息，自己进了另一个房间，坐在桌子前喘息着，不说话，她不知道该不该撵走程苗苗。

程苗苗站在门旁说："对不起，但我是真的喜欢你，希望你可以接受我。我没有一个可以信赖的人，我爸爸也不再关心我，我姑姑奶奶对我也不如从前了。梅晓白，求你别生我气好吗？接受我对你的感情。别不理我行吗！"程苗苗掏心掏肺地说。

"好，不生气了，我们始终是好姐妹好同学，但你以后千万别那样对我。你先洗漱吧。"

梅晓白一琢磨，毕竟程苗苗第一次来自己家，也是客人，不能太让她难堪。她调整了情绪，缓和了口气。

程苗苗听梅晓白不怪自己了，也就进了洗澡间。

梅晓白坐在椅子上一直想，我怎么办？接受她吗？不可能！怎么办？怎么办？梅晓白知道程苗苗家里的情况，她的确很孤单。想到程苗苗伤感无助的眼神，梅晓白有些不忍。梅晓白只想简简单单地和程苗苗每天在一起学习，说说感兴趣的话题，更希望程苗苗对自己的感情走上"正轨"。

直到洗完澡的程苗苗走过来说，她想跟她那什么的时候，梅晓白这才感觉到问题的严重性！

梅晓白坚决不同意。程苗苗采取软磨硬泡的方式，穿条短裤就把梅晓白压在床上了。

"放肆！你别逼我报警！"梅晓白愤怒地把程苗苗一脚踹下床。

程苗苗"哎哟"一声，骨碌地板上了。

"我……不是故意的……不想就算了。"程苗苗爬起来，结结巴巴地说。

"你好意思吗？怎么这样？还能强迫把我压床上啊？我告诉你，我特别生气！我不希望还没有成年的我们就这样！你有问题！"说完后，梅晓白就一直没有理程苗苗，进了另一个房间把门反锁上了。

程苗苗站起来后，只好躺在床上给隔壁的梅晓白发了条短信：对不起，我是太爱你，才那样的。当时就特想亲昵，控制不住，打我我也认了。我只想做个"好男人"好好呵护你。以后保证不会这样了。行了，这件事就这么完了，不许再追究，别告诉老师和同学。

几秒钟过后，梅晓白回复一条：没有那些不该有的东西，所以我们坦然相对，永远的小姐妹。我会保密，但你应该去医院看医生，你性取向有问题……

程苗苗把手机一摔，闭眼躺在那儿，重新回想自己的家庭，以及这段时间以来，梅晓白陪着自己走过的时光，一切画面仿佛就在昨日。躺在大床上的程苗苗眼里流出泪水，淌在脸上，然后慢慢变成了雪……

这件事之后，又该过国庆节了。

第二十九章　斩不断，理还乱

1

一夜小雨添寒意，习习秋风惹秋凉。青果校园却是热闹异常，同学们终于迎来了庆国庆文艺会演。这是学校举办的一次巨大盛会，是一场精神大餐，是一次素质教育成果的良好展示。

9月30日上午，十一国庆节演出在鼓乐声中拉开了序幕。其中，男主持是高三的，也是学生会主席，女主持人是高二2班的梅晓白。姜春雷看到自己的学生走到舞台中间不免心生自豪。

梅晓白仍然感觉台下有两个眼神寻觅她。她知道，略带不甘的是郝帅，还有一个火辣的是程苗苗。但她此刻是那么地希望得到另一个人的关注，那就是她的男神老师——方向。

梅晓白站在台上，故作信心满满，其实腿直颤。高二2班同学的带头掌声，及时给了她鼓励，她渐渐变得从容自如起来。

第一部分：开场白。

男（高三男生）：尊敬的各位领导、各位老师！

女（梅晓白）：亲爱的同学们！

合：大家上午好！

男：金秋十月，

女：秋风送爽。

男：走进十月，我们用一样的眼神凝望金秋；

女：凝望金秋，我们用一样的心情渴望收获；

男：欢度国庆，我们用嘹亮的声音歌唱祖国；

女：歌唱祖国，我们用深情的语言诠释情怀；

男：让我们唱起美妙的歌曲，跳起欢快的舞蹈，一起融合进这团结、欢乐的海洋中。

女：让我们歌唱伟大的祖国，歌唱美丽的希望，歌唱我们共同拥有的岁月与梦想。

男：今天，我们欢聚一堂、载歌载舞。这是最喜庆的时刻，歌声舞姿挥洒着诚挚的祝福。

女：今天，我们激情满怀、心潮澎湃。这是最激情的时刻，欢声笑语洋溢着迷人的风采。

男：让我们尽情地唱吧！让我们欢聚希望，共庆共和国的生日！

女：让我们尽情地跳吧！让我们载歌载舞，共迎美好明天的到来！

男：让我们在这个舞台上尽情地演绎，绽放我们青春的梦想！

女：让我们和着幸福的节拍，以歌舞为伴，与祖国同行！

合："欢度国庆节，放飞梦想"青果校园文艺会演正式开始！

很快，进入第二部分，就是表演节目。这次文艺会演报名的节目有30多个，经历两次的彩排之后，节目才渐渐有了雏形，再经过负责演出的方向老师严格筛选，对每个节目进行耐心的指导，最终，才把节目定在17个。

方向是教高二政治课的老师，也是学校文艺演出的编导。他父亲就是从青果中学退休的。受父亲影响，他首都师范大学毕业后，也当上了一名老师。他跟别的老师不同的是，吹拉弹唱样样精通。由此，这个年轻帅气有才华的小伙子自然就成了全校女生心中的男神老师。在众多女生之中，梅晓白就算一个。梅晓白一直暗恋着方向老师，关于这个秘密只有赵小晚知道一点儿。

这次演出中，语言类节目的负责人是陈钢。是个三十多岁、瘦高个的男老师。陈钢教实验班语文课，曾经是郝帅和才仁东周的班主任。虽然是一位年轻教师，但很谦虚、沉稳、敬业，深得郭主任欣赏。作为高中语文的骨干教师，陈钢的目标是使全校语文高考成绩在全区九所高中名列前茅。不久前，为了培养学生的文学兴趣，为了给普通班与实验班同学创造学习交流的机会，陈钢还与普通班语文老师李玉团结协作，成立了青果中学文学社，取名为“青果青文学社”。

高二2班的赵小晚、王朴生一起被选为学校文学社的编辑。当然，这次演出的小品、诗歌、相声等节目均有他们参与创作的身影。这既激发了赵小晚的学习热情，同时也增加了她的自信心，让她变得越来越合群了。

学校大礼堂坐满了人，不时地响起热烈的掌声。灯光闪烁的舞台上，各个年级组、各个班级都拿出自己的“绝活”，学生们以多姿多彩又极富创意的形式，尽情展示自己的才华，尽情挥洒青春的激情。

节目算得上丰富多彩，有舞蹈、小品、哑剧、吉他弹唱、钢琴独奏、爵士鼓、葫芦丝齐奏、合唱等。最拉风的要数闹桑错、才仁东周和卡卓吉的藏族舞蹈，掌声爆满整个学校礼堂。而张天一和高三男生跳起的现代舞《Nobody》则更是阵容庞大，动感十足，舞姿新潮，以独特的构思，极强的感染力，将演出推向了又一个小高潮。

程苗苗演唱的歌曲《等你的季节》、郝帅演唱的《如果没有你》、高三女生的《隐形的翅膀》、高二3班一女生的《后来》等声调优美，绕梁不绝，凸显着学生们的朝气蓬勃，热情欢快，大胆地吐露着真我性情。深深感染了现场的老师和同学。

闹桑错上场了，姜春雷带领全班同学给有点腼腆的闹桑错鼓掌加油。闹桑错身着藏族水袖上衣，藏裙，藏族短靴和头饰。当音乐响起时，闹桑错就不是闹桑错了，简直是舞神。当然，在才仁东周的心目中，她永远是一株格桑花。

方向老师自己一边演奏，一边演唱《父亲的草原母亲的河》，赢来全体观众的掌声，而梅晓白的伴舞更是锦上添花一般令人赏心悦目，全场文艺会演不时响起雷鸣般的掌声。

罗亚军的单口相声《考试没考好》，还有高三年级的小品《课堂风波》《我想恋爱》《有钱》《学霸学渣是哥俩》等节目把演出推向另一个高潮……

颁奖的时候，校长柳篮、主任郭秋平等几位领导大大地表扬了一个个才华横溢的演员和精彩纷呈的节目，夸奖学生充分展现了青果中学学子张扬的个性和深厚的艺术修养。

另一位校领导曹维康除了机械似的鼓掌外，坐在那儿不言语，心里却憋着半肚子话。他始终对小品《我想谈恋爱》有成见，对《父亲的草原母亲的河》这类老师和学生的歌舞也不看好。曹维康很看不惯梅晓白跳舞时老围着方向老师瞎转，眼珠子老往老师眼里掉。曹维康担心这个年轻的老师被转迷糊。当然，作为主抓青果中学半辈子德育的主任来说，他最怕惹出什么大乱子，他决不允许将要退休之前，在自己的眼皮子底下发生不该发生的故事。

曹维康正在酝酿，准备适当的时候去找方向谈谈。他断定方向和姜春雷一样，是他操心的重点对象。

高二2班不停地派学生领奖状，大家为班集体获得的荣誉而自豪，同学们和姜春雷老师击掌、拥抱。这一切，被钱莎莎看在眼里记恨在心上。她没能担任高二3班班主任，一直怀疑是哪位老师说了坏话，当然，姜春雷是她重点怀疑对象之一。看看颁奖的场面，钱莎莎更认为校长和主任偏向姜春雷，把好学生都给他了，这是最大的不公平。钱莎莎表面上忍耐着，压制着自己的情绪……

2

参加演出的同学把演出道具都交到方向老师那里，陆续离开，最后只剩下梅晓白了。

方向正在核实登记收上来的演出服装和一些道具，低头说："没事了，梅晓白，你回班级吧，你的主持和舞蹈很棒，老师觉得，你以后可以报考传媒大学或者舞蹈学院。"

梅晓白的全身血液沸腾着，她感觉自己还在舞台上旋转。梅晓白攒了许多话，想对方向老师说，只是没有找到合适的机会，今天是个难得的机会，可她又不知道怎么开口。

方向看她站在自己面前没动窝，就挠挠头发，抬头问："怎么，还有事吗？"

梅晓白先看看门外，然后看看方向，硬着头皮说道："我，我要是有你，不，我说，如果有下一辈子，我想有一个亲哥哥，我就可以穿他180码的衣服在屋里游荡，可以看着他打篮球，可以拉着他的手走在大街上，可以一起保护妈妈，还可以一起去看电影……"

"啊？你在编台词？哦，是你写的新话剧吧。看来，你是当演员的料子。别说，还真行。呵呵……"

"笑什么，我说的是真的，现实的，不是台词！您真不知道吗？我……我，我走了……"

梅晓白说完，跑了。她没好意思把心里话全抖搂出来。

方向站在那儿，看着梅晓白跑出去的身影，再想想她支支吾吾的话，他猜出了点什么。方向赶紧锁好库房门，他心里惶惶的，一半儿原因是为这个自己辅导过的学生。他不敢猜下去了，他希望自己的猜测纯属虚构。

3

梅晓白还没跑到班级，半道儿和程苗苗撞上了。

最近，程苗苗越来越敏感，她发现梅晓白要"变坏"。程苗苗想想跳舞的时候，梅晓白几次走近方向老师的舞蹈动作，再回忆这几天排练节目时的场景，程苗苗就气。

怪不得梅晓白不和自己“好”，那天在梅晓白家里，梅晓白还告诉自己喜欢上一个人。哦，原来不是别人，正是方向。这可是一个强大的“情敌”！

更让程苗苗受不了的是，梅晓白果真采取行动了，而且动作这么快，快得超出了她的承受速度。梅晓白居然背着自己换了座位，让卡卓吉换到梅晓白原来的位置了。

这是演出结束程苗苗回班级才发现的。要不是习惯性和梅晓白说话，还发现不了自己认错了人。梅晓白怎么变成了卡卓吉？要死掉了！死掉了！程苗苗气得发疯，到处寻找梅晓白。

程苗苗的头都大了，就这么晕晕乎乎地只顾想也想不明白的问题，她预感自己的“女朋友”要丢。突然，程苗苗眼泪汪汪地捂着心口。坐在旁边的卡卓吉直问她怎么回事，程苗苗说心里难受。最后，程苗苗坐不住了，她东一趟西一趟地寻找梅晓白，要问个究竟。末了，是郝帅告诉她，梅晓白去了学校库房，送演出服。郝帅告诉完就后悔了。

梅晓白瞅见对面的程苗苗气呼呼地看着自己，她已经觉察到了情况不妙，便一句话没跟程苗苗说。

“梅晓白，你太无情了！连座位都跟卡卓吉换了？”显然，程苗苗急坏了气坏了，劈头盖脸地质问。

“我怎么你了？干吗这么说我？”梅晓白很想推翻她的那个词——“无情”。

“那你干吗换座位？我不是说你不愿意，我不强迫你和我好吗？是不是叫我难堪你才好受？是不是看着全世界人对不起我，你才舒坦？”程苗苗越说越失去逻辑。

“我看不见黑板，才……”梅晓白想撒个谎，她不想直说，怕伤着程苗苗。

“胡说！不就是我那天强行吻你你生气了吗？小气鬼，我没有坏心眼，至于吗？”

“哎，你，你小点声成吗？”梅晓白看走廊里走过来其他班级的学生，好心好意地说。

梅晓白害怕程苗苗了。怎么办？真要传出去，那事可就大了。梅晓白不知道别人怎么看，怎么想，自己该怎么说明白她俩的关系。

程苗苗又说：“你怎么老因为这点事生气啊？别不理我好不好？梅晓白，求求你。你慢慢接受我，实在不接受，我答应你绝不会再出现那天的事儿。”

“好了，别提那天！我不想回忆。”

“你也这样对我狠心吗？像我爸爸一样不要我了吗？你知道我多孤独吗？”

程苗苗看着一向温柔似水的心上人，今天也会说出这样的话，用这种口气对待她，她十分委屈。

梅晓白很反感程苗苗再提起那天。那天之后，梅晓白才想彻底逃离程苗苗，才想让方向老师保护自己，才想尽快和方向老师表白，才想让自己有一个正常的情感。梅晓白想拥有自己的爱情，那种美好的、自然的、发自内心的情感。

“苗苗，你别这样，我真没有，没有不关心你，不要你。你永远是我的好同学好姐妹，我说过多少次了，你怎么就不明白呢？我们都是女孩！”

“我不是女孩！我不想当女孩！这你知道。我要你把座位换回来！你是不是喜欢上方向老师了？告诉你，男人没一个好东西，不信你就试试。咱班的吴晶晶和张天一好，吴晶晶早晚有后悔那天。不信你等着！”

“苗苗，不管怎么说，我不会再和你一桌了，我们还是保持距离好。马上我们就面临高三高考。我这么做也是为你好。别的话我也不想说了，更不想让老师和同学知道什么。”

“是，强扭的瓜不甜，我说过，我爱你，但我不会强迫你。你记着，只有我才最爱你！”程苗苗痛苦地转身回班级。

本来，梅晓白以为这一天的一幕就会这样过去了，没想到事情发生了变化。

梅晓白和程苗苗的对话被男厕所的姜春雷一字不落地听到了，且听得一清二楚。

姜春雷一点心理准备都没有，程苗苗？！梅晓白？！俩女生！姜春雷的浑身像地震了一样，这“一震”惊得他扣不上腰带了，他找不到正确的定位。

第三十章　铁腕抓不良

1

第二天，再也沉不住气的姜春雷就找到梅晓白了解情况。

梅晓白这才原原本本讲出来。说，那天去家里，程苗苗向她表白，还希望与她进一步发展。梅晓白无法接受，想和程苗苗绝交，离她远点，又怕别人知道，所以才暗暗自作主张调换座位。程苗苗一气之下找梅晓白质问，才出现了那一幕。

办公室里，梅晓白用惊慌的眼光祈求姜春雷老师，那眼神中流露出一种信息，那就是千万不要报告给学校。姜春雷也很纠结，一时间，太阳穴和眼珠子都疼起来。姜春雷自己也不知道心里能否装下这么大的一块事儿。

梅晓白最后强调说，程苗苗绝不是坏女孩，希望姜老师能帮帮程苗苗，只求她不要爱自己。姜春雷看了看这个善良的女孩，安慰了几句，就让她回班级把赵小晚给叫来。

赵小晚正从青果青文学社长陈钢老师那里送文稿回来。姜春雷旁敲侧击地询问。先试探性问她，最近学习情况，家里情况。赵小晚一一作答。赵小晚比较直爽，不会藏着掖着，还依然表示出对母亲的不满，对继父的反感。

姜春雷通过询问，知道赵小晚一到放假就打短工的根本原因了。姜春雷又心生怜悯。唉，这孩子多像自己小时候啊！他俩的这段人生简直是复制的一样。无意中，姜春雷见赵小晚撕着手指上的裂皮，那双有点粗糙的小手，一看便知，她周末又去给饭店洗碗了。

姜春雷天生比较感性，此时，他的心猛地痛了一下。姜春雷想到那一次，仅有的一次，被这双小手抱过。他真想去抚摸一下那双受了伤的小手，但姜春雷的大手伸在半空，却落在了水杯上。对，自己是老师，不能随便碰女学生，哪怕是手。通过上次深刻的教训，姜春雷懂得在学校要避嫌，即使没做亏心事，也怕鬼敲门。更何况，曹维康已经敲过门，警告过他，并且抓过他，还停两天课。他咋能不长记性呢。

当被问到程苗苗的情况时，赵小晚说，她也不知道什么原因，程苗苗总是霸占梅晓白，弄得她和梅晓白渐渐疏远。抱怨她现在都没机会像从前一样和梅晓白在一起学习，聊心事了。赵小晚还说，程苗苗拒绝参加青果青文学社团的一切活动，不管她怎么说服，程苗苗很顽固，就是一篇文章也不投。程苗苗只想写有关高考的作文，不想参加什么文学社团，怕浪费时间。

姜春雷想不到女同学比男同学还麻烦，背地里还有这么多细节。他听完赵小晚的讲述后，从抽屉里拿出两个崭新的日记本，送给赵小晚，说是奖励，奖励她课堂上不睡觉了，各科成绩也比之前有进步，希望她继续加油。赵小晚得到老师夸奖，一高兴，真想再一次抱抱姜老师，但一想到上次自己闯下的大祸，也就克制住了自己的冲动，然后，赵小晚做个鬼脸，孩子一般抱着精美的笔记本雀跃着跑了。

2

姜春雷关上门，站在窗前往远处看。他陷入了前所未有的沉思。听梅晓白和赵小晚这么一说，姜春雷立刻又有了新的压力。

如果事情继续发展下去，那问题就严重了，处理起来会更加棘手。是顺其自然，还是阻止劝导？关键是如何劝？怎么个开导法？自己一个男老师该怎么去办呢？这时候，姜春雷都想变成女老师了。如若那样，事情也许会好处理一些。那一次，郝帅被他给领到正道上来了，至今还走得很稳，可这次，女生问题该怎么办？姜春雷很犯愁。

姜春雷突然有了闪念，要不要报告给郭主任？可报告了，姜春雷又担心主任报告校长，然后传到曹维康哪里，岂不是会弄得“满校风雨”？那程苗苗又会怎样？不行，不能把事情扩大化，必须到自己这里斩断。想想程苗苗是他辛辛苦苦从网吧找回来的，难道还把这个女生推向社会吗？这孩子明天会怎么样？能怎么样？！姜春雷脑子里闪现了一大堆过早走入社会的女孩子形象……

姜春雷把自己关在办公室长时间地思考。这个问题可是《如何做好班主任》一书里查不到的，姜春雷只好先上网查找“关于女同学之间亲密情感如何看待”的问题。

3

梅晓白坐在座位上，心早跑了。最初，她的心先跑到演出节目的舞台上，转啊转。接着，又跑到有方向老师的库房，飘啊飘。最后，落在了玉树临风的方向老师身边，跳啊跳……

梅晓白满脑子遐想。想到最后，她决定，不能像初中时那么懦弱了，自己的懦弱造成了给初中班主任石磊老师的礼物至今没送出去。梅晓白鼓足了勇气，把一封情书偷偷地夹在政治作业里面，连同作业本一起交给方向老师。她希望他亲手拆开信，明白她喜欢他。梅晓白要追求自己心中的男神老师了，一切准备就绪。

办公室里，方向正在批阅三个班级的政治作业。梅晓白在门外徘徊，她足足待了十分钟，见其他老师陆续下班走了，才壮壮胆儿敲门。

“进来。”方向听有人敲门，喊了一声，就继续坐在那儿翻看学生的作业本，在本子上写评语。

“老师，我……我的……”

“哦，正在看你们班作业，我说没见你作业本呢，是不是演出排练耽误你完成作业了？也好，补上就行了。放这吧。”

方向看一眼梅晓白，继续看手里的作业本。

“老师，您……你……”梅晓白不知道是称呼您还是你合适，该不该告诉老师本子里夹着一封信。告诉吧，又难为情，毕竟不好当面说出口。不告诉，又怕万一掉地上让其他人看见，更难堪。梅晓白显得十分紧张。

“哦，你先放那儿，我看完王朴生的作业再看你的，放那儿就成了。怎么，还有事?”

“有事儿，老师，您没有……”

梅晓白想问方向有没有女朋友，但她没胆量说出口，害怕方向回答一个字。

“怎么啦?”

“我想跟你说，说的话，我都，都写在信里了。”

“信？什么信?”

“喏，在我作业本子里。”

“写的什么信?”

方向有点紧张了，他翻着梅晓白的作业本，果然一个封得严严实实的信掉在地上，他猫腰捡起来。

“别看，你回家看。”

梅晓白急了，上前来抢信，阻止老师当着她的面看。梅晓白无意中手握住了方向的手腕，梅晓白感觉到了一种异性的力量，还有一种朦胧的美，这种力量和美顺着自己的手一点一滴地通向全身。她不禁浑身颤抖。梅晓白当时就是感觉挺好，是女孩子才清楚的那种好，独一无二的。

顷刻间，梅晓白的鼻尖全是汗，不知道是吓得，还是热得。

“你听老师说，我只看你作业就行了。信，我就不看了，你自己拿回去，就当什么也没写。”

“不行，老师，你一定要看，这是我的心里话，我必须告诉你，不然没心思学习。我就想做你女朋友。”

不只是吓得，还是激动得，梅晓白眼泪都快出来了。

“啥？啊？！你……”

事到如今，方向完全可以确定，眼前的这个女生对自己的感情和其他同学不一样。可方向没想到，自己的学生亲口表白说做自己女朋友！就在办公室里面！真是太不可思议！

一时，方向也不知道如何是好。反正不可以接受，这是铁定的。那？是拒绝？或者是严厉批评面前的女孩子？她要在办公室哭起来怎么办？方向半点经验也没有，不知道怎么做合适。这真是破天荒头一次遇到！真摊上事儿了。我的天姥爷和天姥姥啊……

办公室的空气凝固了，一切都处于静止状态。此刻，没有其他声音，只有墙上的钟嘀嘀响。两人正尴尬地说着自己才清楚的话，方向和梅晓白心里各自敲锣打鼓地慌乱着。

方向朝梅晓白摇了摇头，一脸严肃的、夹杂着慌张的表情。梅晓白纯情中夹带着慌乱的表情，祈求地看着方老师。

梅晓白的眼神里写着：“能不能接受我喜欢你，做你女朋友？”

方向也冲梅晓白摇摇头说：“不行！”

梅晓白又冲他使了个祈求的眼神小声说：“真的不行吗？”

方向使劲儿摇头，很清楚地说：“绝对不行，我就是你的老师！”

最后，梅晓白她用低低的声音说：“老师，你看看信吧，不看，我会伤心，我以后就不交政治作业了。”

梅晓白又是激动，又是忧虑，又是焦急，浑身不停地出汗。

方向有点犹豫，刚要说：“不，我还是不看为好。”

不料，梅晓白特别快速地抱了一下方向，跑了。

方向缓过神，拿那封没有拆开的信在后面追几步，刚到门槛的位置，一脚门里一脚门外的，就被工会主席兼德育处主任曹维康给堵住了。

完了！糟了！遇麻烦了！

4

方向知道，这个曹叔可不是一般的叔。他能为了对学生和年轻男老师进行监督，还暗暗组织了一支由党员和先进分子组成的纠察队，他们游荡在校园的各个角落。一旦发现违纪学生和老师，（前几天就处分了一个男老师），便会将其记录在案，及时通知班主任或者校长，然后对所有人进行思想教育。曹叔的这种督察弄得人心惶惶，一般人见他就想躲。

"曹主任，叔，您，您下班还没回去啊？"方向有些不知所措，硬着头皮主动打招呼。

"我能走吗？学校净事。你怎么还没走？刚追谁呢？对，我正要向你了解一些情况。"

"啥情况?"

"啥情况你还不知道吗？把门关上，你进来坐这儿。刚才那女生怎么跑了?"曹维康一本正经地冲方向说道。

"她是姜春雷班学生，来我这儿交政治作业。"

"她不是和你合伙演节目跳舞的那个梅晓白吗?"

"啊，是啊。怎么了?"

"你说怎么了?！这次演出，有几个节目就和主题不搭调。你们怎么审核通过的呀？小品《我想谈恋爱》根本不符合学生演出。这叫什么？这就是误导！你下次审核排练节目必须给我注意，要注意影响。别什么节目都演，咱这可是学校，是高中!"

"哦，那我知道了。"方向心里真想辩解一下，但看曹维康那架势，也就不敢犯上了。方向只有点头答应的份儿。

曹维康说："还有，你怎么不注意自己形象啊？和那个女生一起演节目，我看不合适。你不是社会上文艺圈里那些人，你不是什么导演明星，你别忘了，你是老师！教政治的！”

“嗯，没忘。那节目是陈钢和姜春雷一起帮我们指导的，他俩说要有个师生合作的节目，姜春雷嗓子疼，陈钢唱歌跑调，所以他俩就让我演了。”

“他俩也有问题。我会挨个找着谈话。你老实说，刚才梅晓白从你办公室跑着出去，慌慌张张的，有没有事？”

“没事，真没事，她可能着急回家，就跑着走了。我知道您的意思。真没什么，我用自己人格担保。”

“你小子得注意，别拿我的话当耳旁风。你父亲是我老领导，可是光荣地从青果学校退休的。我是你叔叔辈儿，要对你负责。对，你刚才手里拿的什么？”

“哦，是我大学同学从南京寄来的信。我正想看，这不，梅晓白就送作业本来了。”

方向说着，已经随手锁好抽屉，他的心这才放下。

“方向，我作为领导和长辈不得不说，知道吗？前一段，外地发生男老师对女学生犯罪的事儿，你们这些年轻男老师要时刻警惕，要遵守师德。”

“曹主任，您想到哪儿去了，那些都是教师队伍里的害群之马，畜生不如。我知道自己什么该做，什么不该做。您就放心吧。”

“嗯，你小子态度还比较好。能听我说，知道我的好意。那个姜春雷就不如你。我提醒他，他还不服说，好像我多委屈他似的，好坏不懂！我不对吗？啊？防止师生恋，我那是重视师德，不许生生恋，那是怕影响学生学习。”

“您做得对，没错。我知道。姜春雷和我这类人决不会违反师德，这一点可以向您保证。我们都没事儿，放心。”

“告诉你啊，你们可都要警惕！”

“是。有您教导，再说，我们也不是那类人，绝对没事。”

“没事就好。你们也别怪我管得严。既然负责，我就得负责到底，半点也马虎不得。学校教育可是大事呢。”

“对，您说得对。主任，不，曹叔，哪天到我们家和我爸喝两盅？我爸老念叨您。”方向巧妙地转移话题。

“是吗？哎，注意，在学校别叫我叔。嘿，你小子这一提醒吧，我还真想和你爸来瓶儿北京红星二锅头啦，哈哈。”曹维康笑着，吧嗒吧嗒嘴。

德育处的曹维康主任离开了，世界终于又和平了下来。

方向重新回到桌旁，打开抽屉，取出那封信。

梅晓白信上的话很简单，就是那个意思。她爱上了自己的政治老师——方向。方向做贼一样，眼睛在信纸上扫了一遍就即刻又放回抽屉。锁好了锁，确认安全后，方向才离开办公室。

回家路上，方向琢磨，该不该跟姜春雷老师说一声？不说，作为很好的同事，又感觉有点对不起姜春雷。毕竟他是班主任，这是他们班的女生。说了，对梅晓白会不会带来负面影响？要知道，老师在学生心目中具有重要位置，老师的一句话，有可能造就一个天才，也有可能毁灭一个天才。老师该不该尊重学生，理解学生的情感……

方向边走边想，他要想出一个结果来。

第三十一章　惜字如金的备课笔记

1

青果学校和许多高中一样，面临着很残酷的现实，这一点，校长柳篮最清楚。全区排名不前不后的青果中学让柳篮越来越不安了。

柳篮的头发掉得很厉害，如果不是烫发看起来蓬松浓密，那么估计小学生都能数清到底剩多少根呢。柳篮的脸越来越黄，可是去医院检查又偏偏没查出有什么大毛病。

柳篮是一个出了名的工作狂校长。她给人的感觉确实玩命，具有十足的敬业精神，但她有一个致命弱点，脾气比较直，工作中难免让有些教师心里不舒服。

除了去上边开会学习外，青果中学的教师们总能看见她，而且不知道她从哪就突然冒出来，比如，课堂的最后面、教室的门外、老师们的电脑桌旁、食堂的某一个角落，为此，有许多老师都中过她的埋伏。

近来，柳篮的压力很大，一方面来自家庭，一方面来自学校。这是一个几乎把学校当家的校长，这也是一个想把所有事都做到极致完美的女校长。有时，柳篮照照办公室里面的镜子，除了发现头发拼命脱落露出头皮外，她还看见那噌噌往外钻的白头发，她就不自觉地对着镜子想拔掉。关于柳校长的家事，很少有老师知道，老师们只知道她女儿在国外读书，爱人也往返于各地，她常住学校，具体原因成谜。

柳篮一心把精力用在青果学校，更是把应试教育抓到极致。在某些问题上，郭秋平主任和她沟通过，但柳篮听不进别人的话。她只想抓成绩，尤其从河北省某重点中学考察回来，这种抓成绩的欲望更加强烈。

柳篮又决定给学生订新的资料，加强学习力度，争取高考出佳绩。可是，学生资料已经不少了，有的学科甚至多达六本。郭主任权衡再三，还是忍不住要说出自己的真实想法。尽管郭主任知道，柳篮可能不接受她的建议，但她觉得自己有提出异议的责任和义务。

看校长办公室就柳篮自己，郭主任就进来了，她进门就直奔主题。

“校长，我觉得这次给学生订资料没必要。老师手里已经有了海淀和西城编写的资料，您还是考虑考虑，湖南、上海、河北等地的资料有必要订吗？”

柳篮校长说：“怎么没必要？咱们学校学生就是懒散，不给他们多做题能成吗？再说，每一位老师都要负起责任来。就说上一届毕业班吧，升学率根本不理想，都被三中给追上了，四中也在后面紧追，这严重影响我们学校下一届招生。没有好的升学率，拿什么招好苗子？怎么和其他学校竞争？”

郭主任说：“啊？！那么多资料，那学生做得完吗？老师也有反映讲不过来的。”

“你不要总是听老师们说什么。”

“校长，那样，我担心会出现可怕的场景：每天老师上课拼命讲题，学生下课拼命做题，老师成了讲题机器，学生成了做题机器，师生们每天都在忙忙碌碌高负荷运转，身体吃不消吧？”

柳篮反驳说：“你以为我不累？我身体吃得消？现实摆在这里，别的高中都加紧做题训练，我能没压力？毕竟高考的指挥棒就在那儿。你呀，就是见识少，这次我去河北 × 中考察学习，才知道人家为什么每年有大部分学生考入清华北大。”

郭主任问：“他们有什么诀窍？”

柳篮说：“看看咱们学校纪律再看看他们学校，简直天壤之别。”

郭主任说：“本来嘛，我们的生源就不同。”

柳篮说：“河北 × 中纪律比军营还严格，严格到规定各项动作时间，比如大厕3分钟，小厕1分钟，晨跑人手一本书或一张卷子。”

郭主任问：“那是干吗？”

柳篮说：“只为停下来时看课文背单词，为了节省时间保证上课不迟到，男生和女生好多都和衣而睡，整整三年。”

郭主任说：“我怎么觉得这样管理是在屏蔽人性啊？怎么像人们说的高中集中营啊？”

柳篮说：“这是应试教育和社会所决定的。社会上招聘都要名牌大学的学生，你说，不这样管理能出名牌大学生吗？”

郭主任说：“唉，也是这个情况。但这样下去，没人在意德育、体育、文艺教育，没人关心学生过得快乐与否，只为保证高考成绩需求，这就是在压抑人性，抹杀孩子们的个性啊。”

柳篮叹出一口气，说：“有别的招儿吗？哪所高中不这样？哪个老师和学生清闲？尤其我们普通中学，面对一群普普通通的学生，还有什么好办法吗？”

郭主任说：“是啊，好多高中都这么干，好多老师都在大搞题海战术，抓成绩。老师是‘死干＋蛮干＋苦干’，学生是‘死做＋蛮做＋苦做’，学生厌学，老师还逼着学生学，只要学不死，就往死里学。”

柳篮又说：“就咱们这种二流三流高中不这样做，分数能上去吗？”

郭主任说：“有空的时候我就和一些老师聊天，在聊天的时候经常听到很多老师都有怨言，只是当面不说，背地说什么的都有。”

柳篮急了，说道：“他们有什么资格说三道四？教师就是要教好学生，怕累就别当教师！”

柳篮说着说着就来气了。

郭主任停了几秒钟，说：“校长，我个人觉得，这种以牺牲师生的时间、身心健康为代价，不顾长远考虑的做法，虽然也能够取得一些成绩，但绝对不是我们想要的。能不能改革一下呢？想提高成绩，多做题其实也无妨，题目做得完吗？永远做不完。关键是让学生做什么题。”

柳篮问：“你有好的方法？可以说出来，我也想听听。”

郭主任说：“我觉得李玉老师，还有姜春雷老师说得对，而且他们教的科目在教学中已经见效果了。他们教学上没按规定走，而是让学生把主要时间和精力放在那些不会做的题，或是做错的题上。这些题都是学生的漏洞，这些才是要抓的重点，需要反复做，多次做，才能有效提高教学成绩。而不是像有的老师那样，盲目攀比做题的数量，每天让学生拼命做大量的‘新鲜’题目。”

柳篮很感兴趣，追问：“你的意思是？”

郭主任说：“与其让学生争分夺秒地做习题，学生们被沉重的学习负担压弯腰、白了头发、眼睛近视、背也驼，还不如让他们在轻松的环境中解压。”

“怎么解压？”柳篮看着郭主任。

郭主任回答道：“就是暂时不要给学生定这种作业式资料，是不是给学生订购一些有关学生安全保护，以及生活、小科学、小窍门之类的书籍会更实用呢。图书馆也可以进一部分青春读物，与时代同步，多增加一些课外活动。”

柳篮坚决地摇摇头，说道：“课外活动？你想得轻巧，现在家家独生子女，课外活动好是好，真要是出了什么事，你我能担当得起吗？！就说春游吧，最近几年全国各地老是出事故，哪个校长还敢站出来组织春游？更别说其他活动了。还是圈在校园里安全，我们还是安全第一。”

郭主任说：“那，那倒也是。我觉得增加学生的课外阅读还是必要的。”

柳篮说：“嗯，那就取消原计划，只定一些你说的课外读物吧，这事你去办。哦，下节课要开始了，我得去课堂，我要抽查一下老师和学生上课的情况。咱们在学校纪律上必须加强，虽然达不到河北 × 中的地步。对，你要把老师盯紧点，一个个可不许马虎。”

郭主任转身说：“好，校长，我去落实。您也要注意身体，看您很疲惫。”

“嗯，我会的。去忙吧。”柳篮说。

郭主任离开了校长办公室，出了一口长气，心里说，校长对我这态度已经难得了，满学校也就自己和柳篮走得近一些。郭主任仍在琢磨，刚才，没有哪句话说得不顺耳吧……

2

过了一会，校长柳篮也往外走。她漫无目的地走，正好走到高二3班，钱莎莎正在上语文课。柳篮默默地坐在最后排的一个椅子上，摊开笔和本子。

近视眼的钱莎莎这回上课没戴眼镜，也就没注意到校长什么时候进的教室，更没发现她坐在学生后面。坐在后面的几个学生看见了柳篮，柳篮示意安静，不必打招呼，那几个同学也就不言语，有点紧张地坐在椅子上。钱莎莎像往常一样死盯着语文教材讲着她的课。许多同学觉得没趣，一个个趴在桌子上或打盹儿，或交头接耳。

钱莎莎讲了有一刻钟，讲得还磕磕绊绊，柳篮怀疑她没备课。突然，钱莎莎兜里的手机响了，她就停下来，习惯性地把学生放在一边，神神秘秘地到教室外面去接听电话。钱莎莎一走，课堂顿时嗡嗡起来。胆子大的站起来说话、伸懒腰、大闹，像下课了一样。有的一回头看见校长就老实起来，一动不动了。

有一个女生胆子最大，居然揪着前桌的男生耳朵，逼他站起来学小狗叫。后面的同学不停地使眼色，警告不知情的同学：校长来了！可教室里乱乎乎的，没人注意使眼色的那几个同学。

班上这个女生让柳篮发了火，她气得站起来，几步蹿到那女生面前，推了她肩膀一下。

“干吗呢？这是课堂!”

“啊！校长？!”学生们不自然地小声叫嚷。

那女生一点悔改之意都没有，揉一下眼睛，坐在座位上。班级即刻安静了。

“你给我站起来!”

“我又怎么了?”女生还很横。

“你看看你，还像学生样吗?能好好学习才怪呢!这叫什么?你妈也让你穿出来?!”

“我穿这怎么啦?”女生很不服气。

看女生这副表情，校长柳篮更愤怒。柳篮一把扯住吊在女生脖子上的一根黑带儿，严厉地看着她。

“这是什么?学校不许这么打扮!回去给我换掉!”

“怎么了?我愿意穿，这没违背校规，我又没改裤腿儿，这又不是校服，凭什么管得这么宽?”

“我说让你换掉就换掉!你穿成这样给谁看?这是外面那些不正经的女人穿给男人看的!你是学生，是女生!”

“女生怎么了?校长怎么了?校长就可以不尊重人吗?!我穿这个就不正经了吗?”那女生的嘴像把小刀子一样锋利。

“你?!”

柳篮气得真想打这女生两巴掌，替她的家长，但她还是控制住了自己的冲动。心里说，反了，反了，北京的孩子太难管理了!

钱莎莎这时候才慌慌张张地回到班级，校长的从天而降让她措手不及，班级混乱的场面让她更是难堪。

柳篮指着钱莎莎的鼻子，骂道:“你不好好教学生就给我滚!滚出青果中学!你看看你这个老师，你看看你课堂上的学生!”

“校长，我，我……”钱莎莎蒙了。

柳篮瞪着眼睛质问:“你备课了吗?把你的备课笔记拿出来给我看看。”

钱莎莎定了定神儿，说道:“在我办公室呢。”

柳篮说:“走，你拿给我看。”

钱莎莎硬着头皮往自己办公室走。柳篮跟在后面，气得她小脸蜡黄蜡黄的。

钱莎莎在自己桌前翻了一会儿，递给柳篮一个本子说道：“可能有点简单哦，略详相结合的。”

“就这么点儿?”柳篮压住火气问钱莎莎。

钱莎莎说道：“备课笔记简单点问题不大，主要是把上课思路写清楚，个别教学重点难点，突出来就可以啦，说句真话，一线教师没有几人捧着备课笔记去上课的，主要是学校和上级有要求，不然，没有人愿意写它。”

“你的意思是，写备课笔记是为了应付学校和上级检查的?”

没想到钱莎莎的这些话激怒了柳篮校长。

“你纯粹属于自以为是！课程不断更新，教学方法也要不断改进，你平时上课不备课，怎么能教好学生？岂不是误人子弟？告诉你，如果学生家长知道老师这样糊弄学生，就不会这么简单了！”

“我讲课没问题呀，同学们都说我讲得好。”

“好在哪儿？以为我没听到啊？你课堂上闲扯一些毫无边际的东西，然后磕磕巴巴地讲语文，备课笔记上就这寥寥几个字，你还蔑视教学常规检查流于形式，你还是老师吗？你就是个滥竽充数的家伙！”

钱莎莎一听这话也急了，说道：“你是校长，请你有点领导的涵养好不好?不要动不动发火骂人。还有，你能不能别当着学生面损我？我也有尊严！”

柳篮嚷道：“你这时候想要尊严了？你该具备最起码的师德和道德！教材年年在更新，知识点也在不断改变，备课笔记是教师如何上好课，如何让学生听得入神的法宝。你难道不明白这一点吗？你说！一个房子地基都打不好，还能继续盖吗?”

钱莎莎很生气，回敬道：“你不要随便骂人！我也不是不会！”

“不服气吗？你是语文教师，如果学生作文也像你教案这样，可以吗？如果学生回答问题，也像你教案这样简单，可以吗？你的教育理念再新，就能代表你工作负责了吗？照你这样说，像于漪、窦桂梅、薛瑞萍这样的全国著名教师上课时就不用备课了？不自省！还狡辩！”

“我写了备课笔记啦，你不要不依不饶。校长也不能欺负弱者。”

“你还跟我顶嘴？信不信！我把你的备课笔记送到教育局去，你等着接受处理吧！”

柳篮的肺都要气炸了，她踉踉跄跄地往办公室走。路过走廊的数学老师于冬丽碰到，不知发生了什么情况，赶忙上前搀扶校长，把她扶到校长办公室……

3

语文老师李玉和姜春雷老师在郭主任办公室。他们正在商讨谁去参加市里举办的“最美教师”的演讲比赛。

郭主任说：“我已经和校长确定了，暂时不给学生定‘高考冲刺’资料了。校长同意进一批有关学生生活类的书籍。”

“是吗？这太好了！我替学生谢谢主任！”姜春雷说。

“谢我干吗，该谢谢校长，她开始转变以前的一些观念了。这是不容易的。”

“嗯，早该改变了。学生作业太多，就学校规定的那些，反正我没执行，我按照自己的方法教学的。”李玉笑着说。

“就你胆子大，也影响了几个老师和你学。”郭主任看看姜春雷，看看李玉说道。

“别管怎么着，对学生有益就是好方法，老师不能像拉磨一样在原地转。”

“就不该给学生太多作业。打个比喻，假如你以前一天吃三顿饭，现在让你每天吃六顿饭；以前你每顿饭吃一碗，现在让你每顿饭吃三碗，会产生什么后果？会撑死你。即使撑不死，你也会消化不良，容易得胃病呢。”姜春雷说。

李玉继续说道：“可不是嘛，就说我教的语文吧，如果学生做过量的题，囫囵吞枣，学生会得学习上的‘胃病’，今天的问题没有解决，明天的问题又来了；这篇古文的问题没有落实，那一篇现代文的问题又来了。”

“是啊，恶性循环。”姜春雷说。

“问题堆问题，日积月累，问题堆积如山。会做的题目学生一直在无聊地重复做，不会做的题目因为没有时间‘消化’，始终得不到有效解决和落实。这也就是学生厌学的根本原因，也是学生学得苦、学得累，而成绩得不到提高的根本原因之所在。”李玉说到了根儿上。

郭主任说：“嗯，你们说得有道理，我也和校长反映过，所以她才同意我们的建议。教育部出台文件要给学生减负，其实我觉得不仅学生要减负，老师更要减负。”

姜春雷感叹道：“唉，谁也不愿意被迫。学生不想听讲，你逼着学生听；学生不想做题，你逼着学生做；学生不想学习，你逼着学生学。最后弄得双方疲惫不堪，费力不讨好。”

李玉举例道：“这就像马儿吃草一样，马儿一动也不想动，但是你非要它动，怎么办呢？你只好死拉硬拽，如果它还是不动，有时候你还要用鞭子抽，用棒子打，这样做，你会很累，很辛苦，马儿也一脸不高兴，心不甘情不愿，两头吃力不讨好，你这是何苦呢？最好的办法是什么？就是让马儿自己主动去吃草。”

郭主任说：“对，如果学生能自觉、主动学习，老师也会轻松。所以说，老师们要想轻松地教书，快乐地育人，而且成绩还不错，就要让学生养成自觉主动学习的好习惯。”

“普通班的高二2班正在往这方面引导，现在已见成效，姜春雷做得不错。”李玉再一次当着主任面表扬姜春雷。

姜春雷有点不好意思，想岔开话题。

郭主任说：“姜春雷继续努力，校长对你的成绩很认可。一个好老师不是天生的，而是在教学管理实践中、在教育改革发展中锻炼成长起来的。”

“我会继续努力，尽自己所能，教好学生。”

正说着，数学老师于冬丽急匆匆敲门，来找郭主任。

“快，主任，柳篮校长找您过去，有事。高二3班出事了！校长正生气，叫您过去一趟。”

“出事了？ 3班？钱莎莎那班？”

“对，您过去就知道了。快点吧!”

郭主任不敢耽误，一溜烟去了柳篮办公室。

第三十二章　贼出没

1

当天晚上，学校开了一个紧急校会，全校通报处理结果。柳篮本想给钱莎莎记过处分，但看在教委有电话求情的份上，看在钱莎莎后来追着她赔礼道歉，表示改正错误的分上，柳篮做出了给钱莎莎停职反省一个月，解聘她一个月教语文课程，回家去闭门思过。

听了校长宣布处分时，钱莎莎当时若有炸弹，她准会与柳篮一起消失在地球上。

钱莎莎暗地叫骂，柳篮，你这个蛮横校长，你凭什么剥夺我教育学生的权利？工作的权利？你这样野蛮地处理一个率真的优秀教师，法律条文依据何在？难道老师必须对你唯唯诺诺，不容任何辩解吗？你说一不二，好，你等着！我不会善罢甘休！

第二天，钱莎莎教的3班那个女生的处理结果也出来了。被请了家长，女生脱掉了那个新款“吊带儿挂脖子上的胸罩”，并保证上学再也不会穿奇装异服，还当着全校师生面做了检讨，这才免去被开除的危险。

这件事引起了全校师生的关注，大伙背地里议论纷纷。有的说女生太过分，竟然和校长顶撞。有的说女生太放纵，管不好将来进入社会就麻烦了。有的说钱莎莎不称职，她这种教学态度早晚会出事。还有的说校长没肚量，不尊重女生，当着班上男生的面就扯女生的内衣吊带，说出那样伤害学生自尊心的话，挖苦那个女生。总之，人嘴两张皮，咋说都有理。

钱莎莎被校长批成这样，必然她还一肚子委屈。一周后，她找到和她关系好的、教3班地理课的老师——王蕊诉说。

“校长故意和我过不去，就看我上面有人，她纯属嫉妒！”

“你也是，我都提醒过你，校长太厉害，像个老佛爷似的，你不该把手机带到身上，就你胆子大，上课接电话。”王蕊说道。

“什么啊，我那天真的有事，一直在等那个电话。”

“谁的电话？是不是又是找你喝酒的那个？”

“啊，怎么了，他帮我办了许多事呢，你不知道这社会没关系不成啊？”

“那你以后注意点，这回全校都知道了，你也有责任，真的，你课堂那个女生也确实该管一管。”

“哎，你怎么也和校长一个腔调啊？柳篮就教训我说，那女生出的问题，主要原因在我这儿，她妈都管不了我犯得着操那份心？更可气的是柳篮还教训我说，没有教不好的学生，只有不会教的老师。”

“真这么说的？”

“啊，这就是放屁呢！平时就知道叭叭嘴说别人不是，哼，那个说没有教不好的学生，只有不会教的老师的家伙，要有本事，让她自己来教教50个参差不齐的学生！看看，她能不能把他们都培养成社会主义四有人才？！扯淡！”钱莎莎往地上啐了一口吐沫。

“你小点声，别让人听见！”王蕊示意说道。

“本来就是嘛，害怕人说呀？现实总是存在太多的不公，校长一个人说了算，她说谁不好谁就不好，看现在多偏向姜春雷，把好事都让给他了！校长专制即使是个谬论，但在中国这片土地上，却是个真命题，至少大多数是成立的。或许这是中国人的悲哀，或许这不是或许。”

“看你，说得那么严重。”

“你以为不是这样吗？你深刻地想一想，咱们学校是真正打压人的学校，这是什么酿成的悲哀？活在中国这片土地上，谁不靠用世故和现实来逢迎？姜春雷背地肯定没少给校长送礼，我闭眼睛猜都猜得出来。哼，等我抓到把柄，一定给她捅到上面去，让教委知道知道她柳篮是个什么东西!”

“你别骂了，小心隔墙有耳，还是想想怎么补救吧，毕竟班级出了这档子事，我们还要继续教课。不就给你停一个月吗，很快就过去了。”

“那个老太太，也不是好东西，故意看我笑话，趁扶着校长的机会，一定说了我不少坏话!”

“哪个老太太?”

“还有哪个，长着四环素牙的，就是学生给她取外号‘黄花鱼’的那个于冬丽!”

“她呀？就是咋咋呼呼的一个人。说校长，你又扯上别人。”

“一提校长我就有气，没人性。本来，我们上课够累了，还得天天惦记着学校的查岗。安排咱们最后一节自习课给学生补课，我看她最后给咱们多少钱补助。”

“应该不会少吧？大伙都看着呢。”

“哼！她整天闲的，还来查岗，闹得我们去个厕所也不踏实，回来后还得问问来查岗没有。老师们天天提心吊胆，一天几次查老师，她天天外出，都是公事吗？我不信！你信吗？!”

王蕊胆子小，怕钱莎莎的话被人听见，一直劝说钱莎莎……

2

高二2班的数学课上，郝帅鼓捣手机又走神儿。不幸，被“黄花鱼”捉到。郝帅就悲剧地被于冬丽叫起来回答问题，然后，郝帅悲剧地没答出来，只能站立十分钟，最后，更悲剧的是，于冬丽让原来数学很差，最近有进步的赵小晚来补充答案。明摆着在警告他，看你数学课还敢不敢跑神儿!

罗亚军像捡了个大便宜，在那儿哧哧笑。

“你笑啥？都会了是不？作业作业不写，考试考试不及格，还有心思在那儿笑呢，你说你心有多大？挖出来看看得有洗脸盆那么大。”

“老师，郝帅不会，我也没懂。数学题太难我不会做啊，您就饶了我吧，我以后不当会计，也不指望做数学家。”罗亚军又开始耍嘴皮子。

“不接话茬能掉地摔死咋地？唉，教你们啊，可真不容易。要想教好你们数学，唉，难透了，就这点东西，咋就不会呢？我讲多少遍了？”

“嘻嘻，我们笨，这也不能全赖我们，赖社会！”罗亚军耸耸肩膀，一副怪模样。

“就你嘚啵嘚，你看张天一都比你有进步，最近知道闷头学习，也不惹事了，你们多向才仁东周、闹桑错学习，学习人家的踏实劲儿。”

闹桑错和才仁东周听数学老师提他俩的名字，便很低调地坐在那儿看眼前的本子。最近也是迫于班级舆论，闹桑错忍住了看才仁东周，才仁东周也忍住了看闹桑错，但他们彼此却忍不住想对方。

罗亚军看看张天一，嘴上不敢说，但在心里说：“就能看表面，张天一是不敢打架生是非了，关键是人家热恋……”

梅晓白故意疏远了程苗苗，程苗苗把注意力只好分散在手机上，她又在玩弄手机，用手机查找“如何让女孩回心转意”。于冬丽拍了一下黑板想提醒她注意听课，没想到把赵小晚给敲起来了，本来赵小晚是趴桌子上的。

赵小晚抬起头，脸上布满小汗珠，小脸刷白刷白的。她显得很痛，皱着眉，一手捂着肚子，可怜巴巴地看着数学老师，又有点女孩子的害羞样，像是在说，她这次真的没有睡觉。于冬丽猜到了，这是女生特殊的几天来了。

第二节课很快结束了，于冬丽让梅晓白到她办公室取点红糖，给赵小晚弄杯红糖水喝。

3

课间操的时候，赵小晚肚子还在疼，她不能参加了。梅晓白帮她向姜春雷请假。

同学们像往常一样去操场，梅晓白做好了一切，也跑步去了操场。教室里留下赵小晚继续趴在桌子上。

张天一和郝帅做值日，也没去参加课间操，两人一前一后地打扫教室内外，然后一起给姜老师和李老师打壶开水。

半小时之后，学生陆续回到教室。程苗苗和吴晶晶脚前脚后进来，却发现教室空无一人，赵小晚没影了。梅晓白从回宿舍的路上找到赵小晚，原来，赵小晚哀求宿管老师郭如水帮着打开宿舍门，她回去取了点东西。

梅晓白和赵小晚刚走进教室，就听见程苗苗气急败坏地叫嚷。怎啦？原来，班级闹贼了！程苗苗手机丢了！

“谁偷了我的手机，给我放回来，不然我饶不了他！”程苗苗一面摔打自己的书本，一面叫嚷。

程苗苗心疼自己丢失的这部手机，都快哭了。她的心疼原因有二，第一，那是她爸爸程新野给她买的最贵的礼物；第二，这手机里有她和梅晓白的合影。

“谁会偷呢？你是不是放错地方了？再好好找找。”闹桑错对程苗苗说。

“我都找过了，数学课上我还玩了呢，怎么上个课间操的工夫就没了呀？和我过不去就背地使坏！我知道是谁！不就是对我不满意吗！”

“你也没看见吗？你在程苗苗后桌。”吴晶晶对孙佳卉说道。

“没看见，反正我不会拿，我都不知道程苗苗有手机。”

“都谁在教室了？还是调查一下，那不就清楚了吗。”吴晶晶一点也不怕事情闹大，偏往那边引导。

“对呀？都谁没去做课间操？”孙佳卉附和着，生怕有人怀疑到自己头上。

“班级都谁没去上操？站出来查一查不就清楚了。”吴晶晶说道。

“张天一和郝帅值日，没去上课间操，赵小晚肚子疼待在教室。你说谁能偷？别乱怀疑同学！”王朴生说道。

“我一直和郝帅在一起，不信，你们问问郝帅，跟我可没关系，再说，我能缺个破手机？真有意思！郝帅！跑哪儿去了？让他说，是不是我俩一直在一块儿！”张天一很气愤，眼睛四处寻找郝帅，郝帅没在教室。

这下，所有人的目光直接投向赵小晚。

赵小晚肚子疼，疼得她趴在桌子上什么也不想说。她的不说话，更加重了大伙的怀疑。梅晓白也糊涂起来，她想起刚刚路上碰到赵小晚回了一趟宿舍，她越想越想不通。

“女生的事还是少掺和，程苗苗最近得了‘疯病’，赵小晚也不是个省油的灯！”罗亚军心里对自己说。

罗亚军算是第一个进教室的男生，他是第一个目击者。罗亚军看看程苗苗眼里冒着一串串火苗，看看趴在桌子上随时都可能暴跳如雷的赵小晚，他好像也明白了几分。他只能老老实实地坐在自己的位置上。他正想静观其变呢，被班长王朴生抓住，将他往外拽。

“干吗？我没拿。”

“谁说你拿了？”

“跟我走。”

“去哪儿？”

“姜春雷老师办公室。”

“不去，我还有事呢，我去那儿！”

“那是哪儿？你要去哪儿？”

“我去厕所，怎么了？我又没偷！”

“没说你偷，我是想让你和我去老师那儿，把发生的事告诉姜春雷老师。”

“哦，你怎么不早说呢，吓死我了！”

罗亚军敲了王朴生一拳头，就跟他找姜春雷去了。

正当程苗苗由叫嚷发展到暗骂的时候，郝帅进来了。

“郝帅，你说，是不是我俩在一起值日了？”张天一赶紧当着同学面问。

“啊，我是跟张天一一直在一块儿。怎么了？”郝帅还不知道班级发生的事儿，愣头愣脑地问。

“程苗苗手机丢了，她在调查都谁没去上课间操。”吴晶晶替张天一回答道。

“手机？丢了？怎么会呢？”

青海来的那几个学生站在一堆儿，谁也不多说一句话，一张张古铜色的脸膛上露着一双双不知所措的眼睛，他们看看这个，看看那个，也不时地互相看看。

听说程苗苗手机不见了，郝帅不知怎么有了种不祥的预感，他慌忙在自己书包里找自己的那部手机。

天哪！果然祸不单行，郝帅的手机在大白天也不见了！事实就摆在这儿，高二2班真是闹贼了！

第三十三章　舍身相救

1

姜春雷怎么也想不到，自己抓纪律这么紧，学生手里怎么还有手机？而且自己的课代表郝帅也往学校带手机。更严重的问题是，眼下，带来的手机又莫名丢了。是真丢还是假丢？

姜春雷听完王朴生的汇报，既生气又害怕。生气的是，学生太拿自己的话当耳旁风，自己的地理课代表郝帅也违反校规班规，背叛了他，他有了一种挫败感。害怕的是，班级真出了贼？这个贼究竟是谁？这事要是让学校知道，恐怕自己也得吃不了兜着走。班级刚消停几天，唉，又出这档子事儿。姜春雷心里直打鼓，他觉得后背发凉，好像背后有双眼睛盯着自己，那该不会是曹维康正对自己“虎视眈眈”吧？一想到曹维康，姜春雷就紧张。他回头看了看，没人，这才又急匆匆往班级走。

班级不像班级了，倒像法院，好像在开审判大会一般。

程苗苗站在前面大声叫嚷：“谁偷了手机谁给我拿出来！大家也知道了吧？这不明摆着嘛！装什么装？！”

程苗苗叫嚷着，恨不得心爱的手机立马重新回到自己手里。

“没错，现在拿出来还不算偷！交出来算了。”郝帅也配合着叫嚷。

楼道的那一侧，吴晶晶在给孙佳卉滔滔不绝地讲述着什么，伴随着孙佳卉的“咯咯”笑声不时传来，吴晶晶愈加神采飞扬。

听程苗苗有目标地骂，看郝帅也不依不饶地怀疑上了赵小晚，孙佳卉很解气。她和吴晶晶在一旁煽风点火，唯恐谁能过得去这座火焰山。

“就仨人在教室，郝帅能证明张天一一直和他在一起，郝帅自己手机也丢了，你们说还有谁嫌疑最大？！”程苗苗说得越来越露骨。

终于，赵小晚站起来瞪眼睛了。“你们还有完没完？谁怀疑我谁就是王八蛋！我要是偷手机，我不得好死！你们不要欺负我不说话！”

程苗苗立马说道：“真邪了，我手机就课间操没的，就你在教室，你还抵赖！”

见赵小晚嘴硬，程苗苗胸脯起伏，气得愤愤的，很想揍赵小晚一顿。

“我在教室我就会偷吗？你有什么证据冤枉我？！”

“谁冤枉你呀？郝帅手机丢了，张天一一直和郝帅在一起，你说，不是你还有谁呀？”

“就是，张天一家里那么有钱，怎么可能拿别人的破手机。”吴晶晶又补充一句。

“张天一可不缺钱。”孙佳卉笑了笑，也在一旁帮着吴晶晶。

“是，我家穷，但是，我告诉你们，我没有穷到偷别人手机的地步！我也不稀罕那破玩意，白给我都不要！”

赵小晚把桌子上的书本啪啪地摔，摔在桌子上。赵小晚和程苗苗都急眼了，互不相让，两人像斗鸡一样开始往一起凑。

不能让她们真的打起来！闹桑错一看事情不好，就示意梅晓白上来分别抱住赵小晚和程苗苗。她俩一边一个抱住。

“你给我拿出来！那是我爸给我买的，就你偷去了！”程苗苗跳着，被抱退了一步，但嘴上还在逼赵小晚拿出来。

“别说你爸爸买的，就是你爷爷买的也和我没关系！我根本没偷！你再冤枉我，别说我跟你翻脸！”

“你还有理啦？！今儿个不交出来，我就搜身，我看你能藏哪儿！”

程苗苗疯了一样挣脱闹桑错闯过来，翻腾赵小晚书桌，把她的书抖搂一地，还踩了一脚。

赵小晚真急了，甩了梅晓白一个趔趄，直奔程苗苗想猛击她一拳，可程苗苗长得比赵小晚高，肌肉也比她的结实，程苗苗用胳膊一搪，赵小晚显然不是她的对手。程苗苗撕扯赵小晚的衣兜，边撕扯边骂边质问，把偷来的手机藏在哪里了。赵小晚身体不适，被程苗苗摔拌了一个跟头，倒在地上。

梅晓白、卡卓吉还有闹桑错再一次上来拦着程苗苗，劝说。吴晶晶和孙佳卉在边上干看，不阻拦。

赵小晚坐在地上捂着脸哭。

“你还有脸哭？把手机给我拿出来！还给我！哦，这会儿知道丢人了？早干吗去了？！呸!”程苗苗仍在气头上。

“程苗苗，你太过分了，你再这样，我真就瞧不起你!”一直冷漠的马骁终于说话了。马骁示意闹桑错赶紧扶起赵小晚。

郝帅的手机也丢了，这会儿，他也弄不清是谁做的手脚。看程苗苗那么执着地认定是赵小晚偷的，吴晶晶、孙佳卉也都起哄，郝帅的心也开始偏移了原来的方向，他站在那儿，不知道怎么办，只是看着眼前发生的一切。

2

看姜春雷来了，程苗苗先委屈地哭了。赵小晚也趴在桌子上抽泣，卡卓吉和闹桑错站在她的身前身后，不时地拍拍她的后背。赵小晚哭得咳嗽起来，她哭的多半原因是肚子疼，没人关心，还遭欺负。其他同学坐到自己的位置，期待老师处理刚刚发生的事儿。

“到底怎么回事？先别哭，程苗苗，你先说。”姜春雷问。

“我说就我说，我新买的手机丢了。就她在教室，手机肯定她偷去了。不然，好端端的怎么会没了?”程苗苗指着赵小晚说道。

“班规和校纪都要求学生不许把手机带学校，你为什么带手机?”

“我，我只是和家里联系的时候用，也没干别的。”

“你违纪在先，程苗苗你就不该把手机带到学校!”姜春雷声音越来越高。

“那我手机就白丢了吗？她偷了没人管吗?”

“我是老师，当然要管，要调查。谁拿走手机，谁要负责，这不仅仅是违纪的事儿。赵小晚，你说说，怎么回事？别哭了。”

“我不想说，反正我也说不清楚，我就是没拿！没有拿！凭什么赖我?!”

“郝帅，你低头干吗呢?”

“老师，我，我没事。”

“你的丢没丢？说实话！你也把手机往学校带了?”

“没，我没手机。”郝帅的眼神躲躲闪闪。

郝帅怕事情闹大，不敢承认自己手机丢了，不敢说自己也有手机。

“丢了就是丢了，你干吗不承认？我俩手机一块丢的。”程苗苗看了郝帅一眼，补充说。

“好了，首先我批评你俩，不该带手机。其他同学给我听清楚，以后，谁也不许带手机！发生了什么事，后果自负！听懂没?”

“哦……”有同学应答。

“先上课，这事我会调查处理，在这儿，我必须强调一点，希望同学们不要互相猜疑，更不能影响全班团结。”

姜春雷说完，特意用眼睛警告郝帅，好像在“骂”他。郝帅自知做错了，一个劲用手冲姜春雷作揖，表示再也不敢了。

3

放学了，天黑了。走读生回家，寄宿生回宿舍。此时，一片疑团正继续笼罩着高二2班。大家不停地猜测，这个贼究竟是谁？会不会自己的东西照看不好也会被偷？不免人人自危，有的担心自己被怀疑，有的担心自己丢东西。同学们窃窃私语。

女生宿舍最不消停。程苗苗这时竟然和吴晶晶、孙佳卉站在一边。她们串通宿舍其他女生不理赵小晚，打算在赵小晚没交出手机前，要给她点颜色看看。

赵小晚晚饭没吃，她也不觉得饿。赵小晚听女生们指桑骂槐的话，肚子鼓鼓的，气都气饱了。但赵小晚相信了梅晓白放学时嘱咐她的话："要忍耐，会水落石出，不要理会别人说什么。"

寝室的睡觉铃声响了，赵小晚松了一口气，因为她可以不看女生的脸色了，可以躲开程苗苗、吴晶晶阴阳怪气的表情了。可事情没她想得那么好。

灯关了，程苗苗、吴晶晶、孙佳卉等几个同宿舍女生还是嘻嘻哈哈地说话，暗中指桑骂槐，实质在咒骂赵小晚。赵小晚捂着被子偷偷流眼泪。

黑暗中，不知道怎么就响了几声。赵小晚拉开灯，她发现地上的暖水瓶滚到了门口。仔细一看，原来是自己的暖水瓶，不知怎么倒地上，水也流出来了。赵小晚下床，伸进脚丫的鞋子里已经灌满水，反正明天是穿不了了。

赵小晚倒了倒鞋里的水，又把暖瓶放好，没吱声。她强压制着心中的怒火，尽管猜到有人故意捉弄她。

见赵小晚不作声，也惹恼了程苗苗。

程苗苗叫道："干吗呢，困死了，开灯怎么睡？还要怎么折磨人？关灯！"

"唉，我看，别关灯了，一关灯，贼会出来偷东西的！"吴晶晶把盖在脸上的一张白色面膜揭下来，嬉皮笑脸地说。

赵小晚没理话茬，把灯关了，继续躺在被子里。

"瞧，小偷不喜欢光明。"吴晶晶嬉笑着说。

几个女生又笑起来，好像故意气赵小晚，想让她继续哭。一直以来，吴晶晶和孙佳卉就看不上赵小晚，只是没找到合适的机会整治她一下。这回，她们总算找到机会，更有了一种报复的快感。

渐渐地，宿舍里响起熟睡的鼾声。赵小晚的眼泪流了许久，枕头湿透了大半边，她在流泪中也睡着了。

睡梦中，赵小晚感到自己被一群人捆绑起来，装在了一个袋子里，被打骂。她很疼，觉得自己委屈。她觉得自己冤枉，可越解释，越没人信，好像跳进黄河也洗不清似的。她痛苦，她着急。赵小晚在睡梦中继续伤心难过，她身子一抖一抖的，无助的她得不到任何人安慰。此刻，她被人狠狠踹了两脚，然后又被吐了唾沫。赵小晚感觉自己心口憋闷，她想叫喊，她感觉自己被封着嘴，她拼命挣扎，大喊，鬼！你们都是鬼！终于，赵小晚喊出了一嗓子，两嗓子……

“鬼？哪有鬼？想吓死我们吗？你太恶毒了！”睡着的女生被惊醒，骂道。

“找宿管老师去！”孙佳卉提议。

宿舍的几个女生都被吵醒了。赵小晚也醒了，她想起自己做了噩梦。赵小晚看几个女生很恐慌的样子，心中立刻不那么痛苦了。她发现了一个秘密，原来，无意的反抗还是有独特效果的。赵小晚决定继续在梦中。

灯已经被孙佳卉打开了。灯光照亮了赵小晚的脸，那脸变得怪异，她的长头发胡乱地披散着，然后赵小晚一摇一摇的，让黑头发盖住了脸，嘴上说着恐怖的话，没人听懂，既不是中国话，也不是外语。

这下，程苗苗和孙佳卉害怕了，蜷缩在被子里。吴晶晶和两个女生叫来宿管老师郭如水，郭如水举着手电筒就来了。

“怎么回事？孩子？你怎么了？”

宿管老师的一句“孩子”叫得赵小晚无比激动，无比温暖。

“我，我做噩梦了。”赵小晚知道该是自己走出来的时候了，她理理头发，恢复了常态。此刻，她感觉心里痛快多了。

“吓死人了，真是的……”几个人发牢骚。

“哦，是不是把手压在心口上了？手不能放在胸前睡，以后可要注意。好了，睡觉吧，孩子们。”

宿舍重新恢复了安静，一切正常。

4

五天之后，姜春雷还没调查清楚手机丢失一案，班级又出事了。事情的起因还是程苗苗引起的。

程苗苗在班级散布说，赵小晚有精神病，半夜犯病了，吓唬宿舍里的女生。其他同学不知实情，也就故意躲着赵小晚，一部分同学不自觉地和程苗苗一起孤立她，简直拿赵小晚当一坨狗屎一样。当然也有一些人担心，如果不站在程苗苗一边，那么怕手机失踪案被怀疑到自己，也就随大流儿。

一夜之间彻底变了，这个班级变得让赵小晚恐惧：旁边的桌子被同学挪走了，挪出了远离她一米之外！她被孤立在一个地域，不，赵小晚此时觉得那不是地域，是地狱！

几天之中，赵小晚是失望，很失望，而被孤立的她更是绝望。这个时候，她连死的心都有。赵小晚害怕上学，也害怕回家，她不知道该去哪里才能找到安全感。这样的生活简直是真正的煎熬，现在看来，以前被继父打都不算什么了。

赵小晚不敢一个人去食堂吃饭、去厕所、不敢走在校园里。她感觉不管自己做什么，就算干坐在座位上，都有无数双眼睛盯着她，并投来异样的目光。同时，也有无数张嘴议论——她是贼。

渐渐地，赵小晚学着自己去食堂吃饭，孤独地走在楼道里，安静地活在自己的世界里。每天，她除了做题就是看书，尽管做的都是错题，读的都是囫囵吞枣的书。赵小晚一天下来说的话不到两句，只有王朴生偷偷写几张纸条鼓励她，每次就仨字：我信你。

谁也没想到，第二天果然出大事了。

早自习的时候，姜春雷就没看见梅晓白，谁也不知道梅晓白不来校上课是什么原因。姜春雷准备给梅晓白家里打电话。

早读都结束了，梅晓白仍然没有去学校的意思。这在梅晓白从小到大的学习生涯中从没出现过，算是大姑娘上轿头一回。梅白猜到梅晓白会遇到了什么事儿，不然绝不会这样逃课。

刚开始，梅白问，女儿半天不说话，问着问着，女儿哭了，还哭得挺伤心。

梅晓白哭着说："我心里好烦啊，为什么我总是失败？一次也不能成功？"

梅晓白另有所指，指的是暗恋初中班主任石磊而失败，这回好不容易鼓起勇气追求方向，却又遭遇冷漠处理。冷漠甚至比拒绝更可怕。

"孩子，你已经很棒了，哪有什么不成功啊？你们同学和老师都那么喜欢你，干吗不想去学校？"

"谁说的？方向就不喜欢我。我喜欢他已经两年了。我爱上他了，可他不爱我。昨天我从别人那儿知道他要结婚了！他怎么可以这样对我？他怎么能结婚呢？！"

"哦，这倒是他的错。为了你也应该晚点结婚，至少等你高考完之后。我哪天去学校找他算账去，叫他让我家宝贝难过。"梅白说着抱抱抽泣的梅晓白。

"您不许去！谁叫您去的！讨厌……"

梅晓白被妈妈的话给说乐了，用手敲打妈妈后背，向她撒娇。

"没关系，方向老师没眼光。妈跟你说，还有更优秀的等着你呢，在某所大学里，或者是哪家五百强企业里。现在咱得把书读好，让帅哥都等着吧，等着在咱家楼下排队。"

"妈，我还以为您会骂我。"

"不会，这很正常。爱一个人也证明你长大了。是好事，为什么骂你呢？我还想好好和你聊聊呢。"

"妈，我今天不想去学校，您看，第一节课都开始了，我匆忙跑过去，同学会看笑话。我又心情不好，我在家听您说话。"

"好，那就不上学了，妈向姜老师给你请一天假，好好放松一下，调整完赶紧好好学习。”

“嗯，您也在家陪我。”

“不，天气这么好，我们别待在家里，正好我有时间，带你去旅游，想去哪儿?”

“我特想去台湾，去看日月潭和阿里山，还要去看‘台北故宫博物馆’……”

“傻丫头，就一天时间怎么去？等你高考完，妈带你去玩。”

“好，那就去颐和园吧。”

“颐和园去过好多次了，咱俩今天去妙峰山，好不好？我也有话对你说。”

“什么话？非要到妙峰山去说?”

“嗯，我早想对你说了。现在你长大了，你要听一听。”

“好吧。先给请假，我怕姜老师担心我。”

梅晓白已经猜到，妈妈这次可能要把自己的身世之谜亲自说出来。但她一直坚定自己的想法，不离开养母。不管亲生父母在哪里，是谁。

梅白电话打过来的时候，姜春雷正准备往外拨号呢。他想给梅白打电话了解情况。梅白当着梅晓白面，只好在电话里对姜春雷说，梅晓白身体不太好，要请一天假，需要休养，明天再上课，请姜老师准假一天。

姜春雷知道梅晓白和她妈妈在一起，也就放心了。但是，不知怎么，姜春雷两眼皮子直跳，他怀疑是眼睛疲劳所致。姜春雷打开教案，重新又备一遍课。第二节课，正好是他给8班上地理。

5

上完第三节课，2班就出事了，而且是人命关天的大事。

下历史课的一会儿工夫，李荔荔老师刚走回办公室，赵小晚便有了惊心动魄的举动。她忽的一下子打开三楼的窗子，顺着窗户跳了下去！

同学们顿时傻眼了！这，太突然了！好像一场梦！一场噩梦！

还是王朴生和才仁东周反应快，他俩先后冲到窗户前。闹桑错和卡卓吉大声呼叫。闹桑错带着哭腔喊，吓得瘫坐在地上。有的同学还没发现赵小晚没影了，还问闹桑错怎么了，呼啦啦把闹桑错围上了。罗亚军也吓傻了，缓过神来的他赶紧也跑到窗前。

大伙恐慌地往下看，可地面上没发现赵小晚。多亏了校服，那个肥肥大大的校服被刮在空调室外机上，赵小晚整个人被挂在上面。此刻，情势已非常危险。

王朴生伸手够不着，慌忙去找姜春雷。剩下的几个男生要学猴子捞月亮的方法，想一个抱一个形成一条人绳去救人。可担心有的男生胖，怕瘦的没力气，再加之紧张，顾虑不成功。女生们找不到绳子，急得团团转。腿快的，跑去找老师。

闹桑错和卡卓吉喊话："赵小晚！坚持住！不要乱动！大家救你……

程苗苗知道自己闯了大祸，再也不敢言语，吓出了一身冷汗。吴晶晶和孙佳卉也老实了。张天一先是坐在座位上很惊恐，他开始不安，不知道自己该做什么，之后就去了卫生间。

郝帅找来拖把，递给马骁，让力气大一些的马骁往下递，叫赵小晚抓住扫把。赵小晚抓了两下没抓住。大家的心又紧张起来。显然，赵小晚对自己的一跳也后悔了。不然，她也不会努力去抓扫把的木头把儿。

突然，罗亚军自告奋勇地说："你们躲开，我下去！"

"啥？你下去？危险，还是等老师来，或者报警吧！"有人说。

"废话，哪还有手机报警！谁还敢带手机来学校！"郝帅说。

"等老师来，什么时候？赵小晚坚持不住怎么办？让我下去，躲开！"

"你成吗？我抱着你脚丫子吧！"马骁说。

"不用，别说话！"

"等等，给，我和才仁东周、索南冷保用裤子和腰带系在一起做的绳子，绑你身上，我们往上拽，更安全一些，快点！"尕玛俄金曲军说道。

原来，青海的几个藏族男生已经把校服裤子、秋裤脱了，只穿着内衣。别人来不及看他们都啥样，七手八脚地忙着把罗亚军的腰死死地绑上。

罗亚军顺着窗户下去了。同学们屏住呼吸，女生有的捂着嘴，有的摁着心脏的部位，都担心再一次出现意外。

大家想不到，罗亚军居然像只猴子一样敏捷，不一会，他就爬到了空调室外机上。罗亚军一伸手牢牢地抓住赵小晚的一只胳膊，可没拉动她的身体。

“赵小晚，别怕，我救你！我，屎壳郎儿还有办法呢！别着急！屎壳郎来了！”

罗亚军这时候自嘲，是想让赵小晚放松，不要害怕。

“快，抱住她的腰！”马骁在上面指挥说。

赵小晚“啊啊啊”地哭，她刚发出声音。也许，这声音表达的不仅仅是害怕和后悔。

听见赵小晚的哭声，看见赵小晚向他求救的表情，罗亚军有了从没有过的存在感和成就感。直到这时候，罗亚军才懂，赵小晚依然无比自卑，无比弱小。只不过，赵小晚原来把自卑用一层厚厚的、密密麻麻的刺儿包裹了起来。谁去触碰，谁就受伤。赵小晚之前表现出的自负，愤怒或是傲慢，其实都只是那一根又一根的刺而已。听着上面人嗷嗷乱喊，罗亚军第一次感觉到了自己的价值。罗亚军热血沸腾。

费尽周折，罗亚军终于抱住了赵小晚的腰。力气大的索南冷保和马骁等几个上面的男生开始往上拽。

姜春雷下完课去大门口收发室取邮包，被王朴生找到，姜春雷扔下邮包和班长跑上楼。姜春雷指挥着大伙，终于在大家齐心协力的配合下，赵小晚和罗亚军被拉了上来。罗亚军的手和脚还有肚皮被墙壁磨破了，渗出血。赵小晚的后腰被空调室外机刮破了一道深深的血印子。还好，人得救了，只受了点小伤。

王朴生突然发现赵小晚的裤子上有大片血迹，他怕别的男生看见，便迅速脱下上衣把赵小晚的裤子血迹盖上。王朴生红着脸走向窗户的位置，使劲关紧窗户，锁好。

大家激动地鼓掌。程苗苗和孙佳卉也鼓掌了，就是吴晶晶表情有点怪怪的。

何涛拍着罗亚军肩膀，然后笑着说：现实版英雄救美，你这回算是英勇夺冠了，不再是亚军。

罗亚军可骄傲了，吹嘘道："那是。喊，这算什么，其实不绑绳子我也能救上来，你们信不信？喊，咱是童子功。我从小就爬树掏鸟窝、上树摘柿子打核桃、上房偷花生，还从栗子树上还有房顶上往下跳呢！小时候，我妈我爸一打我，我就爬树上房，嘿，我从小就练，没想到今儿个还用上了。嘻嘻。"

姜春雷让女生把赵小晚扶到宿舍先休息。他知道，现在什么都不能说，他怕再一次刺激到某个同学，怕出大事。

罗亚军还在耍嘴皮子。王朴生默默用铁丝固定窗户开关，好像在防止万一，他一边干活，一边怀着复杂的心情看被围在中间的赵小晚。青海几个男生在解开"绳子"，穿裤子。

赵小晚刚被送走，姜春雷的腿好像支撑不住他的身子了，就一下子坐在后面的一只椅子上。姜春雷默默地看着前方的黑板和讲台，想想自从当上班主任以来，发生了多少事情啊？就在这儿几十平方米的空间内……

姜春雷作为班主任，面临的对象是有感情的、有脾气的学生。平时，别看他们嘻嘻哈哈，有说有笑，有时快乐无比，其实他们也很脆弱。女生悲伤时会痛哭，男生难受时会在操场上疯子一样追着球踢。可这回，决不是简简单单的哭与发疯，是差一点出人命！出人命！姜春雷一阵阵后怕。假如今天出现万一，他该怎么负得起这份班主任的责任？那赵小晚岂不是……

坐在那儿，不知不觉，姜春雷的眼泪止不住地掉。这是怎么了？姜春雷也不明白自己今天咋就变得这么脆弱了呢？他摘掉眼镜，抹了一下眼睛。

第一次，一个男老师，一句话不说，在同学们面前掉眼泪，直哭得全班同学一下子安静下来。这回，一个个真的吓“麻爪儿”了。

6

就在姜春雷哭的时候，他的另一个学生梅晓白也在妙峰山上哭。梅白抱着梅晓白，母女俩互相擦眼泪。

在妙峰山的一块大石头上，梅白终于说出当年的实情。梅白大一时和后桌一个男孩谈恋爱，突然有一天，男孩提出分手。梅白受不了这样的刺激，于是来到她最喜欢的，也是和初恋男友常来的妙峰山。她想结束自己的生命，了却失恋的痛苦。

那时四周很静，梅白闭上哭肿的眼睛，刚要往山崖下跳，忽然，梅白听见有孩子哭声，她睁开眼四处找，找到了一个女婴，十个月大小的样子。十六岁的梅白不知道这女婴是谁丢在这儿的，不知道是不是原来人家的孩子让人贩子给带到这里……

当梅白抱起这孩子的时候，孩子突然不哭了。梅白很震惊。难道是传说中的观音送子？她不该命绝？孩子用哭声挽救了自己的生命？死过一回的人更知道生命的可贵，梅白觉得自己不能死，为这孩子也得活着，她就把孩子抱回家。梅白以不收养孩子就不继续念大学为条件同父母摊牌，还不顾父母反对，和孩子以母女相称。当年的女婴就是今天长大了的梅晓白。

母女俩相拥相泣在妙峰山上。远处再一次飘来寺庙里的檀香味……

第三十四章　语文老师布局

1

语文老师李玉、数学老师于冬丽也知道了高二2班发生的“跳楼事件”。只是，为了姜春雷这个新班主任不受学校处分，于冬丽和李玉没有声张，而是和姜春雷一起来到女生宿舍。

宿舍里，有几个女生正在安慰坐在床中间的赵小晚。赵小晚仍然在抹眼泪，纸篓里全是她哭完用的纸巾。

三个人进来，数学老太太走在最前面。

于冬丽心直，嘴更快，见到赵小晚就是一句：“你傻咋地？咋就那么冲动？真要跳下去得造成多大后果，你知道不！啊？你个傻丫头，你，唉，你要是我姑娘，我非给你两巴掌不可！太气人了你！你说，你多让老师着急？姜春雷都哭两通了！”

李玉摸摸赵小晚肩膀，拍拍她的小圆脸，然后用手指帮她擦擦挂在鼻尖的泪珠。

姜春雷站在那儿，不禁眼圈又红了。他叹了一口气，说道：“唉，要是你出了事，我怎么向你母亲交代？我还怎么当老师？我后半生会活在自责当中，一切将无法弥补。”

“老师，呜呜——我错了，但他们俩的手机，真不是我偷的。”

“这事早晚会真相大白。说你偷你没偷，那你要好好活着，证明给怀疑你的人看。不能不珍惜生命啊！不管发生什么，都不能那么冲动。”李玉说。

“可不咋地，你爹妈生你养你容易嘛?”于冬丽的话无意中又戳痛了赵小晚的心窝。

“我是多余的，家里人不喜欢我，没人在意我，从小到大，没人保护过我……”赵小晚激动地又一次哭。

“老师知道，以前对你保护不够，别哭了，你看，给你，我有糖。”姜春雷又扒开了一块糖。

“答应我们，今后好好学习，忘记今天发生的事好吗？老师相信你，现在你的成绩已经不断提高了。”李玉说。

“可不咋地，办公室的老师背地里刚表扬完你，你就干出这样傻事！是不是闲的？赵小晚，你不说没人在意你吗？好，我就在意你，我天天给你单独留数学作业，单独给你批改，我让你数学成绩很快就跟上来!”

于冬丽说着，疼爱地拍打了一下赵小晚。

“对，老师就是保护你的人，你忘了？你不是早把我当成你的保护伞了吗？我继续担任……”

姜雷停住了下面的话，然后看着赵小晚，笑了。

于冬丽说：“千万不要觉得没人在意你。你看，老师、同学，不都是喜欢你吗？尤其罗亚军，一个爱耍嘴皮子的男生，竟然不顾自己安危去救你。还想让我们咋喜欢你？还有王朴生和马骁、闹桑错他们，哪一个不是在意你？这回你看见了吧?”

“嗯，我都看见了。是我不好，让大家为我……”

赵小晚终于承认了自己的过错，开始为自己的冲动行为后悔。

“就是，知道就好，别老给自己贴‘没人在意你’的标签。”李玉说道。

孩子就是孩子，赵小晚很快就不哭了。她看看三个老师，然后决定，要再一次求证老师们刚才说的话。

“什么？哦，刚才我说的话呀？给你单独补数学？当然，我想了一段时间了。”于冬丽回答道。

“我也说话算话，继续保护你。不过，你要为我好好活着，好好读书。到我老了，还指望你保护我呢。”姜春雷前半句话严肃，后半句话活泼。

赵小晚好久没这样看过姜春雷了。此刻，赵小晚又有了种刚刚历尽千辛万苦，回到失散多年之父亲身旁的感觉。顿时，她心里涌起一种力量，那应该是一种天不怕地不怕的力量……

2

高二2班的“墙”确实“严丝合缝”，一点也没有“透风”。跳楼事件并没有惊动某些人，班级又正常上课了。

郭主任也是后来才知道赵小晚跳楼的。她狠狠地批评了姜春雷，批评他没有做到严格要求学生，竟然没杜绝学生把手机带到学校，差一点因为手机酿成大祸。

姜春雷受了打击，一时半会儿还缓不过来……

耳边的上课铃声俨然是高考舞台的配乐。往常，李玉老师总迈着轻松优雅的脚步，带着一腔激情，推门而入。李玉脸上永远是慈祥的微笑。一般，她手捧教案，但先不讲课，总是与同学们互动一下，比如说说新闻，聊聊实事，发表感言，听听同学心声，然后再讲“正课”。

今天却不是，李玉老师什么也没带就进来了。她面无表情，没有暖人的微笑，站在讲台上一句话不说，足足有三分钟。全班的空气凝固了，许多同学不敢大声出气，教室里显得格外安静，跟一个人没有似的。看着今天露出一种另类威严的老师，罗亚军也老老实实地拿出书本坐那儿等着，等老师开口，他不敢言语。一个个都觉得李老师今天很奇怪。

这两天，李玉意识到发生在赵小晚身上的事件很严重。她觉得，如果不在课堂上提出来，引起足够的重视，恐怕某些同学继续孤立、猜疑，那么赵小晚都有精神分裂的可能，毕竟是个女孩子。

另外，这件事的发生，足可以作为事实类材料作文。这样做，不但可以教育孩子们，还可以提高他们作文水平。这对于那些不愿意关注现实生活，没话说，说不出真话，没真情实感的学生很有益处。假如材料内容离学生生活很近，有探究价值和实际意义，审题难度不大，且角度呈现一定的放射性，同学们写起来易上手。这倒是锻炼他们，培养他们独到深刻的认知能力，更是提高写作的一次机会。

李玉思来想去，决定这样做。

李玉说："今天我们上作文课，讲大作文和微写作。以什么为题目呢？我想，还是以同学们身边发生的事情作为文题比较好写。"

"嗯，这样好。不难为我们。李老师最好，我们都爱你！对，爱你就像老鼠爱大米！"同学们说。即刻，大家又活跃起来。

"请安静，这几天班级里发生了一件事情，程苗苗手机丢了，那么我们就拿这件事做素材来写一篇作文。下面请当事人程苗苗把丢手机的过程说一遍。"

程苗苗站起来，讲道："那天我们上课间操，我手机就放历史书底下了，等回来就丢了，班级有几个人在。我，我也不知道究竟怎么没了……"

程苗苗还算委婉没敢提及赵小晚的名字，但从话语中仍可以听出来她的疑心未改。

李玉说："程苗苗，你的叙事不够准确。谁怎么样，怎么回事，都谁没参加课间操，怎么发现丢的，丢了以后你怎么做的，其他同学怎么做的，你都要说清楚，好，请你自己到前边写黑板上，然后请同学们以程苗苗写的材料为题做作文。"

这一回，是老师允许的，程苗苗就没有什么顾虑了，拿起粉笔非常熟练地将自己想说的话一股脑写在黑板上，大约有二三百字。黑板上有好几个人名，赵小晚三个字也被写在上面。

坐在座位上的赵小晚看得既憋气又窝火，但她还是控制着自己的情绪。因为这是课堂，更因为跳楼风波刚刚过去，留给她的教训是惨痛的。想起自己被倒挂室外空调机，从高处往下看地面那一瞬间的感受时，她至今依然心有余悸。

见程苗苗写完，吹吹手里粉笔末儿回到座位，李玉又仔细看了看黑板上的字，边看边读给同学听。

读完，李玉说道：“可以理解程苗苗，手机一丢，心里着急、难过，这是必然，但是程苗苗只带着情感去说，叙述表达不是很准确。找同学补充一下。”

罗亚军手举得很高，一个劲儿在那儿叫：“我！我！叫我！”

马骁轻轻地举手，然后低下头，那样子很低调，好像在说，老师你看着办，反正我有补充。

青海藏族学生相互看看这个，看看那个，就是没人举手。闹桑错好不容易动了动手，看才仁东周没举，也就用手摸了一下自己的脸随即放下来。

“张天一，请你补充一下。”李玉突然点名叫没举手的张天一回答。

张天一左手扶着桌子，右手放在裤兜里，摇了摇身子，眼神游离不定，他不看老师，看着黑板，然后说道：“我反正没拿，谁拿谁知道。大伙眼光是亮的。对不对？我觉得程苗苗说的有道理，这就是我的观点。”

“嗯，你坐下，孙佳卉，说说你的观点。”

“我觉得就那个女生拿去了。只有她有时间，因为她在教室。”

“罗亚军，你的观点？”

罗亚军噌地站起来，说道：“孙佳卉说的是屁话！赵小晚能偷吗？她被冤枉得都跳楼了，你没看见，眼睛瞎了？！”

孙佳卉回敬道：“你才眼睛瞎呢！有病！”

“注意文明语言，咱们是课堂讨论，在上课！”

“马骁，你的观点。说说。”

“我不认为赵小晚在班级就是她偷的。要我说每一个人都是怀疑对象，包括我。关键是要有证据。”

“郝帅有什么看法？”李玉接着问。

“我觉得不是赵小晚偷的，她不是那样的人，其他人也不可能拿。我怀疑和罗亚军有关系。”郝帅看看罗亚军，看看梅晓白说道。

“什么？你再说一遍？冤枉到我头上来了？郝帅？你！”

罗亚军没想到这小子竟然怀疑自己，那自己舍命救人合着一点好也没落下！罗亚军急得过去找郝帅算账。

李玉说：“罗亚军别说话，坐到自己原位！听他说。郝帅，你怎么说和罗亚军有关系？”

“我怀疑是别的班男生偷走的，罗亚军总是招引别的班男生来咱们班，他，他背地里卖梅晓白用完扔掉的东西。那些男生喜欢买去珍藏，这是5班男生亲口跟我说的。”

“你胡说什么呀？那是以前，高一的时候，高二我根本就没招引过他们。”罗亚军辩解。

同学们很惊讶，原来班级还有这种事，没想到还引出了案中案。这下，问题就更复杂了。

梅晓白咬牙切齿地看着罗亚军，想不到他背着自己干这种事儿，真想敲碎他的脑袋。

听郝帅说这些，赵小晚有了几分解脱，终于案情向着对她有利的一面发展了，这件事有了分支。

“好，王朴生，你说说你对这件事的看法。”

王朴生站起来说：“我看不是咱班学生偷的，可能让别的班级学生拿了。以后大家还是以防范为主。”

李玉听了，想笑又没笑。心里说，班长就是和别的同学不一样，这时候还告诫全班同学以后都小心点。

“小心管什么用啊，手机也丢了。”郝帅垂头丧气地说道。

“亡羊补牢毕竟不晚吧。”王朴生说。

李玉敲了几下黑板，说道：“好了，大家先讨论到这里。下面我谈谈我对这件事的看法。第一，学校规定，不许带手机，你带来你就是违规了。另外你自己的东西自己不好好保管，主要责任在你，对不对?”

程苗苗和郝帅都低头不言语。

罗亚军心里说：“该，大爷的，有钱就把手机带学校来显摆？咋样，出事了吧。”

吴晶晶偷偷看张天一一眼，然后赶紧把头回过来。

底下一片安静，只有才仁东周咳嗽了一声，他感冒了。为了救赵小晚，他脱掉校服，心里着急出了许多汗，着凉了。青海几个学生不约而同地看了一眼才仁东周。闹桑错偷偷示意要他赶紧买药吃。

李玉接着说道：“第二,一个人在没有充分理由的情况下，不能胡乱怀疑。公安机关都讲究证据呢。拿不出证据去怀疑别人，本身就是一种不负责任的行为。凭什么怀疑人家？她是你们同学，不是敌人！告诉你们，有缘同学三年，也许毕业各奔东西，再想见面都难。你们同学之间有两年了吧？难道一点感情没有吗？是一个无情无义的人，上高中干吗呢？学习还有什么价值？！”

大家觉得老师情绪又不对了，抬头看时，发现老师那双刀子一样的眼睛，顿悟：原来，语文老师生起气来也极其可怕。

李玉走了几步，停了几秒钟，微胖的身体在哆嗦。

接着，李玉又说道：“丢了手机，乱怀疑同学，有的甚至打击报复，这不是有品位的人能干出来的事儿！青果高中不会允许拉帮结伙攻击人！某个人想掀起大风浪，打算压垮一个学生吗？应该懂得感恩，你当时是老师和同学团结在一起把你重新找回来学习的，不要忘了你是全班的榜样（暗指程苗苗）。你好好考虑一下。别以为我不是班主任就不能批评你们！这样做合适吗?”

赵小晚听到这儿，眼圈红了，她的嘴角抽动了几下。

这时，高二2班一个个都开始耷拉着脑袋思考。

李玉又走回讲台，接着说道：“第三，同学情谊价值几何呀？一个手机多少钱？一个同学三年时间的友情你就这么给否定？这个账你不会算？带手机到学校，没根据去怀疑同学，伤害感情，这于情于理于法都说不通啊！”

梅晓白和闹桑错还有马骁、才仁东周一起鼓掌，随后，其他同学也响应。几个带头鼓掌的都是好学生，他们很机灵，被老师的话震撼的同时，也很想用掌声来缓解一下老师的情绪。

李玉又说：“另外，我还听说有人喜欢孤立同学，打击人家，把人家视为一坨屎一样远离。告诉你们，就算人家是一坨屎也会有屎壳郎把它当宝贝滚回家去。所以，不要让人绝望，自己也不能绝望，这世界就是这样美好。”

何涛捅咕一下罗亚军笑了。接着，何涛小声说：“嘿，赵小晚不是一直叫你屎壳郎吗？”罗亚军踩了一脚何涛，跟着也笑了。

程苗苗低头弄指甲，开始后悔自己傻乎乎地去黑板写字。哦，弄了半天，老师的目的原来是这样子，与自己想象的正好相反。程苗苗有点烦，更多原因是手机丢了再也找不回来。她同时也明白了，李玉老师的重心，根本不在帮她找手机上。

李玉走下讲台，又走到同学们中间，说道：“我一再强调，学生作文，首先要做人。因为两个破手机，高二2班差一点出了人命！人命！你们再有钱能赔得起命吗？！”

看赵小晚趴桌子上哭了，梅晓白鼻子也酸酸的。梅晓白示意卡卓吉把纸巾递给赵小晚。

程苗苗搓着手指，低头也没怎么听语文老师训话。她主要想她那丢了的手机。程苗苗现在不抱着能找回来的希望，但她希望父亲能再给她买一个，当然，她会在家里用。没手机，她太孤单了，这一次，恐怕她彻底地失去了梅晓白，接下来的日子，她很迷茫，不知道如何过下去。

李玉打量了一下全班接着说：“你们是高中生，高中生要有正气，有正能量。只有班级树立起正气，班风正，才能有良好的学习、成长氛围。我希望大多数同学认识到这一点。我也警告那个拿了别人手机的人，就此住手，否则早晚会栽进去。好，今天请大家把这个作文完成：我怎么看‘手机风波’。”

罗亚军一直期待下课，虽然喜爱踢球的罗亚军练就了眼观六路耳听八方的本领，但语文老师把大作文都布置完了，他还是没听见下课铃声，就不知不觉地朝赵小晚那儿看。

3

李玉看看表说道："最后剩点时间，下面我继续讲讲微写作。好，请大家先听听上次微写作满分作品，请才仁东周朗读一遍。对，等等，差点忘了告诉大家一个好消息了。"

好消息？！什么好消息？大家被这几天一连串的变故折磨得够呛，一听有好消息，都支起耳朵听。他们一起狐疑地看着台上的李玉，期待着有点儿好消息飞过来。

"我和陈钢老师商量了一下，咱们学校的青果青文学社与京都师大文学社联手了，从下周开始，陈钢老师的学生，也就是京都师大文学社的大学生，要义务来学校和大家交流文学，还会挑选优秀作品刊登在京都师大社团的校刊上。对，优秀作者还会得到赠送的刊物和稿费。"

"我去！稿费？钱？哈哈，好，太好了！"语文好的那部分同学把兴奋说出口。

班级一下子沸腾了，尤其是赵小晚，她仿佛觉得自己的梦想在大地上蓬勃生长起来了，眼前一片，全是绿莹莹的。

才仁东周开始朗读自己的作文，他的作文让许多同学刮目相看。其实，早在李玉批阅第一遍、第二遍的时候，都能感觉到自己心灵得到一种高原雪域般的净化。

才仁东周读道：

信仰

我生活在藏区，是一名藏族人，从小阿妈便给我戴上护身符。她告诉我，这是神圣的，会保护着我。从此，我不再害怕黑暗。渐渐地，我成了一名虔诚的佛教徒。

八岁那年，我偷东西被抓，阿妈很伤心，但却没打我。她对我说："你的肩上和头上有佛祖在看着，如果你干了坏事，佛祖就不会保佑你了！"从此，我不再让人乱碰我的头和肩，也不敢再做坏事。

十岁那年，我打了一个给我取外号的人，学校通知了家长。阿爸在自治州工作，所以只能是不识字的阿妈去学校。阿妈回来后让我给阿爸打电话，然后对我说："你只有一个名字，是活佛给你取的，不管别人叫你什么都没事，因为你只有一个名字是神圣的。"她还告诉我："你的名字是三宝汇聚，毅力非凡的意思。"从此，我不在意别人说什么，怎么称呼，遇到挫折、困难，不再轻易放弃。

十三岁那年，学校迁到四川，我觉得离家太远，不敢去。阿爸对我说："你是藏族人，是岗坚巴，是康巴汉子，是征服雪狮的勇敢的子孙，怎么这点勇气都没有？！"从此，我不再惧怕孤独，面临挑战时，便告诉自己：我是藏族人，是康巴汉子，绝不可以退缩。

如今我已经十六岁了，每天晚上睡前都会默念六字真言，然后和阿妈阿爸一样祈祷世间万物越来越好。祈祷亲人、老师、同学健康长寿。这会让我觉得很亲切，很安稳。

假如没有信仰，我可能还在惧怕黑暗；假如没有信仰，不可能做完坏事没有罪恶感，直到无法挽回；假如没有信仰，我可能每天为别人对自己怎么样而烦恼；假如没有信仰，我可能早已被困难挫折打垮；假如没有信仰，我可能只知道让自己幸福，可能还……

没有信仰，你就不知道为什么做一件事，你甚至会做不该做的事。也许，你还会没有了活着的意义，和活着的勇气，活着的动力。

人，总要有个信仰，或是信仰宗教，或是信仰主义，或是信仰科学，或是信仰其他有真理的信仰。

随着才仁东周的朗读声，教室里响起掌声和下课铃声，声声入耳，回荡着不一样的悠扬……

才仁东周朗读完了，下课铃声也拉响。得知这篇《信仰》即将发表在大学校刊，高二2班的同学都兴奋了。结果，不管是青海藏族学生，还是北京学生都嚷嚷着叫才仁东周请客呢……

第三十五章　说不清的仇恨

1

闹桑错拉着才仁东周到校医那里开感冒药。回来的时候，闹桑错嘱咐他按时吃药，多穿衣服。

才仁东周又打了一个喷嚏，说道：“我知道了，你和阿妈一样关心我。”

闹桑错脸红了，不好意思地说：“我们县就来我们俩，本就应该互相多关心。这不是你说过的吗?”

“嗯，是我说的。其实我觉得高中生谈恋爱挺好嗒。”才仁东周摸了一下脖子，看着闹桑错，低着头小声说道。

“谁说我们谈恋爱了。给你，我还有一个苹果，吃完药嘴苦，你吃吧。”

“谢谢。其实，我觉得谈恋爱没大人们说得那样可怕，但中学生恋爱前提必须是健康积极，学生最美的情话，不是我爱你，而是你愿意和我一起努力吗？那三个字是可以说的。”

“哪三个字?”闹桑错故意问。

“你愿意和我一起努力吗?”

“这不是十个字吗?”

“嘻嘻。多了七个字。”

才仁东周笑笑又说：“其实，那三个字是‘有我在’。”

闹桑错低着头没表态，但她知道自己的心在想什么。才仁东周从闹桑错的表情里读出了那三个字：“我愿意。”

才仁东周看对面有学生走过，小声对闹桑错说：“哎，你说，在情窦初开的年纪拥有一段美好的初恋有什么不好？大人好像都不理解咱们。”

闹桑错低头小声说：“是啊，如果能一直相伴，从穿校服到披婚纱，那自然是最完美的。如果不能，唉，也是一段美好回忆。”

才仁东周说：“仅剩的一年了，咱俩拼尽全力，一起奋斗。说好了，一起努力，我帮你回到实验班。”

“嗯，一起努力。”闹桑错攥紧拳头，一副可爱的模样。

然后，闹桑错拐到卫生间，故意停留一会儿。她是在避免别人发现她和才仁东周走得很近，他们不想给姜春雷老师再添麻烦。这是他们早就约定好的秘密。

2

在姜春雷的办公室里，语文老师也在。程苗苗正在上交自己写的检查。姜春雷生气，让程苗苗不但认识自己的问题，还要把家长请来。程苗苗答应着走了。

见程苗苗走了，李玉走过来对姜老师说：“别那么激动，程苗苗也正是心理脆弱的时候，我也批评她了，你要把握好度，不能过。别忘了，她可是曾经放弃学业的学生。我们不放弃不抛弃任何一个学生。”

姜春雷说：“唉，我也知道，就是想想觉得后怕。”

李玉摘下眼镜，擦了擦，说：“世界上没有两片完全相同的树叶，老师面对的是一个个性格爱好、脾气秉性、兴趣特长、家庭情况、学习状况不一的学生，必须精心引导和培育，不能因为有的学生不讨自己喜欢、不对自己胃口就冷淡、排斥，更不能把学生分为三六九等。”

姜春雷马上反驳说：“我没有分等级啊，我可是一碗水端平的。”姜春雷有点冤枉，忍不住解释。

李玉戴好眼镜说："看你，还急了。我没说你有这个倾向。难道教师队伍里没有这种老师吗？"

"哦，那是有的。"姜春雷说。

李玉又说："既然选择当老师，那么对所谓的'差生'甚至'问题学生'，老师更应该多一些理解和帮助。你无意间的一句话，可能造就一个天才，也可能毁灭一个天才。好老师一定要平等对待每个学生，尊重学生个性，理解学生情感，包容学生的缺点和不足，善于发现学生的长处和闪光点，让所有学生都成长为有用之才。"

"谢谢李姐，我知道自己怎么做了。确实，我心态需要调整一下。"

姜春雷终于认识到，自己的情绪出了问题。

李玉看姜春雷听得认真，又难得碰到一起谈心，就打开了话匣子："既然当老师就要当好。好老师要用爱培育爱、激发爱、传播爱，通过真情、真心、真诚拉近与同学的距离，滋润学生的心田，叫自己成学生的好朋友和贴心人。"

"对对。"姜春雷连连点头，他就爱听这个语文教师的话。

"我也当过多年班主任。当班主任就应该把自己的温暖和情感倾注到每一个学生身上，用欣赏去增强学生的信心，用信任树立学生的自尊，让每一个学生都健康成长，让每一个学生都享受成功的喜悦。"

姜春雷越来越觉得，有这样的语文老师教他们班真是幸运呢。不愧是语文老师，语言就是到位。

姜春雷瞪大眼睛像小学生一样聆听。尽管他知道李老师说的这些做起来有一定难度，但他理解年级组长李玉对自己这个新班主任的良苦用心。

李玉还想说什么，却停住了。近一段时间以来，姜春雷发现李玉越来越好唠叨了，同时，感觉到她心里有什么事儿，她好像在努力地瞒着所有人。

3

政治老师方向叫姜春雷去一趟，说有事情要对他讲，李玉这才回自己办公室。姜春雷收拾一下，又急匆匆地去找方向老师了。

转眼下午就过去了大半，方向的心还是没平静下来。虽然说第九次收到梅晓白的情书已经没有第一次那么惊讶了，但整整半个下午，没有课的他就坐着发呆。

方向又看了一遍梅晓白给自己的信，信里不单单说一些情感的话，还写了最近班级发生的事情对她的影响。她还说，她知道他结婚，非常难过。虽然想忘记，但还是心里难受，无论母亲怎么开导。假如你将来过得不幸福，我依然等你……

方向感觉上政治课的时候，梅晓白还是用不一样的眼神看他。怎么会这样？原本以为梅晓白知道自己将要结婚，定会打消对自己的念想。这，该怎么办好？梅晓白真的乱了自己的心绪。方向继续坚持自己的老师原则，反正这次，方向没有跟梅晓白说话。他想让自己变得冷一些，再冷一些，他就不怕冻不僵她！

不太可能吧？太扯了！我是她的政治老师！她还是孩子！不行，必须和姜春雷见面好好聊聊，看究竟怎么解决这个万分棘手的问题。不然，作业本里总夹着这炸弹一样的信。方向在办公室里如热锅上的蚂蚁，等待姜春雷出现。

4

程苗苗找到父亲程新野时，程新野的新家又多了一口人，一个小人儿。他们给程苗苗居然生了一个弟弟！这让程苗苗几近崩溃。

程新野见程苗苗来了，就拉她到另一个房间，小声地问她和妈妈过得怎么样。学习如何。

“你不是有儿子了吗？你过得好就成了，干吗问这些？和你也没多大关系。”程苗苗说着气话。

“哪的话呀，有儿子也代替不了你是我女儿呀。看你，怎么把头发剪成这样？弄这么短干吗？”

“不用你管，我就喜欢这样。”

里屋传来喊声：“程新野，你干吗呢？快点，孩子尿了，我忙不过来，你赶紧热奶，孩子饿呢！”

爷俩刚在一起坐有一刻钟的光景，程新野的小媳妇就往另一个房间叫他。这在程苗苗看来，就是后妈故意这样做，百分百是有意赶她早点走。程苗苗这时听到了婴孩的哭声。

“快点，孩子哭了！”小妈又在喊。

“好，这就来，来了！”男人答应着。

程新野只能去顾小的，被撇在沙发上的程苗苗越想越气。

门没关严，从外面能看见小妈抱着孩子。程苗苗听见爸爸小声说着什么，小妈的表情很难看。

程苗苗想了一会，冲着里屋大声喊道：“爸，我手机丢了，再给我买一个，我要苹果新款。没手机，你以后甭想联系到我。对了，我们班主任让你去学校一趟。”

“啥？哦，你先等一会，等一会再说。”程新野打着马虎眼。

“跟个要账鬼儿似的，一天天就知道要钱，不要钱都不会找你。你看你看，这就是你女儿。”小妈小声嘟囔开了。

“行了，你别这么大声。”程新野压着他的小媳妇。

“一个学生要什么给什么，哪能用那么贵的手机？再说，儿子以后用钱的地方多着呢。奶粉可该买了，告诉你，不许买国产的！”

程新野说：“买，都买，成了吧？你就别说话，一会矛盾又出来了，能让我省点心不?”

小妈说来说去，只考虑自己的儿子。程新野一面压制着老婆，一面忙活给儿子热奶喝。

见小妈又生气了，程苗苗心里很解恨，在一边哼哼唧唧地唱起来。

唱了一会儿，听里面又没动静了，程苗苗故意大声冲门里喊：“爸，一天天冷了，我要买羽绒服，还要买两双新鞋，我是汗脚，要换着穿。爸，快点，我还要回我妈那边呢，回去还写作业呢!”

小妈没忍住，冲着门外的程苗苗说道：“你爸爸又不是开银行的，哪来那么多钱供你高消费？！你有小弟弟了，用钱的地方多着呢!”

程苗苗回敬道：“跟你要了吗？你管得着吗？！哪有你的事啊！别跟我说没用的!”

“你看看，这是你的宝贝姑娘，她这是来故意气我的!”小妈指着程新野说道。

“成了！你有完没完！她毕竟是孩子!”程新野这次站在女儿一边。

“什么孩子？都多大了？高中生了！一点规矩没有，没大没小没老没少的！都是你娇惯的!”小妈骂着程新野。

听他俩吵起来了，程苗苗不再言语，心里说，掐吧，往死里掐才好呢！

小孩不知怎么又大哭起来，哭声传到程苗苗的耳朵里。这种哭声让程苗苗心烦，一心烦，程苗苗就开始从根到梢儿地琢磨。

孩子不停地哭，小妈不住嘴地骂。

程苗苗更加恼火。叫你哭，早晚弄死你！突然，程苗苗脑子里闪出一个可怕的念头来……

程新野终于从他的卧室走出来了，忙得一脑门子汗。这时，他的儿子也不哭了，小妈也安静了，好像那娘俩撺掇好了一样，静听外面这爷俩有什么背人的秘密。

“爸，刚才想了，让我妈去学校吧，你也忙，她正好明天休息。你把钱给我就成了。”

“那也成，多少钱?”

“你算吧，一个苹果手机、两双鞋、羽绒服，再买点其他的零碎。”

“给你拿两千吧。”程新野挤咕眼睛。

“那够买什么的呀? 只够买羽绒服。”程苗苗没看清爸爸的表情，大声说道。

“你省点花，现在……紧张……”程新野说着，却偷偷塞给程苗苗一张银行卡，然后附在女儿耳朵上小声说，“八千，别让她知道。”

程苗苗这才不言语了，赶紧收起来，这张卡仿佛消解了她对爸爸的不满，但对小妈和小弟依旧怀有痛恨，一种说不清的痛恨。

第三十六章　语文老师住院

1

办公室有教师坐在那儿备课，说话不方便，方向只好示意姜春雷去操场上说话。

在操场上，姜春雷看见自己班里有几个男生和其他班的男生一起踢足球。男生们聚精会神，一个个准备随时扑球、救球、抢球、射门。

姜春雷看着看着，想起了自己的高中时代。和自己当初一样，真正带给他们的快乐是滚动着的快乐。而今的他们，如原来的自己一模一样，快乐地奔跑，追逐着梦想。

“愣什么神啊？你也不问问我找你有什么惊天动地的大事。”方向喊了一声姜春雷。

姜春雷继续看班上的罗亚军在抢球。罗亚军是足球队队长，踢得一脚好球。但他并非如同其他的足球队长那样有威信，因为他本身就是一个快嘴快舌没心没肺的人，有时还有点玩世不恭，不靠谱。这也是罗亚军最初留给姜春雷的印象，自从上次发生的事之后，姜春雷才开始重新认识这个皮肤很黑的男生。

方向说：“看你们班罗亚军啊？这小伙儿不错，是他阻止了一场灾难啊。”

“哎？你怎么知道的？听谁说的？”姜春雷有点奇怪。

“有人信上告诉我的？”

“信？什么信？有人走漏消息？谁？”

“你先别问谁，是不是班上差点出大事儿？”

"嗯，多亏了罗亚军，我真后怕。"

这时，远处传来笑声。姜春雷和方向顺着笑声看过去，不知罗亚军又说了什么，或者做了什么，他把男生们逗得哈哈大笑。姜春雷一猜便知，罗亚军的舌头里一定翻出许多有趣的话。接下来，男生们差点在足球场脱掉了罗亚军的裤子，但罗亚军也只是笑骂着系好裤腰带。

姜春雷站在操场一角看着，然后也笑了。

"姜春雷，你也不问问我找你啥事？"

"什么事？说吧。干吗神神秘秘非到这来说不可？"姜春雷叉着腰问方向。

"唉，我真不知道怎么开口。"方向用拇指和食指捏住眼头说。

"怎么，要结婚找我借钱吗？"

"比借钱严重。"

"说吧，到底什么事？"

"姜春雷，我实话实说吧，你们班梅晓白给我写九封情书了，我真不知道该怎么办，只能向你求救。"

"啥？你跟我开玩笑吧？！她给你写？情书？不可能吧？！"

"我你还不相信吗？真事儿！不过，为了尊重学生，我不能给你看信。但绝对是真实发生的。你说我该怎么办？我怕她还给我写个没完。"

"那你怎么想的？"姜春雷一看方向的表情，也就知道事情的真实性了，便问他。

"我还能怎么想？第一次就拒绝了。"

"梅晓白可是我们班好学生，各方面都优秀，她可不能出什么问题。"姜春雷对方向说。

"是呀，所以我考虑再三才告诉你。"

"你小子是不是也动心了？说实话？"姜春雷严肃地问。

"怎么可能？！她是小屁孩一个，懂什么呀？！我有女朋友，快结婚了。谁像你又成光棍了。哎哎，要不，叫我女朋友把她同学给你介绍一个，咋样？"

“可别提什么同学，我惧怕再一次被人甩。还是说眼前你这事咋办吧。”

“你说梅晓白怎么就抓住我不放呢，我明明白白拒绝她了呀。”

“那就是我的学生单相思。唉，也难怪，梅晓白和别人不一样，好像没有父亲，具体我也不清楚。她可能有恋父情结。赶巧了，你又是个‘才华横溢的大叔’，你说，梅晓白不暗恋你暗恋谁呢？”

“滚蛋，谁大叔啊？不是，姜春雷，我有那么老吗？我哪一点像父亲啊？人家还未婚青年！”

“争论这些不重要，重要的是，我学生，我亲学生，梅晓白怎么办？不能让她真爱上你呀！那，那还怎么读书？说不定，很快她成绩就下滑，你怎么面对……”

“没错，我就怕这个嘛。”方向不安地说。

“别人不知道吧？”姜春雷又担心地问。

“不知道，我也不可能说。只是……”

“只是什么？”

“只是梅晓白第一次给我信，差点被咱学校的曹维康发现。他看到梅晓白在我办公室跑出去了。”

“啊？他？你也被他盯上了？”

“嗯，他还警告我。我当时给他解释清楚了。不过，前段时间曹维康去我家，还是跟我爸提起这件事了。”

“这老头就是好多心，就爱管这些事。”姜春雷听方向一说，倒有一种同病相怜的感觉。

“我怎么办？姜春雷，快给我出个主意。”

“那我找梅晓白谈谈。”姜春雷说。

“别，千万别这样，她肯定不希望我告诉别人，你找她谈会搞砸的！不行，不行。”方向脑袋摇晃得像拨浪鼓一样。

“唉，我们班有好多问题学生，谁想到，这好学生也有问题呀？我还以为梅晓白是我最省心的一个呢，准能顺顺利利地考一所好大学，这回……唉……”

方向想了想说：“这女孩子心里都想啥呢？怎么胆子这么大？不理解。”

“因为你有才华，又是帅哥，不，是帅大叔，女生们容易喜欢你。不过，只有梅晓白比较勇敢，说出来了，敢追求你。”

“她勇敢，可吓死我了。这不是给我添乱吗？”

“我建议你还是躲着点儿。”姜春雷出主意说。

“躲？我一直躲呀，关键怕哪天躲不过，又被曹维康看见，那还不得传得满校园沸沸扬扬啊？我还怎么在青果学校教课！”

“也是，咱们得从根本上打消梅晓白这个念头。对，分散一下怎么样？”

“分散？你让我辞职啊？！”

“嗯，不是。你在咱们学校号称男神老师，梅晓白接触的男神是不是太少？”

“姜春雷，你啥意思，直说！”

“换句话说，梅晓白很少接触异性，尤其是她崇拜的人。我们能不能给她？不，给所有女生一个接触更优秀异性的机会？让她们知道，比你好的人比比皆是。这样，她们就会转移目标，从而能正视异性。怎么样，我这主意？”

“好！这样好，有道理。可，哪儿找去？怎么能接触到？”方向只高兴了半截，就又忧虑重重。

姜春雷说：“陈钢已经和京都师大联系好了，咱学校文学社团的好作文可以发在京都师大校刊上，会邀请大学生定期来咱学校交流。咱们组织让同学们见识一下更有魅力的学哥学姐，他们会有共同语言，会促进他们学习。”

“这当然好，这要学校领导决定才行啊，怎么也要主任点头。”

“这好办，我和主任请示一下。对咱们学生学习有益无害，相信她准能支持。”

“好，我和陈钢教过的学生，有在京都师大读书的。对，你的话提醒了我，我教过的学生还有一个是大学学生会干部，男生！应该上大三了。当年陈钢教他语文。”

“那你和陈钢商量一下，联系一下那男生，最好，多联系几个大学生，请大学生回母校多和学弟学妹交流，绝对见效！”姜春雷越说越高兴。

“我能做到。”

“这回，你可帮了我大忙了！”姜春雷很兴奋。

“我帮你？你帮我！话都反着说，昏头了吧？”方向说。

“我清醒得很。这回，男生女生的问题，会解决一大部分呢！”

姜春雷的话，方向不能全懂。方向只想到给他写情书的梅晓白，而姜春雷想到了梅晓白、郝帅、程苗苗……

两人商定好之后，往回走。恰这时，下一节课的铃声也响了，踢球的男生不得不往各自的班级跑。

2

楼道里，姜春雷碰见语文老师李玉，刚想和她说说刚刚与方向研讨出来的好方案，不料，李玉突然扶墙闭眼，她手里的书撒落一地。

“李老师，您怎么了？好像病了？要不要去医院？”方向帮忙捡起书，关切地问。

“是啊？要不，和其他老师换一节课吧！”姜春雷扶李老师一把。

“没事，我能上，可能没休息好。不碍事。”李玉继续向高二2班教室走。

姜春雷觉得很奇怪。李玉的脸色不好看，情绪也不对。姜春雷正迟疑，见校长柳篮在走廊另一端招呼他和方向，他俩赶紧去校长办公室。姜春雷和方向不知道柳篮校长找他们究竟会有什么事情。

3

这堂语文课上，李玉老师要讲解古文部分。可刚讲了有一刻钟，突然，她从黑板旁边滑倒。离黑板最近的学生围上去呼喊：老师！李老师！老师醒一醒……

全班又一次紧张起来。

才仁东周这次显得有经验，他怀疑李玉老师有心脏病，劝阻大家不要动老师，让老师平躺，然后迅速在李老师身上翻找，看有没有药。才仁东周没找到药，却翻出了装在李玉衣兜里面的离婚证，离婚证的日期就是昨天！

同学们这才知道，正在给他们上语文课的老师突然家变了，而她却依然站在讲台声情并茂地讲课。如果她没晕倒，大家不会知道老师家里发生了这么大的事儿。

“快打120吧！”赵小晚带着哭腔说道。也许，只有她最能体会生死之间的那一刹那。

“哪还有手机？谁还敢往学校带?！连语文老师上课都不揣手机。”郝帅说道。

“还得去找姜老师！”一向忠厚老实的藏族学生尕玛俄金曲军喊道。

“对，对，快点找姜老师去！打电话！快点！”索南冷保和卡卓吉一边呼喊着李老师，一边推旁边的闹桑错，示意去找老师。

趁着大伙慌乱的空当，张天一和吴晶晶在墙角忍不住拉着手抱了一下。张天一的意思是鼓励心上人，不要害怕，有他在。

这一幕被眼尖的罗亚军看到之后，两人迅速松了手。罗亚军心里大骂这两个没良心的东西，都这时候了，自私的他们只想到自己的情啊爱呀的。

才仁东周嘱咐王朴生看护李老师，自己和闹桑错跑去找班主任。

才仁东周跑几步后，回头对闹桑错说：“原来，李老师离婚了，连孩子也没一个，怎么会这样？她把整个心都给我们了，不行，我，我要让她有孩子。”

闹桑错推了他一下说道：“你怎么能说这种话？急昏头了吗？别说话，还是赶紧报告姜老师……

4

柳篮正在征求姜春雷和方向对补课一事的看法。当然，两个年轻的老师双手赞成，这也算是校长为教师的收入考虑。

本来，市、区教委规定，不许学校补课收费的，但有的培训机构巧妙地找到柳篮校长，意思是在校外租赁场地，以培训学校的名义，聘请青果学校老师，利用周末去讲课。当然，学员是全区各个中学想补习功课的学生。每堂课给教师劳务费，这样算起来，教师的收入就翻倍了。

可以说，这是不小的诱惑。在不违规的情况下，老师们谁不想多一些收入？谁不是上有老下有小地过日子？大伙都拥护柳篮，更感激校长为教师着想。

同时，姜春雷和方向也支持校长的建议，那就是，为提高学生成绩，每天多挤出一节课（自习课）要老师义务给学生补课。另外，他俩还说出了新的建议，就是邀请一部分大学生回母校鼓励自己的学弟学妹，一起交流，促进学习，使学生找到努力的方向。

柳篮对这两个年轻教师大加赞赏，表示采纳他们这个有创新的建议。

正说着，班长王朴生急速地敲门，敲门声打断了校长办公室的谈话声。姜春雷这才知道，班级又有了新情况，这次是语文老师晕倒。柳篮校长直接拨通了120电话，很快，救护车开进青果中学。

的确，李玉离婚了。理由充分：自己四十多了还不能生育，丈夫背着自己有了外遇，且外遇抱着和丈夫生育的孩子找上门来。

李玉记得有一次，一起在外面玩，丈夫带了个女孩，说是他的副经理。李玉想她能用一个词来形容那个女孩——妖娆。那女孩是伶牙俐齿的，也是妩媚的。她的脸上涂了厚厚的粉，与其说是粉，不如说是涂了一层白面。那是个比她年轻靓丽，看起来就让自己失去安全感的、很可怕的女孩……出乎她所料的是，他们竟在一起了，还生了孩子……

三天没吃没喝，再加之伤心过度，李玉在课堂上昏倒。

5

等李玉再醒来的时候，发现自己躺在离青果中学最近的区医院的病房里，旁边有姜春雷、于冬丽、陈钢、方向，她还看到了校长柳篮，后边是高二2班的一部分学生。

“你们，你们怎么都来了？我是不是没上完课就晕倒了？唉，怎么会这样，耽误同学们了。”李玉说着想坐正一些。

“呜呜——”看着老师虚弱的身体，有的女同学没憋住，哭出声来。

“孩子们别哭，老师没事，真的没事。”

才仁东周拉拉李玉的手说：“老师，我阿妈去年过世了，你以后嫁给我爸爸吧，我不会让你孤单。等放假，我回去就跟我爸说。”才仁东周的话，让病房里的每一个人都感觉意外。

“傻孩子，说什么呢。”李玉靠在床上说。

“我说的是真话，我来青果中学得到您的呵护，尤其在作文上给我评语最多，我早把您当自己阿妈了，我愿意做您的儿子。”才仁东周哽咽着。

闹桑错这才知道才仁东周和她说那话时，并不是急昏头说错了话。

“快叫哇！快叫哇！”卡卓吉用藏语怂恿才仁东周。

“阿妈！阿妈！”才仁东周大声地自然地叫道。别的藏族孩子也跟着一起呼喊：“阿妈，阿妈。”

李玉四十多岁了，还是第一次听到有人开口叫她“妈”，还那么亲切。她抖动着嘴唇，泪水模糊了双眼，望着眼前率真、纯朴的孩子们，她什么也说不出来，点点头。

看一下子生出这么多儿女，李玉幸福得眼泪直往外冒。她擦擦眼镜，默默地念叨：一切都值了，值了。

第三十七章　怀孕的恐惧

1

北京今年冬天的这场雪，已经下了三天三夜了。漫天飞雪纷纷扬扬。这雪像鹅毛，却没那般轻柔和温暖。这雪细细密密布满天幕，犹如无数白色小精灵在舞蹈，或交叉，或旋转，或垂直。雪花急急地随着西北风落到地上，落到树上，落到房上，落到人们身上。很快，树上、房上、人的身上，有了堆积，枯枝成了晶莹的雪绒条，雪松成了孩子们眼中的圣诞树，高楼就成了童话世界里的城堡。

就在这个看似童话般的雪白世界里，身处在这尽是白茫茫一个色彩之中，这色彩白得确实让人有点惶恐。没错，这个缺乏绿色的季节，足可以让某人感觉到了世界末日。

吴晶晶向公园远处的大树望了一眼，那整个一片白茫茫的地方，全体是白的，冻结了的，并且像白刃一样地发光，瞬间，她的心都冰透了。

吴晶晶哆嗦着告诉张天一：我怀孕了！

“真的假的？别吓唬我。”张天一很吃惊，追问。

“真的，这个月没来月经，我买试纸检验过了，是有了。怎么办?”

“怎么就……哎呀，真麻烦。”张天一往自己兜里掏烟，想点着火。

“别抽了，快想想怎么办啊?！都怪你!”吴晶晶要哭了。

“好了，别哭，我想办法。”

“你爱我吗？张天一?”

“这还用问，当然爱你。”

“那我们别上学了，咱俩结婚吧，把孩子生下来。”

“什么？生下来？开玩笑呢，怎么养啊？我妈我爸能同意吗！不成不成。”张天一给予否定。

“那你叫我做掉孩子啊？！”吴晶晶可怜巴巴地试问张天一。

“亲，我们别着急要孩子，咱俩还小，将来怎么生活？老师和同学知道会看不起我们，知道有了孩子非开除咱们不可。那一切就都完蛋了！”

“你和你妈好好说说，真的，我们在一起吧，我也不想读书了，学不下去。”

“我妈的态度强硬，她不同意咱俩在一起，我想等以后再慢慢做她工作，但现在真不可能要孩子。听话，我求求你，做掉孩子好吗？”

“我害怕！”吴晶晶哭泣着说。

“别怕，有我呢，我陪你去。”

“嗯。”吴晶晶无可奈何地应声。张天一就势抱着浑身哆嗦的吴晶晶。

2

夕阳西下，拉长了两个人的身影，不，准确一点说，是一个叠加的身影。此时，吴晶晶乖巧地趴在张天一的背上，双手紧紧环着他的脖子。

吴晶晶身体很柔软，特别是前胸压在张天一的背上，让张天一感觉特别的舒服。张天一的定力瞬间又摇晃了。偶尔，吴晶晶动两下，那胸脯便在张天一背上蹭来蹭去，再加上吴晶晶那吞吐而出的香气，让张天一把持不住了，张天一不顾大雪天就和吴晶晶滚在雪地上。尽管公园这时没人，但吴晶晶还是拒绝了张天一的冲动。

“不行，这时候你还敢想这个？我都快烦死了，吓死了，不知道人家心里有多乱。”

吴晶晶使劲推开张天一的手，坚决地说道。

“晶晶，正常的男孩都会受不了，更何况我已经是男人了。这不能怨我。”

“屁话，不怨你怨谁呀？”

“我说你……那个……”

“什么？”吴晶晶疑惑地问道。

“没……没……就是想说，你刚才，趴我背上能不能别动，你一动我就……”

吴晶晶好像听懂了张天一的弦外之音，她低头瞄了一眼自己的丰胸，脸刷的一下红了。对于一个十五六岁的女生来说，胸部发育得与众不同，再加上偷吃禁果，才惹上了恐慌的麻烦。吴晶晶心里越发乱糟糟的。

“哼，亏你说得出来，到现在还在为你自己找借口。”

“不是，唉，说了你也不懂男生，不懂我。算了，不说了，起来，我们回家吧，我陪你找一家医院，钱嘛，我想办法。”

张天一说完拉起吴晶晶，给她拍打身上的雪花。

吴晶晶看着自己心爱的人，心里顿时五味杂陈。她知道自己虽然不算是什么好学生，但绝对是个正人君子，真的，因为她只希望把自己的初夜给自己最爱的人，这一点，她做到了。那还怕什么呢？只要有他在，自己什么也不用怕。吴晶晶尽管努力让自己想这些，但她还是心慌。

张天一将棉服给吴晶晶穿上，两人又亲亲热热着、互相打闹着、推搡着消失在风雪中……

3

关于怀孕这件事，吴晶晶谁也没告诉，包括她最好的闺蜜孙佳卉也不例外。因为多一个人知道，就多一分风险。这种风险，她和张天一无论如何也担不起，这要比堕胎还恐怖一百倍。

然而吴晶晶不知道，张天一又和校外另一个女生暧昧上了。这秘密还是被孙佳卉偶然发现的。这种事，比较痴情的吴晶晶肯定不会知道，孙佳卉不想她的闺蜜被欺骗，也不想毁掉吴晶晶心里美好的幻想，毕竟，美梦破灭的滋味是不好受的。

周五体育课后，孙佳卉和吴晶晶一起玩。

突然，孙佳卉告诉吴晶晶："别喜欢张天一了，别问为什么，相信我这是为你好。"

吴晶晶还是问："为什么？"

"哦，我逗你玩呢，没事。"

孙佳卉见吴晶晶脸色很难看，怕自己的好朋友伤心，也就决定继续隐瞒，没有说出实话。

不久，孙佳卉还是觉察出了吴晶晶的异常。因为吴晶晶总是恶心，给她药，她又不吃，就说自己胃疼，难受想吐。孙佳卉也是孩子，也不会想出问题的严重性。

但孙佳卉发现事情越来越蹊跷，吴晶晶的笑容不再如从前那么明朗，她从吴晶晶的眼神里看到有一种迷惘，深深的迷惘。不管她再怎么提及赵小晚、罗亚军这两块笑料，吴晶晶再也不感兴趣了。难道吴晶晶知道了真相？孙佳卉很担心。

当一个人开始感到迷惘，那么，她就会慢慢地脱离幼稚，开始向着成熟进军。而这种从幼稚向成熟的进军，所要付出的代价，可以说，是惨痛的。这也是吴晶晶后来的感悟。她多想做从前那个纯真、带着傻气，却快乐的自己呀。但一切，都太迟了……

天气很冷。午休时间，同学们趴桌子上休息。教室里由于封闭，吴晶晶又觉得很闷，有点恶心，她捂着嘴打算到洗手间去。

赵小晚一个人搬把椅子，坐在高二2班的教室外面。她就坐在走廊外面，手里捧着一本英语书，正在小声背诵。吴晶晶走近，听见赵小晚正在很小声地背着英语单词。

听到脚步声，赵小晚抬起头，看了吴晶晶一眼。那是一双很明亮很大的眼睛。吴晶晶躲开了赵小晚的目光，她多少有点心虚。还好，赵小晚顾不得用心观察她，低下头，继续背单词。

不管怎么难受，吴晶晶还是努力想表现出自己的若无其事。可是，当她故意地表现得若无其事的时候，她就不再若无其事了。

4

周三下午，张天一把王朴生拉到操场一个没人的地方，张天一显得很焦急。

“怎么了你？叫我来这有事啊？”

张天一告诉王朴生：“班长，有事，大麻烦事。你一定要帮我，这可是人命关天。你必须保证，不告诉任何人，包括老师和其他同学！”

“啥呀？这么严重？什么人命关天？程苗苗手机找到了？！”

王朴生还以为张天一知道班级手机被偷的真相，特意向他这个班长来汇报的。王朴生期待张天一告诉他实话。

“女朋友怀孕了。”

“谁？谁呀？坏什么运？”

“还有谁，吴晶晶，不是坏运气，唉，也不是好运气，就是怀孕！有了，有了孩子。我的。”

“啊？！啥？真的呀？姜老师……学校知道吗？”

“他们知道我不就完蛋了！我就跟你说了，堕胎用钱的。班长，求你借我点钱吧。本来，我想从家里拿，谁知我妈最近看得可紧了，我根本看不到钱影，这事我又不敢告诉我妈。”

“那，那我也没多少钱啊，需要多少啊？”

“丫的，社会太残酷！我去医院找大夫讲情，说自己是学生，能不能少收点钱。医院大夫还把我骂了一顿。说，学生还这样做？自己做了自己负责，没人替你埋单。还变相骂，真够孙子的！”

“那要多少钱，大夫才给那个？”

“都算上要两千块钱，我想找一个好一点的医院。”

“我只有四百，我的天老爷！”

王朴生头一回听着这么大的事儿，阔绰的张天一还要借钱，要给吴晶晶堕胎！这如一颗爆炸的雷一样，把王朴生这个班长给炸蒙了。

“不够啊，班长。你，你帮我想想办法！我真没辙了，才冒被你告老师的风险和你说的。你要为我和吴晶晶保密啊！求你了！我给你磕头作揖都成，千万不能让老师和学校知道，那我们俩就彻底毁了。”

“好，我不告诉老师，可我一个人也弄不到那些钱啊？你再想想别的办法。”

“我实在没办法才找你的，以前的哥们听说借钱，都躲着我，他大爷的！”

毕竟，是在这个年纪发生了这种事，不管是男方女方，都会承受很大压力的，张天一也不例外。此刻的他，不但要张罗钱，还要背负巨大的心理压力。女友怀孕，钱又没有，不禁让张天一有些暴躁不安，弄得他在王朴生面前不住蹄儿地转悠。

“别转悠了，我叫咱班住宿男生凑凑，看够不够。”

“咱班还有谁会借给我？不成不成，弄不好都告我状，巴不得学校开除我。”

“不会的，没人落井下石。”

“怎么不会，我平时又……”张天一这时候才知道自己人缘不是很好。

“先别急，让我想想。”

“班长，千万别走漏风声啊！我倒好说，关键是，别把吴晶晶给毁了。”

“我知道，保密，一定保密。等晚上回宿舍，我号召咱宿舍里几个男生凑一凑。”

“谢谢班长，谢谢班长……”张天一说了好几遍。

张天一总算抓住了一根救命稻草。

5

下晚自习后，大家陆续走进寝室门。这时候，天空都是阴沉沉的。

如果没有发生张天一这件事，男生们本该是嬉笑打闹着走进寝室的。寝室里光线很暗，王朴生看到大家都在那里站着，或坐着。张天一在阳台那儿，正偷着用手机打电话，看样子是在借钱。

“你，怎么还带手机?”王朴生想抢下来，训斥他。

“班长，我昨天刚带出来了，我为了借钱方便才带的，明天就放家里。”

这是上高中以来，宿舍男生第一次看到张天一这么不知所措的样子，这么温软得像小绵羊一样和别人说话。从前那个泰然自若，狂放自大的张天一一下子变得焦急而不安。

看几个人都进来，王朴生关上了寝室门。关上门，寝室里显得更暗了。里面大概七八个人。有的坐着，有的躺着，只有马骁习惯性地举着他二十磅的哑铃，蹲在地上练劲儿。可以说，这时候在场的，都是张天一平时打过吵过的班上同学。

张天一看了看大伙，沮丧地说：“班长都和你们几个说了，我就再求大家一次，你们可帮我保守秘密呀。大家都知道我的情况，都是我当初不小心，现在没办法，只有把孩子打掉。我这里一时只借到三百，希望大家能帮我凑凑。”

王朴生说道：“是啊，帮帮他，毕竟我们是一个班的，也一起住两年了。好一点的医院做手术一般都要一千多，都凑凑。”

郝帅本来坐着，然后一仰躺下说道：“大家都是学生，平时有多出来的钱都花掉了。我们是住校生，一个月从家里领一次生活费，但基本上用不了一个星期就没了呀。我只好借。”

罗亚军还在打趣，他说道：“生活费就像大姨妈，每个月来一次，每次也就那么几天。几天就花干净了，上哪弄去？”

罗亚军很形象的比喻一出口，大家就能听得出来，罗亚军不愿意借钱给张天一。王朴生心里说，这也不能怪罗亚军。

“的确，刚到月底，要想突然凑上这么个数目，不是一件容易的事，但我们还是想办法吧。”王朴生又说了一遍。

王朴生说完话后，寝室里陷入了沉默。

郝帅掏出兜里刚刚从班上梅晓白那里借来的五百块，说：“刚借的，拿去。”

张天一很感激地看了看郝帅。片刻间，内心有了一点点愧疚感。张天一张了张嘴，吃了点空气，啥也说不出来，就又把嘴闭上了，接着把钱塞进包里。

“明天我妈会给我两百块买衣服，到时候给你。”马骁放下手里的哑铃说。

“我这还有二百五，给你先拿着。”罗亚军终于把钱掏出来了。

谁都看得出，罗亚军是咬着牙往外掏的。罗亚军怎能不心疼这钱呢，这可是他以前向外班倒卖梅晓白的东西攒的，还没来得及花。

张天一看到罗亚军的钱，立马感激不尽的表情，但他哪里知道，罗亚军对他依旧耿耿于怀，故意不小心把钱掉在地上，让张天一低头去捡。张天一俯身捡钱，连说了四个谢谢。

其实，罗亚军只拿出二百五，他把剩下的二百又放了回去。罗亚军之所以能借给张天一二百五，那完全是看在班长的面子上。

“我们几个人东拼西凑，凑了差不多一百八。”宿舍的另三个人说道。

“应该够了吧？”王朴生问张天一。

“嗯。”张天一应了一声。

虽然钱还没凑够，但张天一的脸上还是能看出丝毫的轻松。张天一没想到，在关键时刻，同宿舍男生会真的帮他。

后来几天，王朴生只做一些保密性的工作，没怎么管这件事。毕竟，钱凑得差不多了，剩下的就该是张天一和他女朋友吴晶晶的事了。王朴生觉得，对于张天一这件事，他和其他同学管不了，也没法管。只是在班级每次遇见吴晶晶的时候，王朴生总感觉到她的隐隐哀伤和惶恐。她的眼里，多了太多太浓的、别的同学看不清的东西。

而另一个当事人张天一也抑郁起来，不管数学还是语文，他一道题都做不下去了。他时刻怕这件事传出去给身边的人知道，尤其是自己的母亲。

这件事过了差不多半个月，张天一和吴晶晶没安生过一天。在这段时间里，王朴生等几个知情人谁都不想笑，也笑不出来。罗亚军不想哭，但也不想笑。

第三十八章　校长之痛

1

青果中学的教师中最不怕事、最吃不得亏的要数钱莎莎。钱莎莎教学不咋地，但背地里说三道四、搞小动作却是她的强项。她善于搬弄是非，喜欢兴风作浪的这一点，最不招数学老师于冬丽待见。心直口快的于冬丽不止一次同她闹翻。而这一次，钱莎莎即将闹翻的对象并不是于冬丽，而是校长柳篮。钱莎莎忘不了柳篮给她的处分，她咽不下这口气，只是默默地寻找机会。

下午，高二语文组在开会，会议由郭主任主持。内容是总结月考各班语文成绩，以及研讨考题答案。

郭主任说："这次月考，你们语文组再一次出现奇迹，普通班作文分数超过实验班，赵小晚和才仁东周是满分。五个实验班却没一个满分作文。另外，陈钢教的实验班的大阅读数据比其他实验班还要高。至于一些选择题正确率最高的是八班（教八班的是一个白头发的男教师）。我不是教语文的，所以还是请资深的各位老师跟大家介绍一下经验，大家互相学习，取长补短。请陈钢先说。"

陈钢说："还是请咱组长，李玉老师先说吧，我着急他们班怎么能两个同学作文满分？很想吸收她的经验。"

"对，李老师先说。真厉害，作文成绩那么好。"别的老师说道。

李玉温和地笑笑说："我也没什么经验，大家过奖了。我教学的方法就是每讲完一课，我就会给学生布置阅读篇目，每周必须上交一次大作文，每天都有微写作。考试完毕后，作文没写好的要重写交给我。这样做是为了培养他们的耐力和执着精神。”

钱莎莎听李玉讲到这儿，坐在那儿直撇嘴，幸好郭主任和其他老师没看见。

李玉接着说：“我鼓励学生写周记，日记。我不怕学生三言两语，只要动笔，我就鼓励。而我们班赵小晚和才仁东周自觉地每天交给我一篇大作文，我天天给批阅，帮助修改。就这些。别的没了。”

“好，请陈钢说一说。”郭主任示意。

“各位同仁好，我们实验班这次可能比较侥幸，阅读和国学部分答得好一些。我的经验就是多给学生思考，鼓励他们发言，我每天都抽出一节课给青果青文学社优秀作品开研讨会，我也会从网上下载好的小说、散文作为大家的研讨对象。这样，我能和学生同步，拉近距离，培养他们的阅读兴趣。”

钱莎莎心里暗想，语文书那么厚，学校的教学任务还完不成，哪里挤出时间能给网上的作品开研讨会？这家伙说的是真的，还是假的？嘁，就是学苗子好，人家孩子底子厚，天赋好，不一定是你们教出来的！

“其他老师也交流一下自己的经验，老小伙！上！”郭主任幽默地对年龄大一些的、白头发的8班语文老师说。

“我们班属于中等，但我也说说我的观点。我发现，这次语文试卷学生的主要问题在大阅读上。对于阅读文本内涵的东西，学生没有把握到，答题答不到点上，这应该是我们下一阶段教学努力的方向。”

“对，您说得太对了！”李玉说。

老小伙又说：“另外，这次作文是以那些美好的……为主题，好多学生没有领悟什么是美。有的写成议论文，举例子竟然说屈原投江那一刻很美、海子卧轨自杀死得很美、某某明星跳楼很美……”

“难道孩子们这样理解不对吗？美是有不同表现的。”钱莎莎不爱听地反驳。

也难怪，因为“老小伙”说的这篇作文就是钱莎莎他们班学生写的，而且分数不及格，显然这张卷子是“老小伙”判的。

“当然理解得不对！英雄坚贞和美不等同。美中含了对生命的尊重和怜惜，追求美使人走向崇高。有的学生不理解问题，举了一些似是而非的例子。所以，我觉得要让孩子们领悟美好的本真。我就说这些吧。”

讨论作文还弄出哲学问题来了，大家越说话越多，都很积极。看差不多了，郭主任宣布，下周陈钢和李玉去福建学习交流。

下面的问题，就是研究谁来给陈钢和李玉代课的问题。按规定，老师可以去学习交流，但学生必须要上课。

钱莎莎第一个说：“郭主任，我代不了课。我孩子小，再说我身体不行，输液呢。我们班都够我教的了。

李玉说道：“谢谢主任，我把机会让给‘老小伙’。他比我年长，这次外出的机会难得，我让给他。另外，我们班孩子真离不开我，我也放心不下。还有，高二2班问题多，我怕姜春雷负担太重。我可以给陈钢和‘老小伙’代课。你们放心去吧。我一个人吃饱全家不饿，我留下最合适。”

郭主任最后同意了李玉的决定，安排陈钢和“老小伙”去南方学习。

2

下午，各个教室的老师都在给学生正常上课。李玉在讲这次月考的卷子，刚讲完同学们错得最多的第一小题，接着念第二小题。

2. 下列各组词语中，字形全都正确的一项是：

A. 抱负　良晨美景　储藏　鸦鹊无声

B. 范筹　终身大事　沏茶　连篇累椟

C. 讥诮　惊慌失措　哆嗦　变幻莫测

D. 恬淡　改斜归正　钮扣　眼花缭乱

答案 C（A. 晨—辰、鹊—雀；B. 筹—畴、楱—牍；D. 斜—邪、钮—纽）

突然，走廊里传出一阵阵敲门声和叫骂声，打乱了所有老师的教学秩序。老师和同学们不知怎么回事，伸脖子往门外看。一群人乱哄哄的，领头的是钱莎莎和高二3班地理老师王蕊。钱莎莎和王蕊的喊声最大。

“各位青果中学的老师们，大家团结起来罢课吧！还上什么课呀？我们工资都被学校被校长克扣了！我们不要当柳篮的奴隶了！起来反抗！凭什么各班级有第十一节课？让我们变相给学生补课却不给我们劳务？分明把我们当奴隶！”

钱莎莎就像打了鸡血一样亢奋地嚷嚷。

“怎么了？你疯了？这是上课时间！有话别当着学生说好不好？”李玉走出教室，上前阻拦钱莎莎。

“我就要当着学生说，同学们，老师们，请将下面内容奔走相告，广而告之。最好能成为街谈巷议之谈资！要能造成一定社会反响，必将为我校这次轰轰烈烈的革命事业起到推波助澜的作用！也必将能改变青果中学老师做人的地位！期望我们这里尽早拨云见日！”

“怎么回事？到底怎么回事？”姜春雷问同是教地理课的王蕊。

王蕊说：“校长克扣我们补课钱的三分之一！你们还不知道吧？”

“哪个补课？”姜春雷一时蒙住了，不解地问。

“就是校外培训机构组织的补课，她作为校长，克扣我们血汗钱了！我们要上告！”

王蕊很激动，一副苦大仇深的样儿。看得出来，钱莎莎对王蕊这个外地留京的新教师是无比重要的。王蕊是一个独身北漂的女教师，生活压力大，她为了还房贷，在校长的介绍下给培训机构的学生补课，一听说钱少了，她当然不干。

平时，在生活上，钱莎莎比较关照王蕊，因此，钱莎莎一牵头，王蕊立马跳出来，跟在钱莎莎屁股后面响应这次活动。为了争取更大利益，王蕊必然追随钱莎莎。

“我校领导柳篮——这个不简单的女人，学校食堂承包给她哥哥，自己拿回扣，学籍管理上收贿受贿，那可是真心实意把我们当奴隶，当傻 × 呀。”钱莎莎大喊着，脸已经极其扭曲，毫不顾忌自己的形象。

钱莎莎继续嚷嚷：“最后一节自习课，干吗让我们给学生义务补课？！这次又借‘绩效工资’之风，行使手中权力，想在老师身上花最少的钱，让大家干最多的活儿！”

有跟风的男教师说：“是啊，干这么多活，一个教毕业班（班容量50多）主科的老师，还同时兼任班主任，却被称为不配拿到1500元？还拿不到区里的平均数呀！真是混蛋呀！”

钱莎莎手里拿个稿子，念着念着情绪异常激动，竟然骂起来……

王蕊附和道：“我们不嫌挣得少，但是不患寡而患不均呀！她也不想想，我们外地老师也需要生存，也要自由啊！敢情她是北京人，不愁吃不愁喝不愁房和车。”

钱莎莎看有人响应就更兴奋，说：“这一次，我们不拿出点真格的，恐怕解决不了问题！教师绝不是好欺负的！”

“钱莎莎说得对！我们不能听一言堂，再不许校长搞独裁！”跟风的那个男老师叫嚷道。

这时候，有的老师已经停止上课，全都聚集在教学楼的过道上。李玉先出来看明白后，劝阻无果，便招呼其他老师继续上课。

“老师，怎么了？他们抗议校长吗？学校会大乱吗？”闹桑错和梅晓白有所耳闻，慌慌张张地问自己的语文老师。

“没事，你们好好上课，老师继续讲课。不管发生什么事，也阻止不了大家学习。有些事，学校会处理的，你们安心学习就对了。”

高二2班同学继续听课。

隔壁的于冬丽正在给高二5班上数学课，听见钱莎莎在吵嚷，连门都没开，有几个好事的男生站起来。

于冬丽白一眼几个男生，呵斥："干啥去！听蝲蝲蛄叫唤能考上大学咋地？没心没肺？自己干啥不知道吗？给我坐那儿学习！"

然后，于冬丽命令实验班的班长把门闩好，她又开始为学生争分夺秒地、激情澎湃地在讲台上讲解数学，如同什么事也没发生过。实验班的同学也就没离开自己的座椅，认真听讲了。

叫嚷声终于传到郭主任的耳朵里，她赶紧走过来阻止钱莎莎，劝说大家合理反映诉求，先回到各自岗位上去。钱莎莎根本不听，继续在教学楼走廊处宣讲校长的种种罪行。

3

正当柳篮在办公室和曹维康主席商量关于高三年级毕业班照相事情的时候，有两个高一年级的男老师跑进校长办公室，把钱莎莎带头在教学楼鼓动教师罢课一事给说了。

柳篮一听就急了，让保卫科把9名集结的老师先叫到小会议室，她要问个究竟。

"你们想造反吗？！"柳篮生气地走进小会议室，大拍桌子。

"我们只想维护自己的权益！"

"钱莎莎，你说，谁破坏了你的权益？"

"就是你！为什么培训学校说给我们的钱是百分之五十，到我们手怎么变百分之三十了？糊弄傻子啊？"钱莎莎揭底道。

"你放屁！谁说的？就是给教师百分之三十，我没有收一分钱。本来是为你们着想，却费力不讨好。还有没有良心？我是顶着雷让你们多挣一点补课钱，这不是没良心吗！”

柳篮越说越气，脸被气得变形变色。

“我们抗议，让我们给学生义务补课不合理！我们是老师不假，可我们也要买米买面要生存！”钱莎莎说道。

“没错，我要还房贷！我要养小孩，老师也是人！”王蕊插了一句。

柳篮又拍了一下桌子，气得她站起来大喊大叫：“给你自己班级的学生上课，也要收补课费吗？你是学生的老师，不是收徒弟的师傅！”

“我们不能白干活，八小时工作日是法定的，干吗让我们干9小时，甚至10小时！”有的老师质问柳篮校长。

“你们想干吗？知不知道你们今天给学校带来什么影响？你们这叫罢工闹事！”

“我们想干吗你应该知道，看来和你也没什么好说的，我们回家，和你没什么好谈的！”

十几个老师一听自己被柳篮校长冠以“罢工闹事”之恶名，便不服，起身要走。

“给我坐那儿！听见没？都给我回来！今儿不说明白，谁也别想回家！我看哪个敢走？反了你了！”

柳篮叫保卫科的人把会议室的门锁上，不许人出去。所有人手机信号被屏蔽。此时的柳篮已经被气昏头了。

“我要回家吃晚饭！凭什么不让回家！”钱莎莎又嚷道。

“你长嘴了吗？你的嘴就为了吃饭和闹事吗？带头罢课闹事还要找你算账呢！给我消停点儿！张校长，你给我记录！”

柳篮一面吼，一面命令身边新来的副校长。

“上厕所！我要上厕所！”

王蕊一副身体已经支持不住，呕吐样。

“不许去！”柳篮呵斥道。

一时间，会议室里气氛极度紧张。

钱莎莎看校长关他们，手机也被屏蔽，气得拿手机撒气，把手机啪啪往椅子上摔打。

柳篮当场向钱莎莎和集结在一起的教师大发雷霆，咆哮："摔打谁呢？还真有不要脸的，你忘了你怎么来的了？！抄袭论文还有脸在这儿吵吵闹闹？走后门光荣啊？谁告诉你我克扣食堂？就你会嚼舌头是吧？你走后门上来的凭什么拿1500！你配拿那些钱吗？我有问题，法律会制裁我，用不着你嚼舌头！你信不信我告你诽谤？"

顿时，靠走关系来到青果中学任教的钱莎莎那张脸，即刻就滚烫了，像是被校长当着众人打了响亮耳光。

青果中学别的年级老师都已经下班到家了，小会议室里只剩下校长柳篮及一个只管记录的副校长，还有钱莎莎等9名教师，就这样，僵持了有三个小时。

"我以行政命令，你们值晚自习！（补课）你值还是不值？"柳篮让他们表态。

教师沉默不答，一个个看着钱莎莎。钱莎莎脸扭到一边，她在心里合计，等被放出去，一定要向教委领导报案。

直到晚上九点半，每个教师签了字"同意值晚自习"（补课），才陆续从小会议室走出来……

4

果不其然，第二天早上八点一刻，钱莎莎没上班直接去了北京市北城区教委。同行的还有那几个被柳篮关在小会议室的教师，他们便把多年的委屈向领导哭诉。同时，曝出校长收取学生假期补课费、利用职务之便给家人谋私利、塑胶跑道（外地人承包，中标140万，结账170万）、老师和行政下属每年进贡校长不少于30万等等事件……

钱莎莎一直对柳篮怀有个人恩怨，早就蓄谋已久展开对柳篮的报复。钱莎莎怎么也走不出那次论文风波的阴影，那次她抄袭论文，柳篮在全校公开通报批评，并下令取消她在五年之内申报优秀教师资格。

罢课这件事发生的当天夜里，钱莎莎就迫不及待地在网上发了帖子。一时间，青果中学成了全北京，乃至全国的焦点。接着就有了一则爆炸性新闻。

钱莎莎撰写的新闻原帖如下：

校长搞独裁，横行霸道，非法拘禁教师连续3小时。

为讨血汗钱一事，北京青果中学校长柳篮非法拘禁9名教师连续3小时。谩骂侮辱，不让吃饭，不让上厕所，不能走出她的办公室，所有人手机信号被屏蔽。每个老师被迫回答问题，签字按手印。很多老师身体已经支持不住，吐了，才肯放人！柳篮当场向教师大发雷霆，咆哮如母狮子——真是一场噩梦！

诸多种种都证明，青果中学的许多老师好多年没正规放过假了，我们老师是猪狗不如的奴隶呀！柳篮校长比国家的《劳动法》大呀！《劳动法》在柳篮眼里算个屁！教委领导的命令在柳篮眼里算个屁！

十八日晚，我们教师感觉工资方案太不合理，上了一天班很累了，晚上6：:50—9:30的时间也非上班时间，这是柳篮规定的，我们不同意，柳篮就为此事非法拘禁9名教师连续3小时，谩骂侮辱，不让吃饭，不让上厕所，不能走出她的办公室，所有人手机信号被屏蔽，每个老师被迫回答问题签字按手印，很多老师身体已经支持不住，吐了（还有怀孕的教师），才肯放人！柳篮就是当代慈禧！还我们人权！

事发第二天夜里，钱莎莎又在网上发帖。钱莎莎彻底由一名教师转换为网络写手，一夜间也变成了网络红人。

原帖如下：

我校主任以上干部，到教委接受组织调查……亲爱的朋友们，也许我们将被镇压在血雨腥风之中；但我们要努力使革命事业走向成功！请将此内容广而告之！……请为我们祈祷祝福！……

钱莎莎还在结尾发了七个笑脸图案。

事发第三天，钱莎莎继续在网上发帖。

原帖如下：

时隔近三天，北京市北城区教委没有给受迫害的老师任何交代，官官相护。何处说理？青果中学校长柳篮也没有任何表示，屁也不放一个，根本就没露面，采取消极的态度对待一线教师！试问：区教委和柳篮谈了什么，让她有如此之胆？柳篮有什么后台让她态度如此恶劣？我们不相信党还该相信谁？谁还能给我们一线的教师们做主？这样的校长还能不能要！！！

我们没报警已经是对北城区教委的信任了！到现在我们没有得到任何回复，岂能再忍？！何况很多老师都头痛恶心，已造成人身伤害！救救一线的教师们！！！

钱莎莎很勤奋，跟帖的人也不懒惰，看帖的人越来越多。尤其是一些学生也参与进来，痛批学校管理太严，上课太累，作业太多等等。

这下，网上网下算真正地热闹起来了。当然，青果中学年轻一些的姜春雷、方向、陈钢最先看到了这些帖子。之后，这个帖子也被李玉、于冬丽等更多的老师看到，高二2班的同学们也一知半解地知道了前天发生的事情。继而家长们也都知道了。整个学校有点人心惶惶，人们都感觉青果中学将要面临一次大的变动。

不久，网上又出现了新帖，好像是和原帖唱起了反调。但至今不知道是哪个老师，或者是哪位家长，或者是哪个班的学生发上去的。

新帖如下：

致老师们：你们对绩效工资有点意见，中国状况就是如此，谁也改变不了。五大银行行长，国企，央企老总，他们年薪多少？一线职工年薪多少？你们知道了，就不生气了。送进青果学校的学生，都是普通孩子，问题孩子，他们能有今天的进步，都是校长和老师们付出的结果。两千多名家长非常感激青果中学。

很快网上又有了跟帖。

致某些人：对于青果中学有种种反面言论，但是，试问，这都是谁所赐呢？一个老师想当网络红人，网络写手吗？能引发那么多人围观，这就是你发扬正能量、成为有水平的语文教师的方式吗？

清者自清，浊者自浊。如果觉得自己被处理的结果不公正，完全可以上诉，让调查组到学校核实，我想公道自在人心，没必要采取这种无聊的、煽动人们情绪的手段，青果中学的脸都被你丢尽了！请多关心学生的健康成长吧！

接着又有新帖子出现。

致青果学校的同学们：美国一所非常著名的高中，学生每天学到深夜一点，赴美考察的老师问他们辛不辛苦，他们回答："选择了名校，就选择了辛苦。"要想成才，就得辛苦。要有付出，才有收获。全世界都一样。再致极少数同学：你们认为管得太严，受不了，就转学吧，青果中学不稀军你。

致个别老师：你们认为绩效工资不合理，给学生义务补课不合理，那你们好好教会我们，倘若待不下去，就辞职，找好学校去吧。

四派言论，各持己见。但真实的一面，人们还是不能一目了然。网上继续有人发帖、有人跟帖……

三天后，柳篮校长住进了北大人民医院，她被检查出患了肝癌。

第三十九章　老师工资被偷

1

梅白担心梅晓白的学习下降，尤其是得知女儿暗恋方向老师那一刻起，再加之网上爆料关于青果中学教师罢课一事，梅白更加忐忑不安，趁着下午没事直接来学校了。

姜春雷正好在办公室。看见梅白，姜春雷多少有些意外，也有一点点惊喜。

“您好，快请坐。真想不到您来。”

姜春雷取出高级纸杯，给梅白倒了一杯水。

“谢谢。梅晓白最近怎么样？学校老师罢课没影响孩子吧？”梅白瞪着美丽的大眼睛，有些紧张地询问。

“您放心，没事，我们班挺好，各科老师都坚守在自己岗位上，只是个别老师集结罢课。主要是高二3班、7班和9班的学生停了一节课，因为那几个班的老师参与了。”

“怎么会这样？有什么事不能沟通吗？干吗要在上课时间闹事？这把学生坑了，不顾学生的利益。唉，家长们肯定不答应。”

“是，许多家长都找学校领导、找教委了，要讨说法。”

“这多耽误孩子学习呀。给孩子心理会造成不良影响。”

“可不是吗，校长离开学校了。”

“啊？是校长的责任？”

“不知道，还没等上面调查清楚，柳篮校长就住院了。唉，校长也不容易，为提高教学没少操心。人是不错，但我也不知道哪里出了问题。”

“罢课老师呢？”梅白关切地问。

“都停职检查呢。”

“别影响孩子上课就行。”梅白喝了一点水说。

“有别的老师代替上课呢，应该对学生影响不大。”

“那就好，这是我们家长最担心的问题。”

“关键时刻，校长也病了，刚刚校长又被查出来患了肝癌。”姜春雷有点沉重，长长叹了口气。

“是吗？肝癌？！焦裕禄就是肝癌去世的，可能太操劳了。”

“嗯，昨天晚上我和几位老师一起去探望她。出了这种事，再一得病，整个人都变样了，快认不出来了。”

“你也要注意身体，老师很辛苦，这帮孩子没少让你们操心。”

“是。还有件事，我琢磨了一段时间了，想来想去，还是跟您说说。”

“什么事？梅晓白的事吧？”梅白猜到了。

“没错，她喜欢我们学校一位男老师，还很执着。但不会出大事，这个老师很靠谱。”

“靠谱？什么意思？”梅白有点误解。

“不是别的意思，这位方老师和我关系不错，他人很好，不会伤害到孩子。再说，他要结婚了，一直是拒绝梅晓白的。”

“我也知道一些。梅晓白最近情绪不太稳定。估计过一段时间就好了。我给她讲了许多。”

“是不是这段您忙工作，和孩子缺少沟通？这么大的孩子更需要和母亲多交流。”

“是，我们比较特殊，她从小没有父爱，几乎等于在女儿国长大的，难免喜欢上男老师。”

姜春雷说："回家不要问她，我们都装作不知道。方老师也嘱咐我不要伤到孩子自尊心。孩子也有隐私的，我们都不能问，暗中帮助她度过这段时期就好了。"

"谢谢，姜老师，孩子有您这样的班主任真是福气，怪不得她死活不去实验班，非要留在你们班。其实，孩子把喜欢方老师的事跟我说了，我相信她能走出来。"

"哦，您知道了？那我就没顾虑了。如果家长都像您一样就好了。"

办公室电话响了，是王朴生家长打来的。王朴生父亲打听学校发生的罢课事件，也是在为孩子担心。

姜春雷刚回复完，手机也响了，是赵小晚妈妈打来的。赵镜说，她在外地，从网上知道了青果中学的事，问问自己孩子怎么样。说女儿总是对她爱搭不理，一周也不和她说一句话，她只能请姜春雷转告赵小晚好好学习，照顾自己，生活费给她压在床垫底下了。姜春雷答应着，安慰赵镜，并告诉她，最近，全班最认学的人就是赵小晚，让赵镜放心。

梅白看姜春雷很忙，就站起身，说："您很忙，那我就不打扰了。"

姜春雷说："好吧，我下节还有课，要给8班上地理，咱们电话联系。"

"好，让您费心了。"

"应该的。记住我们说的，不能伤到孩子自尊心。"

"好的，一定。"梅白点头肯定地说。

姜春雷走出办公室，送梅白下楼。梅白今天穿的一身青绿色毛裙，黑色大衣，一双黑色高跟鞋，头发向后盘起来高高的，拥有成熟的韵味，之前的打扮很青春。不过，不管是哪种风格，都是那么地好看。

梅白穿着高跟鞋，下楼梯走得很慢，回身说再见，跟姜春雷摆手，示意他止步。

2

姜春雷一转身，发现了张天一。张天一还没看见姜春雷。

“张天一，你怎么在这儿？不是还在上课吗？”

这声音，没错，还真的是姜春雷！张天一有点后背冒冷汗了。

张天一回过头来，说：“哦，我帮历史老师，帮她拿点东西，她的教具，刚好路过这儿，路过。”

“是嘛，那你站在这里干吗？还不赶紧给李老师拿过去上课。”

“嗯，我这就回班级，老师。”

张天一小跑着离开历史老师李荔荔所在的办公室。其实，姜春雷一点也不知道，张天一将要带着班上的吴晶晶去打胎。

姜春雷以为在李荔荔的影响下，张天一会安心学习。本来，张天一脑子好使，稍稍用心一些，考个高职大专是没问题的。姜春雷时常为每个学生设计高考的未来。

说起来，姜春雷还有点不好意思，因为评职称等问题，李荔荔老师还曾经对姜春雷有过成见。

李荔荔是教历史的女老师，从高二下学期开始教2班历史课，跟姜春雷同岁，是青果中学仅有的三个研究生毕业的年轻教师之一。姜春雷听说她在准备读博。李荔荔挺古怪，有些高傲，一般的老师都很难接近她。每次见面，都是姜春雷主动和她打招呼，身为班主任的姜春雷已经习惯了。

李荔荔让姜春雷刮目相看，愿意主动和她打招呼是有原因的，那就是，最近李荔荔有所变化。她不再拿实验班学生和2班学生做比较了，并且对2班学生很耐心，也不偏向谁，包括像班上张天一这样的，她也一样看待。这一点，姜春雷有些自叹不如。

李荔荔经常让学习差的张天一帮她拿教具。渐渐地，张天一比以前爱学习历史课了，甚至，张天一还写起了历史作业，这在班级，可是新鲜事儿。正因为如此，姜春雷对李荔荔的印象越来越好。

3

李玉老师的身体康复了，只是她的心病还未能痊愈，也许这需要时间，时间可能会治愈心的伤痛。学校发了工资，李玉准备对自己好一点。明天就是周末，她打算去西单、王府井等大型商场转一转，给自己买一件新衣服。然后，也像时尚女郎一样，买一双皮靴穿穿，即使在学校不穿，摆在那儿看看也不错，关键是换换心情。

看看其他老师都安静地坐在那儿备课，李玉就悄悄打开钱包，数数有多少现金。当她拿出工资袋数钱时，发现不对头。

“怎么少了几张?!”李玉一慌，就说出了口。

“什么少了几张?”其他老师抬起头问。

“工资，少了五百。财务给我的时候，我数着还正好呢。怎么两节课的工夫少了五百？奇怪。”

李玉的话让其他老师有点别扭，钱没了，只能说明是有人动了。否则，钱不会长腿从包里跑出去。可问题是，办公室哪个老师会这么做？青果中学还没发现过办公室丢钱的事。

“哎呀，我的工资也少二百!”另一位和李玉对桌的女老师叫道。

“怎么，你的也少了？发工资时你查了吗?”李玉问。

“查了呀。怎么回事?!”那女老师在考虑钱怎么会没。

办公室里的人都惊诧了，是确有其事，还是贼喊捉贼？老师们都停下来，看着李玉和那个女教师。

俩人又翻了一遍包，钱还是那些钱，并没出现奇迹。他们确认的确是丢了。

“报警吧?”一个男老师说道。

“对，报警吧。”有人说。

“先别报警，你们都检查一下，看你们的钱在不在。”李玉说。

“对呀，快看看自己的吧。”

其他老师也慌忙看自己包里的钱对不对数。

“我工资袋里的钱对，没少。”

“我工资也在。不过，钱包里的钱我不知道丢没丢，没记着有一千二，还是一千五，忘了。”一个老师皱着眉说。

“我也是，我包里的钱也没数过，究竟有多少，但愿没丢。”

“报警吧，李老师。”

“算了，只我们俩的丢了，也没多少钱，警察来了还以为咱们学校又闹出什么乱子了，影响不好。刚发生的事还没处理完呢(暗指教师罢工)，我不想添乱。算了，没事。也许我忘了干什么花了，最近脑子也不好使。”

考虑再三，李玉拒绝了报警的建议，另一个女老师也不吭声了，摇摇头认倒霉。老师们重新坐下来，办公室一阵沉寂。然而，每一位老师的心还是在琢磨这事儿。

4

姜春雷上完地理课，拍打完身上的粉笔灰，正往自己办公室走，抬头看见宿管老师郭如水迎面走来。

“姜老师！姜老师！我找您有事!”郭如水一面走一面喊。

“郭老师，怎么了，您说。”

“别在这儿说，走，到宿舍说去。不好了！只能跟您一个人说。”郭如水拉着姜春雷，往女生宿舍走。

宿管老师把姜春雷带进值班室，给他拿出一样东西。

“您看，这是啥?”

“奶粉。怎么了?”姜春雷看看包装袋子，上面有一个可爱婴儿头像，旁边写着某某牌奶粉。

“您再看看这个?”郭如水又拿三个小包装袋。

“老鼠药?！怎么宿舍招老鼠啦?”

姜春雷一边问，还一边心想，这也不归我管哪，叫我说这个干吗呢?用奶粉拌药给老鼠下毒吗?学校也太浪费了吧。这?这?姜春雷越看越糊涂。

“这是从你们班女生宿舍发现的。”

“我们班?女生?”

“对，还有这个呢！妈呀，管这些年宿舍，头一次发现这个。我都不知道怎么跟您说。”

“啥?安全套！?这，这，从哪弄的?”

看到这个，姜春雷的头一下就大了。

“也是你们班宿舍，奶粉、老鼠药和这个都从同一个宿舍——304房间发现的。”

“别人知道这件事吗?”

“谁也不知道！校长住院呢，郭秋平主任去开会，就剩下曹维康主席。我寻思，先和班主任说比较合适，然后看看怎么办。”

“都有谁住在304宿舍?”

“有赵小晚、程苗苗、袁丽丽、孙佳卉、吴晶晶、张芳。”

“是她们几个?您怎么发现的?”

“嗨，也巧了，我检查宿舍，发现304门忘锁了，我就推门看有人没。进去后，无意间发现一张床上枕巾盖着东西，我还以为是枕头，想正一正，一看是奶粉，拎起的枕巾偏偏把老鼠药带出来，还掉在地上。我猫腰捡的工夫，发现床底下有这个——安全套。”

“谁的床上发现的奶粉和老鼠药?谁的床底下发现的安全套?”

“奶粉和老鼠药在程苗苗床上发现的，这个可以确定。不信，我带您去她们宿舍，她被子底下还有一个日记本。”

“走，我过去看看。”

姜春雷跟随宿管老师走向304宿舍，宿管老师打开门让姜春雷看。

“您瞧，这本日记就是程苗苗写的，刚写一半，好像一直在写报仇俩字。”

姜春雷在为要不要看程苗苗日记而纠结。自己偷看学生隐私？这是不是不应该呢？他看了宿管老师一眼，没动地方。

“哎呀，您看看啊，我没说谎。”郭如水着急了催促姜春雷。

姜春雷还是没克制住自己。他只看了几行字，就判断出程苗苗的阴谋了。

“是吧？我说的没错吧？这老鼠药就是她准备的，幸亏我发现。搞不好，会出人命的！”

“是，您帮了她。我知道了，她是打算给她同父异母的弟弟下毒。太可怕了。”姜春雷吓出了一身冷汗。

“喏，安全套是在两个床之间发现的，我不能确定究竟是谁的。”

“这俩床住的谁？”姜春雷问。

“吴晶晶和孙佳卉。”宿管老师脱口而出。

“哦。”姜春雷趴床底下看了看，床底下很乱，突然间，趴在地上的姜春雷特佩服宿管老师的眼力，她竟然能在这乱糟糟的地上发现那东西！

“姜老师，要不要上报啊？可别出什么事啊。”宿管老师不安地问。

“等郭主任开会回来，我和她汇报。程苗苗这件事，我去调查处理。我怕她们和你冲突，我就不直接说这事了，看情况再说。”

“嗯，我也这么想的。只要别出什么乱子就好。今后宿舍我还得严管。”

“是，男生不能进女生宿舍。”姜春雷强调说。

“这您可放心，从来没男生靠近过女生宿舍，我时时刻刻在值班门口盯着，就怕出事。”

“谁说不是啊，我们都怕。”

“关键是，男生和女生在家里或者在外面，我们就管不到了，鞭长莫及呀。”宿管老师边锁好门边冲姜春雷说。

姜春雷走出宿管老师的值班室，沉默了一刻钟。他一个人靠在那棵光秃秃的大杨树下，然后朝班级走去。

第四十章　堕胎噩梦

1

半个月后的一个周末，张天一又给王朴生打电话，说叫他出门有点事儿，顺便把钱还上。

王朴生穿上羽绒服，跟老妈打了声招呼，往外走。王朴生妈妈跟出门，递给他围脖，老爸嘱咐他早点回来，说还要一起去奶奶家送点粮油。王朴生答应着骑上车，转眼，就走没影了。

北京冬天的傍晚很冷，西北风刮了一天也没停的意思。树枝无奈地摇晃，发出吱吱的响动。天快黑了，街边的灯也亮了。街上有很多包着脑袋裹着身子出门散步的人。老太太们和几个老头子在空地上蹦跶，在跳广场舞，那音乐声震耳欲聋的，恐怕天上的王母娘娘都能听见。也有情侣手拉手，笑着与王朴生擦肩而过。路上，也有吃过晚饭，家长没看住急匆匆朝网吧赶的熊孩子。

王朴生在一条偏僻的胡同里找到张天一，准确地说，是张天一和他女朋友吴晶晶。王朴生一看，同宿舍的郝帅和马骁也在场，就剩下一个知情人罗亚军没来。罗亚军家住农村，周末，他回去了。

张天一把钱还给王朴生。王朴生说，不急，先还给郝帅和马骁。张天一说，他俩的给了，只差罗亚军的钱，他还会想办法，都能还清。张天一再一次重申，要王朴生和马骁、郝帅无论如何保守秘密，更要让嘴快的罗亚军信守承诺。

王朴生点点头，打保票，意思是大家早就上了贼船了，正往前航行呢，下是下不来了。

张天一的女友吴晶晶蹲在地上，手遮住脚，呜呜地哭着。

“这是怎么了？她?”王朴生原本不想问的。

“她说，她昨晚梦到她打掉的孩子。”张天一低声说道。

听到王朴生和张天一说话，吴晶晶抬起头，说道：“我梦见他掐我的脖子。班长，我真的害怕。”

王朴生把目光移向吴晶晶。吴晶晶满脸都是惊慌和泪水，她再也没有跟孙佳卉合伙欺负赵小晚的劲头了，而是像被别人刚刚凶过一样。王朴生不知道对吴晶晶说什么，怎么说。

“他说叫我把命还给他。他亲口对我说的，真的。张天一，你咋就不信啊。”吴晶晶咿咿呀呀地哭，断断续续地说，说得也不真亮。

在这个冬天的傍晚，班长王朴生也感到一阵寒意。王朴生木桩子一样，就在那儿干站着。

一定是张天一想不出更好的办法了，才叫来和他不是一条道上跑的人——王朴生，让王朴生到此来替他拿主意。张天一一定是怕吴晶晶不小心在学校哭露馅。王朴生一想，不管怎么样，张天一有了难处不能不管，那不是他班长的风格。

王朴生父母都是医生，他偷偷看过好多妇产科书上的图片。当然，他知道一些这方面的常识，况且他也不是迷信的人。据王朴生分析，是吴晶晶的心理压力太大，才导致了这种梦。毕竟，做人流就是扼杀一条生命（母亲医书上看过），况且这还是腹中的小人儿。女孩子承受的心理打击是不可想象的。

王朴生再一次看看没有被张天一哄好的吴晶晶，此时此刻他就想：让女孩做人流真这么残忍？看来，这事对吴晶晶的伤害难以想象。

不忍心看吴晶晶继续哭，王朴生使眼色给张天一。然后，他俩共同拉起吴晶晶，让她的头离地面远点。

张天一将吴晶晶抱在胳膊里，吴晶晶就拳打脚踢张天一。张天一使劲搂住她，她才渐渐不动了，可还是低低地抽泣。

郝帅和马骁把手插在兜里，一会又拿出来搓搓，以此御寒取暖。

王朴生还是开口了："吴晶晶，别哭了，没事的。"

王朴生说着自己也认为很混蛋的话，但他又不得不这样说。

"是啊，没事的，班长不会告诉老师的。"张天一继续哄着女朋友，却干哄也不见好。

"真的是你心理压力太大才做噩梦的。你也别多想，我们几个不会告诉任何人，一起保守秘密，我可以发誓。"王朴生顿了顿又说，"如果你不放心，那，那我们也像大人一样，去买点纸钱烧给他，说不定你就不做噩梦了。"

"对，班长说得对，我咋没想到呢。"郝帅说。

"那能管用吗？"马骁抱着怀疑的态度。

"试试呗。"王朴生给马骁使了一个眼色。

吴晶晶不说话，咿咿呀呀哭的动静又大起来。

王朴生拿出刚刚还给他的钱，点钱给马骁和郝帅，让他们到后竖街中医院旁边的殡仪用品店，买些纸钱回来。

"不用，我们兜里有。"马骁没接王朴生的钱，跟郝帅掉头往后街方向走。

"再买点小孩子棉衣吧！"吴晶晶冲着他俩的背影喊道。

"对，还有棉衣，多买点纸钱！"

这时候的张天一也来了主意，用吩咐的口气说。

2

过了十来分钟，郝帅和马骁回来了，手里拿着一大摞纸钱和一捆香，还有丁丁点大的棉衣。他俩把棉衣、纸钱和香递给张天一，吴晶晶从张天一手里接过来，点着了，边哭边烧。

天已经彻底黑了。胡同里很安静，只有纸钱烧着的声音，还有吴晶晶的痛哭声。其他人站在一边，默默地看着，谁也不说话，就静静地等了半个小时，直到吴晶晶把纸钱全部都烧完。

张天一轻轻地抱住吴晶晶，对王朴生他们说："谢谢啊，够哥们，一辈子也不会忘。谢谢，郝帅，马骁，班长。"

"照顾好吴晶晶吧。忘了我们也没啥，别把不该忘的忘了就行。"王朴生说。

张天一冲仨人笑笑。

看张天一还能笑出来，马骁终于带着火气冲张天一说："嗨嗨，你不要再让她哭了！你还笑得出来？这都是你一手造成的！现在都是独生子女，人家爹妈看见心都会疼死。你可倒好！真服了你。"

"这能都怪我吗，我愿意出这种事吗？我不自责啊？我轻松啊？我都……"张天一说了半截子话。

"马骁，别说了。"郝帅劝马骁，用手拽他衣袖，他不希望马骁当着吴晶晶面说这些话，也许会越说越乱。

"行，都是我的错。你们先回去吧，我来安慰她。"张天一说。

三个人自然不想待在这儿，向张天一和吴晶晶告了别，转过头走了。

在转头的瞬间，王朴生瞥见吴晶晶憔悴的脸。仿佛，正当青春年少的她突然老了几十岁！此刻，王朴生脑子里莫名地不断重复着这样一句话：坏孩子的天空一半是灰色的。

3

三个人骑车在府前东街乱逛，不想回家，他们也迷茫了，几乎每个人心里都在琢磨一件事。骑到水库大坝跟前，郝帅自行车掉链子了，几个人下来收拾。然后三人互相看看，其实内心都在挣扎，都被一个问题困扰，但还是郝帅先说出来了：

"哎，要不要告诉姜老师？"

“怎么，这么快就想当叛徒？忘了吴晶晶一个劲儿哭了？好玩吗？！”马骁质问。

王朴生不言语。

“可姜老师有什么事都跟我们说，他还把他失恋的事告诉我呢，鼓励我走出失恋痛苦。”郝帅说。

显然，郝帅第一个想当叛徒。

“废话，失恋和堕胎能一样吗？哪个严重？弄不好，说出去全校都知道了。他俩咋上学？青海生回去一说，那就传遍全中国了！”马骁伸着脖子嚷道。

马骁也有过打架的前科，受过学校处分，他已懂得息事宁人的重要性。

“姜春雷老师那天一起找咱俩谈的，你那天还向姜春雷保证过呢。”郝帅又说。

“哪天啊？说什么呢？”

“就是和咱俩一起，说要帮程苗苗那回呀。他说，做人要至诚，才能至成。那天他还说，松柏不会因为几次雨雪侵袭而背弃它对大地常青的诺言，江河不会因为几次干旱的肆虐而违背它对大海永恒的约定，山川不会因为一点龟裂的伤痕而收回它对草木坚守的承诺。它们尚且如此，作为天、地、人三才之首的人，又该如何？你忘了？”

郝帅一字不落地给马骁重新复述一遍。

“我发现你脑子有问题，是不是该吃药了！是，我保证过，但我不是不讲至诚，而是我们要考虑策略。”

“说归说，有些事真就不能告诉老师。把他俩这事告诉老师，名声完蛋了，他们还得被学校开除，你愿意看吴晶晶哭？弄不好，吴晶晶都会往水库里跳。”王朴生接了一句。

郝帅看王朴生和马骁反对他，也就不说话了。

“刚才我看吴晶晶哭，可瞅见张天一那德行，我真想给他个窝心脚！不干好事，仗着富二代就知道作。这下蔫了吧？当初，还找校外人打我，现在还得跟我们借钱给她上医院。他大爷的！欠揍的家伙！好好的一个女孩，愣让她……丫的！”马骁说着说着就变声调了，还骂了脏话。

“你是不是喜欢吴晶晶啊？人家两人的事儿，你急有啥用。”郝帅说。

“什么喜欢不喜欢的，要不是吴晶晶也是咱们同学，我才不管张天一呢。他找人揍我，还把姜老师牙打掉了。哼，就欠揍的一个玩意儿！”

“行了，都过去了。他现在不也老实了吗，也不挑衅了。”王朴生说。

王朴生安抚马骁。知道马骁尽管把钱借给了张天一，但心里始终还存在隔阂。

“敢情天天忙着和吴晶晶的事，哪顾得过来跟别人挑衅。”郝帅说。

王朴生系紧围脖说道：“我觉得吧，没什么人愿做个坏孩子，而不去做一个品学兼优、讨人喜欢、在阳光下绽放的人。唉，可能坏孩子很无奈，有时候也是一种迫不得已吧。”

“停停停，你可别为张天一开脱了。你看着吧，看他和吴晶晶最后怎么收场。”马骁重新登上自行车，要走。

“嘿，等会儿，没说完呢！”王朴生后面骑车追。

“还有什么好说的，事都出了。”

“不是，姜春雷老师对我们说的，分学习小组，让你当组长，找程苗苗谈话。”王朴生说。

“咋谈啊？你教教我，老师也让我多和程苗苗讲话。哎呀，愁死我了，看她那板寸我就哆嗦。”郝帅骑到了他俩中间插话。

“哆嗦什么呀。哎，班长，你信不信，要让他看见梅晓白的长头发，他保准儿就不哆嗦了。”马骁说。

“滚一边去！我早就不喜欢梅晓白了，冷得跟雪似的。”郝帅口是心非地说。

“呸，嘴硬吧你就，整天埋头假装在那儿看书，其实心里闹腾得要命。”马骁说。

恰巧风大，马骁嘴里进了半片枯树叶，他一边吐着，一边骂着天气。

“头儿，你有喜欢的女生不?”郝帅不想和马骁纠缠就转移话题。

“没有。我是班长，能和你们一样啊。”王朴生说道。

“别在那儿装了，算了吧。班长也是人啊，没有，鬼都不信。”

“不信就不信，有我也不说。”

“为啥?”马骁很好奇。

“等咱们毕业那天，我拿着玫瑰花跟她说。”

王朴生怕他俩贫个没完没了，就紧蹬了几下自行车。

“我去，班长行啊，早有准备了!”郝帅哈哈笑。

“跑什么呀?和程苗苗咋谈呀?快教教我!”马骁追着问。

“我哪知道啊?我又没谈过。你俩还是问姜老师，他交给你们的任务。再见了，我要到家了，你俩慢慢骑吧!”

王朴生掉头往自家小区里拐了。

“嘿，他到家了，得，我们也各回各家吧。郝帅，想着啊，咱们学习小组的欢度新年主题文稿赶紧写，写完交给赵小晚，她要交陈钢老师那里。”马骁说。

“我去!你不说我快忘了，我去，还一个字儿没动呢!我得赶紧回家写!”

被马骁这么一说，郝帅真的慌了。这要不写，梅晓白更是看不起自己，肯定自己在她心里是必死无疑。要是自己各方面做得好，没准儿，梅晓白会回心转意呢。郝帅心里暗暗地还在不停想着美事。他至少愿意想，因为这也是他学习的动力……

4

外面很冷，今冬供暖公司也不知怎么搞的，暖气不热，尤其后半夜，暖气片冰凉冰凉的。姜春雷的母亲从柜子里掏出一个旧毛毯来，给儿子拿过来。

姜春雷在写一个方案，针对程苗苗一事妥善处理的详细方案。姜春雷在电脑前深入地琢磨，琢磨怎么样能把程苗苗从邪路上给拽回来……

“妈，怎么还不睡呀？”姜春雷停下敲打键盘的手问。

“回来就坐这儿点嗒，跟撒种子插秧似的，也不知道啥时候睡觉。”

“哎哟，妈，您说得可真贴切啊，我这点嗒就是干活呢，电脑上的每一个字都是点的种子，也像插秧苗。不过，我现在发现有几棵秧苗有点歪了，我得弯着腰，低着头扶正。嘿嘿。”

“我不懂你那玩意儿。也真是，电脑啥都能干。”

“妈，您睡觉去吧，我再弄一会儿。”

“我都睡醒一觉了，老了，觉少。给你再盖一层毛毯吧。”

“我不冷。妈，还是拿过去，给我姥姥多盖一层，她怕冷。”

“盖了。你姥姥今上午还问我，姜春雷女朋友郑小乔啥时候来呢。”

姜母又忧心忡忡起来，她时时刻刻在为儿子的婚事着急。

“您怎么说？”

“我就按你告诉我的，人家出国学习还没回来呢。”

“是，就这么告诉她吧。”姜春雷笑了笑。

“你还笑，全中国姑娘那么多，咋还不重找一个？”

“哪那么简单，我怎么也找一个对您孝顺的吧？人家姑娘又不是萝卜，到地里拔一棵带回来。”

“那你捡一棵大白菜回来让我看看也行啊。”

姜春雷被母亲的这句话逗乐了，乐得眼角出了好多皱纹。

“好，您别急，没准儿，明天就能捡棵大白菜回来，给妈炖豆腐吃。”

娘俩都憨憨地笑了，也不知是笑声还是说话声把已经睡熟的姥姥吵醒了，姥姥拍墙直嚷嚷说没吃晚饭呢，她还要吃炖豆腐。姥姥又开始犯糊涂了。姜母赶紧回母亲那屋。

姜春雷继续劳作，待插秧苗到地边的时候，姜春雷才直起腰，晃动了几下。然后，望着大片的秧苗，姜春雷才面露微笑。弄好具体方案，姜春雷对着电脑显示器心情愉悦，看天天高，看云云淡了。

第四十一章　跌破你的眼镜

1

还有一周就平安夜和圣诞节了，好多人都盼着呢，班里人早早就设计好了该怎么过，预备多少钱，和谁过。

刚上完第一节课，吴晶晶就来找班主任请假。她请假不上课间操，因为这周课间操改跑步。吴晶晶还向姜春雷申请开一张免上体育课的请假条。当然，这是学校的一贯要求，不做操、不上体育课必须请假，还得班主任批准签字。

姜春雷问吴晶晶怎么了，说出请假原因。吴晶晶说，是身体不舒服。听吴晶晶低头这么一说，姜春雷悬着的那颗心总算放下了。

姜春雷明白，一般女生请假说“身体不舒服”就是女孩子“特殊情况”。姜春雷心想，前些天为此相关之事的担心算是多余了，总算没出乱子。今天来请假，足可以证明吴晶晶的“特殊情况”还在。但宿舍发现安全套的事，姜春雷还是打算再调查一番。可一个未婚男老师确实难以张口，他也就只能又跟吴晶晶提示一下。

姜春雷话音未落，很警觉的吴晶晶就矢口否认，再一次对姜春雷说，她没看见床底下那个盒子，更不知道装的什么，也不可能是她的。姜春雷没有充分的证据，又不好意思刨根问底，看来这事也只能不了了之。吴晶晶拿着请假条走了。

吴晶晶这个女生矢口否认，那么，其他女生恐怕就更会说“不知道”三个字了。因为一盒子安全套问来问去，好意思吗？怕问不出个子午卯酉，反会闹得满城风雨。姜春雷思前想后，还是中止了追踪调查。

姜春雷想动用一种隐秘的力量来驱散程苗苗心中聚集已久的雾霾。姜春雷刚想发个通知，放学后让程苗苗、郝帅、马骁他们仨留下，借着给他们补地理课的名义，圈拢他们。却不料，历史老师李荔荔打电话让他赶紧去她办公室，说，出事了！

刚进李荔荔办公室门，天哪！站满了老师，一个个虎视眈眈的。仔细一看，李荔荔耷拉着脸子，本来很好看的一张脸，却被气得破了相。姜春雷再往门后墙角一看，好嘛，张天一耷拉着大脑袋瓜子，正在墙边立正站着呢。

姜春雷问张天一怎么不去上课，跑这儿站着干吗，张天一不吱声。姜春雷急着问李荔荔怎么回事，到底怎么了。

李荔荔气得嘴唇直哆嗦。

一名男老师说："这叫什么学生？啊？有你这么干的吗？偷老师？！"

"什么？什么偷老师？！"姜春雷有点丈二和尚摸不着头脑。

"他偷了李荔荔的钱！这不，被当场抓着了。先跟你班主任说一声，是先反映给学校领导还是报警？你说怎么办吧？！"另一个老师说。

"偷钱？李荔荔的？是真的吗？！"

霎时间，姜春雷感到后脖颈子直冒冷气。姜春雷做梦也想不到，堂堂的富二代张天一竟然缺钱，还偷钱，手伸到老师钱包了！而且偷最信任他的历史老师的钱！

李荔荔看姜春雷怀疑、惊诧的表情终于开口了：

"多亏我今天发现了，否则还不知道丢多少次呢。我总觉着最近自己包里的钱对不上数。"

李荔荔拉好自己包的拉链，放到桌子上，瞅了张天一一眼，张天一不敢抬头。

"你怎么就发现了？"姜春雷问。

"办公室别的老师上课没回来，我刚进门就瞧见他在办公室，我还不知道发生了什么，我问他来干吗，他支支吾吾说没事看看。我发现他背着的手突然扔掉一个东西，原来是我装钱的牛皮纸信封！里面是我的工资，我打算今儿下班去存上，还没来得及去银行呢，就……”

“啊？这？张天一，是你干的吗？回答！”

“老师，我错了，是我拿了，被李老师抓住，我害怕，就，就把钱扔地上了。”

李荔荔说：“我看，还是跟学校领导汇报！校长住院，郭主任和曹维康主席在，要不，干脆报警！”

不知是哪位老师把年级组组长李玉给找来了。知道真相的李玉看看张天一，也很寒心。她猜测，最近自己和另一个女老师丢钱，恐怕也和张天一有关系。

自己的学生偷自己的老师，这是什么学生？还是师生关系吗？简直就是农夫和蛇的关系！此刻，在场的老师是什么心情？那就是农夫的心情。

“对，先报告学校，再报警。太不像话。”有个男老师嚷嚷。

姜春雷说：“先别报警，要不先跟郭秋平汇报吧。我做班主任管教不严，我有责任，毕竟是我们班学生，还是先别报警。”

李玉虽然气愤，虽然伤心，但想想张天一毕竟是孩子，就劝说李荔荔冷静。

有的老师问李玉：“组长，那你说怎么办？能饶他吗？对这样学生，李老师你还想和他荣辱与共？包庇他？要我说赶紧报警。”

李玉说：“大家冷静一下，我说说我的想法。第一，最好不要张扬出去了。这件事一旦声张出去，社会上就会给贴一个标签，这孩子恐怕就毁了。第二，我们也决不姑息，一定要让他知道问题的严重性。”

姜春雷生气地说道：“张天一，你真是太有本事了。你对不起所有老师的一片心。唉……”

“给郭秋平打电话，来咱们办公室吧。我打。”一个女老师拿电话在拨郭主任办公室号码。

姜春雷想了想，说："我给他家长打电话，必须来学校处理，对，给，张天一，你自己跟你母亲说。"

上课铃声响了，其他老师有课，陆续离开办公室。这时候，郭主任来了。

"主任，就这么回事，我还有一节课，那我先去给学生上课了。"李荔荔说道。

"那也行，你们都先去上课，我和姜春雷在这儿等他家长，完了，我再找校长，反正这事儿校长也得知道，问题很严重。"

接下来，郭主任给副校长和曹维康主席打电话。姜春雷也只有等着学校领导来处理了。作为张天一的班主任，发生这样的事情，姜春雷还能说什么呢？他唯有羞愧和自责，还有别的什么呢。反正，一时半会儿姜春雷自个也说不清。

班级里像扔了一枚炮弹一样，炸了。学校开除了张天一。就在张天一偷钱的当天，吴晶晶眼睁睁地看着张天一他妈来学校，而且把张天一从她身边给领走了。吴晶晶嘴唇发白，小脸惨淡无光，精神也有点萎靡……

2

平安夜当天，高二2班又爆发了一件事，这是谁也想不到的。这件事纯属从天而降的那种，说不清是福还是祸。

早自习刚下，罗亚军就已经把自己的书桌收拾得干干净净，所有的书用绳子绷得超结实，说要去卖掉，像破烂儿一样卖。一本历史书也被罗亚军撕了几页，就是印有日本侵略头子大头像的几页。罗亚军此刻的脸上满是狂放的笑，嘴里净是狂言。对他这号人物，班级里见怪不怪，谁也没注意。

第一节课是数学老师于冬丽的。于冬丽瞅了全班一眼，发现张天一用过的书桌已经被搬到最后面闲置起来。吴晶晶一手支着下巴在那儿空想，郝帅和马骁在低声嘀咕着什么。

于冬丽敲了一下黑板，说道："刚第一节课就不在状态呀？都精神点好不好？上学校就是学习，不能傻乎乎地沉迷于空想。老师告诉你吧：梦中走路千万里，醒来依然在床上。知不知道？写一个字，背一个单词，做一道题，胜过无数次的空想，行动是最好的清醒剂。”

数学老师的话说得很透，但也没见吴晶晶清醒。

“好，我下面提问你们一个问题，昨天让你们预习的内容。郝帅，你来回答。”

“老师，我没预习，昨晚上就忙活作文了，所以……”郝帅不打自招。

于冬丽咬牙切齿地说：“我发现，我说话你们都当耳旁风，老师政策到你们这儿干打雷不下雨是吧？真正能落实的有几个？就固定的那几个。哎呀，你说咋整？你们每天不会把一些基本数据、常用公式、重要定理过过电影啊？都一门心思想啥呢？!”

有几个学生小声笑，他们也清楚自己在想啥，也明白于冬丽的话。

于冬丽又说道：“咋地？你们给老师学习呢是吧？”

同学们互相看看，谁都心知肚明，不承认也是那么回事儿。老师看他们，他们也在看老师，说不清谁是看守。就昨天上自习，原本闹哄哄的教室突然一下安静下来，然后大家就郁闷地回头看后门，看是不是老师来了，结果事实是，根本就没见老师影儿。

罗亚军的反常举动也终于被于冬丽发现了。

“罗亚军，干吗呢？刚上课你就听不进去了？这家伙，早早就把书包收拾好，就开始想着课后的娱乐活动了？去，把球寄存到老师的办公室去，省得老惦记玩。嘿，你咋还把书都捆起来撂地上？你数学书呢？本呢？”于冬丽走下讲台训斥道。

“老师，我不念了，这书都等着卖给收破烂的呢。今天我是最后听您上数学课。题越来越深了，听也听不懂，完全就是给您捧个场。”

“为啥？转学了？张天一被开除有你什么事吗？”于冬丽觉得很奇怪。

“我就是不想念了，没意思。念书没用了，我们家有钱了。嘁，这回，我比张天一他们家还有钱。”

这下，全班都精神了，一个个瞪着小眼睛看罗亚军。

“你没毛病吧？捡着巨款了咋地？”于冬丽笑说。

罗亚军抱着个肩膀子，一副高高在上的架势，说道：“老师，跟您这么说吧，我以前吧，可迷茫了。您知道迷茫吗？就是学习了两年，脑袋里空空如也。”

“好，知道这些就算进步啊。”于冬丽早就盼望罗亚军醒悟了。

“可是，我太笨，更不爱学习，有时候在课堂上睡觉突然醒来，发现整个班级里每一个人都在聚精会神地听课，您知道我多孤独吗？我还发现他们都是城里人，就我是农村的，心里可自卑了。”

“那你要努力，证明自己的自信啊。”于冬丽说道。

“对，以前没这个实力，现在我有了。现在就证明我的自信给你们看。我，罗亚军，有钱了！我可以在三环以里买房！搬城里去！唉，受了张天一那么多气，现在有钱了，我刚想报复报复他，他还离开我们了。”

“你有啥钱？做梦呢？咋？还追他打架去？罗亚军，我可警告你，马上高三了，你还想不想高考？该到努力的时候了，你爸你妈容易吗？”于冬丽又扛出家长压人。

罗亚军说道：“所有人都觉得我该努力了，往前跑，我也觉得。可是，我不想走了，我走不动了，就像缺了很久的一辆空油车，现在有油了，可是找不到路那样。您知道吧？”

听了这些话，赵小晚很震惊，不相信罗亚军能说出这样有文采的话来。赵小晚瞪大眼睛看着罗亚军，她一直想象力最丰富，但今天，她真的猜不出罗亚军究竟是怎么了。

“什么乱七八糟的！车啊油啊地，你做梦买豪车呢？”

“对，老师，我可以买全北京最好的车，我家里有钱了。我是富人了，对，周末我请全班同学去中国大饭店撮一顿！雇他八辆豪华车拉着，都去啊！谁不去就是看不起我罗亚军。”

罗亚军比比画画地说，底气相当足。

“真的假的?”同学们起哄一样问。

“你坐那儿！瞎白话啥？在那儿闭眼睛捉麻雀!”数学老师说。

“嘿，您还别不信，这钱合理合法。真的，老师，我们家那儿占地拆迁，给了五套楼房还有补偿款，足够我花了。嘁，我还上什么学呀？以后就吃香的喝辣的了!”

“我去！五套楼房?！补偿款三百万?！加一起也算千万富翁啦!”

同学们一片唏嘘，有人心里开始羡慕嫉妒恨。谁也想不到，这个班级里的小屌丝逆袭成功了！太出乎意料了吧。班里的几个青海藏族学生更是瞪大眼睛互相看着。

“整天关在这儿没有自由，没有享乐，只有背书。我不想继续被压迫。”罗亚军说道。

“你说的什么话？身在福中不知福!”于冬丽不乐意听这种话。

“这福还是给别人享吧。今后，我可算自由了。这学校管得忒严，我再也不背书，不做作业，也不怕什么班规校规了。都是垃圾制度！我以后爱穿什么穿什么，老曹维康再也管不着喽！哈哈，你们就等着考大学吧，拜拜了您哪……”

“你给我出去！别影响我给其他同学上课!”于冬丽接受不了罗亚军最后这几句话，厉声说道。

“出去就出去，我回宿舍收拾东西去，过完平安夜就离校。再见!”罗亚军起身哼哼唧唧地走了，好像故意气于冬丽。

“王朴生，去！赶紧的，告诉姜春雷，罗亚军跑了!”

全班同学都被罗亚军的这事给影响得心里直慌慌。

3

姜春雷知道了罗亚军要退学，就给罗亚军父母打电话询问情况，并要他们来学校一趟。当姜春雷和罗亚军父亲赶到宿舍时，罗亚军早把行李捆绑好了。

“罗亚军，你太冲动了，有钱了就可以不读书吗？你更要好好读书。老师很喜欢你的，你人品好，爱劳动，尤其关键时刻挺身而出救同学。老师真不希望你退学。”

“我想好了，不上了，决定了。劝我也没用。念也考不上大学，瞎耽误工夫。再说有钱还读书干吗。”

“要抬头看路，不要钻到钱眼里。”姜春雷说。

“有钱就会有一切，不是吗？”罗亚军反问。

姜春雷规劝，罗亚军有一百句等着反驳。罗亚军父亲叉着腰在那儿看儿子，气得直瞪眼。

“这个混蛋玩意儿！这么大的事儿也不和家长商量一下，你，你翅膀硬了，就敢自己给自己做主了！这不是往绝路上走吗？！你对得起你妈我俩吗？”

“什么是翅膀硬了呀？我怎么就对不起我妈你俩啦？我长大了，自己决定。我要自由！”

罗亚军父亲气得只敢在肚子里骂娘。不像儿子小的时候调皮，可以打几下屁股，踹两脚，现在儿子五大三粗地立在老罗面前，老罗真不敢下手了。万一儿子生气了，给瘦弱的老罗一下子，就能够把老罗打南墙上去了。老罗在地上乱转，他只能期待班主任姜春雷能说通儿子，作为农民的老罗，面对高自己一头还多的儿子，他真的是没一点办法了。

姜春雷说：“罗亚军，你想好了伤疤忘了痛？你想过好日子没错，但过上舒心的日子就忘了过去的苦日子？就停止不前？怎么，你想和有些人一样，不仅健忘，而且麻木？旧伤疤还没好就已经忘了疼？”

老罗说：“就是啊，儿子，你想坐吃山空啊？你想成胡同串子啊？这钱禁得住花吗？你还得上学，将来有一技之长，还得娶媳妇呢，我和你妈还指望你呢。”

罗亚军眨眨眼说：“谁告诉你离开学校就成胡同串子？我现在也可以走入

社会了，怎么着也不会饿死。”

姜春雷问：“哦，这就想捞世界去了？出去闯荡？”

“那怎么了？！一样能活。”罗亚军满不在乎地说。

姜春雷说：“看新闻没？14岁少女随明星去香港捞世界，结果命丧他乡。小小年纪真不能撑起一片天地，因为你们还不成熟。信老师话好不好？”

“是，你就信老师话吧。”罗亚军父亲顺势说道。

姜春雷接着说道：“先别冲动，老师给你时间想一想，不忙着决定。难道你真的舍得离开姜老师？离开语文老师？离开咱班同学？我不信。”

“我，我反正不念书了，不过可以在学校再待一段时间。”

姜春雷说：“好，那你先把行李放开。继续上课去。我先不和校领导说你退学的事。”

“谢谢您，姜老师，真得谢谢您。这孩子不听话，让您操心了。”老罗激动地讲。

姜春雷说：“您也别着急，其实，这孩子挺懂事，在我们班也是优秀学生，我特别喜欢他。”

“啊？我，还是优秀学生？！”

罗亚军瞪着小眼睛，在那儿呆呆地怀疑，怀疑自己的耳朵。没听错吧？！听姜春雷当着父亲面夸奖自己，罗亚军要离开的决定也就渐渐有了动摇……

老罗跟姜春雷给儿子请了半天假，还把老婆也调来了，两口子连哄带骗地拉罗亚军到他大舅家。罗亚军大舅是工商局的一个小科长，老罗希望他能说服儿子。吃完中午饭，一家人都劝了罗亚军一通，罗亚军表示暂时回学校再慎重考虑一下，也打消了去中国大饭店订餐，雇几辆豪华车宴请全班同学，但他还是强行从他爸那儿拿了一笔钱，去了大世纪商场。罗亚军想买些东西，他要好好过一个难忘的有纪念意义的平安夜。

平安夜，同学之间最好的礼物就是苹果。班里互相送，每人桌子上都摆着各种彩纸包装起来的苹果，当然，梅晓白收到的最多，外班男生也有给的。

学校开晚饭的时候，罗亚军回来了，一回来就给全班同学送鲜艳无比的进口苹果，每个苹果包装袋子里还夹带一百元新票子。班级同学打开各个惊叫，有的收下，有的推脱感谢。同学心里也都有了不同程度变化，不时地有同学围着罗亚军问他，真不想读书了？真有那么多钱？打算怎么花？同桌何涛还开玩笑地问，用不用帮着花？用不用给他当经纪人？

临上晚自习之前，罗亚军总算躲闪开同学们，走到赵小晚桌前，小声叫她到校门外，说她妈找她。赵小晚坐在那儿背《念奴娇》，听罗亚军这么一说，就信了，小跑着去校门口。

赵小晚正张望呢，罗亚军拍她肩膀，引她到僻静的一拐角说："你妈没来，是我找你。"

赵小晚骂罗亚军骗人，骂他就是一只地道的屎壳郎，质问他为什么总捉弄她。赵小晚刚想踹他一脚，罗亚军一躲，就从兜里掏出一样东西来。

罗亚军递过来一个小黑塑料袋说："你骂我我也不生气，给，送你的平安夜礼物。"

赵小晚愣了一下，问："什么东西？送我苹果里面那一百块钱，我可给你夹在你语文书里面了。"

"那都不算，我给你的不能和其他同学一样。嗳，你看看，这个喜欢不？打开看里面。拿着啊，不咬你。呵呵。"

赵小晚不知道罗亚军搞什么鬼，就怕他装个小活物吓唬她，警觉地抖落塑料袋儿，从里面掉出一个红盒子，掀开看是一个金灿灿的项链，还有标签，明码标价2980元。

"啊？你这？"

"我家有钱了，没事。"

"我可不能要，留给你妈吧。"

"我买两条呢，给我妈一个，给你一个，你这个比我妈那个还重一克呢。"罗亚军挠挠鬓角说。

赵小晚先是惊讶，然后忍不住笑，笑得弯腰蹲在地上。

罗亚军问："你笑什么呀？到底喜不喜欢？我可是用心挑选的。"

赵小晚不知道怎么回答罗亚军，她笑，是因为觉得罗亚军真的好笑，她笑他傻乎乎地说，给她买的这个比给他妈的那个还重一克呢。她笑罗亚军像个土豪一样，平安夜给她送旧社会地主婆子最喜欢戴的黄金项链。

"别笑了，好不好？给，快收起来，不能让别人看见。"罗亚军把项链往赵小晚上衣兜里放。

赵小晚站起来，表示坚决不要。罗亚军坚持给，赵小晚说什么也不要，都快生气了。但看罗亚军认真的样子，想想罗亚军救过自己的命，赵小晚突然觉得自己挺不是东西的，没有资格笑这个恩人，更没有生气的理由啊。

一下子，赵小晚为难起来。收下吧，太贵重了，这不该是同学关系能送的礼物，怕所有人误会。不收吧，又担心伤了罗亚军的自尊心。

想了想，赵小晚指了指对面的礼品店说："谢了，但我真的不能要你这么贵重的礼物，如果你想送我礼物做纪念，那就送我一个'旋转木马'吧，那才是我喜欢的礼物。"

"啊？！不喜欢这个？好，那我送你旋转木马。这条项链，我先放起来。"

话说到这个份儿上，罗亚军也只好听赵小晚的，去对面礼品店买旋转木马。

平安夜，就这样不平静地过完了……

高二，不过如此，在张天一被开除、罗亚军被挽留的大起大落中，在校长重病中，在某些同学的疼痛与快乐的成长中，在某些同学的空想中完事了，混混沌沌迷迷糊糊地。大家那些许下的一系列逆袭的目标和过往的欢乐与忧伤，也都一齐随着日子拜拜了。

第四十二章　新气象

1

新学期开始，高二生变成了高三生。赵小晚正在班级黑板报上写以下这段话：

“高一的生活，像是漂流在漓江上的竹筏，悠闲自在，可以在上面尽情地嬉戏玩耍，四周风景如画，画图高挂。高二是一只游艇，加大了油码，来不及惊叹来不及欣赏。高三，活像一艘舰艇，还没有抛锚就开始起航。如果不能义无反顾地跟上，就只会像十六七世纪的黑人奴隶被反绑着肩膀扔进船舱。”

郝帅在这段话旁边挥笔画了一艘舰艇，舰艇上有46个张牙舞爪、做着鬼脸吐着舌头卖萌、快活无比的小人儿。

“画得真好！画得真好！”程苗苗边说边理了理已经长长了的头发。郝帅一听程苗苗夸奖就更来劲儿了。

“咦？怎么46个人啊？”马骁问。

“没错啊，张天一离开了，吴晶晶也退学了，可不就剩咱们46个啦。”

“呵呵，画家也识数呢，数学老师没把他教傻。嘻嘻。”罗亚军龇着小牙挤咕着眼睛说道。

孙佳卉显得有些孤独，自从吴晶晶走后，再无她的任何消息，吴晶晶家也搬了，不知去向。孙佳卉不得不和原本关系不太融洽的其他同学重新靠近，以驱散可怕的孤独感，生怕被孤立，怕自己被别人孤立，像以前和吴晶晶联手孤立赵小晚一样。

姜春雷在一旁看着班级同学布置教室，教室里散发着浓郁的学习氛围，班级总算正常化了。这一点是姜春雷最自豪的地方。然而，看看班级后面那两个空桌椅，想起已经失联了两个多月的张天一和吴晶晶，姜春雷的心就不得劲儿，不是疼，也不是痒，反正那种滋味只有他这个班主任体会得到。

姜春雷想起高二放假前，整天丢了魂的吴晶晶找到他，追问张天一转到哪里去读书了。姜春雷没办法回答她，吴晶晶就再三哀求班主任告诉她，张天一究竟去了哪里？她发疯似的坚决要去找，即使到天涯海角。

姜春雷至今记得，看见病态一样的吴晶晶在自己办公室哭着嚷着，一副没有尊严没有骨气的样，他实在看不下去，为了挽救她，让她忘记一切，好好准备迎接高三的新生活，吴晶晶不听，姜春雷就第一次拿地理教具三角板拍了吴晶晶屁股，并警告她：你是女学生，要学会自尊自重！要独立！吴晶晶当时愣了一下，然后抹着眼睛就跑了。

从此，吴晶晶就辍学了，再也没回课堂。姜春雷怀着自责的心情多次去寻找，因吴晶晶搬家而无疾而终。姜春雷也由此受到学校警告、记过处分（因为拿三角板打学生被曹维康逮个正着）。看着班级里其他同学都在教室里，姜春雷有点失落，还有点罪恶感，在夜深人静的时候，他没少恨自己。

才仁东周看黑板报上还有一片空当，就说："赵小晚，我想，我还有一段话，可不可以写上去?"

"好啊，你怎么不早说，不要太含蓄。板报是大家的，好文字还要送到文学社报刊发表呢。"

"嗯，我们青海生就是不敢发表自己的想法。我又新写了两篇。"

"这有什么嘛，要向我们北京学生一样，要自信，要直言。"马骁说。

"才仁东周，快大声读，赵小晚等着写呢。"闹桑错比才仁东周还着急呢。

罗亚军故意咳了两下，哧哧笑着不说什么。

"读吧，我写。"赵小晚催才仁东周。

才仁东周腼腆地把日记本找来，翻开读道：

不论你是否愿意，是否企盼，是否欢欣，高三都如期而至。高三，来了，来得轰轰烈烈，来得排山倒海，来得惊天地泣鬼神！高三，对每一个学子来说都是一种宿命，一种经历，一种人生。

“这行吗？”

“怎么能说行呢，简直是太棒了。符合我们这一版的主题：高三来了。不过，我手都写酸了，谁替我写完后面几句？”

“我来，我替你写。”梅晓白自告奋勇。

“我也能写。”罗亚军说。

“你，就你？甭逗我了，你的字难看死了，跟蟑螂爬似的。”

罗亚军眨巴眨巴眼睛说：“好可怜啊，合着我在你眼里不是屎壳郎就是蟑螂，怎么着都是昆虫呗，和人类就没一点关系呗。”

大伙嘻嘻哈哈一阵一阵笑。

“哎哎，调侃可以，但可不能嘲笑同学啊，注意，注意素质。你们可是我的弟子呢。”姜春雷在一边说道。

“yes！ yes！”

姜春雷说：“别贫了，明天开校会，发言的几个同学好好准备。可能新来的校长还要找咱班同学一起座谈。”

“跟我们？学生一起座谈？”

“没错，和你们。你们把活干好，老师下午还有个会。”

姜春雷说完又个别嘱咐几句，就离开了教室。

2

不久前，王峰校长调到青果中学。在圈内，70后的王峰是位文采飞扬、饱含教育理想和激情的诗意校长，他追求办学的优雅与淡定。

青果中学有了人事变动。柳篮依旧住在医院里，钱莎莎和王蕊因带头罢课影响学生学习，被开除。王校长在接任青果中学原校长柳篮位置的时候，可谓“受命于危难之际”。接过校长这副担子，王峰知道它的轻重。

王校长上任后，青果中学被浓郁的学习氛围所包裹，学校文化呈现出独特的品质和韵味。他一直强调学生要成为“饱满丰富的人”。除了提升课堂内的教学质量，学校还努力为学生提供艺术、体育等多元发展平台，进行开放式教育，先后在校园开设有学生讲坛、音乐会、藏族歌舞演出、小剧场演出等。这么大的举动，是青果中学有史以来第一次。这样一来，青果中学就给了学生们最强的归属感。

下午，王校长在会议室又先后给老教师和新教师分批开了座谈会。大家畅所欲言，会议室的气氛既轻松又庄重。

王校长讲道：“各位同仁，我愿意和大家一起探讨我们学校未来的发展，以及教育改革的出路。首先，我们要明确我校的办学宗旨，那就是，一切为了师生的可持续发展。其次，我们办学育人的理念是什么？没错，就是全面发展、个性成长。我们的校训是，热血敬业，和谐发展。”

教师们望着新校长鼓掌。

“大家应该有个清醒的认识，我们高中教育有双重任务：一是向高校培养输送合格新生；二是向社会培养造就具有一技之长的劳动者。这就要求高中教育教学目标具有双向性。既要注重学生基础知识、基本技能的掌握，又要注重学生实践能力和创新精神的培养。”

姜春雷和方向习惯性地记笔记，偶尔抬头看看他们的王峰校长。

在这个青年校长讲述的过程中，他发表的观点让在座的老师怦然心动，他讲话的要点如下：“用心点燃孩子个性的火花。”“让每个学生在全面发展过程中快乐成长。”“培养有理想学做人、有能力勤探究、有个性能发展、有情趣会生活的新时代高中学生、让品德永远走在技巧前面、学校如果失去担当，那么社会将会什么样呢……”

姜春雷听罢心里一喜，他一面记一面想，这不正是自己心里所想的吗？这些观点足可以反映出王校长确立的办学理念，以“素质教育”为主旋律，并充分体现了“以学生发展为本”的思想。

王校长又讲：“今后，我们青果中学会更加关注师生的发展，从‘人文关怀’的主题渗透进办学理念，从原先只关注学生发展，向同时关注学生与教师的生存状态转变。一个好的学校，应该是一个能让老师和学生实现梦想的地方。大家都该在学习中成长，在风雨中坚强，在坚强中感悟快乐。作为校长的我，应该成为学校的策划者、引导者、管理者和服务者。”

王峰校长等掌声停了又说道：“‘服务’不仅要体现在学生身上，更要体现在教师身上，甚至服务教师比服务学生更重要，因为服务学生最终要靠教师去实现。你们说对不对？”

“谢谢校长对我们的理解和尊重！太对了！”有的老师激动地说道，随之又是掌声。

方向老师也站了起来，发言说：“王校长已经将校长功能定义为‘教师的服务者’。这是我们第一次听到的。我也认为，教师在学校里是‘职业人’，享有独立授课的权利，学校领导无权干涉教师的这一权利，不要时刻监视我们，我们会懂得自律。”

王峰点点头说：“是的，因此，我下一步就是带领学校的领导班子成员把更多的精力放在提升教师的生命质量上。通过‘服务’，让教师感受幸福，使教师对教育教学理念的领会和实施从被动接受转为主动发展。通过‘服务’来合理配置学校的各种资源，帮助大家在学校里发挥出最大的潜能。为每一位教师提供各种实现生命价值的机会。”

“好，这才是我们的好校长！”陈钢老师站起来一边鼓掌一边说道。

王峰又说：“另外，我还倡导年轻教师成立学科研究中心组，为教师实现教育教学新想法提供舞台。我打算在学校里成立名师工作室，为教师的学术成长开发名师资源。还告诉大家一个好消息，我们青果中学不但与京都师范大学，还与加拿大、新西兰等国家，以及台湾地区的中学建立长期合作培训协议，让教师开阔视野，让师资培训走上国际化道路。”

“哇！真是太好了！天大的好消息！”在场的老师对王校长的讲话报以热烈的掌声。

王峰接着讲道：“我们青果中学也将更加关注社会对我们的评价，‘金杯银杯，不如老百姓的口碑’这句顺口溜就是社会评价衡量学校办学水平高低的重要指标。在这个伟大的变革时代，我们办学观念也在发生变化，正在追求‘大教育’境界。学校教育已经从封闭走向开放，我们要与社会紧密联系，寻求社会的支持。”

陈钢说：“对，现在我们文学社已经得到京都师大的支持了！”

王峰兴奋地说：“好！我们下一步要注重学校和家庭间的联系和沟通，争取家长的力量共同办好学校。比如，在校门口安放了彩色电子屏幕，每天直播学生的课间活动和教师的课堂教学情况。这还只是初步解决家长的‘知情权’，我们还要在教育中建立起‘质量诚信体系’。感谢信息网络时代的到来，我将设立校长电子邮箱，把邮箱地址告诉所有的家长，家长们有什么想法，甚至不满，都可以在邮箱里提交。当然，老师也可以随时联系我。每天我都会抽出时间查看邮箱。家长的来信，再忙也会回复，并且尽量听取并采纳家长的建议。”

王校长的讲话令教师们心服口服。

“另外，我已经跟知名医院院长联系了，从下学期开始，医院的心理保健医生免费为学生上专业的青春期必须课，免得我们自己的老师总是讲不到位。孩子们青春期必须课一定要引起重视。”

姜春雷说：“是啊，这样就好了！尤其是我们未婚的男教师和女教师不好意思面对学生讲这种课，一遇到上课基本就发材料发书让同学们自己看，学生当然也不重视，达不到预想的效果。”

王峰接着讲道：“学校不单关心学生身心，还要关心所有教职员工。这家医院也会义务定期给咱们教职工做心理辅导，让每一位教师精神饱满地投入到教学事业上。”

“谢谢校长！”听到这里，老师们喜出望外。

王校长趁势又讲道：“我们在健康的前提下更不要忘了学习，踏踏实实填补自己学识的空白。今后，我将在网上与各位同仁一起学习，推动教师水平的整体提升。除了以上这些，我还计划给各位老师创造一个宽松的环境，筹备富有人情味的校园下午茶、师生聊天室、读书沙龙等，作为教师开展学习交流的方式。”

……

3

四点半钟散会了。会后，于冬丽、李玉、姜春雷、方向等老中青三代教师们都很受鼓舞。青果中学的教师还从没开过这么过瘾的会议，那叫一个痛快。

姜春雷走向自己的办公室，他打算和老教师再交流一下。

姜春雷边走边给自己敲警钟：人家王校长说话那么谦卑，那么平易近人，没有阻拦任何一个老师插话，而且说得那么朴实。我们作为一个小教师，你是个啥啊？班里学风正了，有几个学生进入全校前二十名了，你就想撅着尾巴乱晃？所以，赶紧，低下头来为自己的学生服务！

姜春雷浑身沸腾着，一溜烟地朝郭主任和李玉老师的办公室走去。

第四十三章　乌云散尽

1

北京是个能把所有人还原成正常人和普通人的地方。这对隐身、对平息内心的骚乱很有用。坐落在北城区的青果中学高三生都折腾累了，疲软了下来，只剩为迎接高考而做准备的气力了。

这时刻，赵镜的家已经开始风雨飘摇。赵小晚最近已经预见性地看到，她的家就像一叶在海里行驶的扁舟，不远处就是巨浪滔天，扁舟是否能闯过这段惊涛骇浪，就得看母亲赵镜这个船长的能力和水平了。

随着国家工商总局、公安部部署，打击传销百日行动在全国各地展开，一些传销违法犯罪人员纷纷落网。由于赵镜参与了“宁力”传销组织大会，正抓个现行，最后除罚款之外被拘留十五天。

半月后，赵镜被放出来，然而，当她还没来得及彻底反思自己所犯错误的时候，她的第二任老公已经彻底反思了自己的错误，他要及时纠正了。邬民便做出了坚定的选择——离婚。

赵镜不同意，她也不可能同意。她真不知道，失业又失去住所，丢了爱情的自己带着和她像仇人一样的青春期女儿，该怎么活下去。赵镜鼻涕一把泪一把地祈求男人原谅。

邬民被她吵烦了，狂躁地抽烟，然后使劲摔掉烟屁股嚷嚷道：“赶紧带着你宝贝女儿滚蛋！你败了我的家，我还能再和一个受过处分的女人过日子？难道你让我今后过上一个人白养你们娘俩的日子？你的孩子一生气瞪着牛一样的眼珠子，我可不想晚年被人虐待。姑奶奶呀，算我也求求你，放过我吧!”

赵镜说:“你？你怎么能这样？我都是为了这个家呀!”

邬民说：“算了，你为你自己吧。我决定的事变不了，这日子我早就过腻歪了。”

“那我住哪儿?”赵镜真的傻眼了，最后问道。

“你爱住哪儿住哪儿，可以租房子啊，以后我就管不着了。”

“可，可我被罚款，已经没钱了。”

赵镜可怜巴巴的样儿，没有了一丝一毫的尊严，在这个男人面前。

“你赶紧在离婚协议上签字，我还可以容你一个条件。”

“我的条件就是不离婚，我们好好过吧。”

“怎么可能好好过？！别在那儿磨叽!”

“你拍拍良心好好想一想，这房子装修是我花的钱，购置的东西也是我花的钱。现在我没钱了，你就一点也不念我的好？我对你的爱?”

“怎么？想讹诈我怎么着？想要房子？！丫的，我就知道外地人会来这么一手儿，当初就不该找你们外地人!”男人咬牙切齿，狠呆呆地说。

“没，我知道房子不属于我，我不是那个意思。”

“知道就好，房子跟你没有半毛钱关系！听着，这是我婚前财产！家里东西一样也甭想拿，在我这住了这些年还没跟你要房租呢！哼，娶一个搭上一个！就我傻瓜才娶你。听懂没？赶紧签字，搬走!”

邬民到了这时候依旧在盘算，他认为自己吃了大亏。邬民看了看屋子里的摆设，精算着如何把损失降到最低。

赵镜站在那儿一动不动，只是哭。

“你还哭得有意义吗？有价值吗？告诉你赶紧的。签完字，我们明一早就去民政局把手续办了，我也不想夜长梦多。”

赵镜注视着眼前的男人，她寻思着夜长梦多这四个字的另一番意义。看看两人一起躺过的床，想起那些，赵镜就忍不住泪奔。赵镜再没文化，她也能从男人的眼神里读到“恩断义绝”四个字。赵镜知道自己说什么、做什么都没用场了。这个男人对她，已是铁了心，只希望早点儿撵她走。

赵镜数了数、算了算，到今天为止，她跟他一起过活了七年。而到最后，什么情啊爱啊，都迷茫混沌得没了踪影，就只剩下了清晰的两个字——离婚。这俩字正冰冷生硬地摆在赵镜的面前。

“我，我签字，我给你签……”赵镜哭得说话都走调了。

“这儿，你签在这里。”

邬民是本科学历，比赵镜这个初中生强一大截子，此刻就显得很有文化，也很有经验。邬民很耐心地指挥着眼前这个哭成泪人似的怨妇。

突然，赵镜想起了一件重要的事儿。赵镜在签字的一瞬间，顾不得再想自己的得失，却想到了一个视她为头号仇人的女儿——赵小晚。赵镜拿起的笔停在了半空，哆嗦着。

“怎么了？签名啊！快点！签完我还睡觉呢，明天我还上班呢！没时间跟你耗着。”

“我签字了，是不是离了，我们就搬走了？”赵镜抬起头冷不丁地问道。

“废话，离婚了，还住我这儿叫怎么回事！我们没有任何关系了！赶紧搬走！”

“那？那我女儿户口我没地方搬啊。”

“唉，你不提，我还忘了！当初就不该把她户口迁到北京，落到我户口上。”

“那不是北京政策允许，正好她符合条件吗。孩子是通过正当渠道办的北京户口啊。”

赵镜停住了眼泪说道。

“丫的，政策就能给我们北京人找麻烦！离了，你就把她户口迁走，没什么好说的，我跟她又没有血缘关系。”

“那你要这么说，我就不同意协议离婚，我也不签字，因为我不能让我女儿把北京户口整没了。”赵镜放下了笔，倔强地说道。

一看赵镜把笔扔掉要改变主意，邬民哪干呀，他必须早一点结束这场失败的婚姻，对眼前这种女人，他一分一秒都不想耽搁自己的未来。邬民更怕夜长梦多，也就想了一个缓兵之计。

邬民说：“好吧，我给你写上，孩子户口暂放我这里，但房产与她无关。成吧？你签字吧。”

赵镜说：“这样写，我同意签字。”

邬民想了一下，怕自己日后被人敲诈就又补充了一条：双方无共同财产，无共同债务。

邬民和赵镜像两个提着秤杆子的小商贩一样，斤斤计较完毕，签了字，这场夫妻关系也就宣布解体。赵镜的第二次婚姻又瓦解了，赵小晚那个组合的家，也就又一次“肉包子打狗——有去无回”。

2

青果中学门外多了一个推着自行车的女人身影。她不敢进去，只站在伸缩门边上，往里张望。她止步于此，是害怕被离婚的自己再一次遭到女儿话语刺激，弄不好，在门里边读书的女儿也不要她了。但她这时候更想见她，因为她只剩下她，一个唯一的亲人。

“晚儿，晚儿……”赵镜心里呼喊着赵小晚的乳名，每呼喊一次，眼泪就蓄满眼眶。她努力把控着，差一点流出来，嘴唇直哆嗦。

午休过后，郭主任和李玉从家返回学校，她们先后把自行车放在车库。

锁车的时候，李玉说道：“主任，刚才门口那个人好像是赵小晚家长。”

“不是吧，她妈我见过，打扮得挺时尚，那个不像。”郭主任说。

李玉还是怀疑，但也不好贸然行事，毕竟她走过的时候，那女人是低着头的，好像有意回避什么。

“再说，她来学校怎么不进去呢。不会的，可能是过路的。”郭主任看李玉还琢磨就又说。

“嗯，也是，若是她，早就进来了。”

两人说着赵小晚这次月考总分数进入班级第四的好成绩，不免欣慰不已，一起快步上了教学楼。

当郭主任再一次来门卫取邮件的时候，发现赵镜还在那儿站着，往校园里张望。这次，她仔细看，认出来了，果然是赵镜，只是素颜，显得苍老，素得叫人很难辨认。难道她病了？有什么事情要找孩子吗？郭主任示意门卫打开伸缩门，她走过去和赵镜打招呼。

“您好，是小晚妈妈吗？（郭主任一般对家长总是这样称呼她的学生，去掉学生的姓）您找孩子，可以进来说话。”

“不，我还是不进去了，看看她在不在。”赵镜握了握车把手说道。

“小晚在班里上课呢，最近她学习特努力，成绩和实验班的孩子差不多了，老师们都很高兴。”

“是真的吗？我的孩子这么有出息？”赵镜眼睛一亮一亮的，反问。

“是真的。您怎么了？病了吗？”

“我没事，可能没休息好，昨天，我刚搬了一个新地方，一个人搬东西可能累的，脸色不太好吧。”

“搬家了？你搬到哪儿去了？买新房子啦？”

“不是，我，我租的房子，我离婚了。”

赵镜没文化，不懂得悲哀和悲凉有什么不同，她只知道孤独两个字，也就千万次地咀嚼孤独，然后咽在肚子里。本来塌了半边天的生活就够忍受的了，这时候却连一个可倾诉的人都找不到，忽见郭主任三问两问，她也就说了实话。

“啊？！离婚？孩子读高三，怎么这时候离婚？这对小晚会有影响。”

郭主任立刻联想到她的学生。

“我也是没办法，不离不行，所以……”

郭主任看看赵镜，一个精神状态不是很好的人。郭主任不忍心再问什么，更不可能再说什么话，她不知道究竟说什么恰当。沉默一会儿，郭主任只好请赵镜到自己办公室坐一坐，喝点茶。赵镜跟着郭主任上了她的办公室。

3

很快，从郭主任那里，姜春雷了解了赵镜的情况，同时，他对赵小晚的担心再一次开始。

姜春雷心想，唉，这个赵小晚刚进入正轨，学习正起劲呢，家庭有了变故。我该怎么说？她能不能接受面对？她母亲被拘留刚刚放回来，她是否清楚？姜春雷带着许多不安的因素把赵小晚单独叫到自己办公室。

这次月考，赵小晚成绩突出，已经超越了班级才仁东周的成绩。赵小晚很开心，脸上也就露出了久违的笑意。赵小晚来到办公室笑眯眯地问姜春雷老师，找她什么事。姜春雷挠挠头，吧嗒吧嗒嘴，为难的样子，不知道哪一句做开头语合适。想来想去，还是躲不开主题。

姜春雷壮着胆问："最近，你家里的情况，你知道吗？"

赵小晚愣了一下说："哦，知道，他俩最近老打架，准确一点说，她总是被人打败。"

"最近你没回家？"

"没有，不想吃她做的饭，也不想遭别人白眼，我只想迎接高考。"

"有一件事，老师要告诉你，你别激动，答应我。"

姜春雷想循序渐进式地说他必须说的话，说他班主任必须说的话。

"什么事？"

"都过去的事了，你也别太在意，你妈前几天被拘留了。"

"拘留？"

"嗯，已经解除拘留，回来了，在……"姜春雷欲言又止。

“为什么？是传销被抓了吧？该，活该，早就该把她抓起来！不务正业的人，我有她这样的妈，简直就是丢尽了脸！咱班级谁的妈都比我的好。”

“快别这样说，她毕竟是你妈。”

“我就这样说。我不承认她是我妈，烦死人。她就知道打扰我学习，从小到大都是！”赵小晚噘着嘴。

“学习要学，可妈也不能不认啊。”

姜春雷看赵小晚有点情绪化，就示意她坐下说话，照例给她拿一块糖。

面对这个浑身长刺儿的赵小晚，姜春雷偏不信，赵小晚的刺儿就那么一直顽强地长着不掉。姜春雷心里清楚，爱，有时是空的，它需要心理健康的人，积极向上的人、充满教育智慧的人去落实，而且要落实到位。

赵小晚坐下说：“她参加传销，我就知道早晚会出事。也好，早进去能让她早点醒悟，我早就反对她不务正业。”

赵小晚坐直了，看着自己的班主任。赵小晚淡定地说。恰恰赵小晚的淡定让姜春雷无法淡定。

“啥？你……”

“她进去也不关我的事，我早不打算回家了，和宿管郭如水老师请示好了，她准我周末住在宿舍学习，给我一个单间。”赵小晚越说眼里越放光。

“你不能躲着你妈。”

“我一见我妈就烦，哪有她这样的妈啊。您是不知道，她呀，哼，简直是罄竹难书。”

赵小晚想起母亲一大堆不是，越说越不解气，甚至拿出一个最恶的词来发泄她对母亲的不满。

“注意高中生素质，不可以对你母亲这样。”

姜春雷批评之后，赵小晚不说什么了，她敬畏姜春雷老师。

“赵小晚，你妈要是来见你，你怎么想？”

“见我？见我干吗，她忙她自己的吧，不用管我。我也不想看见她。”赵小晚态度很明确。

姜春雷看赵小晚这态度，他心里也没底了。如果拿出老师的威严来压制赵小晚，可能她会见自己母亲，但绝不是出于心甘情愿，弄不好会对赵镜有过激言行，这样就事与愿违。姜春雷想到这儿，就让赵小晚回班级了，他准备想一个可行的策略。

姜春雷还是找到李玉老师。李玉决定把两节语文课放在一起连着上，她和于冬丽商量好，把数学课串到明天第五节语文课上。

4

两个月没看到女儿的赵镜很激动，被安排坐在班级最后一个空桌前，那个空桌是原来吴晶晶的。

赵小晚看见自己母亲，立刻一脸惊诧，然后不高兴地问："你来干什么？！回去，我还上课呢！别烦我！"

李玉走上讲台说道："赵小晚，你坐好，这是郭主任批准让家长和学生一起上课的。大家安静，我们今天上写作课，大写作。"

赵小晚觉得很别扭。她回头本想瞪一眼不争气的母亲，以示消仇解恨，却发现今天来学校的母亲和平常不一样了，竟变了一个人。赵小晚从最先打算瞪她一眼，改变成使劲眨眨眼，然后睁眼瞥着后面坐在那里，那个苍老卑微的女人。

后面坐着的女人老了，她头发无光泽，还长出许多白头发，贴在鬓角上。她嘴紧紧地闭着，腰杆儿弯了，胸脯也瘪了不少，正双手钉在胸前，直勾勾地朝她的晚儿这边看。她好像被人给灌了什么药，弄傻了似的。

赵小晚和母亲的目光对视在一起。突然，赵小晚有了一丝忐忑不安。赵小晚自己也不明白，为什么眼不见心不烦，一旦见了又烦，且又不安呢？瞅瞅其他同学，没有一个像她一样，就连屁股坐不住一刻钟的罗亚军也在一心听课。

语文老师在高三2班讲作文，培养全班口头作文、即兴作文、微写作。今天，李老师让赵小晚把同学们上次的大作文发给每一个人，但才仁东周的本子仍留在讲桌上。

李玉说：“在讲写作之前，我们先请同学朗读上次大作文中最优秀的一篇范文。才仁东周，请到前面给全班朗读你的作文。大家注意听。”

同学们都已经习惯听藏族学生独具特色的作文。大家鼓掌欢迎才仁东周。

才仁东周开走到前面，开口道：

母爱如海

生命第一次来到这个地球上，是在海洋，而我第一次来到这个世界上，是在母亲——这片容纳我一生的海洋。

十月怀胎，我在这片海洋成形，吸取着她的养分。出生以后，我学会了哭，学会了用哭向她索取。蹒跚学步，她牵着我的手，一步步前行。咿呀学语，她一遍一遍地教我和这个世界对话。终于，我上学了，她便每天送我接我，整理我的书包，帮我做一切她能做的事情。

一天一天，一年一年过去，母亲开始发现自己不能帮我做到的事情越来越多了。她开始慌张了。有一天，我发现她说的话越来越没用，越来越啰唆。我平生第一次想要离开她，也第一次发现这片海洋不是万能的！我没有像小时候那样哭闹，我对她发了火：你能不能不唠叨了！然而她却哭了，哭出了这片海洋里最伤心的水滴！也是让我最愧疚的水滴。从那以后，她不再老说我，而是把我的无知溶在那片很深很蓝很温暖的海洋中。

在我被国家为定向培养少数民族人才，而幸运被选送到北京读书的一年以后，当我想对自己的无知做个了断，当我想对母亲面对面说一声‘妈妈我爱你’的时候，却是那么的不容易，一切都已经太迟了。很不幸，妈妈因病与我阴阳两隔。如今，我只能在梦中，走进母爱的海洋……

才仁东周读到前一段的时候，坐在后面的赵镜就捂着嘴控制自己哭出声来。阚桑错、卡卓吉、梅晓白和程苗苗也趴在桌子上不起来。罗亚军也由此想到了自己辛劳半生的母亲，心里也不是滋味。

5

姜春雷觉得是时候了，在下课后，把赵镜和赵小晚母女俩一同请到小会议室，只有郭主任和姜春雷老师，没有外人。郭主任安排这娘俩在会议室见面，是为了给她们提供一个宽松温馨无人打扰的地方，便于解冻母女之间由来已久的那座冰山。

赵小晚站在那儿还是背对母亲，不说一句话。郭主任推了这个比牛还倔强的赵小晚一把。姜春雷搬椅子，让她坐到母亲身边，建议她们母女沟通一下。

或许是被压抑了许久，顷刻间，赵镜情绪失控。

没等女儿坐好，赵镜就一把抓住赵小晚的手，哭着说："妈想你，你怎么这么狠心不理我？别不理我。"

赵小晚一甩手，挣脱了母亲。

赵镜受不了，又哭诉："妈为了让你吃得好，穿得暖，几次改嫁，我默默忍受别人瞧不起的白眼；妈为你不受别人欺负，哪怕被人骂'不要脸'，哪怕明知自己孤儿寡母打不过人家，也脸红脖子粗地去跟男人吵架，直到被男人打倒在地爬不起来；妈为了你能有好的教育环境，经常和你继父吵架，就算被揍得鼻青脸肿也在所不惜。可你就一点也不知道理解我？认定我是你的仇人？我也有心，我这心被撕碎了，疼啊！晚儿——晚儿——"

其实，赵镜在赵小晚两岁的时候还恋爱一次，后来发现对方不希望她把孩子带到身边，答应可以花钱给别人代养，赵镜只好忍痛割爱，悄悄离开了对方。

"你让我理解你，你什么时候理解过我？高二分文理班，学校有实验班、普通班，我成绩不得不在最差的文科普通班。你整天忙着你骗人的事业，不管我的压力有多大。"

“我没少你一分生活费，生怕你吃不好，因为偷着给你加几块钱，邬民没少和我吵。”赵镜已经哭出了鼻涕。

“高一高二，没几个朋友，最好的朋友梅晓白还不住宿。有点孤僻，跟人家简直就是格格不入。我们班有女生跟我打架，她们拉帮结伙孤立我，一回家你还骂我，你知道我怎么活过来的吗?”

赵小晚瞪着眼睛质问母亲。

“有人欺负你，那你回家怎么不告诉我?”

“告诉你有什么用？你天天出差。”

赵镜无话对答，看着女儿。

赵小晚委屈地哽咽着说：“直到有一天，班里有人手机丢了，而我的嫌疑最大。当别人背后议论的时候，我还全然不知，我的自尊心那么强，怎么接受得了那样的打击？你呢？你正在北戴河开会，你知道我有多委屈吗？！”

姜春雷听到这儿，咽喉像被人掐住了一样难受。

赵小晚边哭边说：“那时候，我觉得我的人生就是到了低谷。我是个女孩！也才15岁！一天之后再也没有一个同学跟我说一句话，过去的朋友不复存在！被冤枉的时候我是失望，很失望，而被孤立的时候我是绝望！那时候连死的心都有！”

“晚儿，晚儿，别死，你要死了叫吗怎么活？！”赵镜给赵小晚擦眼泪，然后放声哭。

“我害怕上学，是姜老师，李老师他们告诉我，别人爱怎么想怎么想，早晚会水落石出，你没偷别人也赖不上你，清者自清。”

姜春雷安慰说道：“是啊，现在不是证明你被冤枉了吗？都过去了，同学们早就忘了，也没人再计较究竟谁偷了手机。”

赵小晚抽泣着说：“那段时间，我不敢一个人去食堂吃饭、去厕所，不敢走在校园里。感觉不管我做什么，就算干坐在座位上，都有无数双眼睛盯着我，并投来异样的眼光，无数张嘴议论我，怀疑我是贼！你知不知道？！那才是真正的煎熬！”赵小晚声嘶力竭地喊，她喊出了压抑已久的怨气。

“后来怎么样了？”赵镜焦急地问，好像这是刚刚发生，正发生在女儿身上一样，让她焦躁。

“后来我毅然决然地硬着头皮，咬紧牙关去面对。我学着自己去食堂吃饭，孤独地走在楼道里，安静地活在自己的世界里。每天除了做题就是看书，一天下来说的话不到两句。”

姜春雷说：“也许这就是上帝的公平，天将降大任于斯人也，必先苦其心志，劳其筋骨，饿其体肤，空乏其身，行拂乱其所为。对不对？”

赵小晚自豪地说：“我从年级的最后几名到了前一百名，再到班里第四名，现在学校所有老师、同学都对我很好。现在真的是让我重新活了一次。”

郭主任一直没有打断这娘俩越来越真诚的对话，她猜想，这是娘俩今生说得最多、最透的话。

赵小晚的情绪逐渐好转。但她一时半会儿还没能原谅母亲，当母亲再一次主动搂她的时候，她依然躲避，噘着嘴。

“晚儿，你还不肯原谅妈妈？”

“你去搞传销，弄得我在同学面前特别没面子，没人看得起我！哪个妈也不像你。”

赵小晚死活不肯原谅，且态度、言辞非常激烈，在小会议室里与母亲大闹，差一点动手。

“妈已经知道错了，你打我也行。可不管怎么说，妈去偷也好，去骗也好，不都是为了生存，为了让你继父瞧得起咱娘俩吗？再说，妈即使去偷去骗也是拿回来给你交学费，养你长大呀！”

赵镜可怜巴巴地哭诉，求得女儿原谅。

一旁的郭主任听不下去了，驳斥道：“赵小晚，你是石头缝钻出来的？铁石心肠？告诉你，就你这态度，即使你考全班第四，就是考全校第一也没用！你的书是怎么读的？！经济账暂且不算，你母亲养育你十几年的感情付出，你就这样对她？母亲都认错了，你还不依不饶，有意思吗？！”

赵小晚不吭声了。

郭主任头一次这样和赵小晚发火，可能她也是一位母亲的缘故。赵镜一听郭主任一番话，感动得吧嗒吧嗒掉眼泪，嘴唇又哆嗦。

赵小晚低下头，也意识到自己的态度确实有点不合适。

姜春雷趁机说道：“小晚，好好爱你妈妈。她现在比你脆弱，她离婚了，她不想告诉你，怕打扰你学习。但是我和郭主任决定把这件事告诉你，希望你做一个有担当的女儿。”

“是，真的？”赵小晚抬起头，问母亲。

赵小晚虽然想到了她的家是个多事之秋，但没想到母亲离婚的这一天又来了，在她正读高三的关键时刻。

“嗯，离完了，不过，妈把你户口的事安排好了，你放心，不耽误你参加北京高考。”

说到这一点，赵镜的眼睛像两个灯泡一样，明亮起来。

“你看看，你妈什么时候没想到你呀？还没明白？！”郭主任趁热打铁。

姜春雷看着赵小晚，看她最后的反应。

赵镜捂着脸哭道：“这回，我什么也没有了，都失去了，妈心里难受，太难受，太太难受……”赵镜说不出文化含量高的词来形容自己的深层感受。

突然，赵小晚上前抱着母亲，那是一种久违了的冲动，任何误解和怨恨都不可抵挡的原始冲动。

“妈，不哭，你至少还有我！是我不懂事。以后，不会再让你伤心了！别哭，坚强点儿！”

赵小晚抱着她一直以为不务正业的女人，一个宁可去骗去偷也要供养她上学读书的女人。只善于用笔写作文的赵小晚还是对母亲说出了暖心的话。

郭主任给姜春雷使了个眼色，两人悄悄地离开了小会议室。小会议室里，传来母女俩抱头痛哭的声音，由近到远，渐渐地就听不清楚了。

第四十四章　赵小晚的秘籍

1

校园的早晨是恬静的。雾气过后，校园里的树枝条、花瓣片、草叶上，无不沾点着晶莹透亮的露珠儿，春风一吹，一对一对的露珠又纷纷滚落到泥土里。校园里的空气显得格外新鲜，它有点清凉、青涩，有点湿润，也带点甜味，会让人感到十分的轻松舒适。

每天清晨，青果中学的师生们最熟悉的莫过于这样一个场景：王峰校长都会在晨曦中把校门打开，他站在门里边，手叉着腰，迎接被朝阳放大了的孩子们的身影。然后，校园里会传来朗朗早读声，从校园里飞出。王校长说，迎接孩子们走进青果中学，能懂得我是在为他们健康成长而服务，我就快乐。这样做，只是为了他的校长梦。

姜春雷和王校长打过招呼。王校长走近姜春雷告诉他，这周组织藏族学生和五十名本地学生，去青果学校位于安定镇和谐村的实验基地，开展社会实践活动。学校领导决定，选派高三2班全体师生一块前往。

姜春雷一听，心里高兴。这份高兴不仅仅来源于自己受到王校长的口头表扬，更来自王校长打破以往实验班与普通班的不平等待遇。之前，陪青海学生去实验基地的都是那几个实验班，这等好事也根本轮不到他们普通班，这不能不让他偷着乐。

姜春雷看得出来，王峰校长正在逐步撕掉这所学校给孩子们定性的标签。这种给孩子们分类教课，分等对待，一直是姜春雷愤愤不平的。但全国各所学校里大环境就是这样，他一个小教员没有办法，只能把心掏出来陪伴他的孩子们。

姜春雷挺直腰板精神百倍地往班级走。首先，他要把好消息告诉同学们，然后，重点强调这次实践活动中需要注意的事项。他刚走到一楼走廊，刚好碰见方向老师。

姜春雷赶紧招呼他，小声打探："又收到梅晓白的情书没？"方向说："没有，我自由了，自从京都师大几个男学生来咱们学校交流之后，梅晓白就把我'甩了'。"姜春雷笑，逗他说："怎么，失落了？"方向说："轻松了，也不怕曹维康那双眼睛了。"姜春雷和方向击了一下掌，然后，俩年轻教师笑着往各自的班级走去。

2

班里的第一节课是语文，李玉老师开始讲月考试卷。开讲之前，她做了一个总结，程苗苗记得比谁都认真。

"高三上学期是高考复习关键时期，能否找出学习中存在的问题，及时地查缺补漏，对高考成绩起着决定性作用。你们在语文学习方面往往存在以下问题。

"第一，基础知识不扎实、不全面。

"受学习环境影响，你们一般动手少，眼高手低，基础知识面狭窄。忽略对汉语基础知识的掌握。例如造字法、词性、短语、句子成分、句子结构、修辞、复句等，这对你们基础题的成绩至关重要。只要掌握了最基本的语法知识，用心总结做题经验，就会找到符合学科规律的科学解题方法。今后，咱班的罗亚军、孙佳卉、卡卓吉等几名同学要努力啦。这次考试基础题咱班的赵小晚得满分。你们可以看看她的卷面。"

大家把目光聚焦在赵小晚身上，赵小晚嘴里正嚼着什么东西。

罗亚军倒吸了一口凉气，越过何涛，捅咕一下何涛左边的闹桑错小声问道："嘿，你多少分?"

闹桑错说："我基础知识错了两道，减六分。"闹桑错看看罗亚军卷子，瞅见他基础知识只对了两道题，咬着嘴唇笑。

"赵小晚这家伙哪是个人啊！基础知识得满分，吓死谁。哎，你是学霸，她是学神。你俩也有区别呢。"

"啥意思?"闹桑错冒着被语文老师批评的风险，还是想听罗亚军到底说什么。

何涛哧哧笑，知道罗亚军想说什么。

罗亚军看了看语文老师，发现没注意他们俩，就又捂着半拉嘴儿低声说："学霸和学神的区别就是，学霸只差六分就一百！学神只是卷子满分就一百！"

"哦，你的意思就是卷子满分二百，学神也能答对二百?"

"你自己想去吧。嘿嘿。"

"罗亚军你嘿嘿个啥？你比别人考得好？你再不努力真来不及了。坐好喽！"罗亚军的举动不幸被语文老师发现。

罗亚军忙坐好，不敢再和闹桑错说话。李老师接着刚才的话继续讲：

"第二，你们阅读没方法没思路。你们做阅读理解题往往是感性的成分多，理性的成分少。这次考试尤其梅晓白在这上面丢分多。"

梅晓白低头不语，面对试卷她有点郁闷。赵小晚超过她二十一分！

"咱班大多数学生两三分钟看完文章，没有系统分析文章问题、素材、结构、写作方法、语言等，就开始做题。结果是速度快，正确率低。这样复习阅读，做再多的题也不会提高成绩，更不可能拓展视野，提高写作能力。王朴生在这点上就吃亏。"

王朴生被提名，有点不好意思，低头听着。

"有同学不能用规范的书面语言和专业术语回答问题，往往是用自己的语言，答案啰唆，混乱，不全面，甚至答非所问。咱班郝帅最马虎，阅读题，人家本来问你刘邦与项羽的不同之处，你给我答的是刘备和项羽的区别。你说，你跑题都跑到哪里去了？”

“啊？！答刘备？就知道画三国里的人物！这回搞砸了，比我好不了多少。嘻嘻。”罗亚军心里说。

同学们笑，有的笑岔气了。郝帅脸通红，他最怕老师和同学们当着梅晓白的面笑他。他尴尬地弄弄发型，然后把头低在桌下。

“我再说说作文。”

底下同学哗啦啦把卷子翻开到作文那页。

“咱们很多同学自己都不知道自己写的是什么文体；没有认真把握作文的要求或作文材料。有的同学或者是知识面狭窄，没有写作素材，有什么写什么，想到哪儿写到哪儿；详略不得当，重点不突出；没有意识地运用写作方法和技巧；段落句子安排没有合理的顺序；错字，病句，大白话连篇，甚至谎话连篇；不用标点符号或者只用逗号、句号，甚至爱用英文标点。”

马骁知道语文老师该批评自己了，就提前把头低下，翻卷子。

李玉说道：“有人作文写得不错，但我给你减了十五分。知道为什么吗？就是你的字迹太潦草，简直是龙飞凤舞，老师看不清楚。我说的就是马骁。你如果不练练字，将来高考作文必然会吃亏。”

马骁点点头，他也知道自己卷面不够规范整洁，他决定这周末在家练字。

“以上是我对这次语文月考方面存在问题的一个总结。你们是否存在以上问题？希望同学们能予以参考。对了，再过两周我们开始一摸考试，都做好准备吧。”

“啊？！唉！话说，两周后就一模考试，你说咋整！”

罗亚军越来越有危机感，他可和姜春雷老师签了军令状——考上大专呢！罗亚军坐在那儿乱翻书，和同桌何涛嘁嘁喳喳。

赵小晚又咔咔地吃东西。

李玉回身问道：“赵小晚，上课吃什么呢？你没吃早饭？”

“报告老师，我吃的是苦瓜，因为，因为我凌晨三点才睡觉，现在有点困，所以吃两口苦瓜就清醒了。”

“啊？你这样学习可不成，身体会累垮了呀。”

“我数学不好，于老师单独给我布置了作业，我周末给青果青文学社编辑咱们班级来稿，所以时间不够用。”赵小晚打了一个哈欠，说道。

李玉说：“听老师话，身体最要紧，不能这样熬夜学习。这样，你语文基本没问题，以后上我的课，你可以做数学题，老师希望你别偏科，否则高考吃亏。对，实在困了，就打个盹儿，老师心疼你。”

“啊？她？可以睡觉？语文课做数学题？！”

同学瞪大眼睛问，都不相信自己耳朵。罗亚军揪着何涛耳朵对视，各自做鬼脸。

李玉敲敲黑板说：“别搞小动作！对，赵小晚可以，别人不可以。如果哪个同学偏科厉害，像她一样语文好，其他科差，我也会允许上我的课学别的。”

“谢谢老师！谢谢老师！”赵小晚站起来，一个劲儿给语文老师鞠躬。

下课后，赵小晚去了洗手间，闹桑错和梅晓白路过赵小晚桌子，见她桌角上贴满彩色的粘贴纸，那方方正正的、掌心大小的纸上写着：

不知道自己到底成不成，我的潜力是不是耗尽了，是不是已经木已成舟了。去试试吧，再拼拼吧，为了自己，为了母亲，为了给我糖吃的班主任。不去试试，就永远不知道会有怎样的结果。

梅晓白又忍不住翻了第二页：

最后的时光与岁月在磨砺我，我想，我能受得住煎熬，喜欢这样痛苦并快乐着度过。

闹桑错催促往下看第三页：

突然，自己好像累了，困了。不行，我要吃一口苦瓜来苦醒自己！我要站着听课，站着看你还睡不睡！

梅晓白翻开了第四页：

以前，我太高估了自己，贪玩儿爱睡觉看电视还偷着去上过网，想想母亲，我觉得自己犯了罪。别人都在看着我，我真的后悔了，但凡我高一高二有现在一半的劲头儿，也不会沦落到今天。数学太差了，我要恶补！数学要追赶才仁东周，外语向程苗苗看齐……

梅晓白被赵小晚的拼劲儿感染，回到自己座位上也写了几行字：

我也要拼了，圆（暗指方老师），我必须忘掉你。也许我很爱你，但是因为你永远不会爱我，所以我不会再盲目付出感情。为你，我荒废了一段时间，我被赵小晚追上了。没有你，我的人生将更精彩，我要向北师大的学长学习。明年我也去那里读书。圆，放心，你拒绝我，不喜欢我，我不会沉迷了，只有继续挺起傲骨，像妈妈一样……

打这儿之后，各科老师都陆续向姜春雷反映：你班赵小晚上课站着听讲！你班赵小晚上课时吃苦瓜！高三2班学生都学疯了！脑瓜子都开窍了！不久，这事就在全校传开了，当然也传到了郭主任和王峰校长的耳朵里。

3

又是一个春光明媚的好日子。

2014年3月15日，青果中学高一高二高三,三个年级的青海学生和高三2班学生一起，在学校领导和班主任的带领下，连同各个年级的任课教师（李玉去市里开会），一共400多人，分乘8辆大巴，迎着东升的旭日，奔赴青果学校位于北城区安定镇和谐村的实验基地，开展社会实践活动。

主管青海学生工作的杨副校长要求各个负责老师强调实践活动中需要注意的事项。接着，大伙有序地进入劳动状态。同学们热情高涨，在当地汉族农民朋友的指导下，有的搬运芹菜、辣椒、茄子、西红柿、韭菜、西蓝花，有的栽植青青的嫩苗，有的放水浇菜秧……

校长和老师们在地头好像临时开会。恰在此时，田间有小耗子一样的东西从程苗苗脚底下溜过，吓得她一抖一叫。

郝帅说：“别怕，没事。你别动，别吓着它，我画一画。”

郝帅边说边拿出兜里的笔和一张面巾纸，想画这些可爱的小家伙。不料，他们一组的马骁非要去抓，结果三只小田鼠纷纷逃窜。正浇水的尕玛俄金曲军看见了第八组这三个人的举动，就制止马骁，警告他不要杀生，要爱护小田鼠。和尕玛俄金曲军一组的才仁东周也反对马骁。

他们争执的工夫，小田鼠们早已不知去向，根本不涉及杀生一说。郝帅把笔遗憾地收起来。王朴生一旁监督说，赶紧干活，姜老师来了。他们这才各就各位。

姜春雷从远处看见了郝帅、马骁和程苗苗，三个人有说有笑地干活。姜春雷看得清楚，这俩男生一直很照顾程苗苗，最近程苗苗像变了一个人似的。姜春雷心想：孩子就是孩子，真的和大人不一样啊……

姜春雷和历史老师李荔荔一起向同学们走过来。

在中间休息的时候，跟王朴生一组的赵小晚猫着腰用木棍刮着鞋上的泥。赵小晚最怕爬行动物，怕什么来什么，忽然，一条灰色的家伙从她脚底下窜过，可把她吓得够呛，手里的小木棍掉地上。赵小晚直跺脚，叫喊：“哎呀妈，吓死我了！什么玩意啊！”

赵小晚尖叫，许多男生大笑。

“什么东西呀？”姜春雷走过来问。

李荔荔搂了一下受惊的赵小晚，安慰她。李荔荔也越来越心疼这个上她课站着听讲的女生。

“嘿嘿，一条四脚蛇就把赵小晚吓这样。没事，这东西不咬人。”同组的罗亚军笑完了说道。

“什么四脚蛇呀，东北人都叫它是马舌子，可以写成马蛇子，或者麻蛇子。我从小在姥姥家看见这东西就打怵。妈呀，吓得我心都跳出来了。”

赵小晚边说边捂着心脏，笑脸被吓得通红通红的。

"我们北京叫它蝎了虎子。"孙佳卉说道。

"错，蝎了虎子是壁虎，在墙上爬，这家伙在地上跑，叫四脚蛇，有人叫它'蛇舅母'。我从小在地头田间长大，比你认识。"罗亚军骄傲地说。

"不跟你争，我看你就像只蝎了虎子。"孙佳卉一扭身站到卡卓吉身边去了。

姜春雷说："你们知道吗？北京有一句土话，跟蝎了虎子有关。"

"老师，什么话？"大伙好奇地问。

"玩蝎了虎子——这是北京土话，蝎了虎子就是壁虎，爬得快，人不容易抓住。'玩蝎了虎子'的意思是让人摸不着，形容人比较滑头。"

"哈哈，真有意思，我们又学会了一句北京土话。"闹桑错和其他藏族学生说。

爱学习的才仁东周拿本子记录他们的对话。

李荔荔对姜春雷说："你看，咱们文科班孩子还研究起生物来了，各个都有才。咱班学生就是不一样。"

"那是，没看是谁教的，我们高三2班最棒。呵呵。"姜春雷自豪地说。

不知谁提了一句："看看咱班谁像蝎了虎子。哎哎……"

大家大笑，把目光一致聚焦到罗亚军身上。罗亚军不服，张张嘴，没发声，好像在骂着什么北京土话。

"嘿，弄糊涂了，到底是壁虎，还是蜥蜴呀？"闷头画蜥蜴的郝帅问。

高一高二时，生物学得最好的，顶数梅晓白。梅晓白回答说："刚才看到的小东西，我们书上叫蜥蜴，俗称'四脚蛇'，壁虎是蜥蜴目的一种。蜥蜴属于冷血爬虫类，是一种常见的爬行动物。蜥蜴跟蛇有密切的亲缘关系。蜥蜴有鳞，壁虎没有。"

罗亚军开始嘚瑟，说道："没错，我想起来了，小时候，我爸我妈地里干活，把我放在地头，我没事干，就拴一只自己捉的蜥蜴玩。"

罗亚军自编自唱道："嘿，我们蜥蜴有眼皮，还是双眼皮呢，哎，壁虎就没有。壁虎的眼睛大，脚趾扁又平，哎。”

同学们都笑了。笑罗亚军很逗，跟说快板相声似的说唱。

“我们蜥蜴有指甲，哎，壁虎没有。我们蜥蜴不能垂直爬光滑表面，哎，壁虎可以，因为它腿上长了毛。嘿，我们蜥蜴看起来比较瘦，爪子却锋利，提醒各位好朋友，爱护小动物，保你金榜能题名，哎，能题名……”

地头的农民听着罗亚军的说唱，看着这些活泼好动的孩子们直笑，他们对身边的同村人说几句方言，然后，往手上吐口吐沫，抡起镐头接着干活。

久居校园的青果师生通过这次劳动，体会到田间乐趣，也感受到当地农民朋友的热情、友好，尤其青海代培生收获更大，他们和小伙伴们体验到了与青藏高原迥异的中原农业文化。

才仁东周更是不放过任何一个细节，不时地拿笔写着日记。和他一组浇水的索南冷保没少督察他，当他落下一棵菜苗没浇水，就催促他快点补水。

4

晌午了，青果学校师生走进当地农民家，共进午餐。饭菜还没端上来，院子里不知谁家的孩子都气喘吁吁跑来看这群大哥哥大姐姐，有的大哥哥大姐姐还将自己兜里的巧克力、小点心等小食品什么献出来。小一点的娃娃直接去用胖乎乎的小手去接，接之前还猛劲儿把手往裤腰上蹭两下。大一点的拒绝，不好意思地用手推推，说着谢谢，往后退步。

在大大的场院里，气氛亲切、热烈，引来许多村民围观。这使远离家乡的才仁东周、闹桑错等藏族学生感受到了首都人民深深的情谊，感受到了民族团结的浓厚氛围。卡卓吉和闹桑错即兴起舞，其他青海藏族学生也自发地给村里人跳锅庄舞。受到感染，姜春雷和王校长也被拉着卷入跳锅庄舞的行列。

终于开饭了，十人一桌，就像农村吃流水席、办喜事一样的气氛。罗亚军吃得满头是汗，他想起小时候和妈妈一起参加村里人婚宴的情景，就不时地给其他同学讲着农村的趣事，逗得大家笑。

赵小晚给身边的卡卓吉夹菜，因为卡卓吉用筷子总是出错。和他们一桌的有姜春雷和于冬丽老师。

于冬丽老师看罗亚军把夹菜的筷子伸到索南冷保那边，明显是舍近求远，越了中国人吃饭的礼仪底线，直率的她就敲了一下罗亚军的筷子。

“于老师，我怎么了。”罗亚军问。

于冬丽说：“啥怎么了？这么大人还不懂，夹菜不要往远处夹，注意礼貌。”

“哦，我还真没注意过，跟我爸妈吃饭我一直就这样来着。”

“那以后要改，知道不？将来有女朋友到丈母娘家吃饭一定要注意。”

程苗苗和赵小晚忍不住笑喷。王朴生捍着大腿上的水珠子，憋不住乐。梅晓白扭过头去笑。闹桑错笑得把头埋到桌子底下。

“老师，您看您，说得我们都不好意思。学校不让我们恋爱，您还提这茬儿，您看闹桑错都乐成啥样了。”罗亚军停下筷子说。

“你还有不好意思的时候？是不是啊，你们说？”于冬丽问其他人。

“是，罗亚军和我们说，他有钱了就娶漂亮的呢。”

郝帅显然出卖了罗亚军，至少把他们背地里说的话抬到了桌面上。

“那是以前的想法，现在我可没说，是你瞎编。”罗亚军反驳，然后，朝赵小晚那儿看了一眼，他很在意赵小晚是啥表情。

姜春雷饿了，早晨忙，没顾得吃早饭，所以这会扒拉饭，听同学们说话，仅偶尔笑一笑，然后再夹菜吃。

这时候，姜春雷手机震动，显示一条短信：你和孩子们注意安全。姜春雷看了一眼对面的梅晓白，然后，把手机重新揣在兜里。他没声张，继续吃饭。

发给姜春雷的这条关爱有加的短信，不是姜春雷的母亲发来的，他母亲从来不会用手机发短信。

于冬丽看看自我感觉良好的罗亚军又说：“你这个傻小子，差点逃跑，连高中毕业证都拿不到。要不是姜春雷，你今天指不定干吗呢。”

“呵呵，可能开了一个公司，赚钱呢。”罗亚军大言不惭地说。

“你有钱开公司，这我信。问题是，你会管理吗？”

“那还不好说，我找个精英管理就成了，我就等着数钱。”

“对，有钱娶个漂亮媳妇，是吗？”于冬丽问。

“啊，有可能。”罗亚军顺杆往上爬。

别的同学又开始哄笑，何涛吹口哨尖叫。

于冬丽撇撇嘴说道：“信不信？你自己都没能力看好管好你的公司，你娶的老婆也早晚跟你聘请的精英跑喽。哼，不学习，哪来的实力？你得靠你自己实力。”

“对，也是啊，我们数学老师就是理智，能透彻推理，推理的条条准确！我赞同！老师，别提我过去的事了，成不？求求您了。再提，将来我可能真找不到女朋友呢。”

罗亚军给于冬丽作揖，很滑稽，桌前又一阵起哄声传出来。

王峰校长走到姜春雷他们这桌，询问同学们：“笑什么呢，一个个这么开心？饭菜够不够吃？”

“够吃，很好吃。叔叔阿姨做饭好吃！”大伙回答。

跟王峰校长走来的农民夫妇咧着嘴干笑，对所有人点头，就只说两句话：“孩子们吃好喝好。老师们喝好吃好。”

同学们致谢、回答，就是没人告诉校长大家为什么笑。因为同学们知道，什么该说，什么不该说。

这时，赵小晚看校长来了，赶紧捏着半个馒头没撒手，不好意思地让梅晓白帮忙，意思是她吃不下去了。

农民实在，今天蒸馒头太大，比青果学校的馒头还大一点呢。学校馒头那么大，她都吃不完，何况今天这么大个的。最近学习累，赵小晚更是饭量剧减。

梅晓白拍拍肚子，冲赵小晚摆摆手，意思是，我也吃不下了。

王峰校长幽默地问：“怎么啦，赵小晚？是不是苦瓜吃太多，不想吃馒头啦?”

“不是，馒头太大了，真吃不了了，我不是浪费粮食。”赵小晚不好意思地小声说。

王朴生说：“给我吧，如果梅晓白吃不了。”

“拿来，我替你吃。”罗亚军自告奋勇，从王朴生手里抢了过去。

不曾想，赵小晚的剩馒头还成了香饽饽。

于冬丽说：“罗亚军这家伙是我们班穆桂英——阵阵少不下他。”

随着于冬丽、姜春雷和同学们的笑声，猫着腰和大家说话的王峰校长也开始笑了。

笑声还没停，突然，有人站起来对王峰说：“校长，我有一个建议，由今天吃馒头，我联想到咱们学校的食堂浪费情况。”说话的是藏族学生——闹桑错。

闹桑错红着脸，却是很严肃认真的样子，当然也有点紧张。姜春雷离她近，看得比较清楚。

“好！请说说，我想知道。”王校长拉了一把空椅子坐下。

闹桑错说：“咱们学校食堂一直有剩馒头剩饭，我吃饭的时候经常看到。有时候我和卡卓吉、尕玛俄金曲军、才仁东周、索南冷保都不打主食，捡桌上的剩馒头吃。”

闹桑错说话时，其他几个青海学生点点头。

姜春雷震惊了，因为他这个班主任都不知道这个情况，如果闹桑错今天不说出来。

“啊？我的好孩子，你有节约的美德。你们让我这个校长感动啊！看来，我们学校需要改进的地方还真不少。”

闹桑错不那么紧张了，接着说道：“您可能不知道，从小，我祖母就告诉我，她说，浪费不可以，今生谁浪费多少，上天就会从谁那里拿走多少，下辈子谁就会挨饿。”

“你这是迷信吧？哪有上天呢。”罗亚军有点不严肃。

姜春雷用眼睛警告罗亚军，要尊重藏族学生的信仰。罗亚军一缩脖子，老实了。

“不许你这样说，不信就算了，这是信佛教的祖母说的。”闹桑错小声说。

“讲得好！校长觉得你祖母很伟大，从小就培养你爱惜粮食。”

闹桑错立刻高兴了，眯着眼睛笑。

才仁东周也对校长说：“校长，您知道，其实剩馒头剩饭的同学也不是故意浪费粮食，只不过是他们吃不了那么多而已。”

“是呀，我也不是故意浪费的。”赵小晚更加不好意思。

“您看，赵小晚的剩馒头我吃了。”罗亚军把剩下的一大口一股脑吞了下去，噎得他直伸脖子。

程苗苗赶紧把水拿给罗亚军。

王峰对在场的几位老师说：“嗯，学校要想办法不能让粮食白白进垃圾堆。各班主任要时常给学生们强调，避免这种事情发生。”

姜春雷说：“是，校长，每周班会我都强调，看来我还有没做到的，今后还得用心去做。”

闹桑错又说：“校长，老师，我有一个好办法，您看，以后咱们食堂能不能做出两样馒头，有大馒头，有小馒头，这样就各取所需，就避免浪费了。”

王峰校长喜出望外地说：“对呀，少数民族的孩子就是懂得爱惜粮食，藏族人就是聪明！回学校我就落实。谢谢闹桑错！帮了我大忙呢！”

罗亚军一听校长只知道表扬青海学生，就不平衡了。他也站起来说道：“校长，不只是馒头问题，还有米饭呢，万一哪天赵小晚不吃馒头，她吃米饭也会剩呢，最好，学校米饭也分大、中、小碗。”

王峰看看这个调皮的罗亚军笑着说：“对，罗亚军说得对，我和你又学了一招。”

罗亚军一听校长用“学了一招”这几个字，可骄傲了，骄傲得直摸后脖颈子笑，然后像嘎小子一样说：“校长啊，您别只夸他们青海学生，北京学生也很聪明呢。”

王峰哈哈笑说：“好，我们青果中学的学生个个聪明！都是好样的！很棒！”

大家一起鼓掌，为王峰校长，也为自己。其中，顶数姜春雷鼓得最有劲儿，像个傻子，不像班主任。

王峰没料到，位于北城区安定镇和谐村的这块实验基地，本是作为缓解师生紧张学习、工作情绪的一方良田，不仅让来自青藏高原的学生开阔了视野，让学生们感受到劳动的光荣与辛苦，培养珍惜劳动成果的意识，而且还得到了一个杜绝粮食浪费的意外收获。

从和谐村返回青果中学的路上，也许青春年少不知累滋味，兴奋劲儿依旧挂在每个学生的脸上。

姜春雷和于冬丽、李荔荔、郭主任等几位老师有点疲倦，但也不敢闭眼休息，关注着孩子们，他们有的坐车头，有的坐中间位置。王峰校长坐在车后面，他开始和曹维康主席小声谈话。

同学们只听见校长的最后一句：这次社会实践活动是一次非常好的民族团结教育活动，民族团结之花将在我们京郊大地越开越灿烂。今后，我们要多搞这样的活动。

曹维康点头，然后说一大堆话，是别人没听见的话，当然，校长也没听见。姜春雷一回头，发现王校长低着头睡着了。是的，王峰校长太疲惫了。

第四十五章　高三成人礼

1

青果学校上上下下都在做准备，为即将要召开的高三成人礼大会。当然，这次大会过后，青海藏族学生即将离开北京，回到当地准备参加高考。王峰校长很重视这次高三成人礼大会。

在成人礼之前，学校先开了一个校领导和师生讨论会。这次讨论会开得异常艰难，可以说，这次讨论会在时间上打破了有史以来的开会纪录。讨论会从上午到下午一直讨论，各说各的建议，快下班了，都没有整出个结果来。

王峰校长和曹维康、杨副校长等几个领导为研讨成人礼方案的辩论越来越激烈，曹维康甚至以不参加为由，制止王峰的冒险行为。

王校长和几位老师提出来两个方案，今年，青果中学应该一改往年的方案。第一，是场地要改；第二，是着装需变化。

首先，王校长提出来，想把会场分成先后两个地方，一个是天安门广场，一个是学校礼堂。也就是说，周五清早，学校派车带领高三全体师生到天安门广场看升旗，在国旗面前进行集体宣誓。然后再返回学校进行成人礼的其他活动。做出这样的决定哪那么容易？有赞同，必然也有反对。

第一个站出来反对的是曹维康，他是保守派。他认为王峰在折腾，认为还是在校园里比较稳妥，而起大早去天安门广场花钱雇车不说，最怕出现安全问题，青果中学离城区有80公里，还要走高速路。曹维康在职这些年，学校还没出现过一次安全问题，退休之前，他更不想看到出什么乱子。曹维康觉得，真要是出了事儿，那才是对不起党和国家交给他的任务呢。

王峰校长也料到会出现这样的局面。反对的声音有时肯定会扰乱一个人的内心，但从一定程度上也会推动事物的变革；赞美有激励人心的力量，但也很容易变成一条绳索，捆住心灵的自由。此刻，王峰坚信自己的主张是正确的。

会上，王校长说，他认为，让高三学生铭记这一天，要让他们身临其境去宣誓，激发他们的爱国热情，树立高度的责任感与自豪感。这就是自己一个高中校长的使命。

王校长还说，尽管北京学生离天安门不算远，但真正去看过升旗仪式的有几个？更不要说从青海来的藏区学生了。

没办法，郭主任最后提了一个建议，那就是，既然校长搞民主，那么不妨让班主任给自己班学生做个临时问卷调查，教师也被列入调查对象。大多数老师赞同郭主任的建议，也就顺理成章地被校长采纳。

最终调查结果：学生们最想去的就是天安门广场看升旗。

这样的结果，让曹维康震惊。因为在长城、颐和园、天安门广场三个选项中，孩子们选天安门广场看升旗排在首位。曹维康真不敢相信，这一届高三学生这么变化多端，简直颠覆了他们在自己眼里的以往形象。

最后，曹维康也没办法，只能听从大多数人的建议，满足这一批即将毕业，尤其是满足即将返回藏区的学生的意愿。

第一个算落实了，就这么定了。第二个分歧也不小，还闹出了笑话。

郭主任建议着装统一，显得规范，但提议学生换上新衣服。校长征求大家意见，问什么服装好。

杨校长说："我觉得男生中山装，女生白上衣黑裙子比较好。这样比较正式。"

曹维康说：这得需要多少钱啊？家长出，还是学校出？要注意节俭，现在从中央到地方可都在反腐倡廉，不要顶风作案。"

他的一句话逗得几个年轻老师憋不住笑，又不敢大声笑，只能尽力闭嘴把头扎在桌面笑。

王峰说："嗯，曹维康主席说得对，我们提倡节俭，但也必须有意义。应该做到，多年以后，孩子们还会记得他们成人那一刻的光荣、美丽、庄严的时刻。"

"要不，就男生黑西服红领带，女生白色连衣裙手里捧着塑料花，这样，学校可以不花钱，家长也容易帮孩子们借到这些衣服。"数学老师于冬丽主张去借服装。

"这？这成什么仪式啦？还拿塑料花？穿成这样，又不是参加集体婚礼，太俗气了吧。"陈钢老师说。

"就是，这个着装不妥，还不如穿校服呢。"方向老师说。

王校长坚定地说："必须让孩子们穿上新衣服，要让他们在那个庄严的时刻有个新的开始。"

姜春雷站起来发言说："要我看，还不如征求学生意见，看他们喜欢穿什么。对，最好还是校服，毕竟他们以后就结束穿校服的生活了，他们穿什么都自由了，但穿校服的日子不会再来。学生一直喜欢合体的校服，我看学生们都对他们心中的'鸡腿裤'形状的校服感兴趣。"

王峰说："好，姜春雷提醒了我。的确，咱们学校的校服十几年都没变过，已经落后这个时代了，要改一改校服，今后新生要改，高二高三的学生也要改。"

"改？学生要有学生样子。"曹维康说道。

"对，曹主席说得对，学生要有学生样子，校服绝不可以和社会上的时尚服装一样。但是呢，我们也要提高审美，跟上时代和孩子们的步伐，大家说对不对？"

李玉说："对。咱们学校校服确实落后了，看看国外高中生校服，看看台湾地区校服，那女生一个个又有朝气又漂亮。怪不得学生自己动手改鸡腿裤。"

李荔荔说："台湾和香港高中基本是小西装或者运动装。"

陈钢说："对呀，我们也应该改革一下，免得这些学生天天因为这身校服跟老师对着干，时时抗议，要他们的自由审美。我们实验班的学生也偷着改裤腿。"

校长说："我倒觉得给高三学生每人重做一套校服，质地好的。不要肥腿，既浪费布料子，孩子们又不喜欢，那我们干吗要做这样的事情？"

"对，还是新校服比较好！赞同。"有的老师说着鼓掌。

曹维康对于这一点没太多的反对，因为每周都有抓不完的学生，被抓的学生都穿鸡腿裤。这下好，一步到位，女生校服改裙装了！

最终，讨论会采用实施新方案。决定青果中学校服改为西装校服与运动服校服，而且也分长袖跟短袖，依季节换穿。运动服则依情况规定换穿。女生还有裙装校服。规定，重大活动和周一升旗女生身着一条齐膝白色连衣裙加蝴蝶结。男生着蓝格子白底衬衫，蓝裤子……

王校长的坚持虽然得到拥护，但此刻，王校长一点也轻松不起来，反倒沉重了。

身为校长，王峰更知道，自己这个破天荒的决定所担负的责任是何等重大。对这次高三成人礼，他不能有半点马虎。他正在办公室周密地安排各个环节。

2

两天后，学校给高三男生女生们重新定做好了校服，厂家赶制完来送货。曹维康和杨副校长正在验收这批服装。

曹维康没好气地责备送货人，说他迟到了一个小时。送货人一个劲儿解释说，路上堵车。曹维康说，堵车就不知道早点出来吗？别找客观理由！送货人被他的一句话噎得哏喽哏喽的，一下子给整瘪茄子了。

杨校长指示后勤一个老师带送货人去找财务结清账目。曹维康吩咐各班班主任派代表来领取新校服，王朴生、才仁东周、马骁、郝帅、罗亚军等几个男生来领新校服。领完，拿到姜春雷办公室。

这是新鲜事，故此师生都很激动。盼好久了，终于在毕业之前可以光明正大地穿合体的、有时代感的美丽校服了，所有同学很惊喜。课间，一个个都挤在姜春雷办公室，看他们梦寐以求的合体校服。他们为抗议了近三年的诉求得到满足而欢呼雀跃。

按衣服上的姓名，姜春雷让几个班干部负责分发。

男生和女生领到衣服后就迫不及待地往身上套。罗亚军和马骁还脱下旧校服甩进垃圾袋。梅晓白、程苗苗、孙佳卉、赵小晚等几个女生试了又试，左照右照，都感觉自己比之前漂亮多了。青海藏族学生穿着新衣服还跳起锅庄舞。

马上要去观看升旗，这对藏族学生来讲，那份心情更是强于北京学生。他们早就向往歌中唱的那里——“北京的金山上”了。尤其是学校的升旗手索南冷保，更是盼望能亲眼看见天安门前真正的旗手风采。

班级里正热闹，姜春雷进来了。姜春雷要找几个学生去他办公室，因为每个班级都选代表在学校礼堂为校领导、高三教师、家长代表上前献花。

此刻，一束束带着香味儿的鲜花整齐地摆放在一个个特制的包装箱里。姜春雷办公室放着四箱子花儿，姜春雷选出了八个学生完成此项献花任务。

放学之前，姜春雷让班长王朴生和梅晓白、程苗苗负责召集同学们再演练一下班级的口号：“团结、友爱、厚德、拼搏”。另外，又让才仁东周和赵小晚代表高三2班同学发言。办公室里，走了王朴生和梅晓白、赵小晚、程苗苗、才仁东周，就剩下马骁和郝帅了，他俩是献花的同学之一。

看没人了，姜春雷问及仅他们三个人知道的秘密。

“最近程苗苗进步很快，谢谢你俩暗中帮助老师，不然她的地理成绩不会进步这么大。”姜春雷拍拍郝帅和马骁。

“谢啥，咱们说好了，是哥们。嘻嘻……”马骁嬉皮笑脸的。

“对，可以背地里这么叫我。请坐，哥们。”姜春雷一笑说。

马骁说道："老师，程苗苗跟我说，现在她同父异母的小弟弟可可爱了，总愿意跟她玩，她有空就去抱他，还给我看他们的合影呢。她小妈对她也不像以前了。"

"老师很高兴，程苗苗变了，变得不偏执了。我得谢谢你们，把程苗苗当朋友一样交往。"

郝帅说："老师，有个事我得跟您汇报，昨天我发现的，在我地理笔记里面。"

"什么？发现什么了？"姜春雷又紧张了。

"别卖关子，快说。"马骁也奇怪地看郝帅。

"程苗苗头发重新留起来了。"郝帅讲。

姜春雷说："嗨，吓我一跳，还以为又出什么事了呢。这才合乎自然，女生还是长头发好看。郝帅，是不是……"

姜春雷心里想的没全说出来。姜春雷想到郝帅喜欢梅晓白，主要原因就是梅晓白拥有一头长发。那次，他们喝"孟婆汤"的时候，郝帅亲口告诉姜春雷的。

郝帅说："问题是，她写给我的一个生日卡：待我长发及腰，金榜题名可好……后面全是省略号。我也不知道啥意思，琢磨一天一宿了。"

马骁推他一下说："嗨嗨，你怎么这么复杂？想什么呢，她还给我送生日卡了呢，上面也写了字。"

"是吗？写的什么？跟我的一样？"郝帅问。

"待我长发及腰，红梅白雪轻飘……后面也是省略号。这不是很正常吗？你那样大惊小怪干吗？"

姜春雷说："嗯，我也觉得这属于正常交往范畴。老师希望看到每一个人都有美好的、自己的情感。呵呵，也包括我。"

"啊？！老师，您不反对我们恋爱呀？你不担心程苗苗真喜欢我？"郝帅歪着脑袋问。

“我不担心，我觉得即使程苗苗喜欢你，你也不会和她早恋。第一，你在准备高考，准备报考美术学院；第二，你喜欢的是另一个女生。所以老师比较放心。”

郝帅往马骁身上指了指说道:“那，您不担心马骁这家伙？他可没我老实。”

“他，老师更放心。马骁早和我说了，他准备报考北京警察学院，一切免谈，爱情也等到上大学再谈。老师最相信你们俩，所以才叫你们走近程苗苗的。”

马骁扬扬得意地说：“可不嘛，我给她的可是关心，是咱们北京人特有的大爱呢。”

“你谦虚点成不?”郝帅说。

马骁点点头，做着鬼脸嘲笑郝帅。

“咱班各个都很棒，都是我的好学生。唉，老师不知道以后还能不能遇到像你们这样的好学生。”

说到这里，姜春雷不禁又想到吴晶晶，这个失联很久的女生。他不知道她过得好不好，是转学了，还是……姜春雷就在这不平静之中，做着有关明天举行高三成人礼的诸多准备。

3

周五一大早，青果中学的高三师生就提前赶到天安门广场。曹维康一见广场上人山人海，就不停地招呼班主任和任课老师看住学生，他最怕有什么闪失。姜春雷和一些年轻老师虽然不太喜欢曹维康的种种言行，但还是打心眼里尊重这个勤勤恳恳的领导。高三师生井然有序地走入天安门广场的国旗前，然后站在一处，学生周边布满教师。

五点四十八分，在高昂的国歌声中，青果中学高三成人礼拉开了序幕。所有师生和在场的人同唱一首歌。所有学生目视着自己伟大祖国的国旗，心情激动得无以言表。

升旗时间很短，总共才两分零七秒，但高三学生仿佛一瞬间长大了不少，他们感觉自己在这一刻是大人了，是国家的主人了。他们也意识到，肩膀上即将承担些什么的时候到了。

广场上，人们渐渐散去，留下一大块儿空地，正对着鲜艳的五星红旗。各班班主任组织学生重新列队。首先，学生代表带领八个十八周岁的高三学生进行庄严的带头宣誓，其他同学一同跟随：我是中华人民共和国公民，在十八岁成年之际，面对国旗，庄严宣誓：热爱祖国、热爱人民、热爱和平、热爱共产党、关注环保、诚信待人、为高考加油……整个宣誓过程使全体同学热血沸腾。

很顺畅，雇的大巴安全地返回青果中学，王峰校长的一颗心总算落了地。他让随去的专业摄影师回去后抓紧时间把学生的照片和录像整理好，等毕业那天，一起交给高三学生留做纪念。

曹维康一边往校门口进，一边激动地听身边老师跟他谈论天安门广场看升旗的心得体会。其实，今天升旗的场面对曹维康触动也不小。

上午九点，在青果中学，有1000多名学生坐满礼堂，其中有200多高一高二学弟学妹参加高三成人大会。800多名高三学生接过班主任和各科任老师发给他们的宪法读本，由陈钢老师带领，再一次面向主席台上的国旗宣誓：自己已经成人，在祖国这个法治国家，一定不辜负老师，做一个守法公民。

在仪式上，闹桑错作为高三少数民族学生代表宣读了给老师的一封信：

感谢老师，感谢学校对我们少数民族学生的教育和关爱。感谢青果中学所有领导和老师。你们并不需要我们做惊天动地的大事，也许，只是希望看到我们在学校走廊里、在我们今后的人生道路上，拥有一抹淡淡的微笑。我代表藏族学生保证，我们一定不辜负伟大祖国和美好青果学校的可爱老师们，让我们的梦想在大地上蓬勃生长！我们将努力绽放我们民族之花！把美好留给中华大地！为了祖国繁荣，为了世界和平，为了建设好我们自己的、美丽的家园继续努力奋斗……

高三学生给青海学生鼓掌。梅晓白、程苗苗、赵小晚等女生抹眼泪。她们知道，藏族学生就要离开北京了，周一，旗手索南冷保最后在校园升完旗，青海高三学生就要返回家乡。

近三年的学习生涯，谁能舍得这么个纯朴善良智慧友好的群体呢？谁愿意同他们分离呢？受了影响，许多男生鼻子也酸了，红了。王朴生左右侧分别是才仁东周和索南冷保，他一边一个，紧紧攥着才仁东周和索南冷保的手。索南冷保和才仁东周又分别攥着罗亚军和马骁的手。

接着，高三实验班——陈钢的学生刘畅家长发言。刘畅是一名腿有残疾的男生，他是陈钢班级的班长。母亲发言完毕后，刘畅随着《母亲》的那句“你入学的新书包有人给你拿”的歌声。赠送给母亲一条水晶项链（钱是自己得到了唐仲英奖学金买的），并与含泪的母亲深情拥抱。刘畅感恩母亲含辛茹苦将自己抚养成人。

赵小晚和程苗苗、梅晓白这三个女生已经哭得眼睛通红了。也许，这三个女生最懂得这首歌曲的含义了。

姜春雷看了看这三个女生，没有制止她们有声音的哭泣。姜春雷觉得，虽然常言说，笑比哭好，但他觉得，有些时候，哭比笑好。

一段舒缓的音乐声响起后，全体高三教师走上台，接受学生的献花。在场高三学生更是大声喊出：“我爱你！”

顿时，老师们的心不再勇敢，一个个在他们的学生面前“丢了面子”。老师一点也不像老师了，老师们一点也不像大人了，眼泪淌得哪儿哪儿都是。最后，还是像大人一样的学生，在台上台下，帮孩子一样的老师擦眼泪。

把这次高三成人礼推向另一个高潮的，是青果青文学社团，包括赵小晚在内的十名同学的朗诵。

文学社团人训练有素地朗诵：

“每个人都会抱怨，都会以不一样的方式去发泄。我们是高中生。因此，我们过得比其他学生更加的痛苦与寂寞。但我们想成功就必须耐得住寂寞，一些事情只有付出了，才会有回报。

“生活就是一条线。线上的事情，都是大致的明确，但你不知道，生活会发生什么样的意外，或许出现什么不测与曲折。呵呵，我们想说，这，没什么大不了！生活有太多意外，只要我们相信自己，自己永远是自己的主宰！因为，我们已经长大成人……”

成人礼接近尾声了，王峰校长鼓励全体学生高考取得优异成绩，并为高三学生送去祝福，同时，宣布了一个新举措。当然，这个新举措犹如抛来一颗幸福炸弹一般，炸得那些有过前科的人差点当场跪倒在地。

那一刻，王峰校长站在台上宣布：“青果中学已经把在今天之前，所有受过劣迹警告、受到记过处分的同学档案一律撤销！我只希望那些同学轻松进考场。且记牢！要对得起校长今天做出的决定。这是我们成人和成人之间的承诺！答应我必须做到！”

“能做到！我们能做到！”学生开始自信果断地回答。

校长铿锵有力地说：“因为，以前你们是未成年人，如今你们已经长大成人！”

顷刻间，青果中学高三级同学的热血在身体里燃烧、沸腾。那些受过处分的同学，自个在底下哭得稀里哗啦。诸如曾经打架的马骁、曾经跳楼自杀的赵小晚，曾经穿鸡腿裤打耳洞屡教不改的孙佳卉、梅晓白……他们最后懂了，校长和老师付诸他们的爱凝聚着心血与祝福，这爱是无价的、无求的、无边的、无法估量的，并融入他们人生幸福的征途之中，变成一股支撑他们励志成人的强大精神力量，漫长深远，永不消逝……

青果学校的这一独有新闻便不胫而走：王峰校长把所有受过严厉警告、各种处分的同学档案一笔钩销。从此，他们的档案像雪一样清白。

第四十六章　深藏的新恋情

1

真是铁打的营盘流水的兵，随着高考的临近，高三2班先前的团队又有变化，青海藏族学生离开北京，回到家乡去参加高考。一些艺术考生也逐渐集中另一班去补习专业课了。姜春雷不得不重新组建、整合新的团队。其实，原高三2班只剩下二十几个学生了。

马上吃午饭了，姜春雷心情复杂，一点食欲都没有。

要说对青海学生感情最深的，可能还是语文老师李玉。闹桑错和才仁东周是李玉重点教学对象，李老师默默祝福这些藏族孩子能取得好成绩。此时，李老师正坐在自己的桌前，收看才仁东周和闹桑错到家后写来的信件，信里除了思念还是思念。

有意思的是，才仁东周还把一张阿爸的照片随信寄给语文老师。信上说，他阿爸很希望与李老师交往，哪怕没有成为爱人的缘分，也愿意做好朋友。信里说，才仁东周的阿爸只是担心北京离青海太远，自己又离不开岗位，否则就会来北京见面，见见孩子口中像母亲一样的女教师。

李玉看到这里笑了，这是久违了的女人的笑。李玉把信和照片放到书里，然后笑着起身去食堂吃午饭。

从上周五开始，青果学生聚在食堂打饭时，都在八卦一件事：王哥去哪儿了。

他们口中的“王哥”就是校长王峰。一般王峰中午在食堂给学生打饭，主要是监督学生是否还有浪费粮食的情况，还常常告诉胖同学少吃肉，要注意合理饮食。他因此被学生称为“打饭王哥”。学生都知道，校长打饭分量足，还总爱说：这些够吃吗？要不要再加点？够吃就好，不要浪费粮食。其实，除了这两句口头禅，王峰校长还会和学生聊两句：小到饭菜是不是合胃口，大到作业量多不多，老师有没有拖堂……只要学生提出的问题确实存在，他会马上解决。

跟校长这样交流互动，学生们已经习惯。这不，周五，王峰校长出差。他前脚刚走，后脚就被学生惦记上了。

马骁问王朴生：“王哥怎么没来？”

王朴生说：“不知道，没听着什么信儿。”

“你是班长，怎么消息不灵通呢。”

“我班长能知道校长去哪里了吗？赶紧吃饭吧。”王朴生说。

“王哥什么时候回来给我们打饭呢？别人打饭总觉得不是味。”郝帅也叨咕。

梅晓白和赵小晚在旁边笑。

罗亚军伸着脖子问：“赵小晚，馒头吃不了给我啊，千万别浪费。”

赵小晚说：“你消停一会吧，哪儿都有你。

罗亚军说：“成，剩下就给我。”

王朴生看着他们，不说话，干嚼馒头。

郝帅笑着说：“罗亚军，你有点骨气行不？赵小晚总说你你也没脸没皮。”

“说我也没少一块肉，我不计较，不像你们那么小心眼儿。嘿，各位，想知道王哥去哪了不？我给你们打听打听去。”

“好啊。”

“但我有个条件，我要打听到，你们得给我买个榴梿吃。”

“成，没问题，必须打听到真消息才算。”

罗亚军放回碗筷，就拐到教师食堂那里去了。

于冬丽正在和李玉一起吃饭，说着话。罗亚军像只小猴子似的突然从她俩后面窜出来。

李玉问:“罗亚军，你怎么跑教师食堂来了？吃饭没?”

“吃了，我替大伙打探一下，我们王哥去哪了?”

“哪个王哥？王朴生吗?”于冬丽问。

“不是王朴生，哈哈，是王校长！我们都暗地喊他王哥。哈哈……”罗亚军自己笑。

“傻笑什么玩意，就你能扯犊子，没大没小，王峰四十出头了，你们叫他王哥?!”于冬丽说。

“啊，这不犯法吧。”

“不犯法，你们就叫吧。没大没小！告诉你啊，放学前把昨天给你留的数学卷子做完，给我交上来。”

“那您告诉我王校长去哪了?”

“你少关心校长的事儿，是不是最近又不想学了？一模考试，你语文有进步，可我数学你没提高多少啊？你的承诺呢？让狼给叼跑了?！”于冬丽又开始敲打罗亚军。

“不是，我可认真呢。您不知道，这回数学题出得比语文难。”

李玉见罗亚军那副样子忍不住咯咯笑。

“真的，李老师，您也不知道校长去哪了？我和同学打赌了，他们答应给我买榴梿呢，求您帮我吃到榴梿吧。师傅在上，请受徒儿一拜!”

于冬丽看罗亚军滑稽的动作就笑。

李玉说道:“哦，我听郭主任说，王校长到南京开会去了，下周能回来。”

于冬丽说:“罗亚军，别只知道吃，你给我听着啊，这回二模考试，只要你考及格就行。等高考时候，你分数再提高几分，上大专就没问题。”

罗亚军说:“老师，我给您考个良，不信您等着。”

于冬丽说:“别逞能，踏踏实实考个及格就算你进步。”

罗亚军神神秘秘地说："老师，我给您说个好消息。我吧跟您学，您不是资助好几个孩子吗。我决定了，不买车，暂时也用不上，还不如出点儿钱，也帮助外地上不起学的孩子。那您看，下次数学考试，您能多给我几分不？"

"滚一边去？！你得先把题做对。"于冬丽说。

李玉问："罗亚军，真这么想？你跟父母说了？得，你呀，还是等你自己能挣钱再说吧。先别分心想这些，好好备战高考，你看你们班同学都拼命呢。"

"嘿，我那父母？那些拆迁款，他们根本不同意花一分钱出去，就知道把钱存银行里。"

"行了，这事以后再说。你好好准备高考，数学给我考及格！听见没？"

"保证能及格！我现在敢保证了。"

"好样的，我们班罗亚军就是棒！"语文老师顺势夸罗亚军。

罗亚军做了个敬礼动作跑开，跑到同学那里，去要他们兑现承诺了。

2

下午，姜春雷判完最后一张地理卷子的时候，郭主任进来了，郭主任告诉姜春雷一个好消息。

半月前，第三届北京市"文化遗产与青春力量"纸服装展示大赛中，青果中学高三2班参赛作品《格萨尔王——藏族人民的救世英雄》在34所来自北京、辽宁、广东、福建的学校中，脱颖而出，荣获一等奖。

郭主任说，这次比赛的成功，离不开陈钢老师的指导和姜春雷的支持，离不开闹桑错、才仁东周、卡卓吉、梅晓白等学生的辛勤努力。学生们不仅收获奖牌，还懂得了付出与收获，合作与分享。学校要奖励班级和个人，让姜春雷预备和学生领奖。

姜春雷听到这儿，就又想起藏区孩子。姜春雷很想念他的学生，想他们的能歌善舞、想他们尊敬老师、想他们团结同学、想他们这次的证书和奖金只能替他们代领，然后转发给他们。

郭主任走后，姜春雷看着手里的获奖通知单，又回忆起比赛的场景。

那次展示活动，收集了北京市高中生在上学期的科技活动中获奖的优秀服装作品，总共七个系列，三十六套作品。分别选取纸张、塑料、扑克牌、垃圾袋、旧窗帘、气球等材料，由高中生亲手缝制。可谓创意新颖，巧夺天工。

闹桑错、卡卓吉、才仁东周、索南冷保等藏族同学用废旧报纸、塑料袋、包装袋、扑克牌，过时的衣物亲手制作了别致新颖，美轮美奂的时尚礼服、概念服装。他们都是利用课间，午休，周末，以及能利用的所有时间构思、制作。

姜春雷当时带队上场的时候，藏族学生一亮相，在场的所有领导、老师、学生都为之惊叹！会场掌声、喝彩声不绝于耳。

高三2班的环保时装创意从中国古典风到欧美都市风，中国传统元素与现代元素精妙结合。通过选择环保材料和废弃用品，设计成时尚、典雅、前卫的服装，从而积极宣传了环保的内在含义，当时，就引起在场评委和观众的阵阵喝彩。最终评奖揭晓，参赛作品《格萨尔王——藏族人民的救世英雄》摘得一等大奖。

虽然比赛已经过去，但是姜春雷的心依旧在震撼！办公室没人的时候，姜春雷对自己说："我们班每个孩子都是青果中学的希望，未来的希望。下学期，我还要教普通班！"

姜春雷刚坐下，想给青海学生发邮件，告诉他们获奖消息，忽听有人敲门，随后，陈钢和方向老师走进来。

方向说："姜春雷，请客啊。这回，你和陈钢班级都得奖了，估计下学期你会调到实验班当班主任。"

姜春雷说："我还是教普通班吧，更习惯。哦，陈老师班参加的'北京市青少年未来工程师博览与竞赛'也有结果了？得奖了吧？"

"嗯，夺得'木梁承重'项目中学组第一名，入围全国决赛。还得准备决赛。唉，还要迎接高考，有压力呢。”陈钢说。

“青少年未来工程师博览与竞赛是什么活动?”姜春雷不懂，想弄明白。

“是一项综合运用科学、技术、工程与数学知识的创新活动。通过情境化、趣味性和挑战性的项目式学习与实践活动，促进青少年素质全面发展，进一步培养青少年创造性解决问题的能力。”

“哦，怪不得，只能实验班的学生才有这种潜力。祝贺!”

方向说道:“这回，来你办公室能找到你了。原来，你老在你们班‘守着’，跟守护女神似的。”

“那是原来，过去，我一离开就不放心。上自习不监督不成，我们班孩子就不学习。现在，不用监督了，课间和自习课我还得催他们去操场玩一会呢。”

陈钢说：“一句话，教育就像我们穿在脚上的鞋，当脚不觉得鞋存在的时候，教育就成功了。”

方向说道：“姜春雷，你小子挺让我佩服。教个普通班，而且是纪律最差的班，能教成这样。嘿，就你们班赵小晚，快成全校老师的教学典型了。听说，你们班都学她吃苦瓜上课？干脆，你们班以后叫苦瓜班得了！这架势要超陈钢的实验班啊!”

陈钢说：“可不嘛，普通班那叫一个突飞猛进啊。也不知道，姜春雷给学生吃了什么迷魂药了。嘿，当初，我们实验班学生马骁、才仁东周去了你们班不回来，你们班梅晓白分数到了实验班的线，却也不肯走。奇了怪了!”

方向说:“春雷响，万物长！关键是姜春雷名字取得好。哈哈……”

姜春雷自豪地说：“名字只是一个符号，主要是我们班孩子能吃苦，都在努力学习倒是真的。至于他们一起跟我在普通班混，不离开，我也不知道为啥。反正，在我们班比较自由，开放式教学，有他们话语权，经常互动书本以后的人生问题，老师有时候说不过他们，常常让他们赢。总之，学生快乐开心，在一起学习就好。”

方向说:“你看，你们都有成就，我都羡慕了，也想当班主任呢。”

姜春雷拍了一下方向说：“嘿，当初你不是说没时间当班主任吗？怎么，现在眼红了？”

方向笑笑说“我那时候，我不是在追我媳妇吗，现在结婚了，当然就有时间了。”

陈钢问：“哎，方向，我听校长说，学校还要陆续成立8个社团呢。”

“啊？ 8个？都是什么社团？”

“创新小科学家社团、创意机器人社团、木梁承重社团、星空天文观测社团、云想衣裳创意服装制作社团、我爱祖国海疆——海模社团，下面的几个记不住了。现在正缺管理教师呢，要不，你去负责吧，我给王校长推荐你。怎么样？”

方向问：“我行吗？我是教政治的，再说，我还得负责学校演出编导呢。”

陈钢说：“怎么不行？校长说需要一名年轻一点的男老师负责。”

“算了，怕忙不过来。”

“瞧你，跟科技社团的学生在一起，也很有意思呢。”陈钢说。

“那给我补助不？多少银子？”方向问。

“给呀，校长说了，给补助，具体多少不知道。”

“给钱，相当于八个班主任的工资，呵呵，我猜啊。你要不要去试试。”姜春雷笑着说。

陈钢说：“嗯，别错过机会啊。”

姜春雷说：“哎，别逗了，你们怎么有空来找我？不好好工作，串岗聊天，小心点儿，可别被曹维康抓到扣钱。”

方向说：“不怕，是他让我们来的。”

“啊？”姜春雷瞪大眼睛。

陈钢说：“是，王校长给咱们教师新建好的校园茶苑室，曹维康征求完了女教师的意见，这会等着咱们男教师去看看，发表一下感言。”

姜春雷问：“是吗？在哪儿？我怎么不知道？”

方向说:“看看就知道了。我们也是刚听说的。走，先喝一杯茶去!”

姜春雷说:“咱们校长说到就做到，可真是雷厉风行啊。”

陈钢说:“可不是吗，上回开会，他不是谈了吗，谈如何把学生解放出来。说要把学生解放出来，必须把咱教师解放出来。要把教师解放出来，必须把校长解放出来。没有校长和教师的解放，学生也就很难解放。”

方向说:“多好的校长啊，这是在解放我们呢。”

姜春雷说:“缓解我们压力，让老师们有轻松环境。这下彻底好了。”

陈钢说：“怎么可能彻底好啊？现在用一个统一高考制度把校长、教师、学生、家长都捆绑在一辆战车上，能没矛盾吗？能彻底好才怪。”

姜春雷说：“那不得一步步来吗，暂时没更好的办法呀，关键是想办法怎么化解这个矛盾。这得需要方方面面共同努力。”

陈钢说：“等吧，等真正做到不统一国考，真正做到培养创新型人才，实用性人才就好喽!”

姜春雷说：“也是啊，如果基础教育培养出来的都是标准件，那杰出人才从哪里产生？所以嘛，教育的个性化，因材施教，刻不容缓。只有这样，才能让人才的摇篮里，呈现出万紫千红总是春的、生机勃勃的状态。”

方向戏谑地说：“对，而不是把学校弄得跟个养鸡场似的，让校长命令咱们老师整天看着，看着下了多少蛋！好像许多校长就天天看蛋数蛋呢。”

“你比喻还挺恰当。其实，有时候我也觉得自己也在看蛋数蛋，只是我更关注他们是否快乐和健康，谁叫我和我的学生有缘呢。”姜春雷说。

陈钢说:“嗯嗯，每个学生如果遇到了匹配的老师，都会幸运。”

方向用膝盖顶了一下姜春雷的后身，说:“别扯淡了。不说这个，喝茶去。”

三个人说笑着，一起往顶层楼走去。

3

刚进楼道里，还没走到顶层楼那个大房间，姜春雷就闻到了一股香。奇怪？什么香？像花草香，也像茶叶香。姜春雷一时辨别不准。

绿色的“茶苑”两个字，就悬挂在门楣上方。门开着，里面有人。姜春雷一愣。

“嗯，你怎么在这里？”

“谁？谁呀？你们认识？”方向问。

“哦，这是我们班梅晓白家长，梅白。”

“哦，您好！您的孩子特别优秀。”方向有点尴尬。

方向一见梅白就有些紧张了。原来，给自己写情书的梅晓白母亲这么年轻？年轻得和姑娘一样！天啊，这，这是她母亲吗？！

“谢谢你们，孩子让你们费心了。”梅白和陈钢和方向先后握手。

然后，梅白朝姜春雷走了过来。当梅白贴近姜春雷身边的时候，姜春雷再一次可以清晰闻到一股淡淡的香水味。味道并不是很浓，但是很好闻。

梅白问：“没上课呀？还有课吗？”

“没，我……我……随便转转，呵呵……呵呵……”姜春雷傻呵呵地说道。

被梅白的手一握，姜春雷心就慌了，他也不知道怎么这么心慌。是不是自己和郑小乔分手太久，没接触异性的关系？姜春雷觉得有这方面因素。

“梅经理，您看，元宝树放在这里，这样可以了吗？”

“您看，这个壁画挂好了，您检查一下。”

有几个工人在干活，不时地问梅白。

“不错，就这样，很好。”梅白点头认可。

陈钢问：“哦，原来，我们学校的茶苑，是您单位负责施工的呀？”

梅白淡定地说：“嗯，是我们绿化公司负责，以后常年的绿植养护，也由我们负责，和王校长签了合同的。”

“真是巧啊。”方向感叹道。

梅白优雅地走过来介绍说：“喏，这还有古筝、钢琴、二胡等乐器，老师们还可以现场演奏一段。这是我赠送青果中学的，算是代表家长的一点心意吧。茶苑里可以放轻音乐，也可以现场演奏。这样的环境会让老师们放松心情，把精力更好地投入到教学中。”

陈钢摸摸墙壁上的书画激动地说：“真是太好了！校长给我们教职工开辟了一处世外桃源啊！”

“二胡？我试试，这把二胡不错。”方向看见好乐器就手痒。

干完活，工人陆续走了。梅白向姜春雷了解女儿的情况，姜春雷说一切都好。与梅白在这个环境说话，还是头一次，姜春雷身上冒汗，他热啊。

梅白又说，上次你们去安定镇和谐村社会实践，我给你发短信，你怎么没回呢？姜春雷说，那天吃完饭后，我就让梅晓白拿我手机给你回电话报平安了。梅白说，其实，我希望你也给我回一条。姜春雷听罢，这才彻悟梅白那天的意思。

听着方向演奏的《一剪梅》，突然，姜春雷想到了梅晓白的身世之谜。姜春雷一直想问梅晓白的来历，可他不知道什么时候问合适。可不问，心里又堵得慌。眼下，方向的这首曲子像是魔咒一般，竟让姜春雷越发想问明白。

姜春雷觉得自己不过分，一个班主任应该知道自己教了三年的学生究竟怎么回事。怎么没父亲？孩子到底从哪来的？是人贩子手里买的，还是大街上捡来的？

陈钢在一边都看见了，觉出姜春雷和梅白之间好像不会是家长跟老师的关系。但方向拉完《一剪梅》又拉《赛马》。陈钢坐在一把椅子上听曲子，看不远处对坐的姜春雷和梅白。陈钢断定，这两人有戏。可问题是……太复杂了吧？学生的母亲，怎么可能和老师？陈钢并不知道梅晓白不是梅白所生的女儿。

方向演奏完了，不见有人鼓掌，再一看，梅白和姜春雷正聊得忘我。往陈钢那儿看一眼，陈钢也在看他。陈钢一挤咕眼睛，意思是：撤！

陈钢起身打了招呼，和方向前后脚出去了。

走出去不远，陈钢问："怎么回事，他俩？"

"我哪知道。姜春雷眼神都变了！这小子好久没女朋友了。"

"哎？我怎么看着他俩好像谈恋爱的感觉。他们，合适吗？"

"谁知道怎么回事啊，只有人家知道，不过也挺般配。姜春雷这小子便宜捡大了，结婚就成爹。嘻嘻。"方向笑着说。

"姜春雷是不是疯了？要当自己班孩子的爹？！"陈钢说。

"梅晓白不是梅白的孩子吧？怎么会有那么年轻的妈？！真让人糊涂！"方向摇头说。

陈钢说："我也怀疑。"

"嗨，赶明儿问问姜春雷就知道了。现在我们不能在那儿当电灯泡，你要是叫我，我早就不拉了，给人家腾地方。"

"我哪儿反应得过来呀。"陈钢说。

方向说："这叫啥事呢，高考之前，校长先给学生'大赦'，然后校长创建了一个茶苑，今儿，家长和老师还弄一块去了……有意思。"

陈钢笑了，然后说："王校长的一系列新举措都是为让我们学校能够开出生命之花，结出健康之果呢！"

方向说："等着，看结什么果吧。"

两人说着，消失在楼道的尽头。

曹维康忙其他事情，茶苑里好久没有别人入内，这正是梅白告诉姜春雷有关自己和女儿一切的最佳时机。姜春雷随之知道了一切，一切有关梅白的秘密。

她这是要我了解她，然后彻底爱上她吗？幸福来得也太突然了！姜春雷不敢相信，在这天堂一样的地方，有一个天使般美丽的姑娘亲口说，爱上他……

第四十七章　最美好的遇见

1

日子就在流光中悄无声息地滑过，不管你舍与不舍。高考、收拾行李、拿毕业证、等待大学录取通知书……这些，都是接下来的事情。

姜春雷早早来到学校，这是高三2班最后以班级的形式存在的一天。或许，其他高三班都已经解散，但高三2班还是准备好了最后一次班会。

凝望校园外，碧草青青雨纷纷，青果校园里的各种树木一年比一年粗壮，然而毕业一词——从飘忽的半空，像个小苹果一样，“咕咚”一下，就掉下来。眼前，分别的时刻果然到了。

这种分别，的确让这群高中小儿女们不是滋味。“等高考完了，我们就通宵 k 歌。”“把那些没看的电视剧和网络小说全都补上。”“睡到三天以后再起床。”“等毕业把曹维康揍一顿解气。”当初，说了几百遍的这些话，每次说完都觉得好过瘾。可当高考真的结束，一切尘埃落定后，这些赌咒发誓也失去了全部意义和快感……

赵小晚最后一次布置黑板报。梅晓白、程苗苗和王朴生几个人分别在黑板上写了几行诗。郝帅同往常一样在旁边配着插图。同学们都回头看，也看见了，然后眼睛都模糊了。

有人说

坐上校门口的公交车

去了又回

那是又开始了一个学期

坐上车

去了不回

就是毕业了

是的

今天我们真的毕业了。

三年前

我哭着走进宿舍

大家笑了

如今

我微笑着离开

大家都哭了

是的

我们毕业了

看看教室里空荡荡的桌斗

总觉得还留下了什么

原来留下了

我们青葱懵懂岁月

也许我欺负过你

也许你误解过我

到了如今

却都化成了

我们彼此的想念

南风又轻轻地吹送

相聚的光阴匆匆

亲爱的同学

请不要难过

离别以后

要彼此珍重

让我们和高中说声再见

向母校挥手别离

却不要跟青春道别

扬起青春之帆

让我们远航

……

黑板上还有空地，王朴生建议把赵小晚的日记摘抄一段，赵小晚就是不同意，说自己写的破玩意拿不出手，要梅晓白写一段话。

梅晓白一时想不起来写什么，认为赵小晚的日记更合适，因为赵小晚那篇日记被语文老师批改并口头表扬过。

赵小晚拿着自己日记不撒手，程苗苗抱着她，马骁也帮助程苗苗控制赵小晚。程苗苗任凭赵小晚怎么跳跃挣脱，就是不放手，还嚷嚷着命令马骁赶紧抢。

还没等马骁上手呢，罗亚军嬉笑着一把抢过赵小晚日记。赵小晚高声骂他“小黑子”“屎壳郎”。罗亚军冲赵小晚做着鬼脸，承认自己就是屎壳郎。其他同学嗷嗷地在一边起哄看热闹，赵小晚气得哭笑不得。罗亚军大声给梅晓白念赵小晚的日记。

梅晓白往黑板上写：

每一间办公室、每个班都在议论着我，就好像传说着某个传奇。有人看得见，也有人看不见。我每日都在怎样的环境下艰苦的学习？楼道里，会议室，宿舍里到处是我看书做题留下的身影。我的整个高三基本上是咬着苦瓜，站着上课。从前，从未记过的笔记，我没日没夜地补了一本又一本。高三，那真的是让我重新活了一次。

渐渐地，一切释然，我开始感谢，感谢所有这些我所经历的人和事。从那以后，不管遇上什么难事，我都告诉自己，那么难的日子都过来了，还怕什么？就算有一天我一无所有，我一样也可以从头再来！尊重、赞许都是自己争取来的，等到赢来这些的时候，发现在自己心底早就原谅了所有人。

不经历大风大浪，生于安乐，那不叫人生。宽容才会让自己活得更快乐，风雨后的彩虹才会愈美丽。上天告诉人们：你能承受越大的打击，你才越能欣然接受之后的财富；你宽容的人越多，你世界里的朋友越多……

2

班主任姜春雷看着自己亲爱的学生，看着他们率真地打闹、笑骂，即将卸任的他就更不管束了，而是用欣赏的目光看待眼前的学生。对每一个学生，姜春雷都打量一遍，一个个活生生，水灵灵，清纯纯的，让他无比喜爱。

是的，姜春雷热爱他的学生，记住了他们坐过的每一个角落，看惯了墙上他们的每一段感言，熟悉了宣传栏中他们的每一张笑脸，成人礼的条幅上他们的手印签名还很清晰。明天的他们是否会想起多年前的高中三年？瞬间，姜春雷有点像女人一样忧伤起来。

尽管姜春雷也知道，人面不知何处去，教室依旧迎春风，但他还是最热爱这些孩子。正是这些孩子给了他第一次当班主任的机会，让他和他们一起成长。是啊，他们长大了，他应该为他们高兴，他应该笑着面对他们。但他觉得自己没那么伟大，他怎么也微笑不起来。只是因为不舍，还有别人永远不会懂的那一份隐痛。

姜春雷酝酿了十分钟，然后，面对其他科任老师和自己的学生，站在讲台上，他说出了自己最想说的话：

“同学们，感谢你们，让我和你们相遇，在我们拥有青春的季节，青春是最美好的遇见。

“我几乎可以这样讲，和青春相遇，和你们相遇，是我这辈子做过的最灿烂的事！虽然现在致青春已经成为一个标志性的时髦词语，但无论是致敬，还是怀念，其实都不是最重要的。没有纯真与正直的遇见，青春就只是一个好看的标签而已。”

同学们一阵一阵地鼓掌，刚才有点低落的情绪又被班主任姜春雷的话给弄高涨了。

“作为一个教育者，一个班主任，我从来都没有动摇过这个目标：生命艰辛，绝不能再剥削你们原本可怜的生活，要给孩子们一个遇见自己的机会！我始终坚信：没有繁华的记忆，生命就是一个孤单的身影。”

好一个遇见自己的机会！程苗苗和罗亚军使劲鼓掌。

好一个繁华的记忆！赵小晚默默重复一遍，然后，她的眼泪夺眶而出。

“今天我们一起毕业，这让我有了某种幻觉！三年里，在你们和我的故事中，有一个最温暖，并带有一丝神奇色彩的情节：无论我对你们怎么严厉批评，无论你们之间有多少矛盾，这都没有转化为仇恨。那些醉人的赞美，也没有形成让人忘乎所以的牢笼。老师感谢你们！感谢你们让我第一次当班主任！”

姜春雷给同学们鞠了一躬。姜春雷有点激动，激动得眼圈红了。

“不，老师，我们感谢您才对！”

“没您和所有科任老师，哪会有我们的今天！”

“孩子们，言重了，其实你们都是好孩子！”

"我们是坏孩子！让您和李玉老师、于冬丽老师、李荔荔老师操了三年心！谢谢老师们！"

底下齐刷刷的喊声："对，是您让我们感受到高中生活这么美好！这里不是高考加工厂，而是快乐大本营！青果中学给了我们最强的归属感！"

同学们拿出了从没有过的积极发言精神，各个有话要说，然后站成两排给姜春雷和科任老师鞠躬。

方向举着相机给大家拍照。梅晓白依旧用欣赏的眼光看着自己的梦中男神，也往镜头那里看。马骁调皮地举起梅晓白一只手做着造型，郝帅把头挤在梅晓白和马骁中间，程苗苗赶紧往一边拉郝帅，直到把郝帅拉到离自己最近才冲着镜头笑。

这时，郭主任带领李玉、于冬丽、李荔荔等几位科任老师激动不已地靠近学生们一起拍照。赵小晚左手搂着语文老师，右手搂着姜春雷老师，王朴生站在姜春雷旁边，罗亚军右手搂着数学老师，左手搂着郭主任，程苗苗和梅晓白等其他同学围着李荔荔，其他男生围着程苗苗和梅晓白。此刻，老师们感觉内心有一种力量在膨胀。

拍完照，姜春雷抿抿嘴唇，以此压制自己的情绪，接下来说："最后，在这离别之际，我再一次表达一种发自内心的感谢，感谢我的同事对我的支持！我最想感谢的是曾经的和现在的48个孩子！我们本是萍水相逢，但我们却把不同形式的遇见，演绎成了多姿多彩的传说！很多时候，还带着童话般的梦幻！"

高三2班教室再一次传出师生们的掌声。郭主任看到姜春雷今天的样子，满意地点点头。

李玉摘下眼镜，擦了擦，很诗意地说："我常常有种感觉，在真正的校园之外，甚至还存在着一个我们用想象力建筑的天空之城，它飘浮在每一片热爱自由、平等、有爱的蔚蓝之上……孩子们，不管你们高考最终分数如何，我都爱你们！"

李玉讲完这段话，再也控制不住，眼泪顺着脸颊往下淌。

奇怪的是，平时最能数落同学们的数学老师，被学生背地称作“老更”的于冬丽竟啥也不说，只是眼泪汪汪地摸摸这个手，再摸摸那个头。

“李老师——我爱你！

“姜老师——我爱你！

“于老师——我爱你！

“郭主任——我爱你！

“王峰校长——我爱你！

“曹维康主席——我们，也爱你……”

高三2班同学连声喊，许多同学的声音都变调了，又嘶哑了。当然，有些领导和老师是听不到的，他们没在场。

接下来，同学之间、同学和老师之间，开始互赠留言和纪念品。

马骁看了看表，提醒王朴生时间差不多了。今天也是王朴生动身去机场前往新西兰留学的日子，几个同学早已约定好一起送他到首都机场。

王朴生对姜老师格外不舍，黏黏糊糊还没走的意思，姜春雷对班长也有嘱咐不完的话。姜春雷知道，王朴生是他最喜欢的班长，也许不会再有第二个了。但他明白，现在，班长要跟老师告别。如果不告别，就永远不能远走高飞。

对王朴生又特别嘱咐一番后，姜春雷和几位老师猜到同学之间也会有许多心里话要说，也就没往远处送王朴生和其他同学。

3

姜春雷站在校门口，望着同学们的背影。第一个团队解散了，再开学，又要重新组建和磨合新的团队。姜春雷心生万千感慨。

这段忙于高三毕业班的事情，姜春雷都顾不上理发。他摸了摸鼓起的钱包，想了一下，就去了学校后边的一幢五楼的大厦。

大厦里正好有一家高级“发艺室”，姜春雷打算解解乏，去彻底洗发、理发，顺便按摩一下头部。有了这笔奖金，姜春雷的底气也足了，准备好好弄一弄，换套新西服，精精神神的。晚上正好跟梅白约会，他要给她过个特别的生日。

姜春雷打算把自己被评为北京市紫禁杯优秀班主任一事告诉给梅白，愿意与她一起分享这份成果，而且他愿意呈上自己这笔丰厚奖金，愿意用这笔钱给梅白定制一枚婚戒。

姜春雷第一次得这么多奖金，没啥经验，欢喜过了头没沉住气，一激动，就把一条短信发了出去：梅白，我拿到奖金，可以给你买个钻戒，你高兴吗……

发艺室里一个男生把姜春雷领到一间洗发室，给他围上店里的披风，服侍他躺好后，喊来18号给他服务。

姜春雷闭着眼睛，任凭温润的水流随着一双灵巧的小手落在自己的头上。他觉得很舒服。

“姜老师，您还好吗？同学们都考上大学了吧？”

“啊？谁？认识我？声音怎么这么熟悉？！”姜春雷立刻张开眼睛。

“吴晶晶！吴晶晶！真的是你？你在这工作？！”

姜春雷一睁眼，马上就认出来了，是他的学生，当年被他打了一三角板的女生——吴晶晶。

“是，我是18号服务员吴晶晶。”吴晶晶很平静地说。

“老师找过你，你跑到哪去了？！你家也搬了，联系不上。你比罗亚军成绩好，如果坚持考个三本没问题，罗亚军都考上青年政治学院了。”

“谢谢您。我……我，我那时候真的念不下去了。”

姜春雷还是问道：“那个，那个张天一呢？他没……”

“没有，他出国了，就没联系了。”吴晶晶还是很难过的样儿。

“唉，你不知道，老师心里一直自责呀。”

“别，老师，不关您的事，是我不好。”

“老师真怕再也见不到你，不能当面向你承认错误。吴晶晶，对不起，姜老师当年不该打你。是我打你，你才离开学校的。老师错了！错了！向你道歉。”

姜春雷哽咽了，喉结上下移动。

“不是的！老师，您别这样。错的是我！我，我自愿离开学校的。”

“怪老师不好。无论如何打学生不对，原谅老师也是第一次当班主任，没能力教好你们。”

“老师，您已经很好了。真的是我不好，那时候……其实，您早一点打我，狠狠打我一顿，或许，我会清醒，不至于后来那样。你打我的时候……都已经……晚了，该发生的……都发生了。我……我一直想告诉……”

吴晶晶最终还是没有告诉她的班主任，她那时候堕胎，身体不好，只能离开学校。她怎能说得出口呢？

“你想告诉我什么？”姜春雷问。

吴晶晶想了想，低头说：“我一直想对您说，对不起！想对全班说，对不起！对赵小晚说，对不起！”

“啊？你是说？”

“嗯，是张天一偷了郝帅和程苗苗的手机，而我故意栽赃给赵小晚的。老师，我知道错了，给赵小晚造成那么大痛苦，不知道她能不能原谅我。我把她害了。”

吴晶晶说着，嘴唇颤抖几下，眼泪就下来了。

“唉，你呀，也是个小傻瓜，张天一也是。都过去了，班里人都把这事忘了。你还知道承认错误呢，事情没有你想象的那么糟糕！快别哭了！”

吴晶晶不知道说什么好。

姜春雷说：“赵小晚是个传奇，是一个逆袭成功的典型。她变化特别大，我都想不到，她考到中国农业大学了！咱班高考，这次她的分数线是最高的。”

“啊？真的吗？太厉害了！真为她高兴！”吴晶晶闪着泪花的眼睛里露出惊喜。

“那梅晓白呢？她一直是班级第一名，她考到哪去了？”

“梅晓白考到吉林政法大学。”

“学习委员程苗苗考哪儿去了？班长王朴生呢？”

“程苗苗考上苏州大学了，王朴生去新西兰了。”

“才仁东周和闹桑错呢？还有卡卓吉？”

“才仁东周考到清华大学，闹桑错考到厦门大学，卡卓吉考到新疆石河子大学。哦，他们是回到青海参加高考的。”

“郝帅和马骁考到哪里了？还有我的好朋友孙佳卉？”

吴晶晶一个也没落下，向姜春雷打听同学们的情况。

姜春雷不禁再一次感慨万千，一切都印证了李玉多次对他说过的话：往往最乱、最难管的班级，才最容易产生真感情。

“哦，马骁他考上北京警察学院了，是二本。郝帅考上辽宁省鲁迅美术学院，孙佳卉考上青海交通职业技术学院，罗亚军同桌何涛复读呢，没考上的还有……”

“哦，挺好的，挺好的。”

为同学高兴过后，吴晶晶还是考虑到了现实中的自己，吴晶晶的笑容渐渐消失。

一边给姜春雷打扫着脖颈上的头发茬子，吴晶晶一边叹口气说：“唉，这辈子，我算是没出息了，再也不会有读书的机会了。”

姜春雷从镜子里看得一清二楚。看看镜子里的吴晶晶，姜春雷脑子里突然想起在一本农业书上看到的话：只有自然生长成熟的果实才更甘甜，而不是那些反季节的，催熟的，注各种添加剂所得到的。

吴晶晶给老师倒了一杯水端过来请老师喝。姜春雷喝了两口就给吴晶晶掏钱结账。

吴晶晶拦着姜春雷的手，说：“今天的钱不收，我已经让前台记在我账上了，您什么时候理发就来找我。”

“那不行，快拿着，这是你劳动所得。”

“真的，老师，您要是看得起我，就不要给钱。以后，常来照顾我们店生意就成了，也可以给我介绍点客户。今天的钱，说什么我都不会要。”吴晶晶拒收，态度还很强硬。

姜春雷只好把钱收起来，另做打算。

听老师说今天有约会，吴晶晶又拉他坐下，执意给姜春雷又吹了吹头，定了定型，说这是今年时尚版，保准能给老师带来好运气。

4

正这时候，姜春雷手机响了，是赵小晚的母亲赵镜打来了。电话里急得火上房一样，说着说着还哭上了。

姜春雷赶紧安慰道：“大姐，您先别哭，赵小晚和同学们去机场送王朴生去了，晚上就能回家。”

姜春雷还以为赵小晚又和母亲闹矛盾了，但又一想，不能啊，赵镜和赵小晚母女关系变好了，而且赵镜现在还在网上开了时装店，今天赵小晚还求助班级女生帮她妈妈做网上服装模特呢。姜春雷猜不到是什么原因致使赵镜又给他打电话。

赵镜说：“我不是问赵小晚，她去机场我知道。哎呀，完了，我这下怎么办啊？！这是逼我上绝路啊！呜呜……”

姜春雷又安慰：“赵姐，您别哭，究竟怎么回事？您说。”

电话那端传来赵镜大段的哭诉：“我前夫，邬民，这个出尔反尔的王八蛋，让我把赵小晚户口迁走。我没地方迁啊，我好不容易把孩子户口落在北京，我他妈迁哪儿去，我呀？离婚说好的，暂时放他那儿，他说话不算话了。我的老天爷呀，我没办法了。这是要把孩子赶出北京啊。可孩子户口落在北京了呀，今后我咋办嘛……”

姜春雷听懂了。赵镜离婚了，前夫要她把本不属于自己孩子的赵小晚户口迁出去。问题是，赵镜是外地户口，北京也没房子，当然没处落户口。

姜春雷想了想，说：“赵姐，您别着急了，不就是保住赵小晚户口吗？我有房子，好办，落我户口上，明天去公安局问一下。”

“啊？这？哎呀，真谢谢您！您真是我们娘俩的恩人哪！”赵镜大悲大喜。

姜春雷说：“没事。我们想办法。”

赵镜带着哭腔道：“哎呀，我们外地人好苦啊，处处难。”

姜春雷赶紧安慰：“快别这么说，什么叫外地人啊？只要来到北京，那就是北京人，何况赵小晚户口就在北京。赵姐，您相信，赵小晚不但是北京人，还是北京人才呢。”

赵镜越来越激动地说：“兄弟呀，我都不知道怎么感谢你，没有你，就没有赵小晚今天哪，真事儿。你呀，一直是对孩子不离不弃。”

啊？！不离不弃？姜春雷乍一听，愣了一下，而后想，赵镜一定是受了刺激，对“不离不弃”这个词十分渴望，所以才错用在他身上。但这时候也不能给她上语文课呀，姜春雷也只能顺着说下去：

“我哪能放弃抛弃？我是她老师啊！”

“那啥，不占用你时间了，那我们明天联系，谢谢啊！”

挂了电话，赵镜的情绪被姜春雷的那番话给引爆了。她蹲在地上哇哇大哭，嘴里还叨咕姜春雷的那句“来到北京，那就是北京人”。是吗？！是吗？！她还边哭边问自己。赵镜哭得跟疯子似的。

5

吴晶晶趁姜春雷打电话，又站在窗前看青果中学的操场。吴晶晶想起高中时各个角落里，自己的右手挽着张天一的左手，他们也曾挽手徘徊在华灯初上的北城街道。

如今，他们的手都已经改变了模样，吴晶晶的脑袋里记忆了太多的悲欢离合与爱恨交加，还有她的隐痛。但渐渐长大的她已经知道，岁月的流逝改变了每一个人，都无法再回到从前，只能任时光继续改变每一个人。当得知张天一出国后，吴晶晶才明白，她和张天一的爱情不是没有结果，而是结了一个又酸又苦的果。

而今，为了养活自己，吴晶晶不得不选了一个自己相对满意的职业——美容美发。为了离承载她许多记忆的学校近一点，吴晶晶选择到这个发艺室工作。因为每天，只要她站在五楼窗口，就能看见青果中学的操场……

姜春雷从发艺屋出来，忽然就改变了主意。这奖金不能买钻戒了，即使是给心爱的人。他要找一所靠谱的美容美发学校，让最后一个掉队的学生学好这个专业，圆她另一个上学梦。姜春雷彻底坚定了一个信念：捧出一颗心来，不带走半根草……

想到这儿，姜春雷重新给梅白发了一个短信：对不起，奖金没了，给我学生交学费了。你不会怨我傻吧？下一次奖金再给你买。一分钟过后，梅白回来一条短信：你都傻了，我还差啥不傻呢。

姜春雷看完梅白的短信，笑了，笑得真像个傻子。

6

首都机场安检口，旅客正在有序地进行安检。梅晓白、程苗苗、马骁、郝帅、赵小晚和罗亚军、孙佳卉等同学分别和王朴生道别。

人群里，没见赵小晚，她没有进安检口送王朴生，而是躲在门外。不知为啥，赵小晚哭得最厉害，背着所有人。

王朴生、郝帅和马骁腿长，走得快。他们仨并排走在前面，三人不禁想起音信皆无的张天一和吴晶晶，也回忆起那天晚上发生的一幕。当然，也没忘王朴生说过的话。

郝帅心里依旧没底，担心狼多肉少，便说："头儿，你到底喜欢咱班谁呀？临走了跟哥们说句交心话成不？嘿，该不会和我竞争吧？你到国外机会多，可以随便找，就别跟哥们争了。"

王朴生笑笑，不开口。

马骁见王朴生不言语，提醒说："班长，你忘了？给吴晶晶和张天一造的'小人儿'买烧纸那天，回来道儿上，你不是和我俩说，你要等毕业就送花表白吗？怎么还没动静？是不是一个人悄悄行动了？说！"

郝帅弄弄发型，清了清嗓子，带着表演成分说："待她长发及腰，红梅白雪轻飘。相思怎比相守妙。莫等残阳西照，再把心事相表。"

王朴生接下句道："相识已是痴扰，相恋再把心交。哪管前尘风萧，余生但愿晴好。"

郝帅欢呼："哦！原来是她呀？我这小心脏啊，要是没肚皮隔着，准会被你吓出来摔地上。"

"谁呀？谁呀？你俩说的什么意思啊？别绕弯成不？"马骁拽着郝帅问。

王朴生拉着行李箱摆手跑远了，越来越远。

突然，罗亚军从后面追上来，他送班长的景泰蓝钢笔还在自己口袋里，差点给忘了。

罗亚军使劲摆手叫："班长！班长！你回来！钢笔，给你的！"

王朴生又跑来接过罗亚军送给他的景泰蓝钢笔，说："成心吧？不早点给我。"

罗亚军看看隔有十多米远的郝帅和马骁，然后小声问：“班长，钢笔给你了，要想我呀，对，你从新西兰回来也别忘给我带点东西啊。嘻嘻。”

“行，我给你带一包奶粉回来，还上你这份人情。呵呵。”王朴生一笑，转身走。

罗亚军拽着他衣服，小声说：“就一包奶粉啊？哎，哎，班长，最后问你一件事呗。”

“什么事？”

“你和她表白了没有？”

王朴生说：“你怎么也问？没有。”

“我靠！高三2班都东南西北地飞走了，你还等什么时候表白？”

“我感觉还不是时候，等我留学回来再说。”

“我去！等你回来黄花菜都凉了，别说‘吃苦瓜’啦！”

“我，我是你们班长，我能说吗？”王朴生有所顾忌地小声说。

“还什么班长啊？再说，班长也是人哪？告诉你啊，你再不表白，我可要表白了。以后别说我没提前告诉你。”罗亚军说得很义气。

“你？你要是够哥们，就给我留着，今后，路怎么走，你自己看着办吧。我走了啊……”

王朴生这回真的跑了，跑向了登机口，他再不跑，登机口就将关闭了。

罗亚军伸着脖子喊：“留着？！这事儿有留着的吗？我去！班长出国了还管我？上帝，你真不公平！”

“嘿，王朴生和罗亚军说什么了？他骂上了。”程苗苗问马骁和郝帅。

“谁知道呢。”郝帅说完，扒拉一下自己的小平头，他的每一根头发都精神百倍地竖立着。然后，郝帅一个箭步，硬夹在马骁和梅晓白之间，三人一起走。

“赵小晚在门外等着呢，我们再快一点走吧。”梅晓白说。

赵小晚没进来送，究竟啥意思呢？罗亚军在思考这个大问题。

“哎呀，糟了!”梅晓白突然止步不前，叫道。

“怎么了?”郝帅问。

“赵小晚让我转交给王朴生的信！我，我忘给他了，还在我手里呢!”

郝帅问:“信？写的啥？是情书不?”

“你管呢，王峰校长证明了，我们已经成人。恋爱自由!”程苗苗用霸道的口气说了郝帅一顿。

怎么程苗苗对郝帅这么横？他俩什么情况？马骁看看程苗苗，又看看郝帅，没明白这都咋回事。

“别瞎说，你记得真没给王朴生？给他了吧？在哪儿呢？我看看。”罗亚军凑过来说。

“真没给，喏，就这个。”梅晓白证明给大伙看，她确实忘记转交了。

“我先看看!”罗亚军像只敏捷的猴子，手特快，“嗖”的一下从梅晓白手里抢过信。

“干吗呀？你？你还给我！是赵小晚的，还给我！郝帅，快给我抢回来!”

“是！站住！小样，追不上你我就不姓郝!”

郝帅一听梅晓白点名道姓让自己帮助她，浑身来劲儿。郝帅对爱情失而复得的渴望愈加强烈。

罗亚军装作没听见后面的呼喊，举着信奔跑。郝帅、马骁、梅晓白、程苗苗等其他同学就在后面猛追……

图书在版编目 (CIP) 数据

青果青 / 古筝著 . 一 桂林 : 漓江出版社，2017.7
ISBN 978-7-5407-6720-4
Ⅰ. ①青… Ⅱ. ①古… Ⅲ. ①长篇小说－中国－当代 Ⅳ. ①I247.5
中国版本图书馆 CIP 数据核字 (2017) 第 058254 号

QINGGUO QING
青果青
古筝　著

责任编辑：张　谦
　　　　　刘红果
责任印制：杨　东

出版人：刘迪才
漓江出版社有限公司出版发行
广西桂林市南环路 22 号　邮政编码：541002
网址：http://www.lijiangbook.com
全国新华书店经销
销售热线：0773-2583322　010-85893190
北京汇瑞嘉合文化发展有限公司印刷
[北京市经济技术开发区荣华南路 10 号院
荣华国际大厦 5 号楼 1501 室　邮政编码：100176]
开本：960㎜ × 690㎜　1/16
印张：28.5　字数：398 千字
2017 年 7 月第 1 版　2017 年 7 月第 1 次印刷
定价：48.00 元